CW01500667

Prolog

Das Artilleriefeuer hielt schon seit dem ersten Morgengrauen ohne jede Unterbrechung an. Es war unmöglich, sich auch nur für einen kleinen Moment aus der Deckung zu wagen. Immer und immer wieder schlugen die Granaten am Rande des Schützengrabens ein und wirbelten Erde, Steine und Teile des Stacheldrahtverhaus auf. Der Schutt türmte sich im Laufgang bereits meterhoch und machte jede Bewegung innerhalb der Stellung praktisch unmöglich. Salve um Salve ging auf die Männer nieder, verbunden mit einem infernalischen Lärm, der einem nahezu das Trommelfell platzen ließ. Zu der unmittelbaren Gefahr durch die Geschütze kam die Gewissheit, dass nach dem Sperrfeuer mit einem neuen Sturmangriff zu rechnen war, dem man angesichts des beklagenswerten Zustands der eigenen Truppen kaum würde standhalten können.

Natürlich war die versprochene Verstärkung einmal mehr ausgeblieben. Auf dem gesamten Frontabschnitt klafften nennenswerte Lücken in den Verteidigungslinien, die der Feind sicher schon ausgespäht hatte. Dazu kam, dass die Moral der Truppe völlig am Boden war. Seit Wochen lag man hier in diesem erbärmlichen Streifen toter Erde eingegraben und erzielte nicht den geringsten Gewinn an Terrain. Vielmehr stiegen täglich die eigenen Verluste, und wer nicht durch Feindes Hand fiel, den rafften die grassierenden Krankheiten dahin. Als das Bataillon an diesen Teil der Front beordert worden war, hatte es Sollstärke besessen, nun bestand es kaum noch aus einigen Dutzend Männern. Die Offiziere waren weit und breit nicht zu sehen. Eingebunkert saßen sie in ihrem Unterstand und überließen die Soldaten ihrem Schicksal. Und als wäre dies noch nicht fürchterlich genug, gelang es dem Gegner, seine Kanonen von Minute zu Minute genauer auf ihr Ziel einzustellen. Die Richtschützen des Feindes leisteten ganze Arbeit, und die verheerende Wucht des Trommelfeuers vernichtete Mensch und Material im Sekundentakt.

Links und rechts sanken getroffene Kameraden zu Boden, ein letztes Mal noch stöhnend und dann für immer verstummend. Einige schrien nach Leibeskräften – nach einem Arzt, nach den Sanitätern, nach der eigenen Mutter. Andere verfluchten den Feind, das Schicksal, die eigene Generalität, während wiederum andere ihr Heil in lautem Gebet suchten, dessen Intensität in Relation zu jener des Geschützfeuers anschwoll. Als kurz hintereinander mehrere Volltreffer den Schützengraben in ein einziges Trümmerfeld verwandelten, machte sich reine Panik breit. Einige Soldaten wandten sich zu zielloser Flucht, den Flüchen des Stabsfeld keine Beachtung schenkend. Kaum jedoch hatten sie ihre Köpfe aus der Deckung gewagt, wurden sie gnadenlos von den gegnerischen Maschinengewehren niedergemäht und sanken leblos auf die Leiber ihrer toten Kameraden.

Er war mittendrin in diesem unbeschreiblichen Chaos. Zusammengekrümmt auf ein unscheinbares Knäuel Mensch, presste er sich in eine winzige Erdnische und drückte dabei sein Gesicht in den feuchten Matsch vor ihm. Er versuchte, ruhig zu atmen, doch die Panik kroch immer wieder in ihm hoch. Erneut fiel eine Leiche auf seinen Rücken, um von dort langsam zu Boden zu gleiten. Bei jedem Pfeifen einer herannahenden Granate drückte er sich noch fester in sein Loch und hielt unwillkürlich den Atem an. Unmittelbar nach dem Einschlag betastete er, so gut es ging, seinen Körper, als wollte er auf diese Weise feststellen, ob dieser noch ganz war. Mit nacktem Schrecken dachte er an den Korporal, der gleich nach dem Beginn des Bombardements getroffen worden war. Der war

CHUZPE

Personen und Handlungen sind, soweit nicht historisch verbürgt, frei erfunden. Ähnlichkeiten mit lebenden oder verstorbenen Personen sind zufällig und nicht beabsichtigt.

Dialektausdrücke und Redewendungen des Wienerischen werden in einem Glossar am Ende des Buches erläutert.

Impressum:
ISBN: 978-3-902672-22-3
2010 echomedia buchverlag ges.m.b.h.
Media Quarter Marx 3.2
A-1030 Wien, Maria-Jacobi-Gasse 1
Alle Rechte vorbehalten
7. Auflage 2020

Produktion: Ilse Helmreich
Produktionsassistenz: Brigitte Lang
Layout: Elisabeth Waidhofer
Lektorat: Thomas Hazdra
Herstellungsort: Wien

Besuchen Sie uns im Internet:
www.echomedia-buch.at

CHUZPE

EIN FALL FÜR MAJOR BRONSTEIN

Andreas Pittler

(((echomedia
BUCHVERLAG

durch die Stellung getorkelt und hatte sich dabei verzweifelt bemüht, sein Gedärm, das ihm aus dem offenen Bauch quoll, festzuhalten. Nach ein paar Metern hatte er die Augen gegen den Himmel gerichtet, sich einmal um die eigene Achse gedreht und war dann einfach umgefallen. Hunderte waren ihm seitdem gefolgt.

Jetzt hatte es seinen Hintermann erwischt, der auf der anderen Seite des Laufgrabens lag. Unwillkürlich riskierte er aus seinem Loch einen Blick auf den Kameraden, der wie am Spieß schrie. Er schloss sofort die Augen, um den Anblick nicht in sein Gedächtnis zu lassen, denn der Mann hatte keinen Unterleib mehr. Einige Sekunden gurgelte er noch, dann war er still.

Still war es in diesem Augenblick plötzlich im gesamten Abschnitt. Das Sperrfeuer hatte aufgehört. Nun würde gleich der Sturmangriff folgen. Er wagte sich vorsichtig aus seiner Nische und suchte nach seinem Karabiner, den er zuvor achtlos neben sich geworfen hatte. Er war allein, erst in einigen Metern entdeckte er wieder Kameraden, die gleich ihm zwischen Bangen und Hoffen schwankten. Und die Stille wirkte mit einem Mal bedrohlicher als das Artilleriefeuer zuvor.

Alle warteten angespannt auf den heranstürmenden Feind. Doch nichts rührte sich von der anderen Seite der Front. Dann hob mit einem Mal ein leises Zischen an. In einiger Entfernung von ihm reagierte ein Soldat als Erster darauf.

„Gas!", schrie der Mann hysterisch. „Gas!"

Nun kam erst recht Panik auf. Hektisch suchten die Soldaten nach ihren Gasmasken, und auch er tappte verzweifelt nach links und nach rechts, um den lebensnotwendigen Schutz zu finden. Er sah sich im Schützengraben um, war bereit, einem toten Kameraden dessen Maske abzunehmen, als er schon die senfbraune Wolke auf sich zukommen sah. In nackter Angst sprang er auf und versuchte, der Wolke davonzulaufen. Wenn er den Unterstand erreichte, würde es ihm vielleicht gelingen, dem leisen Tod zu entgehen. Doch nach ein paar Metern stolperte er über die Leiche eines gefallenen Kameraden und fiel der Länge nach hin. Noch während er versuchte, sich wieder aufzurappeln, hatte die Wolke ihn erreicht und nebelte ihn ein.

Er bekam keine Luft mehr. Das stechende Gift brannte in seinen Atemwegen und raubte ihm die Besinnung. Wie ein Fisch am Trockenen schnappte er nach dem Lebensodem, doch blieb sein Mühen vergeblich. Es war nur noch Gas, das in seinen Körper eindrang, Gas, das ihn auslöschen würde.

„Ich sterbe", keuchte er, „oh mein Gott, ich sterbe! Hilfe! Ich will nicht ..." Ihm war, als würde er langsam und qualvoll erwürgt. Taubheit kroch seinen Körper empor, und bald schon war er nicht mehr in der Lage, sich zu bewegen. Er nahm nichts mehr wahr, war nicht länger Mensch, nur noch absterbender Organismus. Ein, zwei Seufzer noch, dann würde er ganz tot sein. Eine namenlose Leiche in einem namenlosen Niemandsland in einer namenlosen Schlacht.

Ein letztes Mal noch bäumte er sich auf. Er durfte so nicht wegdämmern. Er war es sich selbst schuldig, sich nicht einfach wie ein Lamm auf der Schlachtbank vom Leben zum Tod befördern zu lassen. Er presste die Zähne zusammen und rollte sich unter Aufbietung der allerletzten Kräfte auf den Rücken. Nach einigen Sekunden riss er die Augen weit auf, doch er nahm nur pechschwarze Finsternis wahr. „Oh mein Gott, verlass mich nicht!" Mit einem Ruck, den er sich selbst nicht mehr zugetraut hätte, setzte er sich auf. „Nicht sterben, nicht sterben, nicht sterben", wiederholte er immer wieder für sich. Dann kniff er die Augen wieder zu, hielt einen Moment neuerlich den Atem an – und dann öffnete er den Mund zu einem markerschütternden Schrei.

Er saß aufrecht da, und alles, was er hörte, war das monotone Ticken des Weckers. Langsam begannen seine Augen sich an die Dunkelheit zu gewöhnen. In einiger Entfernung wurde er des Fensters seines Schlafzimmers gewahr. Er atmete noch eine Weile heftig, ehe er sich allmählich beruhigte. Seine rechte Hand tastete nach der Nachttischlampe, und ihr Licht vermittelte endlich Sicherheit. Er riskierte einen Blick auf den Wecker. Drei Uhr früh. Dahinter hing der Kalender an der Wand und zeigte den 7. November 1918 an. Bronstein sank erleichtert auf sein Kissen zurück. Seit der Giftgasattacke vor Tarnow Gorlice waren mehr als drei Jahre ins Land gezogen. Der Krieg war vorbei, und er lag wohlbehalten in seinem Bett. „Nur wieder einer von diesen Alpträumen", murmelte er, während er das Licht wieder löschte, „nur wieder einer von diesen Träumen."

Und während er sich noch fragte, wann diese endlich auch der Vergangenheit angehören würden, schlief er bereits wieder ein.

I.
Donnerstag, 7. November 1918

Hartnäckig wehrte sich Bronstein gegen das Erwachen. Er versuchte, das penetrante Scheppern des Weckers in andere Bewusstseinsebenen zu verbannen, doch schließlich blieb ihm nichts als die Kapitulation. Entschlossen schlug er die Bettdecke auf, und sofort begann er zu frösteln. Die Kälte holte seine Lebensgeister aus ihrer Bewusstlosigkeit. Mit einem Ruck setzte Bronstein sich auf und dann seine Füße auf den Boden. Tapsend suchten sie nach den Hausschuhen, um schließlich eilig darin zu verschwinden, dankbar für die darin zu findende Wärme. Er gähnte herzhaft und versuchte sich zu strecken. Spontan auftretender Rückenschmerz ließ ihn jedoch rasch von diesem Ansinnen Abstand nehmen. Bronstein seufzte resigniert. Da war er gerade einmal 35 Jahre alt, und dennoch schlich sich das Alter unerbittlich an ihn heran. Aber bitte, die Jahre im Krieg zählten sicherlich doppelt oder gar dreifach, und demnach wäre er eigentlich schon 47. Der Krieg! Schon wieder hatte er von ihm geträumt. Dass er diesen Horror einfach nicht vergessen konnte! Der Meisendoktor vom Alsergrund würde sicher von einem Trauma sprechen, doch ein Indianer kannte keinen Schmerz, schon gar nicht, wenn die Gefahr längst vorbei war. Und jetzt erst recht, da der Krieg auch offiziell zu Ende war. Die ruhmreiche kaiserlich-königliche Armee hatte vor einigen Tagen ganz offiziell kapituliert, und die Deutschen machten auch gerade Schluss, wie er den Zeitungen entnahm.

Doch daran wollte er gar nicht erst denken. Die Mittelmächte hatten den Krieg verloren, und niemand vermochte zu sagen, was jetzt aus der österreichisch-ungarischen Monarchie werden sollte. Vor einer Woche erst hatten sich Böhmen, Mähren und Schlesien unter der Führung des ehemaligen Abgeordneten Kramař von Wien losgesagt, und es hieß, auch die Slowenen seien von Österreich abgefallen. Die Polen liefen den Habsburgern ebenso davon wie die Ruthenen und die Rumänen. Und die Italiener sowieso. Eigentlich hielten nur noch die Ungarn zum Kaiser, und selbst da war es fraglich, ob nicht auch in Budapest die Irredenta den Sieg davontrug.

Bronstein war überrascht, zu welchen Höchstleistungen sein Gehirn zu dieser frühen Stunde schon fähig war. Es stand zu hoffen, dass der Körper dem Geist nacheifern würde, und so gab sich Bronstein einen Ruck, um sich endgültig aus dem Bett zu erheben. Er schlurfte langsam zur Tür seines Schlafzimmers, öffnete sie und ging sodann durch das Wohnzimmer in die Küche, die ob der frühen Stunde noch in milchiges Dämmerlicht getaucht war. Bronstein griff zur Schachtel mit den Streichhölzern, holte eines heraus und rieb es an der Schwefellegierung der Packung. Umständlich ging er sodann in die Knie, öffnete die Ofentür und hielt das brennende Holz an das Zeitungspapier. Dieses fing rasch Feuer, und so konnte Bronstein damit beginnen, kleine Holzscheite zuzugeben. Als er sicher war, dass das Feuer nicht mehr ausgehen würde, schloss er die Klappe wieder und drehte sich um die eigene Achse. Vorsichtig holte er die Lade der Kaffeemühle aus ihrer Halterung und goss den Inhalt in die vorgesehene Vertiefung der Kaffeemaschine. Dann schraubte er den Aufsatz auf und stellte die Kanne auf den Ofen. Wieder einmal überlegte er bei dieser Gelegenheit, ob der Kaffee nicht besser schmecken würde, wenn er das Wasser frisch in die Kanne gösse und den Kaffee erst am Morgen mahlte, doch er wusste, dazu würde seine Energie so kurz nach dem Erwachen niemals reichen.

Nun, da er darauf wartete, dass der Kaffee trinkfertig wurde, trat er an die Arbeitsplatte. Er schlug das Geschirrtuch auf und legte so einen halben Brotlaib frei. Mit flinken Schnitten säbelte er eine Scheibe ab, auf die er sodann etwas Butter schmierte. Das Produkt seiner Verrichtung platzierte er auf einem Teller, den er sodann zum Küchentisch trug. Just als er dort angekommen war, begann die Kaffeemaschine hörbar zu gurgeln. Bronstein kehrte zum Ofen zurück, holte aus dem Kästchen an der Wand eine Tasse heraus und goss den frisch gebrühten Kaffee erwartungsvoll in das Trinkgefäß. Er fügte etwas Milch und eine Prise Zucker hinzu, dann begab er sich wieder zum Küchentisch, wo er sich nun schwer auf einen der beiden Sessel fallen ließ. Er nahm einen kleinen Schluck aus der Tasse, stellte sie danach ab, um nach dem Butterbrot zu greifen. Gierig schlug er seine Zähne hinein und kaute dann mit großem Genuss.

Zehn Minuten später zeugten nur noch der leere Teller und die leere Tasse von Bronsteins Frühstück. Er zog den Aschenbecher zu sich, öffnete sein silbernes Zigarettenetui und entnahm ihm eine Zigarette der Marke „Egyptische Sorte", die er sogleich anzündete. Er sog den Rauch tief in seine Lungen ein, um ihn bedächtig wieder auszublasen. Diese Übung wiederholte er dreimal, ehe er die Asche am Aschenbecher abklopfte, während er sich gleichzeitig mit der linken Hand einige Tabakkrümel von der Lippe entfernte.

„Und wieder ein neuer Tag. Hurra", sagte er leise und wehmütig zu sich. Ein Blick aus dem Fenster überzeugte ihn davon, dass der Winter mit Riesenschritten auf die Stadt zukam, und das war, zumal in Zeiten wie diesen, wahrlich keine angenehme Perspektive. Er, Bronstein, hatte es da wenigstens noch leichter als viele andere Bewohner dieser Stadt. Er heizte mit Holz, und der Wienerwald begann keinen Kilometer von seiner Wohnung entfernt. Dort konnte er sich jederzeit mit Heizmaterial versorgen. Erfrieren würde er jedenfalls nicht. Schon eher verhungern, denn seit die Monarchie am Ende ihrer Kräfte war, gab es viele wichtige Nahrungsmittel nur noch im Schleich oder aber überhaupt nicht. Bronstein konnte sich nicht erinnern, wann er zuletzt wirkliches Fleisch gegessen hatte. Und jetzt, im November, wurden sogar Obst und Gemüse rar. Selbst für verwelkte Salatblätter und erbärmliche Kohlrüben stand die Bevölkerung stundenlang an, und es verwunderte Bronstein nicht im Geringsten, dass Hungerrevolten an allen Ecken und Enden des Reiches an der Tagesordnung waren. Manche behaupteten sogar, die Armee habe den Krieg nur verloren, weil sie ihre Soldaten nicht mehr habe ernähren können. Doch diese Behauptung hielt Bronstein ebenso für Gräuelpropaganda wie jene, wonach die Armee, eigentlich unbesiegt, nur von den eigenen Politikern in die Knie gezwungen worden sei, die den völlig überzogenen Forderungen des Mobs nachgegeben hätten.

Bronstein wusste aus eigener Anschauung, dass diese Behauptungen Unfug waren. Die Bevölkerung hatte sich jahrelang vorbildlich verhalten, hatte jedes Opfer für die eigenen Truppen gebracht und diese aus voller Überzeugung unterstützt. Doch als der Mangel allüberall überhandnahm und gleichzeitig die Arbeitszeit immer weiter ausgedehnt wurde, da war es nur zu verständlich, dass die Menschen endlich Ruhe wollten. Sie hungerten, sie froren, und sie hatten keine Perspektive mehr. Da war es für Aufwiegler ein Leichtes, ihnen einzureden, der Krieg sei an allem schuld.

Na ja, spann Bronstein weiter, während er die Zigarette ausdämpfte, irgendwie stimmte das ja sogar. Der Krieg war tatsächlich an alldem schuld. Aber man musste auch dazusagen, wer diesen Krieg begonnen hatte. Nicht das Haus Österreich, nicht die Mittelmächte, sondern der Slawe, der Österreich ins Chaos stürzen wollte, und die Westmächte, die den deutschen Waffenbrüdern nicht den wohlverdienten Platz an der Sonne hatten gönnen wollen. Es war wirklich eine Schande, dass sie für diese Anmaßung nicht ihre gerechte Strafe erhalten hatten, aber gegen eine derartige Übermacht, wie sie Frankreich, England und Amerika gemeinsam verkörpert hatten, war eben kein Kraut gewachsen gewesen. Nun musste man sich mit der neuen Situation zurechtfinden und sehen, wie man aus dieser Lage das Beste machte.

Bronstein widerstand der Versuchung, eine zweite Zigarette zu rauchen, und stand auf. Er zog sich das Nachthemd aus und trat an das Lavoir, um sich zu waschen. Auf dem Weg dorthin fiel sein Blick auf den Spiegel, der über der Waschschüssel hing, und was er darin sah, begeisterte ihn ganz und gar nicht. Ein erbärmlich kleiner, ob der Kälte ziemlich verschrumpelter Penis baumelte sinn- und zwecklos zwischen seinen Beinen herum, während der Bauch schlaff und fahl erschien. Angewidert schlug er sich auf denselben. „Bronstein, du verweichlichst", sagte er und ging, noch ehe er mit der Waschung begann, mehrmals in die Knie, dabei mit den Armen nach vorne und zur Seite rudernd, als ob ein paar Kniebeugen das Problem im Handumdrehen lösen würden. Als er meinte, vorerst genug getan zu haben, schöpfte er endlich mit seinen Händen Wasser, das er sich sodann ins Gesicht schüttete.

Er stand schließlich fix und fertig angezogen in seiner Küche und war ausgehfertig. Doch just in diesem Augenblick packte ihn wieder dieses Gefühl der Melancholie, das ihn schon seit Tagen quälte. Instinktiv blickte er auf die Uhr, dann ließ er sich noch einmal auf den Sessel plumpsen. Eine weitere Zigarette würde seine Karriere bei der Wiener Polizei auch nicht beenden.

Was waren das für Tage gewesen! Schon seit Beginn dieses unseligen Jahres jagte eine Hiobsbotschaft die andere. Bereits im Jänner hatte der amerikanische Präsident die Völker der Monarchie nachgerade zur Desertion ermuntert, und wenige Tage später stand der Staat, dem Bronstein Gut und Blut gegeben hatte, am Abgrund, als zehntausende Arbeiter in den Ausstand traten, weil sie nicht mehr genug zu essen hatten. Dass genau zu diesem Zeitpunkt sogar in der Armee eine Revolte losgebrochen war, erschütterte das Land zusätzlich. Wenn nicht einmal mehr das kaiserliche Heer treu zum Herrscher stand, was mochte dann aus einem solchen Land werden, hatte er sich damals schon gedacht. Und gleichzeitig gemeint, schlimmer konnte es nicht mehr werden. Was für ein Irrtum!

Dabei hatte man im Frühjahr neue Hoffnung schöpfen können. Der Russe war endlich besiegt, die kaiserlichen Heerscharen rückten in die Ukraine ein, es gab sogar einen regelmäßigen Flugverkehr zwischen Wien und Kiew mit einer Zwischenlandung in Olmütz. Das mussten die anderen Staaten Österreich erst einmal nachmachen, war ihm damals durch den Kopf gegangen. Und die Niederlagen der Italiener ließen die Möglichkeit, den Krieg doch noch zu gewinnen, mit einem Mal wieder realistisch erscheinen. Hatten nicht die Deutschen gesagt, wenn es erst einmal vorbei war mit dem unseligen Zweifrontenkrieg, dann würde man die Westmächte schon in die Knie zwingen? Mitnichten! Die Soldaten wollten einfach nicht mehr.

Und er, Bronstein, konnte es ihnen nicht verübeln. Mit Schrecken dachte er an seine eigene Zeit an der Front. Was war er im Sommer 1914 nur für ein Dummkopf gewesen! Freiwillig hatte er sich gemeldet, um die Beleidigung, die seine allerhöchste Majestät hatte hinnehmen müssen, entsprechend zu rächen. Aufgrund seines Ranges bei der Polizei hatte er eine Offiziersuniform erhalten und war, bejubelt von der Wiener Bevölkerung, zum Ostbahnhof marschiert. Noch heute hatte er die optimistischen Rufe seiner Kameraden in den Ohren. Nächsten Monat in Sankt Petersburg, hatte es geheißen, und zu Weihnachten sind wir wieder zu Hause.

Doch die Wirklichkeit des großen Krieges hatte nichts gemein gehabt mit den glanzvollen Manövern, mit farbenprächtigen Uniformen, würdevoller Marschmusik und pausbäckigen

Marketenderinnen. Gleich am zweiten Tag war ihnen ein Sturmangriff befohlen wurden, und die russischen MG-Nester hatten die heimischen Truppen niedergemäht wie die Sense das Korn. Es war ein reines Wunder gewesen, dass er mit heiler Haut zurück in den Unterstand gekommen war, und er hatte drei Tage gebraucht, um sich von dem Schock zu erholen. Einen derartigen Horror hatte er noch nie erlebt, und schon damals bereute er bitter, so töricht gewesen zu sein, seinen sicheren Posten als Polizist gegen den Waffenrock des Kaisers vertauscht zu haben.

Wenigstens hatten sich beide Seiten rasch den Wahnsinn des Angriffs auf breiter Front abgewöhnt. Was folgte, war ein unglaublich eintöniger Stellungskrieg, in dem beide Seiten sinnlos in die Erde eingegraben waren und darauf warteten, dass irgendetwas geschehen würde, was die Absurdität dieser Situation aufheben mochte.

Und dann war das Gas gekommen. Bronstein hustete unwillkürlich und dämpfte die Zigarette aus. Eigentlich wollte er gar nicht mehr daran denken, doch dieses Erlebnis würde wohl für immer in sein Gedächtnis eingebrannt bleiben.

Sechs Monate war er im Lazarett gelegen, dem Irrsinn nahe und in jeder Beziehung ein Wrack. Später hatte es geheißen, seine Genesung sei ein Wunder, denn viele, die gleich ihm vom Gas erfasst worden waren, wurden nie wieder klar im Kopf und blieben zeit ihres Lebens ein Fall für die Anstalt. Immerhin kam aber danach niemand mehr auf die Idee, ihn wieder an die Front schicken zu wollen. Alibihalber hatte er noch einige Wochen in Wien Dienst geschoben, ehe er als „nicht kriegsdienstverwendungsfähig" zu Beginn des Jahres 1917 wieder in die Wiener Polizei rücküberstellt worden war.

Dort hatte er eine ganze Weile gebraucht, ehe er sich wieder zurechtfand. Und just als er sich wieder auf sicherem Terrain wähnte, kam ihm der Staat, dem er diente, mit jedem Tag mehr abhanden. Vor fünf Monaten war die letzte große Offensive gegen die Italiener gescheitert, weshalb der Kaiser Conrad von Hötzendorf in die Wüste geschickt hatte. Im Sommer anerkannten die Westmächte die Unabhängigkeit der Tschechoslowakei, die es freilich zu diesem Zeitpunkt nur in den Köpfen einiger Irredentisten gab. Die kaiserlichen Regierungen kamen und gingen in immer rascherer Abfolge, und im Vormonat hatten die einzelnen Nationen damit begonnen, sich aus der Monarchie zu verabschieden.

Und als wäre das nicht alles schon schlimm genug gewesen, hatte sich vor einer Woche eine sogenannte „deutschösterreichische Regierung" unter der Führung eines sozialdemokratischen Abgeordneten gebildet, die in Konkurrenz zur kaiserlichen Regierung unter Professor Lammasch stand. Für Bronstein und seine Kollegen ein klarer Fall von Interessenkonflikt. Wem waren sie nun unterstellt? Dem Minister des Inneren seiner Majestät oder dem Innenminister Mataja, einem christlichsozialen Parlamentarier? Die Einzigen, die in diesen Tagen Grund zur Freude hatten, waren die Kriminellen, denn sie sahen sich einer verwirrten, deprimierten und orientierungslosen Polizei gegenüber, die kaum die Kraft hatte, wirkungsvoll gegen das Verbrechen einzuschreiten.

Doch was nutzte all das Jammern und Klagen. Dienst war Dienst, egal unter welchem Befehl. Mochten die da oben sich ausmachen, wer jetzt die Order ausgab, er würde einfach tun, was man ihm sagte. Und zu diesem Zweck war es nun unumgänglich, dass er endlich seine Wohnung verließ.

Auf der Straße empfing ihn ein eisiger Wind. Er schloss seinen Militärmantel so gut es ging und sah zu, dass er zur Straßenbahn kam. Als diese nach einer kleinen Ewigkeit an der Votivkirche vorbeizuckelte, musste sie abrupt anhalten, denn vor der Universität fand schon wieder eine Massenversammlung statt. Bronstein trat hinaus auf die Plattform und blickte neugierig auf die Menschenmenge. Anhand der mitgeführten Banner, die in Schwarzrotgold gehalten waren, erkannte er sofort, dass es sich um Deutschnationale handeln musste, die da demonstrierten. Seit Anfang des Monats zählten solche Manifestationen zum Alltag der ausgelaugten Stadt. Am 1. November hatten rebellierende Soldaten unter Bronsteins altem Kumpel Kisch eine „Rote Garde" gegründet, zwei Tage später waren die Sozialdemokraten für irgendeine abstrakte Donauföderation auf die Straßen gegangen, und nun marschierten, wie Bronstein in Erfahrung brachte, die Deutschnationalen für den Anschluss Österreichs an das Deutsche Reich. Unwillkürlich musste er schmunzeln. Normalerweise wollten die Österreicher immer auf der Seite der Sieger stehen, diesmal konnten sie es anscheinend gar nicht erwarten, Seite an Seite mit den Teutonen unterzugehen. Und in der Tat erinnerten ihn die fanatisierten Fahnenträger an einen Zug der Lemminge, die zielsicher ihrem Tod entgegeneilten.

Die Wiener Polizei hatte es schon lange aufgegeben, ihre Konfidenten auf die diversen Gruppen loszulassen, denn es gab mittlerweile offenbar mehr politische Bewegungen als Angehörige der Polizeikräfte. So beschränkte man sich auf das Notwendigste, schützte, so gut es ging, zentrale Gebäude und Persönlichkeiten und hoffte sonst lediglich, dass sich das Gewitter möglichst schnell verzog. Bronstein wartete das Ende der Demonstration gar nicht erst ab. Er sprang vom Wagen ab und eilte quer über die Grünfläche zur Maria-Theresien-Straße, um sein Büro quasi durch die Hintertür zu betreten.

Er folgte den verwinkelten Gängen und gelangte schließlich zum Paternoster, der ihn in sein Stockwerk brachte. Obwohl nirgendwo ein Fenster geöffnet war, fegte auch hier ein eisiger Wind durch das Gemäuer. Unwillkürlich ging Bronstein schneller und war froh, als er Punkt acht Uhr sein Amtszimmer betrat. Zuallererst widmete er sich dem Kanonenofen, den er üppig mit Holz und Papier füllte, damit wenigstens für ein bisschen Wärme gesorgt war. Er blieb eine Weile beim Ofen stehen und hielt diesem seine klammen Finger entgegen. Bronstein verzichtete darauf, den Mantel auszuziehen, dazu war es entschieden zu kalt. Stattdessen setzte er sich in voller Montur an seinen Schreibtisch und zog die Handschuhe über, von denen er die Fingerspitzen entfernt hatte, um trotz des wärmenden Kleidungsstücks schreiben zu können. Heftig blies er Luft aus und rieb die Handflächen gegeneinander. Dann griff er nach dem Akt, den zu bearbeiten er am Vortag aufgehört hatte.

„Horrido, Major!" Mit lautem Gruß riss Bronsteins Mitarbeiter Pokorny die Tür auf und katapultierte sich förmlich in die Amtsstube. „Na, wie hamma's?"

„Grüß dich, Pokorny. Keine besonderen Vorkommnisse."

„Na du machst mir Spaß, Major", hielt Pokorny dem entgegen, „rund um uns zerfällt alles, und du sagst: keine besonderen Vorkommnisse."

„Na, dass alles zerfällt, das ist ja nichts Neues mehr und somit auch kein besonderes Vorkommnis", bemerkte Bronstein lakonisch, ohne von seinem Akt aufzublicken.

„Es heißt, in Berlin wollen s' die Republik ausrufen", erklärte Pokorny.

„A so a Topfen! Grad die Deutschen! Da wird Bayern eher eine Räterepublik wie in Russland drüben. Du solltest net jeden Unfug glauben, Pokorny."

„Na grad a so! In Bayern, heißt es, übernehmen grad die Sozis das Kommando. Der Eisner, der was der Führer von der USPD is, der soll bayerischer Ministerpräsident werden, sagt man."

„So? Sagt man das? Weißt, Pokorny, was ich dir sag? Mach uns erst einmal einen Kaffee, und dann schau'n wir weiter." Pokorny hatte dem Begehren seines Vorgesetzten nichts entgegenzusetzen, und so fügte er sich ins Unvermeidliche.

„Deine Mutter hat übrigens gestern angerufen", sagte er, während er an der Kaffeemaschine herumhantierte. Bronstein wurde sofort hellhörig. „Angerufen? Wie denn das um alles in der Welt! Wann? Und was wollte sie?"

„Sie hat g'sagt, dass dein Vater krank ist und du nach ihnen schauen sollst. Sie glaubt, dass er sich die spanische Grippe eingefangen hat."

„Und das sagst du mir einfach so zwischen Tür und Angel?" Bronstein war aufgesprungen und sichtlich erregt. An der spanischen Grippe waren zuletzt etliche Wiener erkrankt, und viele hatten sie ob des vielfältigen Mangels nicht überlebt. Mit einer solchen Krankheit war ergo nicht zu spaßen. Dementsprechend groß war Bronsteins Sorge: „Wann genau hat sie angerufen?"

„So kurz vor fünf wird's gewesen sein. Du warst noch keine zehn Minuten bei der Tür raus."

In Bronstein stieg ernster Unmut auf: „Und das sagst du mir einfach so beiläufig? Du weißt doch, wie g'fährlich diese Grippe ist. Grad jetzt! Und meine Eltern haben gar kein Telefon, das heißt, meine Mutter muss extra aufs Amt gegangen sein, damit sie mich da anruft. Das zeigt doch, wie ernst die Lage ist. Pokorny, manchmal bist echt ein Ochs!"

„Tschuldigung, Major, das hab ich mir net dacht. Ich hab dir ja schwer nachlaufen können. Und wenn's wirklich dramatisch ist, hab ich mir denkt, dann wird sie sich schon wieder melden."

„Wird sie sich schon wieder melden", äffte Bronstein die letzten Worte seines Mitarbeiters nach. „Du bist mir einer! Vergiss den Kaffee. Jetzt kann ich zu meinen Eltern laufen, weil sonst sitz ich da wie auf Nadeln. Du hältst die Stellung." Bronstein streifte die Handschuhe ab und war aus dem Zimmer geflüchtet, ehe Pokorny etwas erwidern konnte. Diesem blieb nur, seinem Chef staunend nachzublicken.

Die eisige Kälte kam Bronstein nun entgegen. Er lief quer über den Platz vor der Votivkirche und wartete vor der Universität auf einen Ringwagen. Ob der überhaupt verkehrte? Die Demonstrationen am Ring hielten an, und überall standen abgehalfterte Soldaten in Gruppen herum, denen, ohne dass Bronstein dies näher zu spezifizieren gewusst hätte, etwas Bedrohliches anhaftete. So unrecht hatte Pokorny eigentlich nicht. Überall hing ein Wort in der Luft: Revolution! Doch gerade in Wien wurde nichts so heiß gegessen, wie es gekocht wurde, schöpfte Bronstein neuen Mut. Sicher, 1848 hatte der Mob den Kriegsminister auf die Gaslaterne geknüpft. Doch die Monarchie hatte sich blutig für diese Aufwallung gerächt, und so war seit 70 Jahren in Wien nichts mehr vorgefallen, was auch nur im Ansatz die Obrigkeit hätte herausfordern können. Warum also sollte es diesmal anders sein?

Bronstein hatte ohnehin andere Sorgen. Sein Vater war nicht mehr der Jüngste, und so konnte eine Erkrankung schnell ernsthafte Folgen haben, zumal der alte Herr schon beim letzten Treffen nicht mehr sonderlich gut beisammen gewesen war. Kam da jetzt eine Tramway, oder kam da keine? Hektisch streckte Bronstein seinen Kopf und spähte in Richtung Börse, ob sich eine Straßenbahn der Universität nähern würde. Es war immer noch nichts zu sehen. Sein alter Herr! Im Sommer hatte er seinen 70. Geburtstag gefeiert, und da war er schon nicht mehr der Alte gewesen. Seit der Kaiser selig diese Welt verlassen hatte, war auch Bronstein senior des Lebens überdrüssig geworden. Eine zutiefst traurige Geschichte, dachte Bronstein, denn jemand wie sein Vater, der seinem Staat immer treu gedient hatte, war am Ende umfassend vom Leben betrogen worden.

Da immer noch keine Tramway auftauchte, beschloss Bronstein, zu Fuß zum Rathaus zu gehen, und während er an zahlreichen Gruppen vorbeispazierte, die irgendwelche Parolen von sich gaben und sich gegenseitig zu überschreien trachteten, haderte er mit dem ungerechten Schicksal, mit dem sein Vater geschlagen war. Dessen Karriere hatte schon mit einer Niederlage begonnen. Immer wieder hatte sein Vater ihm erzählt, dass sein erster Arbeitstag im Ministerium just jener gewesen war, als die Nachricht von der Niederlage bei Königgrätz in Wien eingetroffen war. Der Vater hatte als kleiner Diurnist angefangen, doch das Geld von Großvater Bronstein reichte nicht, dem Sprössling ein Studium zu finanzieren, und so blieb Papa Bronstein schließlich nur die Laufbahn als B-Beamter, die unglamourös im Range eines Amtsdirektors stecken blieb. 1906 hatte der Vater die 40 Dienstjahre erreicht, die zum Übertritt in den Ruhestand ausreichend waren, doch er hielt nichts davon, ein Pensionärsdasein zu fristen, und so diente er freiwillig länger, am Ende freilich wieder als Diurnist, wo er tageweise Akten abmalte. Mit besonderer Bitterkeit dachte Bronstein an jene Tage. Sein Vater hatte immer behauptet, er halte es zu Hause nicht aus, er müsse etwas tun, sonst falle ihm die Decke auf den Kopf, doch Bronstein wusste es besser. Der Vater verdiente sich Geld zur Pension dazu, damit er dem Sohn das Jusstudium finanzieren konnte. Er wollte, dass es sein Sohn besser hatte als er, dass sein Sohn im Gegensatz zu ihm Karriere machen konnte. Und dafür schämte sich Bronstein junior immer noch. Es war nicht recht, einen Mann von mehr als 60 Jahren noch arbeiten zu lassen. Dieser hatte ohnehin zwei Drittel seines Lebens damit zugebracht, sich für andere krumm zu machen, da besaß man jedes Recht, die paar Jahre, die einem noch blieben, zu genießen. Mit Schrecken dachte Bronstein an die Arbeiterschaft, die man ohne jede soziale Versorgung rackern ließ. Da hatte der Kaiser für seine Beamten schon besser gesorgt. Denen war das Recht auf ein Alter in Würde gesetzlich gesichert. Die Pension war nicht gerade üppig, aber sie reichte in der Regel. Und mit 60 hatte man statistisch noch gut zehn Jahre vor sich, in denen man diesen Ruhestand auch genießen konnte, da hatte eine Pensionsregelung Sinn. Würde man noch länger tätig sein müssen, dann war man hinfällig und siech, und alles Geld der Welt würde einem nicht mehr zu einem akzeptablen Leben verhelfen können. Und genau darum war es so traurig, dass sich der Vater für ihn aufgeopfert hatte. Denn auf diese Weise hatte er sich selbst um einen schönen Lebensabend gebracht. Dabei hatte er dem Vater noch zugeredet, er solle es endlich sein lassen. Nach seiner Promotion im November 1907 hatte er dem Vater immer wieder gesagt, er könne jetzt auf eigenen Beinen stehen und bedürfe der väterlichen Hilfe nicht mehr, doch der Herr Papa bildete sich ein, ein Doktor der Rechte brauche eine standesgemäße Wohnung und müsse eine ebenso standesgemäße Bindung eingehen, was beides entsprechende Mittel erfordere. Bronstein hatte versucht, den väterlichen Elan zu unterlaufen, indem er sich in Dornbach selbst eine Wohnung gesucht und diese auch bezogen hatte. Doch der Vater war so besessen von der Idee, dem Sohn ein ordentliches Erbe anzusparen, dass er sich erst mit 65 endgültig überreden ließ, seinen Abschied zu nehmen.

Und wieder hatte das Schicksal dabei Regie gespielt. Bronstein selbst war damals gerade dabei, seinen ersten großen Fall zu lösen, und just an jenem Tag, da Vater Bronstein im Ministerium mit einem Orden und einer goldenen Uhr verabschiedet wurde, platzte der Fall Redl, über den auch bei diesem Anlass mehr geredet wurde als über des Vaters Wirken im Dienste der Monarchie. Und so war dem alten Herrn gerade ein Jahr in Ruhe gegönnt gewesen, ehe der große Krieg über das Land hereinbrach und alles Leben von Grund auf veränderte. Der Vater vertraute dem Staat und der Armee, und so zeichnete er eifrig Kriegsanleihen. Die jetzt, vier Jahre später, kaum noch das Papier wert waren, auf dem sie gedruckt waren. Was alle in der Familie schon lange wussten, nahm der Vater partout nicht zur Kenntnis: Er war ruiniert! Bankrott! Die ganze Existenz dahin! Was ein Leben lang schwer erarbeitet worden war, das hatten windige Spekulanten über Nacht in Luft aufgelöst. Und bestraft wurden nur die Patrioten, die an dieses Österreich geglaubt hatten, während jene Zyniker, die schon 1914 keinen Heller auf dieses Land gesetzt hatten, jetzt ohne jeden Verlust aus dem Krieg hervorgehen würden. Es war einfach eine Schande, wie übel das Leben einem so aufrechten Mann wie seinem Vater mitgespielt hatte. Und dass der nun auch noch miterleben musste, wie jener Staat, dem er 47 Jahre seines Lebens geopfert hatte, einfach in seine Bestandteile zerfiel, das wäre wohl selbst für einen Titanen zu viel der Prüfung.

Umso größer war Bronsteins Sorge hinsichtlich der Erkrankung des Vaters. Angesichts solcher Entwicklungen wurde man leicht seines Lebens überdrüssig, und wenn man sich gegen eine Krankheit nicht wehrte, dann trat nur allzu schnell das Schlimmste ein. Umso wichtiger war es nun, dem Vater Mut zuzusprechen. Warum kam da, verdammt noch einmal, keine Straßenbahn daher?

Bronstein war immer weitergegangen. Vom Rathaus zum Parlament, vom Parlament zu den Museen, von den Museen zur Oper. Schließlich trennten ihn nur noch wenige hundert Meter von der elterlichen Wohnung, und so legte er auch diese zu Fuß zurück. Es war knapp vor zehn Uhr morgens, als er an die Wohnungstür klopfte. „Ja, Herr Doktor, ich komm schon", hörte er die Mutter rufen, die offensichtlich mit dem Arzt rechnete. „Ich bin es, Mutter", rief er daher durch die geschlossene Tür.

„David?" Verwundert öffnete die Mutter die Pforte. „Was machst denn du da?"

„Mein Mitarbeiter hat mir leider erst vor einer Stunde gesagt, dass du gestern angerufen hast, und da wollte ich sofort nach dem Rechten sehen. Wie geht's ihm denn, dem Herrn Papa?"

Jetzt erst verlor die Mutter die Beherrschung. Sie begann zu schluchzen: „Gar nicht gut geht's ihm, gar nicht gut. Mein Bub, ich hab ja solche Angst um ihn."

Unwillkürlich hatte sie ihren Sohn umarmt, was dieser als ein wenig unangenehm empfand, angesichts der Situation aber kommentarlos akzeptierte. Da sie ihn aber nicht und nicht ausließ, meinte er schließlich: „Willst mich nicht reinlassen, Mama?"

Die Mutter ließ los, wischte sich eine Träne aus dem Auge und sagte: „Aber natürlich, was bin ich nur für ein Dummerchen! Komm herein! Magst was trinken? Einen Kaffee hab ich leider nicht, nur Ziguri. Aber ein Kakao wär noch da, wenn du so etwas trinkst. Oder magst ein Glaserl Wein?"

„Dafür ist es wohl noch etwas zu früh, Mama. Und danke, ich brauche nichts. Ich will nur wissen, wie's dem Herrn Papa geht. Kann ich zu ihm?"

„Du, ich weiß gar nicht. Ich glaub, er schlaft grad. Schau'n wir mal."

Gemeinsam gingen sie in das elterliche Schlafzimmer, das die Mutter aus Rücksicht auf den Zustand des Vaters abgedunkelt hatte. Tatsächlich schlief der alte Herr Bronstein, doch sein rasselnder Atem stimmte alles andere als optimistisch. Instinktiv überlegte Bronstein, wie man sich in einer solchen Situation richtig verhielt. Sollte man den Raum lüften, oder würde die Novemberkälte die Krankheit verschlimmern? Jedenfalls sollte regelmäßig die Bettwäsche gewechselt werden. Und das Nachtgewand des Vaters dito. „Hast du genug Zutaten, um eine Hühnerbrühe zu kochen?", fragte er seine Mutter, „wenn nicht, könnte ich etwas besorgen. Außerdem solltest du ihm viel Tee einflößen, Mama."

„Das hat der Doktor auch schon gesagt. Kräuter habe ich genug zu Hause, aber treib in diesen Tagen einmal ein Huhn auf", seufzte die Mutter, um sodann fortzufahren: „Aber am meisten Sorge bereitet mir das Fieber. Gestern Abend waren es fast 40.“

„Mach dir keine Sorgen, Mama, das Hendl treib ich dir auf. Sorg nur dafür, dass er ordentlich schwitzt und dass regelmäßig Gewand und Bettzeug gewechselt wird. Er muss die Krankheit aus sich herausschwitzen, aber die Keime dürfen nicht um ihn bleiben. Und wenn du die Sachen wäschst, dann koch sie aus.“

Die Mutter stemmte die Arme in die Hüften: „Ach, simma jetzt Doktor med. oder was? Ich hab dich durch alle Kinderkrankheiten gebracht, die man nur haben kann, vom Mumps bis zu die Röteln, erzähl du mir nicht, wie man sich um einen Kranken kümmert. Wenn nur nicht so ein Mangel wär! Wir haben ja nicht einmal genug Holz zum Einheizen.“

„Weißt was, Mama, das nehm jetzt ich in die Hand. Ich komm heute Abend wieder vorbei und bring dir ein Hendl und genug Holz für die nächsten paar Tage. Und dann schau’n wir weiter, in Ordnung?“

Die Mutter, nun wieder von Sorge überwältigt, nickte schwach. Bronstein drückte ihr einen Kuss auf die Stirn und wandte sich wieder der Wohnungstür zu. „Es ist besser, wir lassen ihn schlafen. Vielleicht ist er ja am Abend munter. Bis dann, Mama.“

Noch im Stiegenhaus gestand sich Bronstein ein, dass der Zustand seines Vaters in der Tat beunruhigend war. Gegen eine solche Grippe gab es keine wirksamen Medikamente, da war man schon in guten Zeiten in Gottes Hand. Und dann erst in solch katastrophalen Tagen wie jenen, welche die Monarchie gerade durchlebte! Bronstein wusste, dass die Grippe in Wien zu einer richtigen Epidemie geworden war, der schon tausende Bürger erlegen waren. Die Krankheit machte selbst vor Berühmtheiten nicht Halt. Erst vorige Woche war Schiele samt seiner Gefährtin daran gestorben, und in den Arbeiterbezirken wütete sie wie seinerzeit die Pest. Man konnte nur hoffen, dass Vaters Konstitution gut genug war, den Angriff erfolgreich abzuwehren.

Bronstein hatte im Lichte dieser Entwicklung nicht die geringste Lust, ins Büro zurückzukehren. Jetzt brauchte er erst einmal eine Stärkung, und so lenkte er seine Schritte fast automatisch in die Herrengasse, um dort im „Café Herrenhof" einen echten Kaffee zu sich zu nehmen. Die Wieden war rasch durchquert, und an der Oper vorbei marschierte Bronstein zielstrebig in die Augustinerstraße, um von dort das Kaffeehaus anzusteuern. Eine halbe Stunde nachdem er sich von seiner Mutter verabschiedet hatte, öffnete er die Pforte des Lokals. In mehreren Schichten durch den Raum wabernde Rauchschwaden machten ihm das Sehen schwer, und so brauchte er eine Weile, um sich zu orientieren.

„Bronstein, altes Haus, was verschlägt dich hierher?"

Der wohltönende Bariton gehörte Kisch. Bronstein sah ihn an einem der Tische sitzen, umgeben von zwei weiteren Männern und einer Frau. „Komm schon her, du Stütze des Reiches, du, und setz dich zu uns."

Bronstein war sich nicht sicher, ob dies ratsam war. Kisch hatte sich gerade in den letzten Tagen nachhaltig als Linksradikaler exponiert, und in solcher Gesellschaft sollte man sich als Polizist wohl prinzipiell nicht blicken lassen. Andererseits war Kisch ein alter Freund, und dieses Faktum durfte man auch nicht gänzlich außer Acht lassen. Bronstein machte also vorsichtig ein paar Schritte auf den Tisch zu und sah sich dabei unauffällig im Lokal um. Er entdeckte niemanden, der sein Zusammensein mit Kisch als kompromittierend hätte empfinden können, und so leistete er schließlich Kischs Einladung Folge.

Kisch gab sich hinsichtlich seines Äußeren betont militärisch. Er trug einen grauen Uniformrock, dessen oberster Knopf offen war. Über einer Stuhllehne hing ein Militärmantel, der offensichtlich ebenfalls ihm gehörte. Neben ihm saß ein Mann von etwa 30 Jahren, der alles andere denn heroisch wirkte. Bronstein schätzte ihn als Buchhalter oder Bankbeamten ein, hatte der Mann doch ein rundliches Gesicht mit dem Ansatz eines Doppelkinns sowie dicke Augengläser. Daneben saß ein schmächtiges Bürschchen mit eingefallenen Wangen, das sich eine Zigarette drehte, wiewohl es eben eine ausgedämpft hatte.

Doch Bronstein registrierte Kischs Begleiter nur beiläufig. Viel mehr interessierte ihn die Frau, die den drei Männern gegenübersaß. Ihr rotes Haar glühte über der schlichten, schwarzen Lederjacke, die ihren Oberkörper umschloss, und ihre dunklen Augen funkelten von innerem Feuer. Ihr Blick war verwegen, als kennte sie keinerlei Zaudern oder Zögern, sie schien voller Entschlossenheit, die Welt aus den Angeln zu heben. So, dachte Bronstein, musste Penthesilea aufgetreten sein. Allein schon die Art, wie sie kühn ihr Kinn nach vorne streckte und nur durch die Kraft eines Wortes ihre Begleiter verstummen ließ! Kisch, spann Bronstein seine Gedanken weiter, musste diese Frau direkt aus Rotrussland importiert haben, eine dieser Amazonen, die dort als Politkommissarinnen die Weißen das Fürchten lehrten. Bronstein wähnte sich unbeobachtet und riskierte einen Blick in die Augen der Frau, und er fand, aus ihnen sprach die ungebändigte Wildheit einer unbezähmbaren Löwin. Die ganze Erscheinung dieser Frau war eine vollendete Symphonie von Kraft und Schönheit. Eilig sah Bronstein zu Boden, als er das Gefühl bekam, der Frau war seine Neugier nicht länger entgangen.

„Hörst du mir überhaupt zu?"

Das war Kisch. Und er war offenbar ungehalten darüber, dass Bronstein zu zerstreut war, den Ausführungen des Journalisten zu lauschen. „Tut mir leid, Egonek", sagte Bronstein daher, „ich war in Gedanken versunken. Mein Vater liegt nämlich krank zu Bett." Kaum hatte er diese Worte ausgesprochen, als er sich schon schämte. Seinen kranken Vater vorzuschieben, das war wahrhaft unangemessen. Aber wer blamierte sich schon freiwillig? „Was hast du gesagt?"

„Ich habe dir meine Begleiter vorstellen wollen, du Zyklop."

„Ja, bitte, unbedingt. Ich bitte nochmals um Vergebung."

Kisch schien besänftigt. „Hier haben wir Franz Koritschoner, ein hervorragender Vertreter der heimischen Arbeiterklasse und führender Repräsentant der eben erst gegründeten Kommunistischen Partei." Der Asket verbeugte sich leicht.

„Dieser Mann hier", dabei klopfte Kisch dem Dicken jovial auf die Schulter, „ist die Zierde der heimischen Literatur. Franz Werfel, von dem du sicher schon gehört hast."

Bronstein konnte sich beim besten Willen nicht daran erinnern, dass ihm dieser Name jemals untergekommen wäre, aber um sich keine Blöße zu geben, murmelte er: „Sicher, wer kennt Franz Werfel nicht." Nun, er kannte ihn nicht. Und er war ihm auch rechtschaffen egal. Ihn interessierte nur die rothaarige Schönheit, und er hoffte inständig, Kisch würde sie nun endlich vorstellen.

„Und das", dabei deutete Kisch nachlässig auf die Frau, „ist unsere Jelena. Aber alle Welt nennt sie Jelka."

Bronstein verbeugte sich betont tief. „Fräulein Jelka."

„Nix Fräulein", knurrte die Politkommissarin, „ich sag ja auch nicht Männlein zu dir, Kieberer." Bronstein schluckte.

„A Kiwara is des?" Koritschoners Lächeln gefror.

„Regt euch nicht auf, Herrschaften", blieb Kisch gelassen, „der Mann ist absolut in Ordnung. Dafür verbürge ich mich. Gell, Bronstein?" Nun erntete der Major das Schulterklopfen Kischs.

„Bronstein?" Die Politkommissarin wurde neugierig, „Bist vielleicht mit unserem Leo verwandt?"

Bronstein wusste natürlich, auf wen Jelka anspielte. Bis zum Ausbruch des Krieges war Leo Bronstein Stammgast im „Café

Central", keine hundert Meter vom „Herrenhof" entfernt, gewesen, und hatte dort mit Alfred Adler immer Schach gespielt. Der andere Bronstein war als russischer Revolutionär amtsbekannt, so sehr sogar, dass Außenminister Berchthold im Vorjahr, als er von der Revolution in Russland erfahren hatte, nur meinte: „Revolution in Russland? Wer soll denn die machen? Vielleicht der Herr Bronstein aus dem Café Central?" Nun, es war der Herr Bronstein aus dem Café Central gewesen! Er nannte sich seit geraumer Zeit Trotzki, und als solcher führte er die von ihm geschaffene Rote Armee an, die im Kampf gegen die Anhänger des Zaren, die sogenannten Weißen, stand. Gemeinsam mit dem Spitzbart Lenin galt er als unumstrittener Führer der russischen Kommunisten, die sich Bolschewiki nannten, was, wie Bronstein einmal von Kisch erfahren hatte, „Mehrheitler" bedeutete, da Lenin und Trotzki gegen die Gemäßigten in der Partei, die seitdem „Menschewiki", also „Minderheitler", hießen, die Oberhand behalten hatten. Und da die Bolschewiki die Macht in Russland errungen hatten, galten sie jedem Kommunisten in Europa als wahre Helden. Und dass Jelka von „unserem Leo" gesprochen hatte, wies sie wohl endgültig als eine revolutionäre Rote aus.

„Leider nein", hörte sich Bronstein zu seiner eigenen Überraschung sagen. Es war wohl dem Genius Loci geschuldet, dass er sich zu einer solchen Formulierung hatte hinreißen lassen. Im Polizeipräsidium wäre er für diese Aussage glatt degradiert worden, wenn man ihn nicht überhaupt spornstreichs aus der Exekutive entfernt hätte.

„Schade." Das war von Jelka gekommen. „Du hast direkt a bissl eine Ähnlichkeit mit ihm. Der Bart, der stechende Blick."

„Sie kennen ihn, Fräu ..., Sie kennen ihn?"

„Sag einfach Jelka zu mir. Weil Genossin zu sagen, das wirst dich eh nicht trauen. Und ja, ich kenne ihn. Wir haben da in Wien zusammen an der Prawda gearbeitet. Und bis vor kurzem war ich noch bei ihm in der Ukraine."

„Eine Frau im Kriegsgebiet?" Bronstein war ehrlich überrascht.

„Unsere Jelka ist eine Berufsrevolutionärin", lachte Kisch,
„sie ist aber auch eine fundierte Theoretikerin. Sie kann dir genau erklären, warum es zum Krieg gekommen ist und wer an
ihm die Schuld trägt."

„Das weiß ich auch", entgegnete Bronstein, „der Krieg ist
ausgebrochen, damit an irgendeinem Flüsschen des Balkan,
dessen Name kein Kulturmensch auszusprechen vermag, der
Wille des Zaren herrsche." Bronstein wartete einen Augenblick,
genoss die entsetzten Blicke der anderen, dann grinste er. „Das
hat euer Genosse Austerlitz gesagt. Im August vierzehn. Ich
weiß es noch ganz genau."

„Der Austerlitz, der opportunistische Bernsteinianer, is ned
unser Genosse." Jelka war, sehr zu Bronsteins Missfallen, wieder zum Knurren zurückgekehrt. Dabei hatte sie eine so anhei-
melnde Stimme, wenn sie sich nur Mühe gab. Jetzt freilich gab
sie sich keine. „Na, Herr Oberg'scheit, warum ist er wirklich
ausgebrochen, der Krieg?" Jelka präsentierte sich angriffslustig
und zwang Bronstein damit automatisch in die Defensive.

„Ich weiß auch nicht so recht", begann er unsicher, „das Kai-
serhaus meinte wohl, auf die slawischen Provokationen reagieren zu müssen …"

„Welche slawischen Provokationen denn? Du bist ja der im-
perialistischen Propaganda ordentlich aufgesessen, Kieberer.
Den Krieg hat natürlich Österreich verschuldet. Das habsbur-
gische Imperium wollte den Freiheits- und Einheitsdrang der
südslawischen Völker mit Gewalt unterdrücken. Das ist die Ur-
sache des Krieges!"

„Ach wirklich?" Bronstein tat erstaunt.

„Wirklich", fuhr Jelka fort. „Im Laufe des vorigen Jahrhunderts hat sich bei den südslawischen Stämmen ob der ökonomi-
schen Entwicklung eine nationale Bourgeoisie herausgebildet.

Und ein Bürgertum strebt zwangsläufig danach, ökonomische Hemmnisse zu beseitigen. Dementsprechend standen die südslawischen Völker alsbald im Kampfe gegen Fremdherrschaft, Unterdrückung und nationale Zersplitterung. Es brauchte in Jugoslawien eine bürgerliche Revolution, um die feudalen Herrschaftsverhältnisse am Balkan zu überwinden. Da aber Österreich-Ungarn neben den Türken am meisten von diesen alten Verhältnissen profitierte, musste der ökonomische Kampf zwangsläufig auch zu einem nationalen Ringen werden."

„So habe ich das bisher gar nicht gesehen", gab Bronstein zu. „Das heißt, die Slowenen und die Kroaten, die waren von uns unterdrückt?"

„Natürlich waren sie das. Die Südslawen sind überhaupt ein gutes Beispiel …"

Kisch beugte sich, während Jelka noch sprach, zu Bronstein hinüber und flüsterte: „Die Jelka ist nämlich selbst Slawin, jetzt wirst einiges lernen."

Jelka sah kurz irritiert auf Kisch, fuhr dann aber fort: „Die Slowenen waren schon seit dem neunten Jahrhundert an ihrer nationalen Entfaltung grundlegend gehemmt worden, da sie ab diesem Zeitpunkt von deutschsprachigen Feudalherren unterjocht wurden. Slowenisch war nur noch die Sprache der Bauern und später der Dienerschaft. Als im Zuge der Reformation die Slowenen ihre eigene Schriftsprache entwickeln wollten, da wurden diese Versuche durch die deutschen Herren mit gnadenloser Härte unterdrückt. Den serbischen und kroatischen Brudervölkern erging es nicht besser."

Bronstein blickte unsicher zwischen den Männern hin und her. Kisch und Koritschoner beschränkten sich auf ein bedächtiges Nicken, während Werfel gleich Bronstein ratlos wirkte.

Jelka aber achtete nicht auf ihr Publikum, sondern redete unbeirrt weiter. „Erst das allmähliche Entstehen einer Arbeiterklasse trug dazu bei, diese völlig willkürliche Teilung und Unterdrückung zu überwinden. Die Arbeiter wissen, dass alle Slawen Brüder sind, egal, welcher Mundart sie sich bedienen. Und das hat schließlich auch die südslawische Bourgeoisie erkannt, wenn diese auch völlig andere Zwecke als das Proletariat verfolgt. Für das Haus Habsburg war die Vereinigung der südslawischen Stämme zu einem jugoslawischen Volk natürlich eine existenzielle Bedrohung, und daher drängte der Generalstab schon lange vor dem Attentat auf den Irren aus Konopischt auf einen Krieg am Balkan. Die Wiener Kamarilla wollte unbedingt verhindern, dass die Südslawen sich aus den Ketten der Fremdherrschaft befreien. Die Südslawen hatten die Kämpfe des italienischen Risorgimento studiert. Noch war die Vereinigung zu einer Nation nichts als eine Idee, aber wenn die Bedingungen reif sind, dann wird eine Idee zur unüberwindlichen Gewalt. Und das zeigte sich ja dann auch im Krieg, als es den Österreichern viele Monate lang nicht gelang, das kleine Serbien in die Knie zu zwingen."

Kisch hatte schon geraume Zeit Probleme gehabt, Jelka unbefangen zuzuhören. Alles in ihm, so schien es Bronstein, drängte zum Widerspruch. Nun konnte Kisch nicht länger an sich halten und fiel Jelka ins Wort.

„Deine Theorien hinsichtlich der Südslawen sind fraglos äußerst interessant. Aber du kannst doch nicht ernsthaft behaupten, dass sich das Schicksal Österreichs am Balkan entschieden hat. Der entscheidende Fehler der österreichischen Bourgeoisie war es, den Tschechen keinen angemessenen Anteil an der Macht einzuräumen. Dadurch drängte sie die tschechische Bourgeoisie an die Seite des tschechischen Proletariats, und ohne die tschechischen Industriereviere kann ein Kaisertum Österreich nun einmal nicht bestehen."

„Sag bloß, du hältst Masaryk, Beneš und Kramář für Revolutionäre", ließ sich Koritschoner nun vernehmen.

„Für Revolutionäre wider Willen", führte Kisch aus. „Die Entwicklung in Böhmen und Mähren verlief durchaus nicht unähnlich jener am Balkan. Auch hier hatten die österreichischen Feudalherren jeden nationalen Feudaladel beizeiten ausgerottet. Im Zuge des Dreißigjährigen Krieges, um genau zu sein. Als im Gefolge der Revolution von 1848 auch das tschechische Nationalbewusstsein neu erwachte, da versuchte der österreichische Feudalismus, den tschechischen Feudalismus als Bündnisgenossen zu gewinnen. Doch dem stand alsbald eine genuine tschechische Bourgeoisie gegenüber, welche die Fessel des Feudalismus abschütteln musste, um sich entwickeln zu können. So sah sich das Zentrum in Wien alsbald in eine Doppelmühle genommen. Einerseits wurde es von den Jungtschechen bekämpft, andererseits vom tschechischen Proletariat. In dieser Phase gesellschaftlicher Entwicklung hatten beide Klassen, wie es ja auch 1848 in Berlin und Wien der Fall gewesen war, gemeinsame Interessen. Man erinnerte sich des Ausspruchs Palackýs, wonach die Tschechen vor Österreich waren und nach Österreich sein würden, und da es Österreich nicht verstand, die Tschechen ebenso zu integrieren wie die Ungarn, war es klar, dass genau an diesem Punkt die Sollbruchstelle des morschen Reiches zu finden war."

„Das ist ja alles schön und gut", ließ sich nun wieder Koritschoner vernehmen, „aber man sollte die nationale Frage nicht überbewerten. Diese ganze Mär von der Nation ist doch nur eine Erfindung der Bourgeoisie, um dem Arbeiter den Kopf zu verdrehen. Bourgeois bleibt Bourgeois, egal, ob er Französisch, Deutsch oder Tschechisch spricht, und Arbeiter bleibt Arbeiter. Das einzige Interesse des Bourgeois ist es, die Arbeiter auszubeuten, das einzige Interesse der Arbeiter muss es sein, die Herrschaft der Bourgeoisie zu brechen und den Sozialismus aufzurichten. Und bei diesem Kampf ist jede nationalistische Phrase kontraproduktiv, weil sie vom Klassenkampf ablenkt. Nicht umsonst hat Genosse Trotzki festgestellt: Der Arbeiter hat kein Vaterland."

Kisch überlegte, was dieser Aussage zu entgegnen wäre, und sah schließlich nach rechts: „Und was sagst du dazu, Werfel?"

Auch Bronstein fiel auf, dass der Dichter als Einziger neben ihm die gesamte Zeit über geschwiegen hatte. Nun ruhten acht Augen auf ihm, und man merkte Werfel deutlich an, dass er sich in dieser Situation überaus unbehaglich fühlte. „Nieder mit Habsburg", sagte er dann mit einem fragend-ratlosen Blick.

Kisch verdrehte die Augen und wandte sich wieder Jelka zu. Augenzwinkernd lächelte er sie an: „Wir könnten uns ja darauf einigen, dass die Österreicher den Krieg verloren haben, weil sie die Südslawen als Gegner unterschätzt haben, weil sie die Tschechen nicht rechtzeitig auf ihre Seite gezogen und die Russen nicht überwunden haben, weshalb sie jetzt die Polen und die Ukrainer verlieren."

Nun musste auch Jelka lachen: „Egonek, Egonek, für eine pointierte Formulierung gibst du jeden Klassenstandpunkt auf, was? Wir wissen natürlich beide, dass diese Einschätzung vollkommen an der Wirklichkeit vorbeigeht, aber ich gestehe dir zu, es war gut gesagt."

Bronstein folgte der Unterhaltung mit wachsendem Befremden. Da fiel der ganze Staat auseinander, und diese vier Intellektuellen hier plauderten gemütlich darüber, als gelte es, irgendeine abstrakte Frage zu lösen, die in keiner Weise in das Leben der Menschen eingriff. Offenbar war ihnen nicht bewusst, wie katastrophal sich diese Entwicklung schon jetzt auswirkte und noch auswirken würde.

Bronstein verspürte wachsenden Widerwillen gegen das Gespräch am Tisch. Es gab freilich genug Anlass zur Kritik am Habsburgerreich. Aber was war gewonnen, wenn die Monarchie einfach zerfiel? Würden die Leute dadurch satt? Standen ihnen dadurch wieder Arbeit und Brot gerüstet? Nein, wenn ein so großes Imperium unterging, dann bedeutete das nur Chaos, Anarchie und unendliches Elend. Bronstein schnappte einen Satz auf, den Koritschoner gesprochen hatte: „Unsere Brüder in Böhmen, in Ungarn und in Polen werden uns nicht im Stich lassen."

Woher nahm der Mann diese Zuversicht? Die Böhmen hatten eben erst die Kohlelieferungen aus ihren Industrierevieren gestoppt. Die neue Regierung in Budapest hatte die Getreidelieferungen an Wien eingestellt, und die Polen, die hatten in Krakau alle Verbindungen zu Österreich gekappt. Die „Brüder" scherten sich einen Dreck um Österreich, das dem Verderben preisgegeben war. Ohne die Kronländer könnte Wien keinen einzigen Tag überleben, dessen war sich Bronstein sicher. Womit sollte man denn eine Stadt mit zwei Millionen Menschen versorgen? Mit den paar erbärmlichen Kühen, die auf irgendeiner Tiroler Weide standen? Vor allem, wer sagte denn, dass die Tiroler nicht dem Beispiel der Slawen und der Ungarn folgten? Was blieb denn noch von Österreich, wenn sich Galizien und Lodomerien, Ungarn, Dalmatien und Siebenbürgen, Kroatien, Krain und die Küstenlande, das Banat und die Batschka, Böhmen, Mähren und Schlesien, Tirol und Salzburg von ihm lossagten? Die Jugoslawen würden sich Kärnten und die Steiermark holen, immerhin standen ihre Truppen, wie es hieß, schon in Radkersburg und Völkermarkt. Ober- und Niederösterreich, ein bizarrer Puffer zwischen dem Reich und der neuen Tschechoslowakei! Mit einer solchen Landmasse mochten die Babenberger einst das Auslangen gefunden haben, heute hatte ein solcher Zwergstaat keinerlei Existenzberechtigung. Wenn das österreichische Volk überleben wollte, dann durfte es seine Provinzen nicht verlieren!

„Bronstein, alter Bazi, du bist so still heute! Ist dir was?" Kisch war anscheinend trotz der hitzigen Debatte aufgefallen, dass Bronstein nur schweigend am Tische saß. Dieser hätte ihm gerne entgegnet, wie sehr es ihn anwiderte, wie hier über das Hinscheiden des Vaterlandes, dem er seit er denken konnte stets treu gedient hatte, gesprochen wurde! Wie degoutant er es finde, dass man angesichts der trostlosen Lage nicht ein Mindestmaß an Pietät aufbringe! Wie weltfremd diese Diskussionen waren, wie sehr sie an den wirklichen Problemen der Menschen vorbeigingen! Die Damen und Herren Revolutionäre faselten etwas von Klassenkampf, Neubeginn und Freiheit, während die einzige Freiheit der Menschen darin bestand, hungers zu sterben oder zu erfrieren! Doch wozu sollte er seinem alten Freund mit solchen Worten kommen? Er würde ihn nicht verstehen, und die anderen würden ihn dann einfach für einen in der Wolle gefärbten Monarchisten, einen Reaktionär halten. Kein Wunder, würden sie sagen, Kieberer bleibt Kieberer. Wes Brot ich ess, des Lied ich sing! Und das würde er nicht auf sich sitzen lassen wollen, weshalb er sich dann doch auf ein Streitgespräch einlassen müsste. Und dazu hatte er weder die Zeit noch die Kraft. Also sah er Kisch einfach nur an, machte ein betrübtes Gesicht und sagte: „Ich mache mir wirklich Sorgen um meinen alten Herrn. Er sieht echt schlecht aus." Aus Kischs Augen sprach Mitgefühl, und selbst die feurige Slawin verzichtete auf eine spitze Bemerkung. Bronstein nutzte das eingetretene Schweigen, um seinen Abgang vorzubereiten.

„Ich muss dann auch wirklich wieder los. Es war sehr interessant, Sie kennenzulernen, und ich hoffe, man sieht sich bald wieder." Damit erhob er sich und reichte zuerst Werfel und dann Koritschoner die Hand, die auch beide ergriffen. Danach wandte er sich Jelka zu und zögerte einen Augenblick, nicht wissend, wie er sich akzeptabel von ihr verabschieden sollte. Sie ergriff die Initiative und hielt ihm ihre Hand hin: „Das hoffe ich auch", sagte sie und zeigte den Ansatz eines Lächelns. Bronstein war angenehm berührt und wagte einen Blick in ihre Augen. „Ich wäre sehr erfreut", murmelte er.

„Morgen um acht an diesem Tisch", sagte sie leichthin.

„Wirklich?" Bronstein war verblüfft.

„Aber ja. Ich wollte immer schon einen echten Kieberer kennenlernen. Ist mal was Neues." Bronstein bemühte sich, seine Freude über diese Worte nicht allzu offensichtlich werden zu lassen. „Na dann, bis morgen, Genossin", antwortete er, von der Festigkeit seiner Stimme ehrlich überrascht. Um die Magie des Augenblicks nicht selbst gleich wieder zu zerstören, tat er so, als sei diese Verabredung eine Selbstverständlichkeit. „Egonek", sagte er daher und breitete seine Arme aus. Dieser ignorierte denn auch das eben Vorgefallene und umarmte den Freund. „Bis bald, alter Knabe, bis bald." Bronstein deutete nochmals eine leichte Verbeugung an und entfernte sich sodann aus dem Lokal.

Wieder auf der Straße, blickte er auf die Uhr. Es war beinahe Mittag geworden, und tatsächlich zeigte sich am Himmel ein Hauch von Sonnenschein. Doch der eisige Wind, der durch die Gassen pfiff, ernüchterte ihn schnell wieder. Und doch konnte er nicht umhin, glücklich zu sein. Das markante Grinsen wollte aus seinem Gesicht nicht verschwinden. Er hatte die erste Verabredung seit Kriegsbeginn. Und die noch dazu mit einer so beeindruckenden Frau wie Jelka. Auf der Freyung wurde er aus seinen glückseligen Gedanken gerissen. Direkt vor seinen Augen lieferten sich zwei Frauen eine waschechte Prügelei. Bronstein wusste, als Polizist musste er dazwischengehen. Er packte eine der Frauen am Oberarm und riss sie zurück: „Was ist hier los?", schrie er, so laut er konnte.

Die eine Frau deutete mit zitterndem Zeigefinger auf die andere: „Die hat si beim Bäck viredrängt, und drum hot s' des letzte Brot kriagt, des Luader, des ausg'schamte."

„Goa ned woahr! I woa z'erst da."

Bronstein kannte diese Geschichten schon zur Genüge. Seit dem Herbst gab es in der Stadt kaum noch Lebensmittel, und wenn sich irgendwo herumsprach, dass eine Lieferung eingetroffen war, dann balgte sich halb Wien um das wenige, das die Regierung ihrem Volk noch zur Verfügung stellen konnte. Er selbst hatte sich die letzten Tage von Rüben und Erdäpfeln ernährt, Fleisch gab es selbst im Präsidium nur noch für die leitenden Beamten. „Wo ist das Brot?", fragte Bronstein.

„In da Toschn hot s' as."

„Na geben S' schon her", sagte Bronstein mit ungeduldigem Tonfall. Der betroffenen Frau standen die Tränen in den Augen. „Bitte, ned wegnehmen. Ich brauch's für meine Kinder", flehte sie.

„Na und", keifte die andere, „nur weil i kane G'schrazn daham hob, soll i vahungern?"

Bronstein nahm das halbe Kastenbrot, das die Frau aus ihrer Tasche geholt hatte, entgegen und prüfte es. Das Innere des Brotes war feucht wie eine Kellerwand. Kein Zweifel, hier war Korn minderster Qualität verwendet worden, der Nährwert dieses Gebäcks war ohne Frage äußerst gering. Zudem schätzte Bronstein die Portion auf maximal 300 Gramm, was wohl schon für eine Person zu wenig wäre, geschweige denn, dass es für eine Familie gereicht hätte.

„Wo haben Sie das her?"

„Da, vom Bäck in der Teilfaltstraßen."

Bronstein fasste einen Entschluss. „Kommen S' mit, die Damen."

Er überquerte die Straße, die zwei Frauen im Schlepptau. Die Bäckerei war geschlossen. Er pochte heftig an die Tür. „Es gibt nix mehr. Hau ab!", hörte er aus dem Inneren des Geschäfts.

„Polizei! Machen S' auf. Aber gach a no!"

Nur wenig später vernahm Bronstein, wie ein Schlüssel im Schloss gedreht wurde. Die Tür ging auf, und ein sichtlich überraschter Bäcker sah Bronstein fragend an: „Was liegt an, Herr Inspektor?"

„Sie haben dieser Frau verdorbenes Brot verkauft. Gemäß dem geltenden Kriegsrecht wird das verheerende Folgen für

Sie haben. Sie sollten sich besser von Ihrer Familie, so sie eine haben, verabschieden, denn Sie werden sie für eine sehr, sehr lange Zeit nicht mehr sehen."

Der Bäcker wurde blass. „Aber bittschön, Herr Inspektor, des muaß a Irrtum sei. I vakauf ka hiniche Woar. No nie!"

„Und was ist dann das?" Bronstein fuhr dem Bäcker blitzschnell mit dem Brot unter die Nase und zog es sofort wieder weg. „Verschimmelt ist das. Völlig ungenießbar, ja sogar lebensgefährlich. Wenn die Dame das gegessen hätte, sie wäre wahrscheinlich daran gestorben!"

„Um Gottes Willen! Herr Inspektor!" Der Bäcker begann zu taumeln und musste sich am Türgriff festhalten, um nicht umzufallen. „Nur ned ins G'fängnis! Alles, nur des ned! Um Himmels Willen, i woa immer a ehrlicher Kaufmann, wirklich! Des kann nur a Versehen g'wesen sein. I bitt Sie gar schön, Herr Inspektor, da muss's doch a andere Lösung geben als den Häfn."

Bronstein tat, als käme er ins Wanken. „Na ja", sagte er schließlich, „Sie waren ja wirklich noch nie aktenkundig mit Ihrer Bäckerei. Aber", und dabei hob er die Stimme an und gab ihr einen herrischen Ton, „der Schaden muss natürlich ersetzt werden. Und zwar hic et nunc. Nur dann kann ich von einer weiteren Amtshandlung absehen."

„Aber sicher, Herr Inspektor, des is jo eh kloa!" Der Bäcker lief in den hinteren Lagerraum, von Bronstein argwöhnisch beäugt. Einen Augenblick später kam er mit einem riesigen Laib Bauernbrot, der fraglos zwei Kilo wog, wieder zurück. „Den hab i mir eigentlich für den Eigenbedarf aufg'hoben, aber unter die Umständ' …"

Bronstein warf einen prüfenden Blick auf den Laib: „Gut. Den schneiden Sie jetzt genau in der Mitte durch. Gemma, gemma." Der Bäcker tat, wie ihm geheißen. Bronstein nahm die zwei Hälften in Empfang. Er sah den Bäcker mit strengem Blick an: „Wenn ich nur noch ein einziges Mal etwas über Sie höre, dann verrotten Sie in den Kasematten von Spielberg, haben wir uns verstanden?"

„Aber sicher, Herr Inspektor."

„Wiederschau'n." Ohne die Antwort des Bäckers abzuwarten, wandte sich Bronstein zum Gehen und verließ das Geschäft. Die zwei Frauen hatten die Szene sprachlos verfolgt. Bronstein bedeutete ihnen, ihm zu folgen. An der Ecke drückte er jeder Frau eine Hälfte des Brotlaibs in die Hand: „So. Da haben S'. Und jetzt is a Ruh. Schau'n S', dass S' weiterkommen." Die beiden Frauen brachten vor Staunen keinen Ton heraus, und diesen Augenblick nutzte Bronstein, um sich durch die Schottengasse in Richtung Ring zu absentieren. Für sich selbst sollte er einmal so ein guter Anwalt sein, dachte er bei sich. Da hatte er der Mutter doch glatt ein Huhn versprochen. Wo, um alles in der Welt, sollte man in dieser Stadt ein echtes Huhn auftreiben? Seit mehreren Wochen gab es auf den Märkten praktisch gar nichts mehr, keine Butter, keinen Käse, keine Milch. Schweinefleisch war nur noch vom Hörensagen ein Begriff, und Hühner, die waren überhaupt zu einer reinen Legende geworden. Er müsste bei irgendeinem reichen Herrn eine Razzia machen, überlegte Bronstein bitter, dann hatte er vielleicht eine Chance, einen Vogel zu beschlagnahmen. Aber im Gegensatz zu einem einfachen Bäcker kannte die feine Gesellschaft ihre Rechte, und so würde er mit einer solchen Tour nur auf die Nase fallen. Mit hängenden Schultern traf Bronstein im Präsidium ein.

„War was los?"

„Aber überhaupt nix", entgegnete ein sichtlich gelangweilter Pokorny, „i führ schon Selbstgespräche, weil mir so fad ist."

„Sag einmal, Pokorny, wie versorgst du dich eigentlich mit Lebensmitteln?" Bronstein setzte sich an seinen Schreibtisch und sah den Kollegen erwartungsvoll an. Über all die Jahre war Pokornys Wohlstandsbauch keinen Deka kleiner geworden, was darauf hindeutete, dass Pokorny so seine Quellen hatte.

„Dir kann ich's ja sagen", nuschelte Pokorny und beugte sich verschwörerisch nach vorn, „i kenn an Bauern in Himberg. Der is sehr erfinderisch, was des Bewahren seines Besitzstandes anbelangt."

Bronstein verstand, was Pokorny meinte. Seit dem Vorjahr zogen regelmäßig Vertreter des Heeres durch die Lande und konfiszierten bei den Bauern alles, was sich irgendwie noch bewegte. Zahllose Wirtschaften waren dadurch ruiniert worden, dass die Kommissionen ihnen die letzte Kuh, die letzte Sau weggenommen hatten, zahlreiche Kinder waren am allgemeinen Mangel zugrunde gegangen, weil ihnen die Armee die notwendige Milch vorenthalten hatte. Es gab selbst im Präsidium nicht wenige, die meinten, durch diese rücksichtslose Vorgangsweise habe es sich die kaiserliche Armee endgültig mit allen verscherzt, denn oft und oft war sogar Heu requiriert worden, das sodann so lange auf dem Feld liegengelassen worden war, bis es restlos verfault war. Dann erst hatte man die Konfiskation formell zurückgenommen, was jeder normale Mensch als pure Schikane empfinden musste. Die Bauern, die um ihr eigenes Überleben kämpften, wurden ob solcher Praktiken immer erfindungsreicher, wenn es darum ging, ihren Besitz vor den Militärs zu verstecken. Es wurden Geschichten bekannt, dass Landwirte ihr Vieh in eigens gegrabenen Gruben hielten, damit die Kommission nur leere Ställe zu sehen bekam. Pokornys Bekannter aus Himberg hatte offenbar ähnlich kreative Ideen gehabt.

„Sag, tätest du an ein Hendl kommen?"

„Sicher. Aber des kostet a Lawine."

„Wie viel?"

„In Zeiten wie diesen? Lass mich nachdenken! Mit an Gulden musst schon rechnen!" Bronstein blieb die Spucke weg. Das war das Zehn- bis Zwölffache des Normalpreises.

„I brauchat dringend ans für meinen alten Herrn. Er hat's schwer mit der Gripp', wie du weißt!"

Pokorny setzte eine gütige Miene auf: „Lass den alten Pokorny nur machen. Organisier mir ein Automobil, und du hast um viere dein Viecherl."

„Na das is a Red!" Bronstein griff beschwingt zum Telefonapparat. „Hallo? Ja, verbinden S' mich mit dem Fuhrpark. Aber pronto!" Bronstein musste einen Augenblick warten, dann vernahm er eine männliche Stimme am anderen Ende der Leitung. „Major Bronstein hier! Wir brauchen ganz dringend einen Wagen mit Chauffeur. Gefahr in Verzug! … Was? … Zehn Minuten? Des passt, ja! … Vors Präsidium, genau! Hervorragend. Danke!" Bronstein sah Pokorny an: „Hast es eh g'hört, gell."

„Ja. Und jetzt gib mir noch das Geld und eine Schachtel Zigaretten."

„A ganze Schachtel gleich? Hörst, du bist ja ziemlich gierig, Pokorny!"

„Die ist doch nicht für mich, Chef, die ist für den Fahrer. Damit er sich nimmer daran erinnert, weshalb wir partout nach Himberg g'fahren sind."

Bronstein leuchtete die Argumentation ein. Schweren Herzens schloss er die unterste Schublade seines Schreibtisches auf und holte eine Schachtel „Egyptische Sorte" hervor. „Da", sagte er, während er die Packung lässig über den Schreibtisch warf. Pokorny nickte zufrieden: „Wirst sehen, Major, in drei Stund' hast dein Hendl da am Tisch liegen." Bronstein übte sich in Zuversicht.

Pokorny hatte kaum den Raum verlassen, als Bronstein eine gewisse Melancholie in sich aufsteigen fühlte. Was machte er hier eigentlich? Welche Ordnung sollte er denn noch hüten? Die Monarchie war unwiderruflich am Ende. Ein Staat, der seine Bevölkerung nicht ernähren konnte, der hatte keine Existenzberechtigung. Und wo sich jede Ordnung auflöste, da konnte auch die Polizei nichts mehr tun. Wenn nun schon Frauen aufeinander losgingen, weil sie sich um gewöhnliches Brot stritten, da war endgültig jede Moral perdu. Wenn in diesen Tagen jemand stahl, dann tat er es aus purer Verzweiflung und nicht aus krimineller Veranlagung. Dass an jeder Ecke Bettler standen, wem war dies denn zu verdanken, wenn nicht der Politik, die nicht in der Lage war, die dringendsten Probleme des Volkes zu lösen! Im Parlament redeten sich dutzende Parteien den Mund fusselig, und die einfachen Leute wussten derweilen nicht, wie sie ihre Kinder vor dem Hungertod bewahren sollten. Im Parlamentsrestaurant gab es sicher Hühner, daran war nicht zu zweifeln. Und erst in Schönbrunn! Da schlürfte man ohne Frage Champagner und verlustierte sich an Kaviar. Bronstein mochte gar nicht daran denken, sonst würde er auch gleich zum Revolutionär mutieren – apropos: Er hatte ein Rendezvous! Er hatte doch tatsächlich eine Verabredung! Er fühlte sich wie ein jugendlicher Galan, der erstmals eine junge Dame ausführen durfte. Instinktiv blickte er auf die Uhr. 14 Uhr. Noch genau 30 Stunden, bis er Jelka wieder sehen durfte. Doch war ein Kaffeehaus der richtige Ort, um zarte Bande zu knüpfen? Normal wäre es, die Dame des Herzens zum Essen auszuführen. Aber gab es überhaupt noch Restaurants in dieser Stadt, in denen man etwas zu essen bekommen konnte? Also zu Preisen, die er sich leisten konnte! Wenn schon ein einzelnes Huhn bei einem gewöhnlichen Bauern einen Gulden kostete, dann würde ein Dinner für zwei ein ganzes Monatsgehalt verschlingen. Und bei aller Liebe, bis über beide Ohren wollte er sich denn doch nicht verschulden. Kabarett? Gab es in der Stadt noch Kabarettbühnen? Waren die nicht alle von der Zensur geschlossen worden, weil die Kleinkünstler auf die grenzenlose Niederlagenserie der kaiserlichen Armee hingewiesen hatten, und sei es auch nur in Andeutungen und Anspielungen? Angeblich gab es noch ein paar verruchte Nachtklubs, doch die waren sicherlich auch sauteuer. Und außerdem konnte jemand wie Jelka ein solches Etablissement nur falsch verstehen. Also würde es wohl doch das Kaffeehaus werden. Das war erschwinglich und unverfänglich. Endlich wandte sich Bronstein, nachdem er diesen Gedanken zu einem Ende gebracht hatte, wieder seinen Akten zu. Gelangweilt blätterte er durch die Berichte aus den einzelnen Kommissariaten. Plünderungen hier, Ausschreitungen da. Nil nove sub sole, sagte sich Bronstein, der sich immer müder fühlte. Wie viele Tatarennachrichten konnte man verkraften? Erstaunt stellte er fest, dass sich auch ein Bericht der Ernährungskommission unter den Akten befand. Schon die Zahlen auf der ersten Seite nahmen ihm den Atem.

Demnach war die Produktion von Weizen und Roggen in den ersten drei Quartalen des Jahres 1918 um 52 bzw. 55 Prozent gesunken. Die Kartoffelernte hatte nur ein Drittel des letzten Wertes erreicht. Entsetzt schlug er die letzte Seite auf und las die Schlussfolgerungen der Kommission. Wien könne, so hieß es da, bestenfalls, bei Annahme der niedrigsten Rationen und bei denkbar vollständigstem Gelingen der Aufbringung, ein Viertel des Mehlbedarfs, ein Fünftel des Bedarfs an Kartoffeln, ein Zwanzigstel des erforderlichen Speisefetts und ein Vierzehntel des Zuckerbedarfs decken. Von Fleisch war ohnehin keine Rede mehr. Es reicht, sagte sich Bronstein. Das hielt ja keiner mehr aus. Seit Wochen wurde man nur mit Hiobsbotschaften traktiert, es war dringend Zeit für einen Themenwechsel. Er schenkte daher dem Hinweis, dass sich in Böhmen deutschsprachige Politiker um die Errichtung eines neuen österreichischen Bundeslandes bemühten, keine sonderliche Aufmerksamkeit mehr. Davon hatte er bereits am Vortag in der Zeitung gelesen. Die böhmischen Abgeordneten deutscher Zunge hatten vier neue Gebiete konstituiert, Deutschböhmen, das Sudetenland, den Böhmerwaldkreis und den Znaimer

Kreis, die sich gemäß dem proklamierten Selbstbestimmungs-recht der Völker Österreich anschließen wollten. Doch die Tschechen hatten dieser Initiative am 4. November einen Riegel vorgeschoben, sodass wohl auch diese Gebiete für den Staat verloren waren. Ein wenig wehmütig dachte Bronstein an frühere Aufenthalte in Reichenberg, Aussig und Teplitz-Schönau, an seine Kuren in Marien-, Franzens- und Karlsbad sowie an Ausflüge nach Znaim, Krummau und Budweis zurück. All das würde für ihn nun wohl ebenso Ausland sein wie Abbazia, Krakau und Triest.

Genug Trübsal geblasen, konzentrier dich gefälligst, schalt sich Bronstein. Er ergriff den nächsten Akt und wurde endlich fündig. Das Bezirkskommissariat Margareten hatte einen Mordfall an das Präsidium abgetreten, der auf diesem Wege auf Bronsteins Schreibtisch gelandet war. Am Abend des 6. November war in einem Handwerksbetrieb in der Redergasse die Leiche einer etwa zwanzigjährigen Frau gefunden worden, die offenbar erwürgt worden war. Da die Gewaltanwendung offenkundig gewesen sei, trete man die Angelegenheit an die Mordkommission ab, hieß es in dem Bericht des Revierinspektors, der den Fall aufgenommen hatte. Der Akt war mehr als dünn. Auf knapp eineinhalb Seiten wurde der Fundort der Leiche beschrieben, weitere zwanzig Zeilen waren der Toten selbst gewidmet. Nichts davon war auf den ersten Blick irgendwie brauchbar. Weder war ausgeführt, wer die Tote gefunden hatte, noch, ob bereits seitens des Bezirkskommissariats irgendwelche Erhebungen durchgeführt worden waren. Nicht einmal der derzeitige Aufenthalt der Toten wurde erwähnt. Hatte man sie in die Gerichtsmedizin gebracht, wie es in solchen Fällen eigentlich angezeigt war? Bronstein beschloss, einmal beim Chef der dortigen Abteilung nachzufragen. Er hob den Hörer aus der Gabel und gab dem Fräulein von der Vermittlung seinen Wunsch durch. Wenig später meldete sich Ferdinand Strakosch, die Institution der heimischen Gerichtsmedizin, höchstselbst.

„Grüß dich, Strakosch, Bronstein hier."

„Ja servus, was verschafft mir das Vergnügen?"

„Sag, habt ihr gestern eine Zwanzigjährige hereinbekommen, die erwürgt worden ist? Ein Fall aus Margareten?"

„Die? Ja, die liegt bei mir am Tisch. Und soll ich dir was sagen: Sie ist erwürgt worden!"

„Lass die G'spasettln, Strakosch. Was kannst du mir wirklich über die Sache sagen?"

„Du wirst es ned glauben, ned viel. Da hat einfach jemand seine Händ' g'nommen und so lang zugedrückt, bis das Fräulein die Patschen g'streckt hat."

„Das heißt, die Tatwaffe sind die Hände des Täters?"

„So ist es. Und ich kann dir weiters verraten, dass sich die Frau ned sonderlich g'wehrt hat. Es sind sonst am Körper nämlich keinerlei Blessuren oder gar Hämatome. Das Einzige, was sonst noch auffällig ist, ist der Umstand, dass die Frau schwerst unterernährt war. Wir haben sie vermessen und gewogen. Bei 160 Zentimetern Körpergröße wog sie zum Zeitpunkt des Todes gerade einmal 42 Kilo. Die wär ned über den Winter kommen."

„Strakosch, ich liebe deine Feinfühligkeit."

„Ja, genau. Dafür werd ich ja bezahlt."

„Gibt's wenigstens irgendwelche Schlüsse, die man aus den Würgemalen ziehen kann?", fragte Bronstein mit einem Hauch Resignation in der Stimme.

„Ja. Der Täter muss mordstrum Klebeln haben. So wie dieser eine persische König da, der, wie hat er noch g'heißen?"

„Makrocheir. Artaxerxes I."

„Genau. Hände wie Klodeckel. Aber das hilft dir auch nicht weiter, weil deswegen muss der Mann selbst nicht übergroß sein."

„Und wann ist der Tod eingetreten?"

„Tja, da kann ich dir auch nicht helfen. Wir haben sie gestern am Nachmittag reingekriegt, da war sie schon sicher eine ganze Weile tot. Aber an der haben vor uns so viele herumgedoktert, dass eine präzise Aussage nur noch anhand des Mageninhalts möglich wäre. Aber so, wie die ausschaut, hat die seit Tagen nichts Festes mehr zu sich genommen."

„Aber sie ist sicher nicht schon wochenlang dort gelegen, oder?"

„Ah so! Nein. G'storben ist sie irgenwann zwischen dem Abend des 5. und dem Abend des 6. November. So weit kann ich es schon eingrenzen. Aber genauer geht's, fürchte ich, nicht."

Bronstein überlegte einen Augenblick: „Hast du dir ihren Intimbereich angeschaut?"

„Wozu denn das, bitte schön?" Strakosch tat überrascht. Doch noch ehe Bronstein zu einer Erklärung ansetzen konnte, wiegelte er schon wieder ab: „Reg dich nicht auf. Mord aus Leidenschaft war's keiner. Natürlich hab ich auch diese Option geprüft. Kein Sperma, keine sonstigen Unnatürlichkeiten. Vor allem, die Dahingegangene war noch Jungfrau. Die Spur kannst also getrost außer Acht lassen."

„Na servas, des wird wieder was werden. Keine Anhaltspunkte, nichts. Meine Begeisterung kennt keine Grenzen. Habt ihr irgendwelche Ausweise bei ihr gefunden?"

Strakosch kramte offenbar in irgendwelchen Sachen. Nach geraumer Zeit hob er wieder zu sprechen an. „Die haben uns die Frau zwar in dem Gewand geliefert, in dem sie gefunden wurde, aber eine Handtasche oder so etwas war nicht dabei."

„Was hat sie denn angehabt?"

„Nichts Besonderes. Strümpfe, Combineige, Rock, Bluse und Überrock. Aber warte, jetzt, wo ich genau nachschau, in dem Mantel ist ein Karton. Da, ein Ausweis von der Margaretner

Volkshochschul'. Hannah Feigl steht da. Geboren 1. November 1898. Wohnadresse: Margaretenstraße 76."

„Na bitte, das ist doch was. Damit kann man was anfangen. Ich dank dir recht."

„Ja, Bronstein, du mich auch."

„Jetzt sei ned immer so happig!"

„Weißt was, Bronstein, seit 1913 schuldest du mir schon ein Bier im Schweizerhaus. Begleich einmal deine Schulden, dann red ma weiter."

Bronstein war ehrlich empört: „Na hör einmal, das Bier hab ich dir schon längst ausgegeben."

„Ja, im Walfisch. Aber ned im Schweizerhaus."

„Und wo, bitte schön, ist da der Unterschied?"

„Da merkt man eben, dass du kein Wissenschaftler bist. Man muss immer exakt bleiben. Ich kann ja auch nicht einfach sagen: hin ist hin. Da tätest dich schön giften, wenn ich so arbeiten würde."

„Gut, Strakosch, hast g'wonnen. Nächsten Sommer lad ich dich auf drei Bier im Schweizerhaus ein – sind das genug Zinsen?"

„Die Botschaft hör ich wohl."

„Selig die, die nicht sehen und doch glauben."

„An ihren Früchten werdet ihr sie erkennen."

„Ihm aber sage er, er kann mich …"

„Weißt was, Bronstein, ich leg jetzt auf. Diese Unterhaltung hat stark an Niveau verloren."

„Ja, ich schick dir über den Pokorny ein Bukett Rosen."

„Na, alles, nur ned den Pokorny. Ich kann die Kletzmayr-G'schicht nimmer hören. Und die Berghammersache noch weniger. Lad mi im Sommer auf die Bier ein, und wir sind quitt."

„Passt. Bis bald."

„Ja, servus."

Bronstein hängte ein. Er blickte auf die Uhr. Es war wenige Minuten nach drei Uhr nachmittags. Zu spät, um noch mit den konkreten Ermittlungen anzufangen. Wenigstens wusste er jetzt, womit er den morgigen Tag zubringen würde. Zuerst, so beschloss er, würde er sich auf die Wachstube begeben, um aus den dortigen Kollegen möglicherweise noch einige Informationen herauszuholen, welche diese nicht im Bericht festgehalten hatten, danach stand die Wohnung der Ermordeten auf der Agenda. Bronstein machte sich über das Gespräch mit Strakosch entsprechende Notizen, doch wirkte sich die hereinbrechende Dämmerung ungünstig aus. Bronstein schaltete die Schreibtischlampe ein, doch nichts tat sich. Er erhob sich und versuchte, Pokornys Lampe zum Leuchten zu bringen. Ebenfalls kein Erfolg. So verließ er das Zimmer und wiederholte seinen Versuch mit dem Ganglicht. Auch hier blieb alles finster. Bronstein begab sich zum Sicherungskasten und hielt mittels eines zu diesem Zweck entzündeten Streichholzes Nachschau. Alles in Ordnung. Er seufzte resignierend. Anscheinend hatte das E-Werk schon wieder einmal den Strom abgestellt, da dieser wegen des Mangels an Kohlen nicht mehr produziert werden konnte. Apropos Mangel an Kohlen. Es war empfindlich kalt in der Amtsstube geworden. Kein Wunder, das Feuer im Kanonenofen war ausgegangen. Verzweifelt suchte Bronstein nach Brennstoff, um den Ofen neu beheizen zu können. Doch es war nichts mehr da. Keine Kohlen und auch kein Holz.

„Was soll das?", fluchte er. „Soll ich jetzt anfangen, die Büroeinrichtung zu verheizen? Des könnt's haben." Hätte er nicht auf Pokornys Huhn warten müssen, er wäre aus Protest nach Hause gegangen. So durfte man die Diener des Staates nicht behandeln. Nicht einmal in Zeiten wie diesen!

In der Zwischenzeit war die Dunkelheit weiter vorangeschritten. Lesen, ohne sich dabei die Augen zu verderben, war so eigentlich nicht mehr möglich. Bronstein sah sich nach einer alternativen Lichtquelle um. Nach kurzem Überlegen öffnete er Pokornys Spind und wurde tatsächlich ganz unten fündig. Auf Pokorny war eben Verlass. Obwohl es noch sechs Wochen bis Weihnachten waren, hatte der natürlich schon einen Adventkranz besorgt. Nun, der musste nun als Beleuchtung herhalten. Bronstein stellte ihn auf den Tisch und zündete alle vier Kerzen gleichzeitig an. Damit, so meinte er, sollte es leidlich gehen, die Akten weiter zu studieren. Den Fall Feigl hatte er bereits gesondert abgelegt, um den würde er sich zuerst kümmern. Den diversen Eigentumsdelikten widmete er hingegen keine Aufmerksamkeit. Immerhin arbeitete er für die Mordkommission. Um derartige Vergehen sollten sich gefälligst die Bezirkskommissariate selbst bemühen. Er würde also Pokorny die Weisung geben, die diesbezüglichen Fälle am nächsten Tag mit einem entsprechenden Vermerk zu retournieren. Somit fiel ihm nur noch eine Sache auf, die eventuell tatsächlich in seine Zuständigkeit fallen mochte.

Das Bezirkskommissariat Josefstadt hatte eine Anzeige an die Mordkommission weitergegeben, in der es vordergründig um die Abgängigkeit einer Person ging. Die Ehefrau des Vermissten war am Morgen des 6. November im Kommissariat erschienen und hatte angegeben, dass ihr Gatte seit dem Abend des 4. November nicht mehr zu Hause erschienen sei, was so gar nicht seiner Art entspreche. Und da der Mann seit Ende Oktober mehrere Drohschreiben erhalten habe, denen er aber keine Aufmerksamkeit geschenkt hatte, befürchte die Frau nun, ihr Mann sei Opfer eines Verbrechens geworden.

Nun, das klang interessant. Bronstein vertiefte sich in den Akt. Der Mann sei 62 Jahre alt und wohne in der Florianigasse. Seine Frau, die er 1889 geheiratet habe, zähle 50 Lenze. Kinder seien ihnen keine vergönnt gewesen. Der Mann sei nach der Schule in die Militärrealschule in Mährisch-Weißenkirchen eingetreten und von dort 1878 als Leutnant abgegangen. Er habe sich freiwillig nach Bosnien gemeldet, wo er in der Folge zehn Jahre Dienst tat, um Anfang 1889 als Hauptmann nach Wien zurückzukehren. Er habe um die Erlaubnis zur Heirat angesucht, welchem Begehren stattgegeben wurde. Bis 1892 besuchte der Mann den Generalstabskurs, ein Jahr später wurde er der Stabsstelle in der Maria-Theresien-Kaserne dienstzugeteilt. 1895 zum Major befördert, wurde er einige Jahre später Oberstleutnant und schließlich 1907 Oberst. Als solcher bekam er das Kommando über den Militärbezirk Tarnopol, wo er sich jedoch nicht sonderlich mit Ruhm bekleckert zu haben schien, denn zu Kriegsbeginn war er immer noch Oberst. Er bekam das Kommando über eine Kompanie an der Ostfront.

Jetzt stutzte Bronstein. In dieser Kompanie hatte er gedient. Er blätterte zurück und sah sich den Namen des Mannes noch einmal genauer an. Richtig. Generalleutnant Wilhelm Spitzer, Edler von Grabensprung. Das war sein Kommandeur gewesen. Bronstein erinnerte sich lebhaft an die kleine Gestalt, die bei jeder Gelegenheit cholerisch herumgebrüllt hatte und wie weiland Rumpelstilzchen auf- und abgesprungen war. Der Mann war in militärischer Hinsicht ein außerordentlicher Versager gewesen, durch seine katastrophalen strategischen Fehler war 1915 die halbe Kompanie gefallen, ehe das Kontingent im Zuge der Schlacht um Tarnow-Gorlice schließlich völlig aufgerieben worden war. In Bronstein loderte alter Hass auf. Es geschah dem Ekel recht, wenn ihn jemand nun zur Rechenschaft gezogen hatte, dachte Bronstein bitter. Doch gleich hatte er sich wieder im Griff. Als Polizeibeamter hatte er objektiv zu bleiben und durfte sich nicht von persönlichen Gefühlen leiten lassen. Und doch, unwillkürlich lehnte sich Bronstein zurück und ließ für einen Augenblick seinen Erinnerungen freien Lauf. Nach dem Desaster bei Tarnow hatte man Spitzer eine typisch österreichische Behandlung angedeihen lassen. Er wurde nach einigen Monaten, die man anstandshalber hatte verstreichen lassen, bei gleichzeitiger Erhebung in den erblichen Adelsstand und damit verbundener Beförderung zum Generalleutnant in den dauernden Ruhestand versetzt. Ziemlich genau an seinem 60. Geburtstag, wie Bronstein nun feststellte. Die Erhebung in den Adelsstand war der Militärbehörde umso leichter gefallen, als man bei einem Sechzigjährigen ziemlich sicher sein konnte, dass er keine Nachkommen mehr zeugen würde. Und das Adelsprädikat selbst war ja auch ein Witz. „Von Grabensprung". An der Front hatte diese Bezeichnung rasch die Runde gemacht. An einem der ersten Kriegstage war es der Kompanie gelungen, ein russisches Dorf einzunehmen, das allein durch einen kleinen Graben gesichert gewesen war, welchen die österreichischen Soldaten spielend überwunden hatten. Dieser einzige Triumph in der Karriere des Obersten Spitzer musste nun für seinen Adelstitel herhalten. Nach allgemeiner Meinung war das bezeichnend für den Zustand der k. u. k. Armee. Jedenfalls hatte Bronstein nach dem Jänner 1916 nichts mehr von Spitzer gehört, und es entbehrte nicht einer gewissen Ironie, dass sich die Wege des ehemaligen Kommandeurs und seine eigenen auf diese Weise noch einmal kreuzten.

Doch Bronstein verspürte nicht die geringste Lust, dem alten Widerling aus der Patsche zu helfen. Als Polizist musste man ja unbefangen sein, und so war es ein Leichtes, diesen Fall an Pokorny abzutreten. Sollte der sich mit der greinenden Gattin abgeben, er würde sich lieber um den Mädchenmörder kümmern, denn Spitzer, so machte Bronstein aus seinem Herzen keine Mördergrube, den konnte ruhig der Teufel geholt haben.

Die Tür ging auf, und Pokorny grüßte seinen Chef mit heiterer Miene. Im ausgestreckten rechten Arm hielt er ein gerupftes Huhn. „Mission erfüllt!", schmetterte Pokorny mit breitem Grinsen.

„Respekt, Pokorny, Respekt!", entgegnete Bronstein anerkennend.

„Ich weiß", lenkte nun Pokorny ein, „einen Schönheitspreis tät des Viecherl ned g'winnen, aber für deine Zwecke reicht's allemal."

„Des kannst laut sagen. Du rettest meinem alten Herrn das Leben. Weißt was, Pokorny, des gibt einen Tag Sonderurlaub. Ich bewillig dir des. Nur ned gleich", schränkte Bronstein sofort ein, „weil morgen musst du noch diesem Fall da nachgehen."

Mit diesen Worten warf Bronstein den Spitzer-Akt auf Pokornys Schreibtisch, dem dadurch erst auffiel, dass in der Mitte der beiden Schreibtische die Kerzen des Adventkranzes brannten. „Wieso nachher des?"

„Weil es da um meinen ehemaligen Kommandanten an der Front geht. Und wir wollen uns doch nicht Befangenheit vorwerfen lassen."

„Na. Der Kranz."

„Ah so, na weil die Armleuchter vom E-Werk schon wieder den Strom abg'stellt haben."

„Ah darum gehen keine Tramways. Na servas, des wird wieder a Hatscher."

Pokornys Aussage machte Bronstein erst bewusst, wie weit er heute durch die Kälte würde nach Hause stapfen müssen. Vom Präsidium auf die Wieden waren es sicher mehr als drei Kilometer. Und von dort nach Dornbach fraglos noch einmal fünf bis sechs. Er würde erfroren sein, ehe er seine kalte Wohnung erreicht haben würde. Unwillkürlich fiel ihm Napoleons Rückzug aus Russland ein.

Auch für Pokorny würde der Heimweg alles andere als erfreulich sein, denn der wohnte in der Quellenstraße in Favoriten, vom Präsidium auch gut und gern fünf Kilometer entfernt. „Weißt was", sagte Bronstein daher, „Dienstschluss. Immerhin müssen wir ja auch zu halbwegs christlicher Zeit nach Hause kommen."

„Des kommt mir sehr entgegen, Major, denn ich muss irgendwo noch Heizmaterial auftreiben. Und des wird sicher ned so einfach."

Stimmt, dachte sich Bronstein, er hatte auch kein Holz mehr zu Hause, von Kohlen ganz zu schweigen. Erstmals überlegte er, ob er nicht einfach bei seinen Eltern nächtigen sollte. Von deren Wohnung waren es keine 500 Meter zum Kommissariat in der Schönbrunner Straße, und das Mordopfer hatte seine Bleibe ebenfalls in unmittelbare Nähe gehabt. Für Bronstein würde dies einiges enorm vereinfachen. Ja, bei Vater und Mutter Unterschlupf zu suchen, dafür sprach in der Tat einiges.

Bronstein stopfte das Huhn in eine alte Tasche, wünschte Pokorny, nachdem er ihm nochmals gedankt hatte, einen schönen Abend und machte sich auf den Weg. Vor der Universität hatten die ersten Zeitungsjungen Posten bezogen und schrien ihre Schlagzeilen lauthals in die Welt. „Neue Regierung kündigt Sozialisierungskommission an!", hörte er. Wieder so ein Versprechen, dachte er sich. „Sozialminister Hanusch schafft Arbeitslosengeld!", lautete eine andere Botschaft. Was hatte das denn zu bedeuten? Und vor allem, was würde Minister Seipel dazu sagen, dass man plötzlich sein parlamentarisches Pendant Sozialminister nannte und nicht mehr ihn, der doch des Kaisers Ressortleiter für soziale Fragen war? Bronstein fühlte, wie sein Interesse geweckt war. Er trat zu dem Jungen hin, streckte ihm die geforderten Kreuzer entgegen und nahm ein Exemplar des Blattes an sich. Bei seinen Eltern würde er nachlesen, was es mit dem Arbeitslosengeld auf sich hatte.

Wieder ging es am Parlament vorbei, wo immer noch tumultartige Szenen zu sehen waren. Etliche Demonstranten forderten Brot, andere Frieden und wiederum andere den Sozialismus. Auf der anderen Straßenseite sah Bronstein den rundlichen Herrn stehen, den ihm Kisch zu Mittag als Franz Werfel vorgestellt hatte. Der schwenkte hektisch seinen Hut und schrie nach

Leibeskräften: „Nieder mit Habsburg!" Bronstein trat an ihn
heran: „Grüß Sie, Herr Werfel", sagte er jovial. Der Dichter
erstarb mitten im Satz, sodass ein gespenstisches „Nieder mit
Ha" durch die Luft schwebte. Werfel war die Situation sichtlich peinlich. „be die Ehre, Herr Inspektor", vollendete er den
Satz schließlich. „Weitermachen!", forderte ihn Bronstein mit
gespielter militärischer Strenge auf und zwinkerte dabei mit
dem Auge. Bronstein war schon beinahe beim Palais Epstein,
als Werfel seine Losung „Nieder mit Habsburg!" wieder auf-
nahm.

Mittlerweile hatte die Nacht den Tag besiegt. Ob der allgemeinen Versorgungsengpässe brannten keinerlei Straßenlaternen, sodass allein die Feuer, die einzelne Demonstranten direkt
auf der Straße entfacht hatten, ein wenig Helligkeit abgaben,
welche die Szenerie in gespenstisches Licht tauchte. Bronstein
beschleunigte seine Schritte und sah zu, dass er zur Oper kam.

Vorbei am Café Museum, überquerte er den Karlsplatz, wobei er seine Hände tief in seinen Taschen vergrub. Er spürte,
wie seine Wangen zu glühen begannen, die Haut reagierte auf
die frostige Luft. Bronstein suchte Schutz vor dem pfeifenden
Wind und schlich knapp an den Häusern entlang. Mit einem
letzten Energieanfall schaffte er es in die Gasse seiner Eltern,
und er war rechtschaffen froh, als er das Haustor hinter sich
schließen konnte. Endlich würde ihm wieder wärmer werden.

Seiner Mutter war die große Freude anzusehen, als er in den
Raum stellte, er könnte heute bei ihr übernachten, und sie ver-
sprach ihm, zur Feier des Tages das beste Abendessen auf den
Tisch zu zaubern, das unter den gegebenen Umständen zu machen sei. Und als sie sodann des Huhnes ansichtig wurde, da
rollten ihr unweigerlich Tränen der Rührung über die Wangen.

„Wie geht es dem Herrn Papa?"

„Unverändert, mein Bub. Er hat praktisch den ganzen Nachmittag geschlafen. Nur gegen drei ist er einmal kurz aufgewacht

und wollte etwas zu trinken, weil er so einen Durst gehabt hat. Ich hab bei der Gelegenheit wieder Fieber gemessen, und es ist leider immer noch vermaledeit hoch."

„War der Doktor noch einmal da?"

„Ach was! Die kümmern sich ja nicht um unsereinen. Und außerdem kannst du sie eh nicht derzahlen. Des is ja obszön, was die für eine Visite verlangen."

Bronstein wiegte nachdenklich den Kopf hin und her. „Wenn's morgen nicht besser ist, sollten wir ihn vielleicht ins Spital bringen", sagte er dann.

„Geht's dir noch gut?", brauste die Mutter auf. „Willst, dass ihn die Kurpfuscher endgültig unter die Erde bringen? Im Spital holt er sich erst recht den Tod. Nein, nein, bei mir ist er gut aufgehoben. Jedenfalls besser als bei diesen Quacksalbern."

Bronstein verstummte. Er setzte sich an den Küchentisch und schlug die erworbene „Wiener Zeitung" auf, um der Sache mit dem Arbeitslosengeld auf den Grund zu gehen. Der dazugehörige Artikel berichtete von einem Beschluss des Staatsrates vom Vortag, wonach ab sofort jeder Staatsbürger, der ohne Arbeit war, vom Staat eine bestimmte Summe Geldes als Unterstützung erhalten sollte. Das war in der Tat eine revolutionäre Idee, denn bislang waren Leute, die aus welchem Grund auch immer ins Elend gekommen waren, von privater Fürsorge abhängig. Zudem waren eine staatliche Arbeitsvermittlung gegründet und lokale Kommissionen gebildet worden, welche den Arbeitsuchenden Arbeit verschaffen sollten. Hanusch war offensichtlich im Gegensatz zu seinem blasierten Pendant in der kaiserlichen Regierung ein Mann, der sein Handwerk verstand. Und er war sichtlich gewillt, Nägel mit Köpfen zu machen, denn er kündigte an, die tägliche Arbeitszeit ehebaldigst auf acht Stunden reduzieren zu wollen. Zudem erklärte er, eine staatliche Krankenversicherung aufbauen und den Arbeitern einen gesetzlichen und vor allem bezahlten Mindesturlaub von vorerst zwei Wochen pro Jahr garantieren zu wollen. Bronstein pfiff durch die Zähne. Derlei Maßnahmen würden das Elend der Arbeiterschaft nachhaltig mildern. Er blätterte die Zeitung durch, ob auch die kaiserliche Regierung irgendwelche Schritte setzte oder auch nur ankündigte, aber wie nicht anders zu erwarten, fiel dem kahlköpfigen Prälaten diesbezüglich nichts ein. Kein Wunder, dachte sich Bronstein grinsend, der war zu sehr damit beschäftigt, sich von seinen Nonnen in Erdberg verwöhnen zu lassen.

Ein recht barock verfasster Artikel über die Steiermark fiel ihm auf. Dort hatte sich, wie er der Zeitung entnahm, eine provisorische Landesversammlung konstituiert, die ihren Willen kundtat, sich dem Staate Deutsch-Österreich anzuschließen. In einer wahrhaft geschwurbelten Sprache gelobte die Versammlung den anderen Bundesländern unverbrüchliche Treue und verband dies mit der Erwartung, diese würden es der Steiermark gegenüber ebenso halten. Bronstein ging die übrigen Nachrichten durch und stellte dabei fest, dass auch das amtliche Staatsorgan, wiewohl es noch mit dem kaiserlichen Doppeladler auf der Titelseite erschien, sich offenbar schon von der Monarchie verabschiedet hatte. Auf breiter Basis wurden die diversen Aktivitäten des Staatsrates rapportiert und erläutert, während die kaiserliche Regierung praktisch nicht mehr vorkam. Allein eine fünfzeilige Meldung fand sich noch, wonach der Kaiser den Rücktritt seines Finanzministers angenommen hatte, freilich ohne einen neuen zu ernennen. Es war offenkundig, dass sich das Kabinett Lammasch endgültig auflöste.

„Ist es dir recht, Bub, wenn ich dir die Hühnerschenkel anbrate? Du hast sicherlich auch schon lange kein Fleisch mehr gegessen?"

Bronstein sah auf. Er brauchte eine kleine Weile, ehe sein Gehirn auf die eben formulierten Worte reagieren konnte: „Vielen Dank, Mutter, aber du hast doch sicher auch Hunger."

Die Mutter lächelte: „Ach, Bub, mir genügen die Flügel. Ich hab noch ein paar Kartoffel über, die brate ich mit ein bisschen Öl, dann haben wir eine richtig opulente Mahlzeit. Und bis wir die gegessen haben, ist die Suppe auch fertig, die kann ich dann deinem Papa einflößen."

„Ist schon recht, Mutter. Kann ich dir irgendwie helfen?"

„Nein, nein, erhol dich nur. Du hast es ja auch nicht leicht. Gerade jetzt, wo alles drunter und drüber geht." Bronstein schenkte seiner Mutter ein dankbares Lächeln und konzentrierte sich wieder auf die Zeitung.

Beim Essen musste er genauen Bericht erstatten, was sich im Präsidium so tat, selbst nach Pokorny erkundigte sich die Mutter. Wenig später jedoch kam die unvermeidliche Frage: „Und was tut sich in der Causa prima?"

Klar, die Mutter wollte Bronstein endlich unter der Haube sehen. In Wirklichkeit hatte sie die Trennung von Marie Caroline immer noch nicht verkraftet. Nicht, dass sie ihr sonderlich sympathisch gewesen wäre, aber immerhin hätte sie endlich eine Schwiegertochter gehabt, die ihr möglicherweise Enkel beschert hätte. „Wann, Bub, sorgst du endlich dafür, dass ich ein kleines Enkerl auf meinem Schoß schaukeln kann?"

„Mutter! Bitte!"

„David, du bist 35. Glaubst du, es nimmt dich noch eine, wenn du jetzt nicht bald einmal auf Freiersfüßen wandelst? Auch du wirst nicht jünger."

„Wenn die Richtige kommt, Mutter, dann werd ich schon wissen, was ich zu tun habe."

Die Mutter stupste ihn verschwörerisch an: „Gerade jetzt ist doch die Lage günstig wie nie. So viele Frauen und so wenige Männer! Da musst du doch eine gute Partie machen!"

Bronstein verdrehte die Augen und schlug seine Zähne in den Hühnerschenkel. „Die Friederike von den Thalers, die ist übrigens immer noch zu haben", fuhr die Mutter unbeirrt fort.

„Eine wirklich schöne Frauensperson. Und so bescheiden und wohlerzogen. Die gäbe sicher eine hervorragende Ehefrau ab. Kannst du dich noch erinnern, wie sie dich immer angehimmelt hat?"

Bronstein erinnerte sich. Bis zu seiner Matura war sie nur seinetwegen zu jeder Familienfeier gekommen, um ihm dann den ganzen Tag nicht von der Seite zu weichen. Dabei hatte sie kein einziges Wort gesprochen, was Bronstein damals richtig beängstigend gefunden hatte. Wie alt mochte die jetzt sein? 32? 33? Oder doch ein wenig jünger? Egal, jemand wie sie kam für ihn auf keinen Fall in Frage. „Mutter, kommt Zeit, kommt Hochzeit", sagte er nur und wechselte das Thema, „glaubst du, bleibt es so kalt? Bekommen wir einen harten Winter?"

Tatsächlich ließ sich die Mutter ablenken. Mit einem Mal waren ihre Gedanken wieder bei ihrem Mann: „Das wollen wir besser nicht hoffen, denn wir haben praktisch nichts zum Heizen da. Und das sind keine guten Voraussetzungen für eine rasche Genesung."

„Ich hab mir eh gedacht, ich geh bei nächster Gelegenheit in den Wienerwald. Ich bring euch dann was mit."

„Das wäre wirklich sehr, sehr zuvorkommend von dir, lieber Bub", sagte die Mutter, während sie sich vom Tisch erhob und die Teller abräumte, „ich werde mich jetzt um deinen Vater kümmern. Du kannst dich ja mit einem guten Buch in dein altes Zimmer zurückziehen."

„Ja", stimmte Bronstein zu und wischte sich den Mund mit einer Serviette ab, „wenn du mich brauchst, dann kommst du einfach, ja?" Die Mutter nickte.

Die väterliche Bibliothek war gut bestückt, sodass Bronstein eine Weile brauchte, ehe er sich für ein Werk entscheiden konnte. Ob der Diskussion über seine amouröse Zukunft hatte er wieder an Jelka denken müssen, und so zog er sich mit Goethes Werther in jenen Raum zurück, in dem er vor beinahe zwei Jahrzehnten aufgewachsen war. Er ließ sich auf den Diwan fallen, der sein ehemaliges Bett ersetzt hatte, und schlug das Buch auf: „Was ich von der Geschichte des armen Werther nur habe auffinden können, habe ich mit Fleiß gesammelt und lege es euch hier vor und weiß, dass ihr mir's danken werdet. Ihr könnt seinem Geist und seinem Charakter eure Bewunderung und Liebe, seinem Schicksal eure Tränen nicht versagen." Na, das war ja eine hervorragende Einstimmung auf sein morgiges Rendezvous. Als Bronstein über den Satz stolperte, der da lautete: „Die alberne Figur, die ich mache, wenn in Gesellschaft von ihr gesprochen wird", da hatte er endgültig genug gelesen. Er ging durch die Küche zum elterlichen Schlafzimmer und lugte vorsichtig hinein. Die Mutter war im Lehnsessel, den sie direkt an die Seite ihres Mannes gestellt hatte, eingeschlafen. Bronstein blies die Kerze aus und zog sich wieder in sein Zimmer zurück. Er holte sich aus dem Kasten eine Decke und beschloss, es seiner Mutter gleichzutun.

II.
Freitag, 8. November 1918

Eisige Kälte weckte ihn. Er fror entsetzlich. Mit klammen Fingern suchte er seine Taschenuhr und bemühte sich, in der Finsternis das Zifferblatt zu erkennen. Es war unmöglich. Er setzte sich auf, griff nach den Streichhölzern und zündete die Kerze an. Dann blickte er nochmals auf die Uhr. Es war wenige Minuten nach sechs Uhr morgens. Eigentlich zu früh, um schon aufzustehen. Aber angesichts der arktischen Temperaturen würde er wohl ohnehin nicht mehr einschlafen. Eilig kleidete er sich an, dann ging er in die Küche. Er hielt Ausschau nach Heizmaterial, fand ein paar kümmerliche Äste, die er in den Herd stopfte. Kurz entschlossen riss er einige Seiten aus der Zeitung heraus, faltete sie und hielt dann ein brennendes Streichholz daran. Das Papier fing sofort Feuer. Bronstein schob es unter die Äste und hoffte, die Zeitung würde lange genug brennen, um das Holz zu entzünden. Er musste noch zwei Seiten nachlegen, ehe sein Tun von Erfolg gekrönt war. So leise wie nur möglich öffnete er die Wohnungstür, um von der Bassena Wasser zu holen. Wenigstens diese Versorgung funktionierte noch. Er goss den Teekessel voll und stellte ihn auf den Herd. Eingewickelt in ein Geschirrtuch fand sich noch ein Kanten Brot, von dem er zwei dünne Scheiben abtrennte. In Zeiten wie diesen mussten trockenes Brot und Tee als luxuriöses Frühstück durchgehen. Während er darauf wartete, dass die Kräuter ihre Wirkung entfalteten, zündete er sich die erste Zigarette des Tages an. Sodann machte er sich einen Tagesplan. Zuerst würde er das Kommissariat aufsuchen, danach die Wohnung der Feigl in Augenschein nehmen. Diese beiden Tätigkeiten würden den

Tag bis Mittag ausreichend anfüllen. Am Nachmittag wollte er sich mit Pokorny über die Spitzer-Sache unterhalten, und dann blieb nur noch, auf die Begegnung mit Jelka zu warten.

Mit einem Glas Tee, auf das er eine Scheibe Brot gelegt hatte, steuerte Bronstein das elterliche Schlafzimmer an. Seine Mutter war offenkundig in der Nacht erwacht, denn sie saß nicht länger im Lehnstuhl, sondern lag nun neben ihrem Gatten im Bett. Bronstein stellte Tee und Brot ab und ging daran, seine Mutter sacht zu wecken.

„Wie geht es ihm?", fragte sie, ehe sie noch das Frühstück wahrgenommen hatte.

Bronstein sah seinen Vater an, doch vermochte er die Lage nicht einzuschätzen. „Ich weiß nicht", sagte er daher, „vielleicht sollten wir erst einmal das Fieber messen."

Die Mutter quälte sich umständlich aus dem Bett: „Ich mach das schon. Und dann mache ich uns ein Frühstück."

Bronstein deutete auf die Tasse Tee, die er mit dem Brot am Nachttisch abgestellt hatte. Wiederum lächelte die Mutter dankbar „Und was nimmst du?"

„Das Übliche. Kaffee und Zigaretten."

„Ich weiß gar nicht, ob wir noch Kaffee im Haus haben", gab die Mutter zu bedenken. Doch Bronstein nickte nur: „Ich habe die Zichorie schon gefunden. Glaub mir, das genügt vollauf. Kümmere du dich nur um Papa."

Bronstein setzte sich wieder an den Küchentisch und rauchte eine weitere Zigarette. Der Kaffee war objektiv absolut ungenießbar, aber angesichts des allgemeinen Mangels musste man sich, wie es so schön hieß, nach der Decke strecken. Plötzlich stürzte die Mutter in die Küche: „39,4! Und das schon am Morgen! Ich mache mir wirklich Sorgen."

„Du musst ihm helfen, das Zeug rauszuschwitzen", erklärte Bronstein. „Zieh ihm das Nachtgewand aus und reib ihn mit einem feuchten Tuch sauber. Dann steck ihn in das dickste

Gewand, das du auftreiben kannst. Wechsle die Bettwäsche, und dann hilft nur noch Beten. Das Fieber darf auf keinen Fall höher steigen, sonst wird es wirklich gefährlich. Flöße ihm genug Tee ein und gib ihm mittags und abends noch etwas von der Hühnersuppe."

Die Mutter nickte schwach. Bronstein trat auf sie zu und nahm sie in den Arm: „Ach, Mama, das wird schon. Glaub mir. Ich bringe die Bösewichter dieser Stadt zur Strecke, und du legst derweil dieser Krankheit das Handwerk, einverstanden?"

Im Blick der Mutter konnte er deutlich lesen, wie sehr sie den Worten ihres Sohnes Glauben schenken wollte, und er fühlte sich unwohl, denn er musste sich eingestehen, dass er die Dinge bei weitem nicht so optimistisch sah, wie er es eben zum Ausdruck gebracht hatte. Verlegen wandte er sich ab und griff nach seinen Zigaretten: „Ich muss jetzt leider ins Kommissariat wegen einer wichtigen Mordsache. Aber ich sehe zu, dass ich am Nachmittag noch einmal vorbeischauen kann, in Ordnung?"

Er wartete die Reaktion der Mutter nicht ab und sah zu, dass er zur Tür kam. Er eilte die Treppe hinunter und trat auf die Straße. Der Morgenfrost nahm ihm den Atem. Er stellte den Mantelkragen hoch und vergrub seine Hände in den Taschen. Mit schnellen Schritten wandte er sich nach rechts und hielt auf die Wiedner Hauptstraße zu. Diese ging er sodann eine Weile stadtauswärts, ehe er in die Klagbaumgasse einbog. Nach einigen Minuten hatte er die Margaretenstraße erreicht, die er querte, um in die Franzensgasse zu gelangen. Hundert Meter weiter bog er nach links ein und ging nun wieder stadtauswärts, bis er schließlich das Bezirkskommissariat erreichte.

„Guten Morgen, die Herren", sagte er laut und vernehmlich, „Major Bronstein von der Mordkommission. Ich bin wegen der Feigl-Sache hier. Wer ist der zuständige Kollege?"

Ein stoppelbärtiger Uniformträger hing in schlaffer Haltung auf seinem Sessel und sah offensichtlich keine Veranlassung,

Haltung anzunehmen. Er erwiderte den Gruß nicht und kratzte sich stattdessen am Kinn. „Na anscheinend Sie", sagte er dann, „weil sonst wären S' ja nicht da."

„Ich hab schon mehr gelacht. Wer hat die Sache aufgenommen? Ich will mit dem betreffenden Kollegen reden."

„Der is ned do."

Bronstein spürte eine gewisse Ungehaltenheit in sich aufsteigen. Mühsam beherrschte er sich: „Ist hier in diesem wunderschönen Kommissariat irgendwer auskunftsfähig?"

„Sicher."

„Dann her mit dem Mann!", brüllte Bronstein endlich los. Der Uniformierte richtete sich auf: „Nur ka jüdische Hast. Davon wird des Madl a nimmer lebendig."

Blitzschnell war Bronstein an den Polizisten herangetreten. Er schnappte die Rockaufschläge der Uniform und riss den Mann hoch: „Jetzt pass amoi auf, du Pfeifenstierer. I bin a Major, und du a klaner Revi. Oiso provozier mi ned, sunst vergiss i mi. Host mi?"

Der Ordnungshüter machte eine begütigende Geste mit der rechten Hand: „Is schon guat, Herr Major. I bin eh scho unterwegs." Dann sah er auf Bronsteins Hände. Dieser ließ den Mann los, und der verschwand daraufhin in einem Nebenraum. „Herst Horstl, da is so a Itzig, der sogt, er is vom Mord. Er is wegen dem Mensch do, des wos s' in da Redergossn okragelt hom."

Die zischende Antwort des „Horstl" konnte Bronstein nicht verstehen, doch gleich darauf trat der Postenkommandant in die Stube: „Herr Major, einen guten Morgen, ich muss mich für das ungehobelte Verhalten des Kollegen Singer entschuldigen. Drei Nachtdienste in Folge. Ich fürchte, der Mann braucht dringend Ruhe." Mit diesen Worten funkelte der Kommandant Singer böse an. Dieser hielt dem Blick stand und meinte lakonisch: „Eh!"

„Die Anzeige selbst", fuhr der Kommandant fort, „hat der Kollege Kratochvil aufgenommen, doch der ist leider im Krankenstand. Ich fürchte, ihn hat die Grippe erwischt. Aber ich bin mit der Sache auch ganz gut vertraut. Ich hoffe also, ich kann Ihnen auch behilflich sein."

„Sehr freundlich von Ihnen, Kollege ..."

„Pichler."

„Sehr freundlich, Kollege Pichler."

„Kommen S' nur weiter, Herr Major. Was wollen Sie wissen?"

Pichler führte Bronstein in sein Büro und bot ihm einen Platz an. Singer wies er an, die Akte Feigl sofort in sein Amtszimmer zu bringen. Dann sah er wieder Bronstein an: „Wollen S' vielleicht einen Tee? Oder Kaffee? Wir haben zwar nur Ziguri, aber besser wie nix, wie wir immer sagen. Obwohl, haben S' schon einmal Eicheln probiert? Des schmeckt gar ned amoi so schlecht. Weil ehrlich, an diese Zichorien werd i mi, glaub i, nie g'wöhnen."

Bronstein winkte ab: „Na, na, passt schon. Ich hab grad g'frühstückt."

Die beiden warteten, bis Singer den Akt gebracht hatte.

„Ich habe gestern Ihren Bericht gelesen", griff Bronstein das Gespräch wieder auf, „und da blieben für mich doch einige Fragen offen."

„A so? Welche denn?"

„Nun, zuerst einmal der Fundort der Leiche. Was ist über den zu sagen?"

„A Tapeziererei. Bergmann & Söhne. Recht angesehener Betrieb da im Bezirk. Wir haben den alten Bergmann natürlich einvernommen, aber der hat sich auch nicht erklären können, wie die Frau in seinen Betrieb gekommen ist. Wir haben dann den Verdacht gehegt, sie könnte ein Gspusi mit einem von den Buben gehabt haben, aber der jüngere ist noch an der Front, und der ältere ist nachweislich seit 1. November im Ungarischen, Stoff kaufen. Des haben mehrere Angestellte bestätigt."

„Wie viele Angestellte hat der Bergmann denn?"

„Fünf. Zwei Tapezierer, drei Polsterer. Dann gibt's noch zwei Näherinnen. Die Personalien haben wir alle."

„Das heißt, niemand hat gesehen, wie sie dort hingekommen ist? Und von den fünf Arbeitern kommt auch niemand in Frage? Vielleicht hat sie ja mit einem von denen getändelt?"

„Nein, sicher nicht. Die sind alle steinalt. Der Jüngste ist …, Moment …, 44. Und nein, um 20 Uhr ist die Werkstatt zugesperrt worden, übrigens von einer Näherin … der, Moment, ich hab's gleich …, der Edithe Čudnow, und unmittelbar davor hat der alte Bergmann noch einen Kontrollgang gemacht."

„Das war am 5.?"

„Genau. Der Bergmann …"

„Und wieso wurde die dann erst am 6. am Abend gefunden?"

„Das wollte ich gerade erklären. Der Bergmann hat seinen Arbeitern für den 6. freigegeben, weil es weder Aufträge noch Stoffe gegeben hat, sodass er nicht produzieren konnte. Deswegen ist der Sohn ja ins Ungarische gefahren."

„Aha. Und was geschah dann weiter?"

Pichler blätterte wieder kurz in seinen Unterlagen. „Am Sechsten ist der Bergmann in die Werkstatt gegangen, weil er Kerzen holen wollte. Es gab ja schon wieder einen Stromausfall, wenn Sie sich noch daran erinnern. Also ist er ins Lager gegangen, und mitten in der Verbindungstür ist sie gelegen. Der Bergmann hat ausgesagt, er ist sofort zu uns rübergelaufen – weit ist es ja nicht von dort – und hat uns alarmiert. Der Revierinspektor Kratochvil ist mit ihm hinüber, und der hat dann die ganze Sache protokolliert."

„Wer hat aller einen Schlüssel für die Werkstatt?"

Wieder musste Pichler seine Aufzeichnungen konsultieren: „Der Chef, sein Sohn und diese Näherin, die Čudnow. Die ist so etwas wie die Vorarbeiterin dort."

„Das heißt, die fünf Arbeiter und die zweite Näherin hätten sich nur gewaltsam Zutritt zu der Werkstatt verschaffen können?"

„Sieht ganz so aus."

Bronstein ließ ein vernehmliches „Hmm" aus seinem Munde. Er lehnte sich zurück und versuchte sich die Sache vorzustellen, um die Fakten so besser einordnen zu können. Dann sah er sofort wieder Pichler an: „Das heißt, die Feigl hat dort niemand gekannt?"

Pichler schüttelte den Kopf.

Eine verworrene Angelegenheit. Ein Handwerksbetrieb, zehn Personen, von denen zumindest zwei ein hieb- und stichfestes Alibi haben und von denen sechs weitere de facto auch ausgeschieden werden können. Blieben Bergmann senior und diese Čudnow. Die Frau konnte man eigentlich auch vergessen, was sollte die für ein Motiv haben? Eifersucht? Nun, wäre möglich. Aber eine Frau erwürgte die andere nicht einfach so. Und wenn, dann sicher nicht mit jener Leichtigkeit, mit welcher die Feigl offensichtlich zu Tode gebracht worden war. Der alte Bergmann? Was konnte der für eine Verbindung mit der Feigl haben? Dem musste man auf jeden Fall nachgehen, denn er hatte die Mittel, er hatte die Möglichkeit, und er war derjenige, der die Tote gefunden zu haben vorgab. Bronstein stolperte über seinen letzten Gedanken und gestand sich ein, den Firmenchef bereits zu seinem Hauptverdächtigen Nummer eins gemacht zu haben.

Pichler hob derweilen wieder zu sprechen an: „Wir haben uns den Fundort der Leiche natürlich ganz genau angesehen. Nirgendwo waren Spuren von Gewaltanwendung zu finden. Wer immer die Feigl g'macht hat, er musste sich nicht gewaltsam Zutritt zur Werkstatt verschaffen. Auch konnten keinerlei Spuren eines Kampfes festgestellt werden. Es sah beinahe so aus, als hätte das arme Madl geduldig gewartet, bis der letzte Atemzug aus ihrem Körper entwichen war."

Bronstein hmmte abermals. „Das heißt, an der ganzen Szenerie war absolut nichts Auffälliges?"

„Nein, gar nichts."

„Wie liegt der Betrieb überhaupt? Ich meine, diese Redergasse. Ist die dicht verbaut? Gibt es eine Verbindung über einen Hinterhof zu einem anderen Haus? Könnte man eventuell von hinten an die Werkstatt gelangen?"

„Die Redergasse ist eigentlich ein Witz, Herr Major. Die ist gleich ums Eck. Sie besteht aus gezählten drei Häusern. Das Bezirksamt, ein Wohnhaus und dann die Tapeziererei. Zwischen dem Wohnhaus und der Werkstatt klafft seit Jahren eine Baulücke. Direkt hinter dem Betrieb ist das Gleis von der Stadtbahn, und dann kommt der Wienfluss. Von der Seite kommt man an das Haus praktisch nicht heran. Das Gebäude besteht ebenerdig zur Gänze aus der Werkstatt samt einem kleinen Hof, der zum Ein- und Ausladen dient, für Fuhrwerke, Automobile und so weiter. Im ersten Stock befinden sich straßenseitig die Büros, das vom Alten, das vom Junior und eins für die Buchhaltung. Flussseitig gibt es noch eine Wohnung, die der Junior mit seiner Familie bewohnt. Früher war das die Wohnung des Chefs, doch der hat jetzt eine Bleibe im Margaretenhof, ein paar hundert Meter von hier. Die Ehefrau des Juniors ist mit den Kindern seit dem Sommer auf dem Land bei ihren Eltern, heißt es. Wegen des Kriegs und so."

„Das heißt, zur fraglichen Zeit dürfte sich in dem Haus also niemand aufgehalten haben."

„Genau."

Bronstein pfiff durch die Zähne. Der Fall konnte sich als harte Nuss erweisen. Es gab einige Ungereimtheiten, und es würde nicht leicht werden, Licht in die Angelegenheit zu bringen. „Was wissen wir über das Opfer?", fragte Bronstein endlich.

„Eigentlich nichts", entgegnete Pichler und zuckte dabei mit den Schultern.

„Na ja, so schlimm ist es nun auch wieder nicht", lächelte der Major. „Sie hieß Hannah Feigl, war zwanzig Jahre alt und wohnte in der Margaretenstraße 76."

Pichler machte ein erstauntes Gesicht: „Und woher wissen Sie jetzt das?"

„Sie hatte einen Ausweis der lokalen Volkshochschule bei sich."

Pichlers Erstaunen wuchs: „Wir haben nichts bei ihr gefunden, obwohl wir sie gründlich untersucht haben."

„Der Mantel", mimte Bronstein den Allwissenden. Pichler schlug sich die Faust auf den Oberschenkel. „Verdammt, das haben wir übersehen."

„Halb so wild", begütigte ihn Bronstein, „wir haben es nicht übersehen, und darum sind wir jetzt alle klüger." Nach einer kleinen Pause setzte er nach: „Wollen wir uns dort gemeinsam umsehen?"

Pichler beeilte sich zu nicken: „Es wäre mir eine Ehre, mit der Mordkommission zusammenarbeiten zu dürfen. Aber zuvor sollten wir noch ins Meldeamt gehen. Gleich hier nebenan im ersten Stock. Vielleicht haben die ein paar Daten mehr über diese Feigl."

Der Major ließ dem Postenkommandanten den Vortritt und folgte ihm dann. Gemeinsam gingen sie an Singer vorbei. An der Tür des Kommissariats angekommen, wandte sich Bronstein noch einmal um: „Übrigens, Singer, ich bin Protestant." Mit einem süffisanten Grinser verließ er die Amtsstube. Singer sah ihm hasserfüllt nach und zischte: „Religion ist einerlei, die Rasse ist die Schweinerei." Doch das hörte Bronstein nicht mehr.

Stattdessen betrat er mit Pichler das Bezirksamt und schickte sich an, den zweiten Stock zu erklimmen. Im Meldeamt saß ein gelangweilter Beamter hinter dem Pult und war offensichtlich in den hinteren Teil einer Zeitung vertieft. Als er die beiden

Polizisten auf sich zukommen sah, legte er das Blatt weg und setzte ein Lächeln auf: „Guten Morgen, die Herren! Womit kann ich dienen?"

„Wir bräuchten einen Auszug aus dem Melderegister. Eine gewisse Hannah Feigl aus der Margaretenstraße. Haus Nummer 76."

Der Beamte erhob sich. „Das ist nicht weiter schwer. Die Meldedaten sind nach Häusern geordnet. Da sollten wir schnell was finden." Der Mann verschwand in einem Nebenraum und kam wenig später mit einer braunen Mappe zurück. „Bitte schön", sagte er laut und vernehmlich, „Haus Nummer 76. Dann wollen wir einmal nachschauen." Er blätterte eine Weile in den Unterlagen und murmelte dabei die Namen der diversen Mieter. Schließlich wurde er fündig. „Da haben wir sie schon. Feigl Hannah, geboren 1898. Beruf Modistin. Was ist denn des? Na egal, des interessiert Sie ja ned, nehm ich an. In dem Haus gemeldet seit … 1913. Vorherige Adresse Mauthausgasse 1. Auch im fünften Bezirk. Geburtsort Gaunersdorf in Niederösterreich, zuständig eben dort. Konfession römisch-katholisch, Familienstand ledig. Die Anmeldung für die Wohnung Nummer 14 wurde vorgenommen am 14. August 1913. Tja, das ist alles, was ich Ihnen mitteilen kann, meine Herren."

„Irgendwelche weiteren Mieter auf dieser Wohnung?"

„Zumindest nicht gemeldet."

„Gut, dann holen Sie uns doch bitte die entsprechenden Auszüge für die Mauthausgasse."

Die eben durchgeführte Prozedur wiederholte sich. Diesmal war den Akten zu entnehmen, dass Hannah Feigl seit 1911 auf der Adresse in der Mauthausgasse gemeldet gewesen war. Gemeinsam mit ihrem Vater Robert und ihrer Mutter Brigitte. Robert Feigl hatte als Beruf Diurnist angegeben, was, wie die drei Beamten wussten, eine noble Umschreibung für einen Taglöhner war. Geboren am 28. Oktober 1878, war auch er

römisch-katholischer Konfession und gleichfalls nach Gaunersdorf zuständig. Vor diesem Hintergrund erstaunte es nicht, dass
auch die Mutter eine Gaunersdorferin war. Sie war dort am
7. November 1879 geboren worden. Aber, und dieser Umstand
erweckte Bronsteins Interesse, Brigitte Feigl war im August
1913 aus der ehelichen Wohnung in die Margaretenstraße über-
siedelt. Dort aber, wie gesehen, nicht mehr gemeldet.

Bronstein richtete sich auf: „Das heißt", begann er, „die Feigls
hatten offenbar eheliche Probleme, weshalb sich die Mutter mit
der Tochter vor fünf Jahren verdrückt hat. Aber wo ist sie jetzt?"

„Na ja", ließ sich der Beamte des Meldeamts vernehmen, „ich
habe nur die aktuellen Meldezettel ausgehoben, weil Sie ja nichts
anderes verlangt haben. Ich kann aber Nachschau halten im
Archiv. Da erfahren wir sicher mehr."

Einige Minuten später hatte sich das vermeintliche Rätsel
gelöst. Brigitte Feigl war im Februar 1918 an den Folgen einer
Tuberkulose-Erkrankung im Alter von 38 Jahren verschieden.
Seitdem wohnte die Tochter offensichtlich allein in der Wohnung. Bronstein wandte sich an Pichler: „Wie weit ist die Mauthausgasse von hier entfernt?"

„Ach, ned weit. Vielleicht ein paar hundert Meter. Über die
Reinprechtsdorfer Straße Richtung Gürtel. Des packen wir in
zehn Minuten."

„Na, dann pack ma's", sagte Bronstein jovial. Er bedankte
sich beim Mann vom Meldeamt und wünschte ihm noch einen
schönen Tag. Der Vater als nunmehr einziger Überlebender der
Familie hatte sein Interesse geweckt. Gaunersdorf, dachte er,
während er neben Pichler die Schönbrunner Straße stadtauswärts trabte, das lag irgendwo an der Brünner Straße im nördli-
chen Niederösterreich. Weinviertel, in der Nähe von Poysdorf,
soweit er sich erinnerte. Sehr ländliche Gegend. Wahrscheinlich war der alte Feigl ein Kleinbauer gewesen, dessen Wirtschaft die Familie nicht mehr ernährte. Oder er war nur der

Zweitgeborene und wollte dem älteren Bruder nicht auf ewig den Knecht machen. Jedenfalls war er vor sieben Jahren nach Wien gekommen, um hier sein Glück zu suchen. Ohne Erfolg, wie es schien. Zuerst verließ ihn seine Familie, und jetzt waren seine Nächsten beide tot. Das Gespräch mit dem Mann würde wohl Fingerspitzengefühl verlangen.

Bronstein und Pichler überquerten die Reinprechtsdorfer Straße und konnten dabei bereits die breite Straße sehen, die anstelle des ehemaligen Linienwalls angelegt worden war. „Jetzt ist es gar nicht mehr weit", bemerkte Pichler. In der Tat bog er wenige Meter später nach links ab und hielt auf das Haus mit der Nummer 1 zu. Die beiden fanden die betreffende Wohnung und klopften an. Penetrantes Husten war die Antwort. Der Mann in der Wohnung belferte wie ein Wachhund, und es hatte den Anschein, als bekäme er eben einen veritablen Anfall. Endlich ebbte der Lärm ab, und nach einer kleinen Weile hörte man ein „Wer is's?" aus der Wohnung. Pichler übernahm die Initiative:

„Polizei. Herr Feigl, wir müssen mit Ihnen reden."

Schlurfende Geräusche kündigten ein Näherkommen Feigls an. Dann wurde an den Schlössern der Tür herumgedoktert, und endlich erblickten die beiden Beamten das Gesicht des Diurnisten.

„Wos is?"

„Des is a bisserl heikel", entgegnete Bronstein, „dürf ma vielleicht hereinkommen?"

Feigl trat zur Seite: „Aber auf Ihr Risiko."

Bronstein sah sich in der Wohnung um. Sie bestand augenscheinlich nur aus zwei Räumen, einer Küche, die gleichzeitig als Vor- und Wohnzimmer dienen musste, und einem weiteren Raum, der wohl als Schlafzimmer fungierte. Es war evident, dass hier seit ewigen Zeiten nicht mehr saubergemacht worden war, wohl seit die Ehefrau ausgezogen war, und Bronstein unterdrückte aufsteigenden Ekel. Er wandte sich dem Mann zu und musterte ihn. Für vierzig war Feigl reichlich heruntergekommen. Hätte es Bronstein nicht besser gewusst, er hätte ihn auf mindestens sechzig geschätzt. Das wirre Haupthaar war aschfahl, der Stoppelbart, der das Gesicht verunzierte, glitzerte silbern im spärlichen Licht, das durch das Gangfenster in die Wohnung fiel. Feigl trug nichts als ein ärmelloses weißes Unterhemd und eine abgewetzte, schmutzige Flanellhose am Leib, seine Füße steckten in Holzpantoffeln, was Bronstein angesichts der vorherrschenden Kälte mit nicht geringer Verwunderung registrierte. Unwillkürlich fröstelte ihn noch mehr, und instinktiv zog er seinen Mantel fester zu. Aus dem Mund des Mannes hing eine selbstgedrehte Zigarette, in der rechten Hand hielt er eine halbvolle Bierflasche. Bronstein konnte sich nicht vorstellen, dass der Mann noch berufstätig war, und Gott allein mochte wissen, wovon dieses Wrack seinen Lebensunterhalt bestritt. Feigl hustete erneut und spuckte dann einen großen Klumpen Auswurfs in die Spüle. Er nahm einen kräftigen Zug aus der Flasche, dann sah er von Pichler zu Bronstein und wieder zurück: „Oiso, wos is heikel?"

„Herr Feigl, wir haben Ihnen eine traurige Mitteilung zu machen. Ihre Tochter Hannah ist tot. Sie wurde vorgestern Nacht in der Redergasse gefunden, konnte aber erst heute identifiziert werden."

„Des Hannerl!", stöhnte der Mann und begann zu wanken. Seine linke Hand ruderte nach hinten und suchte am Spülbecken Halt. „Ned des Hannerl a no. Is doch scho die Gitti …, naa, sogen S', dass des ned wahr is."

„So leid es uns tut, Herr Feigl. Aber jeder Zweifel ist ausgeschlossen." Bronstein bemühte sich um eine teilnahmsvolle Miene. „Herr Feigl, Sie haben unser vollstes Mitgefühl, aber dennoch müssen wir Ihnen ein paar Fragen stellen. Ich hoffe, Sie verstehen das." Feigl torkelte zu dem wackeligen Tisch, der in der Mitte des Raumes stand, und ließ sich auf einen der beiden Sessel fallen. Er starrte ausdruckslos vor sich hin und schien unter Schock zu stehen.

„Herr Feigl?"

Endlich reagierte er wieder. Er sah auf und schüttelte langsam den Kopf: „Sie war doch noch so jung!" Mit gebrochener Stimme stammelte er: „Mei Hannerl." Dann fiel sein Kopf vornüber auf die Tischplatte, und der Körper des Mannes wurde von einem Weinkrampf geschüttelt.

Bronstein blickte sich in der Küche um und entdeckte eine Flasche Obstler. Er griff zu einer angestaubten Tasse, blies kurz hinein und goss sie dann mit Schnaps voll, um sie schließlich Feigl hinzuhalten: „Trinken S' das, das wird Ihnen guttun."

Tatsächlich beruhigte sich Feigl allmählich. „Wos woin S' wissen?", fragte er endlich.

„Hatten Sie noch Kontakt zu Ihrer Tochter?"

„Na ja", begann Feigl umständlich, „die ganze Schererei hat ja im 13er-Jahr ang'fangen. Da hat die Gitti g'meint, i taugat nix als Ehemann. Ja mei, mir is halt a paar Mal die Hand auskommen", maulte er, „aber die Gitti hat das damals maßlos dramatisiert. Sie hat's ja scho ordentlich auf der Lunge g'habt und war deswegen allerweil ziemlich rapplert. Irgendwann im Sommer '13 hab i mei Hack'n verloren. Wegen so an Streik, so an depperten. Und, ja, da hab i zum Saufen ang'fangen. Und Sie hat die ganze Zeit a Mordstrara g'macht, i soi endlich aufhör'n mit'm Tschechern und ma endlich wieder a Arbeit suchen. Als ob des so leicht g'wesen warat, damals. Na, und wie s' ma wieder einmal in die Haar g'hängt is wegen dem Schas, da hab i s' halt a bisserl trickert. Is ma obposcht. Mit'm Hannerl, die was damals fünfzehn war. Ja, und seitdem leb i allan do."

„Und weiter?"

„Nix weiter. Im 14er-Jahr bin i dienstverpflichtet worden und hab als Schlosser g'arbeit' fürs Militär. Da is's ma guat gangen. Aber dann haben s' mi wieder außeg'haut, weil s' g'meint haben, ich sei unzuverlässig. Na, hab i wieder des Saufen ang'fangt. Und vorige Weihnachten steht des Hannerl auf einmal vor meiner Tür. Sagt ma, mit der Gitti geht's z' End, weil die scho ihr ganzes Beuschel außehuast. Ob i s' no amoi sehen wü. Und so samma wieder z'sammkommen, irgendwie. Zwa Monat später war s' hin, die Gitti. I hab dem Hannerl no g'sagt, sie soi wieder zu mir z'ruckkommen, aber davon hat s' nix wissen wollen. Sie hat an G'schamsterer g'habt. Irgend so an Zieglbehm aus Favoriten, an Blaha oder so. Spengler war der angeblich, wos waaß i. Zu Ostern war s' no amoi da bei mir, und am End hat s' g'sagt, sie wü mi nie wieder seh'n. Und … und … genau so woar's dann a." Feigl bekam neuerlich einen Weinkrampf und griff mit zittriger Hand zum Schnaps.

„Das heißt, Sie haben Ihre Tochter seit rund acht Monaten nicht mehr gesehen?", bemühte sich Bronstein, das Gespräch in Gang zu halten. Feigl nickte nur.

„Erzählen Sie mir mehr über diesen Blaha. Was wissen Sie über ihn? Haben Sie eine Ahnung, seit wann Ihre Tochter mit diesem Herrn Blaha liiert war?"

„Was weiß denn ich! Zu Weihnachten hat's ihn jedenfalls schon geben. A unguater Kerl. Goschert für zehne – und faul für zwanzig."

Bronstein verkniff sich die Replik, dass Feigl offenbar auch nicht ein Ausbund an Fleiß war. „Wissen Sie, wo er wohnt, der Herr Blaha?"

„Ka Ahnung. Irgendwo in Favoriten."

Das konnte heiter werden. In Wien gab es sicherlich 5.000 Blahas. Und 4.950 davon wohnten im 10. Bezirk. Noch dazu war ja nicht einmal gewährleistet, dass der Mann überhaupt Blaha hieß. „Und wo er als Spengler gearbeitet hat, das wissen Sie natürlich auch nicht?"

„Doch, der war bei die Staatsbahnen, was ich mich erinner. Aber i waaß nimmer, ob der dort wirklich Spengler war, oder ob er dienstverpflichtet war. Weil eigentlich hätt er ja in der Armee sein müssen. Der war ja höchstens Mitte zwanzig, wenn überhaupt. Aber die haben ihn ned g'nommen, weil er's aa auf der Lunge g'habt hat – angeblich."

Die Staatsbahnen waren immerhin ein Anhaltspunkt. Und beim Militärergänzungskommando konnte man auch nachfragen, ob es irgendwelche Untaugliche namens Blaha in Wien gegeben hatte. „Hatte der Mann auch einen Vornamen?"

„Na was glauben S'?" Feigl sah Bronstein mit einer Mischung aus Spott und Verärgerung an.

„Na, wissen S' ihn? Hat das Fräulein Tochter ihn einmal beim Namen genannt oder hat sie ihm einen Kosenamen gegeben?"

Nunmehr musste Feigl nachdenken. Er rieb sich mit den Handflächen die Schläfen und schloss dabei die Augen. „Ja, lassen S' mi nachdenken. Turl? Na, des war der Chef von der Quetsch'n, in der s' g'arbeitet hat. Sepp? Ah ned. Warten S', irgendwas Katholisches war's, i komm gleich drauf. Hans? Schani? … Ja, Schani! Des war's! Johann. I bin ma sicher, der haaßt Johann."

„Und wer ist der Turl?"

„Arthur Nemec. Dem g'hört a Wäscheg'schäft auf der Favoritenstraßen. Unterwäsch', Hemden, Hosen, Röck', so Sachen halt. Des is aa a Änderungsschneiderei, und dort hat des Hannerl g'arbeit'. Zu Ostern jedenfalls noch. Der Turl hat nämlich vorbeig'schaut und ihr a paar g'färbte Eier vorbeibracht. An das kann i mi no erinnern, weil s' ma ans davon g'schenkt hat. Wir haben beide scho a Ewigkeit kane Eier mehr g'essen, und so hamma uns g'freut als wie. Ja, des war der Turl!"

„Waren sonst noch irgendwelche Personen zu irgendeinem Zeitpunkt zugegen, an die Sie sich erinnern könnten?"

„Na ja, da müsst i nachdenken", sagte Feigl und schien zu grübeln. „Könnt i jetzt ned sagen", lautete schließlich sein Resümee.

„Herr Feigl, eine Frage hätte ich noch", setzte Bronstein das Gespräch fort, „wie hat Ihre Tochter auf Sie gewirkt damals? War sie zufrieden, war sie ausgeglichen, oder wirkte sie vielleicht nervös? Ist Ihnen irgendetwas Besonderes aufgefallen?"

Feigl schüttelte den Kopf: „Na. Außer, dass s' total verliebt war halt. Schani da, Schani dort. Und da hab i s' dann g'fragt, was s' find't an dem damischen Behm. Und da hat s' mi dann ganz bes ang'schaut und hat zischt: I wü di ni wieda seg'n. Na ja, ganz die Mama."

„Das heißt, sie hat sich auch in den letzten Tagen nicht bei Ihnen gemeldet."

„Des hab i Ihna ja scho g'sagt. Na, hat s' ned!"

„Herr Feigl, das wäre vorläufig alles. Wir müssen Sie nur bitten, sich zu unserer Verfügung zu halten. Es könnte sein, dass wir Sie noch einmal brauchen. Und seien Sie unseres aufrichtigen Beileids versichert."

Bronstein schickte sich an, die Wohnung zu verlassen. Feigl sah ihm nach. „Was wird denn jetzt mit dem Hannerl?", fragte er mit zitternder Stimme.

Bronstein drehte sich noch einmal um: „Ach ja, richtig. Wir müssen Sie leider bitten, die Tote zu identifizieren. Wir haben zwar ihren Ausweis bei ihr gefunden, aber Sie wissen ja, es muss immer alles seine Richtigkeit haben. Und in ein paar Tagen wird die Lei… – wird die Hannerl dann freigegeben für das Begräbnis. Da werden Sie aber noch extra in Kenntnis gesetzt, zumal Sie ja der nächste Verwandte sind."

„Und des sog'n S' ma so afoch ins G'sicht?" In Feigl schien Zorn aufzulodern.

„Es tut mir leid, Herr Feigl, dass ich Ihnen keine erfreulichere Nachricht überbringen kann, ich kann nur noch einmal mein Beileid ausdrücken", blieb Bronstein sachlich.

Feigl stand langsam auf. „Hearst, Kiwara, drah di, sunst reiß i da in Schädel o, Sauhund, elendiger! Kummst do afoch her und dazöhst ma, mei Hannerl is hi. Afoch so! Schleich di, oba gach a no, sunst is glei no wer hi."

Pichler wollte einschreiten und den Vater zur Mäßigung mahnen, doch Bronstein winkte nur ab. Es hatte keinen Sinn, mit einem Verzweifelten zu streiten. Er schritt schnell durch die Tür und winkte Pichler zu sich. Sie waren bereits beinahe beim Haustor, als sie der gellende Schrei des Feigl einholte: „Oaschlecher!"

„Was jetzt?", fragte Pichler, als sie wieder auf der Straße standen.

„Jetzt gehen wir in die Wohnung der Toten. Sie haben doch noch Zeit für einen kleinen Spaziergang?"

„Na hören Sie, Herr Major, dazu bin ich ja da."

„Na, dann gehen wir's an."

Der Weg in die Margaretenstraße erwies sich als erstaunlich lang. Bronstein fühlte bereits eine gewisse Müdigkeit in sich aufsteigen, als sie endlich das Margaretner Schloss vor sich auftauchen sahen. Gegenüber breitete sich der majestätische Margaretenhof aus, das Prestigeprojekt der liberalen Ära, das allein noch davon kündete, dass sich auch die Liberalen um die Kommunalpolitik verdient gemacht hatten. Vorbei am Kinematographen-Kino gelangten sie endlich zu jenem Haus, in dem die verewigte Hannah Feigl gewohnt hatte. Sie gingen die Einfahrt entlang und klopften an der Tür der Hausmeisterwohnung. Eine krumme Alte mit üppigem Damenbart öffnete ihnen. Bronstein stellte sich vor und fragte dann, wo die Feigl gewohnt hatte. Er erhielt die gewünschte Auskunft und gleichzeitig das Angebot, sich mittels des Generalschlüssels der Hausmeisterin Zutritt zur Wohnung zu verschaffen. Er folgte also der Buckligen in den zweiten Stock und ließ sich die Tür aufsperren.

Die Wohnung bestand aus einem kleinen, fensterlosen Vorraum, in dem ein großer Kleiderkasten stand. Geradeaus folgte eine ebenso kleine Küche, die als einzige Lichtquelle eine

schmale Öffnung in einen Lichtschacht aufwies. Linker Hand
ging es in ein Wohnzimmer, hinter dem sich ein kleines Kabinett befand, das offenbar als Schlafraum gedient hatte. Beide
Zimmer wiesen Fenster zum Hof auf. Was Bronstein zuerst
auffiel, war der Umstand, dass die Wohnung kaum möbliert
war. In der Küche standen ein Kanonenofen und ein Rechaud,
dazu ein großes Schaffel, das wohl zum Waschen ebenso wie
zum Reinigen des Geschirrs Verwendung gefunden hatte. Eine
kleine Kredenz beinhaltete gezählte fünf Teller, zwei Gläser,
zwei Tassen und ein paar Löffel, Gabeln und Messer. Auf ihr
standen eine Schüssel aus Zinn, eine aus Porzellan sowie ein
Schneidbrett samt Brotmesser. Im Wohnzimmer stand eine
altmodische Pendeluhr, daneben hatte ein Ohrensessel seinen
Platz. Die Mitte des Raumes füllte ein Tisch mit drei Sesseln
aus, gegenüber der Uhr hatte man einen Diwan platziert. Unter
dem Fenster schließlich ließ sich ein Regal entdecken, das aber
außer ein paar alten Büchern nichts enthielt. Ähnlich karg das
Schlafzimmer, in dem ein antik anmutendes Doppelbett stand,
das links und rechts von Nachtkästchen flankiert wurde. Die
Wohnung zu durchsuchen würde nicht lange dauern, dachte
sich Bronstein.

Er begann mit dem Schlafzimmer. Unter dem Bett lag nichts,
auf dem Bett auch nicht. Das eine Nachtkästchen war vollkommen leer, in dem anderen entdeckte er eine Bibel, die aber
nicht so wirkte, als wäre sie oft benutzt worden. Bronstein sah
sich noch einmal genau um und befand dann, hier war weiter
nichts zu erkunden. Zehn Minuten später konnte er dasselbe
auch über das Wohnzimmer sagen. Es war bemerkenswert. Die
Frau hatte hier fünf Jahre gewohnt, und recht eigentlich fanden sich nicht die geringsten Spuren von ihr. Wer war diese
Hannah Feigl gewesen? Was hatte sie bewegt, was hatte sie
in ihrer freien Zeit getan? Diese Wohnung wirkte nicht so, als
hätte jemand in ihr gelebt, vielmehr hatte es den Anschein, als

wäre sie bestenfalls eine Absteige für Notfälle gewesen. Vielleicht, so überlegte Bronstein, war die Feigl nach dem Tod der Mutter zu ihrem Eisenbahner gezogen, doch dann hätte sie die Wohnung kaum länger gehalten, denn als Aushilfsschneiderin verdiente man sicherlich nicht genug Geld, um eine Unterkunft ungenützt zu halten.

Bronstein hatte im Laufe seines Polizeidienstes schon oft Wohnungen in Augenschein genommen, und fast immer hatten sie einiges über ihre Bewohner ausgesagt. Man wusste danach, ob die betreffende Person Buchliebhaber oder leidenschaftlicher Sammler, ob sie Pedant oder Chaot war, ob sie gerne kochte oder Angst vor einer Hungersnot hatte und darum Lebensmittel hortete. Auch ein Haustier konnte Aufschlüsse geben. In der Regel bekam man also ein ganz gutes Bild von jemandem, frei nach dem Motto: Zeige mir, wie du wohnst, und ich sage dir, wer du bist. Doch diese Feigl existierte an dieser Adresse gar nicht. Alles, was sich hier fand, war vollkommen beliebig und konnte einem ewigen Junggesellen ebenso gehören wie einer alten Jungfer.

Als Bronstein schon jede Hoffnung aufgegeben hatte, in der Wohnung auf irgendetwas Interessantes zu stoßen, öffnete er den Kleiderschrank im Vorzimmer. Doch wie nicht anders zu erwarten, stieß er auch hier auf keine Sensation. Enttäuscht angesichts der ärmlichen Kleidung, die trostlos in diesem Kasten hing, wollte er die Türen schon wieder schließen, als er im Augenwinkel etwas Blitzendes wahrnahm. Er sah genauer hin und fand auf dem Boden des Kastens ein Bilderalbum. Bronstein bückte sich und nahm es an sich. Mit dem Album in der Hand kehrte er ins Wohnzimmer zurück und setzte sich, ehe er es aufschlug. Auf der ersten Seite klebte eine Fotografie, die, wie die Erläuterung ausführte, 1911 in der Josefstadt gemacht worden war. Sie zeigte einen reichlich derangiert wirkenden Herrn Feigl, eine gramgebeugte Brigitte Feigl, deren Gesicht unendliches Leid widerspiegelte, und dazwischen ein pausbackiges Mädel von 13 Jahren mit bemerkenswert langen Goldlocken. Bronstein blätterte um. Ein verfallenes Haus inmitten einer trostlosen Landschaft. Dazu der Hinweis, dies sei das Elternhaus des alten Feigl. Bronstein wunderte sich, dass sich ein Fotograf die Mühe gemacht hatte, diese Ruine aufzunehmen. Gegenüber ein Foto vom alten Feigl in Uniform. Offenbar hatte er bei einem Landwehrregiment gedient, und zwar, wenn der Eintrag daneben stimmte, 1896. Auf Seite 4 dann das obligate Hochzeitsbild, das Bronstein zu der Überzeugung brachte, dass die beiden nur geheiratet hatten, weil das gute Hannerl schon unterwegs war, denn einen solchen Bauch, das wusste er nur zu gut, bekam man nicht einfach vom Fressen. Und wieder blätterte er um. Die nächsten beiden Seiten hatten Bilder enthalten, doch diese waren entfernt worden. Deutlich konnte man noch die Klebespuren erkennen. Auch der dazugehörige Text war unkenntlich gemacht worden. Bronstein hegte die Vermutung, dass die Frau Gitti an gewisse Dinge nicht mehr hatte erinnert werden wollen. Es folgte das Hannerl im Firmkleid, ein Bild von der Familie im Wurstelprater, laut Text am Tag von Hannahs Firmung, und schließlich, als letzte Fotografie in dem Album, ein Bild des Geschäfts von Herrn Nemec, mit dem Hannerl vor der Tür. Handschriftlich war das Datum 1. Juli 1917 hinzugefügt worden.

Es wäre ja zu schön gewesen, dachte sich Bronstein, auf diese Weise Fortschritte zu machen. Na ja, wieder einmal Fehlanzeige. Er klappte das Album zusammen und stand auf. Dabei bemerkte er, dass auf der letzten Seite eine Fotografie eingelegt worden war, denn durch das schnelle Zuklappen war sie ein klein wenig aus dem Album gerutscht. Sie zeigte Hannah Feigl in der ganzen Pracht ihrer 19 Lenze neben einem stattlichen Jüngling in Eisenbahnermontur. Ein markiger Schnurrbart, der entfernt an jenen von Wilhelm Zwo erinnerte, thronte in der Mitte seines Gesichts, die pechschwarzen Haare waren penibel nach hinten gekämmt und dort offenbar mit Pomade fixiert worden. Instinktiv drehte Bronstein das Bild um. In kindlicher Schrift stand da geschrieben: „Ich und mein Schani – für immer, 29. September 1918." Das Bild war also gerade erst fünf Wochen alt. Ganz klein im Eck der Rückseite entdeckte Bronstein den Namen des Fotoateliers. Dieses befand sich in der Favoritenstraße, offenbar in unmittelbarer Nähe des Wäschegeschäfts. Bronstein war zufrieden. Auf diese Weise würde er zwei Fliegen mit einer Klappe schlagen können. Und außerdem stand jetzt fest, dass Hannahs Geliebter tatsächlich „Schani" geheißen hatte. Bronstein überlegte, ob er sich sofort zu den beiden Geschäften auf den Weg machen sollte, doch angesichts der Uhrzeit war er sich sicher, dass diese Mittagspause haben würden. Apropos, sagte sich Bronstein, der Tag war schon recht weit fortgeschritten. Er sollte im Büro Nachschau halten, was Pokorny in der Zwischenzeit in Erfahrung gebracht hatte, und es war sicherlich keine falsche Idee, sich unterwegs etwas Nahrhaftes zu organisieren. Bronstein wandte sich an Pichler: „Herr Kollege, Sie haben mir sehr geholfen. Ich denke, wir sind einige Schritte weitergekommen. Wenn es Ihnen recht ist, werde ich zu Ihnen Kontakt halten und bei Bedarf auf Sie zurückkommen."

„Aber mit dem allergrößten Vergnügen, Herr Major." Der Stolz war Pichler förmlich anzusehen. „Ich wollte nämlich immer schon zum Mord, müssen S' wissen, Herr Major", schickte Pichler hinterher. „Na ja, wer weiß, was nicht ist, kann ja noch werden", übte sich Bronstein in kryptischer Aussage. „Wissen S' was, das Foto nehm ich mit, vielleicht erkennt den Schani ja wer wieder. Für heute wünsch ich Ihnen einen guten Tag. Sagen S' bitte der Hausmeisterin, sie soll da wieder absperren. Man sieht sich, habe die Ehre." Bronstein wartete eine allfällige Reaktion Pichlers nicht mehr ab und begann, die Treppe abwärts zu steigen. Er verließ das Haus und wandte sich nach links, um sich ins Büro zu begeben.

Bronstein war noch keine hundert Meter gegangen, als ihm an der Ecke der Franzensgasse ein Gasthaus auffiel, in dessen Fenster ein kleines Schild stand: „Nur heute" war da zu lesen, „gebratene Knackwurst". Sofort lief Bronstein das Wasser im Munde zusammen. Kein Wunder, er hatte nicht gerade üppig gefrühstückt, und mittlerweile war es beinahe 14 Uhr. Da musste man einfach Hunger haben. Kurz entschlossen trat Bronstein ein. Das Lokal war praktisch völlig leer, ein älterer Herr mit Glatze, der über seinem Gewand eine große weiße Schürze trug, saß grübelnd über einer Zeitung. Als er Bronsteins „Guten Tag zu wünschen" vernahm, blickte er auf und erwiderte den Gruß, um sodann mit der Frage „Womit kann ich dienen?" fortzufahren. „Haben Sie diese Knackwurst noch, die Sie da im Fenster anpreisen?"

„Aber sicher, der Herr. Ganz frisch gekriegt. Grad erst gestern."

Bronstein lächelte: „Na, dann machen Sie mir doch eine!"

„Mit Erdäpfeln? Oder mit Brot?"

„Na wenn schon, denn schon, oder? Also mit Erdäpfeln. Braten Sie s' nur ordentlich ab, damit s' schön knusprig sind."

„Sehr wohl, der Herr." Der Wirt verschwand in einem Nebenraum, in dem Bronstein die Küche vermutete. Er warf einen kurzen Blick auf die Zeitung, die nun verwaist auf dem Tisch lag. Es handelte sich um die aktuelle „Wiener Zeitung". Bronstein nahm sie an sich und setzte sich an einen Nebentisch. „Haben S' eh nix dagegen, wenn ich mir die Zeitung ausborg'?", rief er in die Küche. Das Ausbleiben einer Antwort wertete er als Zustimmung. Das Blatt machte seine Titelseite mit Ordensverleihungen und Beförderungen auf. Wie absurd, dachte Bronstein, da ging die ganze Monarchie den Bach hinunter, und der Kaiser überreichte weiterhin Auszeichnungen und Ehrenzeichen, als ob alles noch beim Alten wäre. Was mochte das angesichts der sich unvermeidlich abzeichnenden Niederlage noch bedeuten? Wenn man schon untergeht, dann mit ordenbehängter Brust? Wie lächerlich. Wenigstens ruinierte das bisschen Blech nicht die Staatsfinanzen.

„Was zum Trinken auch, der Herr?" Der Wirt war in die Schankstube zurückgekehrt.

„Ja bitte. A großes Bier."

Der Wirt machte sich am Zapfhahn zu schaffen.

„Na, was sagen S', der Herr. Den Strom drahn s' uns wieder ab. Und des Gas aa. A Waunsinn, was?"

Bronstein wusste nicht, was gegen die Behauptung des Wirten sprechen mochte. Da wurde es jeden Tag kälter und finsterer, und die Monarchie konnte ihren Bürgern nicht einmal mehr das Notwendigste garantieren. Von einer weisen Hand, die das Land da führte, konnte wohl kaum die Rede sein. Mächtig durch des Glaubens Stütze? Was glaubte der Kaiser eigentlich, was er den Bürgern noch alles zumuten konnte? Aber Bronstein war sich ohnehin schon lange sicher, je eher dieser unselige Krieg endlich zu Ende ging, umso besser für alle.

„Recht haben S', Herr Wirt. A Wahnsinn. Und i les da grad, dass s' jetzt den Zugsverkehr aa einstellen praktisch. Ab sofort fahrt nur noch ein Zug pro Tag vom Südbahnhof in Richtung Triest oder Laibach, und wer in andere Städte im Süden will, der soll in einen Güterwaggon kraxeln. So a Frechheit, glaubt ma ned, was?" Man stelle sich vor, dachte er dabei, die Herren Generaldirektoren der Generali-Versicherung, wie sie im Viehwaggon auf dem Boden saßen, umgeben von faulendem Stroh, stinkendem Heu und rostigem Alteisen. Sic transit gloria mundi.

„Ja", seufzte der Wirt, „es is besser, i sag nix. Sonst red i mi no um Kopf und Kragen. I schau einmal, was die Wurst macht."

Während der Wirt wieder in den hinteren Gefilden seines Reichs verschwand, zündete sich Bronstein eine Zigarette an und studierte weiter die Berichte in der Zeitung. Auf der nächsten Seite zeigte sich einmal mehr die bizarre Doppelherrschaft, die in den letzten Tagen entstanden war. Der kaiserliche Minister des Äußeren protestierte beim deutschen Geschäftsträger gegen den Einmarsch deutscher Truppen in Tirol. Gleichzeitig ließ der deutsch-österreichische Heeresminister die Grenze zu Deutschland schließen, um eben jenem Einmarsch Einhalt zu gebieten. Dass die Deutschen überhaupt noch versuchten, die Südfront zu sichern, war eigentlich nicht nachvollziehbar, denn, so erfuhr Bronstein an anderer Stelle des Blattes, die deutsche Regierung hatte sich an Marschall Foch mit der Bitte um Waffenstillstandsverhandlungen gewandt. Na bitte, jetzt konnte es nicht mehr lange dauern. Wenn nun auch schon die Deutschen einlenkten, dann war der Sieg der Alliierten praktisch nicht mehr abwendbar. Und das wussten die Alliierten offensichtlich auch, denn in Paris feierte Premier Clemenceau bereits mit seinem Außenminister Pichon eben diesen Sieg, da, wie Clemenceau in der Zeitung zitiert wurde, den Deutschen die Mittel zur Fortsetzung des Krieges fehlten. Von Österreich-Ungarn war da schon gar nicht mehr die Rede.

„Bitte schön, der Herr, Knackwurst mit Erdäpfeln. Lassen S' Ihnen's gut schmecken."

Bronstein bedankte sich und bestellte bei dieser Gelegenheit noch ein Bier. Eigentlich, so stellte er fest, während er genüsslich am ersten Bissen kaute, gefiel ihm diese Gegend. Gegen Dornbach war sicher nichts einzuwenden, aber es war halt doch ein bisschen gar weit vom Schuss. Margareten hingegen war zentrumsnah und wies dennoch eine dörfliche Struktur auf, die den Bezirk überschaubar machte. Wer weiß, dachte sich Bronstein, vielleicht sollte man sich hier einmal nach einer Bleibe umsehen, dann müsste man nicht immer stundenlang mit der

Tramway ins Büro fahren oder, in Zeiten wie diesen, endlose Wanderungen auf sich nehmen, um nach Hause zu gelangen.

Herzhaft biss Bronstein abermals in die Knackwurst, die der Wirt in zwei Hälften geschnitten hatte, ehe diese in der Pfanne gelandet waren. Dadurch waren sie doppelt angebraten und schmeckten darum umso leckerer. Rundum zufrieden, widmete Bronstein seine Aufmerksamkeit wieder der Zeitung. Wo eben noch vom kaiserlichen Minister des Äußeren die Rede gewesen war, stand nun über den deutsch-österreichischen Außenminister zu lesen. Der langjährige Anführer der Sozialdemokratie hatte dieses Amt seit acht Tagen inne, und in dieser Funktion hatte er mit dem Geschäftsträger der neuen tschechoslowakischen Republik, Vlastimil Tusar, einem altbekannten Reichsratsabgeordneten und, gleich Adler, Sozialdemokraten, eine Unterredung darüber geführt, dass die neue Regierung in Prag den Chef der deutschböhmischen Landesregierung zur Fahndung ausgeschrieben hatte. Dies war, so wusste auch Bronstein, eines der zahllosen Probleme, die sich nun aus dem Zerfall der Donaumonarchie ergeben würden. Deutschböhmen hatte sich mit Reichenberg als Hauptstadt als eigenes österreichisches Bundesland konstituiert und sich eine eigene Landesregierung gegeben, die bei Österreich zu bleiben wünschte. Die Tschechen und Slowaken beanspruchten das sogenannte Sudetenland aber für ihre Republik, weshalb die Mitglieder der neuen Landesregierung in ihren Augen natürlich Irredentisten waren, gegen die sie nun genauso hart vorzugehen gedachten, wie es die Österreicher vordem mit ihnen gemacht hatten. Da war es einerlei, dass die einzelnen Protagonisten – Adler, Seliger für die Deutschböhmen und Tusar für die Tschechen – samt und sonders Sozialdemokraten waren. Beim Wahren des Besitzstandes hörte sich jede internationale Solidarität auf, wie es schien.

Viel zu schnell war die Portion verzehrt, und mit einer gewissen Wehmut spießte Bronstein die letzte Kartoffel auf, die sich noch auf dem Teller befand. Er nahm sich vor, sie besonders langsam und gründlich zu kauen, um das Mahl noch ein klein wenig länger genießen zu können, aber natürlich konnte er der Versuchung nicht widerstehen. Nur einen Augenblick später befand sich der Rest der Knollenfrucht bereits auf dem Weg in den Magen. Bronstein spülte den letzten Schluck Bier hinterher und zündete sich dann eine weitere Zigarette an, um sich der letzten Seite der Zeitung zu widmen.

In Klagenfurt hatte eine provisorische Landesversammlung eine neue Landesregierung gebildet, welche die kaiserlichen Organe ihrer Ämter enthoben hatte. Es handelte sich um eine Koalition zwischen Deutschnationalen und Sozialdemokraten, wobei Letztere Ersteren den Vortritt gelassen hatten. Und auch aus Bayern gab es Neuigkeiten. Dort war noch in der Nacht auf Freitag der König gestürzt und eine Republik ausgerufen worden. Der Korrespondent der „Wiener Zeitung" berichtete, dass nach einer Massenversammlung auf der Theresienwiese das Volk in die Münchner Innenstadt gezogen sei, um vor dem Landtag eine Großkundgebung abzuhalten. Im Landtag sei daraufhin eine neue bayerische Regierung unter der Führung des Sozialisten Kurt Eisner gebildet worden, die sich selbst den Namen „Arbeiter-, Soldaten- und Bauernrat" gegeben habe. Als Bezeichnung für den neuen Staat sei „Demokratische und Soziale Republik Bayern" gewählt worden, wobei man sich offenhalten wolle, aus dem Staatsverband des Deutschen Reiches auszutreten oder nicht. Zuallererst, so habe Eisner angekündigt, solle von allen mündigen Männern und Frauen eine Konstituierende Nationalversammlung gewählt werden, welche dann über das weitere Schicksal Bayerns bestimmen solle.

Die Bayern, wer hätte das gedacht. Bronstein hielt dieses Volk stets für ebenso gemütlich wie konservativ, und dann machten ausgerechnet die so mir nichts dir nichts Revolution. Die saßen doch für gewöhnlich den lieben langen Tag vor ihrem Bier und schimpften über die Preußen! Sicher, die Berliner, die Hamburger, die Bremer, die waren immer schon Revoluzzer, schon seit den Tagen eines Störtebeker, denen hätte er jederzeit zugetraut, dass sie sich gegen die Obrigkeit erhoben. Aber die Bayern? Von denen hätte er felsenfest geglaubt, dass sie noch im Jahr 2000 nahezu ausnahmslos für die Christlich-Sozialen stimmen würden. Wenn es aber das Königreich Bayern nicht mehr gab, wer garantierte dann die Existenz der anderen Monarchien? Warum sollten dann Grafen, Herzöge und Fürsten auf ihren Thronen verharren können? Und vor allem: Wer brauchte einen Kaiser, wenn es keinen König mehr gab?

In Österreich lagen die Dinge zum Glück etwas anders. Da gab es zwar auch einen Grafen von Tirol, einen Markgrafen von Mähren, einen Herzog der Steiermark, einen Fürsten von Siebenbürgen und einen König von Böhmen, doch all das war Kaiser Karl in höchsteigener Person. Wenn man im komplizierten politischen Gebäude des Deutschen Reiches einen Stein herausnahm, dann mochte die ganze Konstruktion in sich zusammenbrechen und Kaiser Wilhelm II. mitreißen. In Österreich war dies unmöglich, hier regierte Habsburg, und eine Alternative dazu gab es nicht.

Andererseits verlor der Kaiser zwar nicht seine Hüte und Kronen, aber er verlor seine Domänen, und so gesehen stellte sich sehr wohl die Frage, ob es einen Kaiser von Österreich geben konnte, wenn dieser nicht mehr König von Böhmen oder von Galizien und Lodomerien war. Keine Frage, beide Reiche standen vor entscheidenden Tagen, und was noch vor einem halben Jahrzehnt als unüberwindlich galt, konnte nun nur allzu schnell der Vergangenheit anheimfallen.

Bronstein hätte gern länger über diese Fragen nachgegrübelt, doch er musste sich nun wieder auf seine Arbeit konzentrieren. Er sah auf die Uhr und beschloss, nun auch noch die Polsterei in Augenschein zu nehmen. Beim Wirt erkundigte er sich,

wie er am schnellsten in die Redergasse kam, und keine zehn
Minuten später stand er vor dem Tor der Firma Bergmann.
Ein Arbeiter wies Bronstein den Weg zum Büro des alten Berg-
mann. Dessen Befragung ergab kaum neue Anhaltspunkte. Der
Mann schildete die Dinge ziemlich genau so, wie sie in Pichlers
Bericht festgehalten worden waren.

„Und Sie haben also rein gar nichts gesehen?", fragte Bronstein schließlich.

„Schauen S', Herr Rat, Sie dürfen sich von mir nichts erwarten. I bin alt. I siech scho schlecht. Und wann i was siech,
dann siech i G'spenster. I hab mir sogar einbildet, i siech mein
Buam. Was aber a kompletter Holler is, weil der ja im Krieg
ist. Wissen S', Herr Rat, er geht ma so ab, dass i eam immer
wieder wo siech."

Bronstein verwirrte diese Rede. „Was meinen S' jetzt genau?"

„Na, wie i eingangen bin, um die Kerzen zu holen, da war
mir, als stangert der Willi hinten im Eck. Wissen S', der Willi
war immer schon mein Sorgenkind. Der ist ned so patent wie
der Fritz. Der is mehr so a ... na, a bissl schwindlig ist er halt,
der arme Willi. Aber beim Barras, da werden S' ihm schon
die Wadeln vireg'richt' haben." Bergman verfiel in brütendes
Schweigen.

„Also nix ham S' g'seh'n", resümierte Bronstein schließlich.

„Na. Nur die Leich. Das hat ma g'reicht."

Na bitte, dachte sich Bronstein. Jetzt bin ich so klug als wie
zuvor. Er verabschiedete sich von Bergmann und trat wieder
auf die Straße. Die Tageszeit bedeutete ihm, dass er sich doch
noch im Büro würde blicken lassen müssen. Er spürte einen
leisen Groll in sich aufsteigen, denn er wusste, es galt schon
wieder zu Fuß zu gehen. Innerlich verfluchte er die grässliche
Lage, denn allein in den letzten 24 Stunden hatte er sicherlich
20 Kilometer zurückgelegt, und dabei war er noch nicht einmal
nach Hause gegangen. Das war in der Tat ein Punkt, der für

Margareten sprechen würde, kam Bronstein auf seinen vorherigen Gedanken zurück. Unwillkürlich fiel ihm der majestätische Margaretenhof ein, der weithin berühmt war für seine großen, hellen Wohnungen in ruhiger Lage. Doch genau deshalb würde er sich eine solche Bleibe erst dann leisten können, wenn er Polizeipräsident war. Andererseits war der Margaretenhof nun auch schon über 30 Jahre alt, vielleicht bekam man einige Objekte dort nun schon zu etwas günstigeren Konditionen.

Aber wenn er ehrlich war, dann tat er Dornbach unrecht! Sicher, im Winter war dieser Teil Wiens nicht gerade der geeignetste Ort zum Verweilen, doch im Sommer konnte sich Margareten mit Dornbach nicht messen. Allein schon die malerischen Weinberge und die anheimelnden Wanderwege hinauf auf den Dreimarkstein, derlei konnte Margareten nicht bieten. Außerdem, so erinnerte er sich, war Dornbach sogar älter als Margareten, auch wenn man es nicht für möglich halten würde. Er hatte einmal gelesen, dass Dornbach bereits 1044 erstmals urkundlich erwähnt worden war, rund 100 Jahre bevor dies beim fünften Bezirk der Fall gewesen war. Bronstein wurde direkt ein wenig sentimental. Er erinnerte sich daran, wie es gewesen war, als er 1907 in den 17. Bezirk gezogen war. Vorübergehend hatte er einige Tage in der Kalvarienberggasse Quartier genommen, bis seine Wohnung in der Dornbacher Straße bezugsfertig war. Just zu dieser Zeit war die Als zum letzten Mal über ihre Ufer getreten und hatte den ganzen Elterleinplatz unter Wasser gesetzt. Der 43er mutierte für Tage zur Fähre. Und wiewohl Dornbach damals schon seit eineinhalb Jahrzehnten zu Wien gehörte, war es immer noch ein kleiner Ort für sich, der kaum mehr als 5.000 Bewohner zählte. Er wies eine beträchtliche Zahl von Einkehrgasthäusern auf, in denen sich auch Bronstein immer wieder gerne aufhielt, auch wenn die goldenen Zeiten Dornbachs wohl unwiederbringlich vergangen waren. Nur noch aus Erzählungen älterer Stammgäste wusste er von den Größen des Dornbacher Varietés, von der „Pascher Pepi" und dem „Lercherl von Hernals", vor allem aber von dem Quartett der Gebrüder Schrammel, die bis zum Ende des vergangenen Jahrhunderts wöchentlich in Dornbach zum Tanz aufgespielt hatten. Und ohne Dornbach hätte er wohl auch nie seine Liebe zum Fußball entdeckt. Wann immer es sein Dienstplan zuließ, pilgerte er die hundert Meter stadteinwärts zum Sportclub-Platz, um der Dornbacher Elf beim Spiel zuzusehen. Und immer noch konnte er sich darüber ärgern, dass der Sportclub die allererste österreichische Meisterschaft hauchdünn gegen die aus Hütteldorf verloren hatte, denn so nahe war er dem Titel nie mehr gekommen wie damals anno 1912.

Ja, Dornbach war halt doch eine Welt, in der es sich, die allermeiste Zeit zumindest, trefflich leben ließ. Doch allein von seiner Wohnung bis zum Gürtel waren es rund drei Kilometer, und vom Gürtel zum Präsidium sicherlich nochmals zwei. Das würde er nur in absoluten Ausnahmefällen gehen können. Selbst von hier, der Margaretenstraße, waren es sicher an die drei Kilometer ins Büro. Es war wirklich eine Frechheit, dass die Straßenbahn nicht fuhr!

Doch alles Schimpfen nutzte nichts, anders gelangte man eben nicht mehr von einem Ort zum anderen, wenn man nicht steinreich war und ein eigenes Automobil besaß oder sich ein solches samt Chauffeur mieten konnte. Wenn der Weg von Margareten zum Präsidium nur nicht so weit wäre, dachte Bronstein, und er wunderte sich darüber, wie er diesen Bezirk eben noch als zentrumsnah hatte beschreiben können. Seine einzige Chance bestand darin, überlegte er, möglichst viel abzukürzen. Er würde über die Kettenbrückengasse, die Köstlergasse und die Gumpendorfer Straße zur Rahlgasse marschieren, dort die Stiege zur Mariahilfer Straße hinaufsteigen, um dann zwischen den beiden Muscen zum Ring zu gehen. Vom Parlament waren es dann nur noch ein paar hundert Meter, und die würde er zu guter Letzt auch noch schaffen. Er bezahlte also die Zeche und machte sich auf den Weg. So gut er seinen Plan überlegt hatte, die Strecke zum Präsidium schien nicht zu enden. Volle 40 Minuten war er schon unterwegs, ehe er endlich am Parlament vorbeikam. Jetzt noch Rathaus und Universität, sagte er sich, dann haben wir es geschafft.

Stöhnend und keuchend erreichte er seine Arbeitsstelle. Er verharrte einen Moment vor dem Eingangsportal, um wieder zu Atem zu kommen, dann begab er sich ins Innere des Hauses und in weiterer Folge in sein Büro. Dort wartete bereits Pokorny auf ihn.

„Na, Pokorny, wie schau'n wir aus?" Bronstein war froh, sich auf den Sessel fallen lassen und sich eine anrauchen zu können.

„Nun ja", begann Pokorny, „ich habe mit der Ehefrau des Herrn von Grabensprung gesprochen, und die ist tatsächlich überzeugt davon, dass ihr Mann entführt worden ist. Es sei nämlich gänzlich gegen seine Art, einfach nicht nach Hause zu kommen. Zudem ist ihr aufgefallen, dass er vor dem Haustor von einem Mann angesprochen wurde, der ihr völlig unbekannt war, während ihr Mann ihn gekannt zu haben schien, denn er sei ihm ohne zu zögern gefolgt."

Pokorny hielt einen Moment inne und überlegte offensichtlich, irgendeine alte Anekdote einzuflechten, doch Bronstein mahnte ihn zur Eile: „Gemma, gemma, Pokorny, kalt is' ned, erzähl mir lieber, was die Alte so sicher macht, dass er nicht etwa das Weite gesucht hat."

„Sie schilderte mir ihren Mann als Ausbund an Sitte und Anstand, weshalb sie auch überzeugt sei, dass er sie niemals im Stich lassen würde, schon gar nicht unter solchen Umständen. Es kostete mich einige Mühe, die Frau einzubremsen. Manche Leute sind wirklich erschreckende Plappermäuler, was umso lästiger ist, wenn diese Leute ohnehin nichts zu sagen haben. Sie war jedenfalls nicht von der Idee abzubringen, er sei entführt worden, und dass sie gleichzeitig nicht die geringste Ahnung hat, wer für eine solche Entführung in Frage käme, dürfte uns die Arbeit nicht gerade erleichtern."

„Konnte sie eine Beschreibung dieses Mannes geben?"

Pokorny nickte. „Es handelte sich fraglos um einen Soldaten oder zumindest um eine Person, die soldatisch gekleidet war. Der Mann trug, so meinte Frau Spitzer, Armeestiefel und einen Militärmantel. Letzteren allerdings ohne Distinktionen, wie ihr, so meinte sie mir gegenüber, sofort aufgefallen sei, denn nach einem langen Leben an der Seite eines Offiziers entwickle man ein Auge für derartige Details."

Bronstein entwickelte eine gewisse Ungeduld: „Und weiter? War der Mann jung oder alt, trug er einen Bart, hatte er irgendwelche Charakteristika? Sprach er hierorts übliches Deutsch oder hatte er einen Akzent? Lass dir nicht alles aus der Nase ziehen, Pokorny."

Doch Pokorny konnte auf diese Fragen kaum antworten: „Sie sagte, er habe eine Militärmütze getragen, die er tief ins Gesicht gezogen hatte, sodass sie nicht sagen könne, ob der Mann schwarzes oder blondes, ja ob er überhaupt Haar habe. Er hatte definitiv keinen Bart und war altersmäßig eigentlich nicht zu schätzen. Zwischen Ende zwanzig und Ende vierzig sei alles möglich, so erklärte mir die Spitzer. Und persönlich gehört habe sie nur, wie der Mann ihren Gatten angesprochen habe, und aus der Nennung des Namens habe sie nicht ableiten können, ob der Mann nun Wiener, Österreicher oder Ausländer gewesen sei."

Bronstein blies Luft aus: „Na gratuliere. Da können wir suchen, bis wir schwarz werden. Die Beschreibung passt wahrscheinlich auf neunzig Prozent der Leut', die derzeit mit einem Armeeg'wandl herumrennen. Da findet man eher die Nadel im Heuhaufen. Na ja, wie auch immer, das ist dein Fall, Pokorny.

Mach, was du für richtig hältst, aber informier mich regelmäßig, gell!"

„Na sowieso, Major, des ist eh klar." Pokorny machte eine kleine Pause, ehe er fortfuhr: „Und wie geht's mit der Leich von der Redergasse voran?"

Bronstein erzählte Pokorny in groben Zügen, was er bislang unternommen hatte, unterließ es jedoch, persönliche Schlussfolgerungen zu ziehen. Dafür war es ihm noch entschieden zu früh. Zwar würde er mit dem Herrn Nemec reden und musste unbedingt den Galan der Feigl ausfindig machen, doch insgeheim war er überzeugt, dass beide ebenso wenig als Täter in Frage kamen wie der Vater selbst. Es musste andere Zusammenhänge geben, die sich bis jetzt einfach noch nicht offenbart hatten, weshalb es sie zu finden galt. Und in diesem Lichte konnte es auch nicht verfehlt sein, sich einmal mit den Arbeitern der Tapeziererei zu unterhalten. Dort war die Leiche gefunden worden, dort musste es ergo auch Spuren geben. „Na ja, a ka g'mahte Wies'n", hörte er Pokorny sagen.

„Richtig", pflichtete er seinem Kollegen bei, „und deshalb ist klar, was wir jetzt als Nächstes machen werden."

Pokorny machte ein erstauntes Gesicht: „So? Was denn?"

„Wochenende!"

„Major, du bist ein Engel. I hab eh no so viel zum Tun. I muss schau'n, wo i a Kohle auftreib und was zum Essen, sonst verkommen s' ma daheim. Und du weißt eh, wie's is zurzeit. Da braucht man viel Geduld und Spucke."

„Ja, i weiß eh. Darum, Pokorny, schönes Wochenende, und Gott befohlen!"

Pokorny ließ sich das nicht zweimal sagen. Er nickte dem Vorgesetzten devot zu, wünschte ihm gleichfalls schöne Tage und sah zu, dass er aus dem Amtszimmer kam. Bronstein seufzte kurz auf und begann dann, die wesentlichen Erkenntnisse zum Fall Feigl zu Papier zu bringen, und die so entstandenen Unter-

lagen anschließend dem schon am Vortag angelegten Akt bei-
zulegen.

Bronstein blickte auf die Uhr. Es war knapp nach halb fünf.
Bis zu seinem Treffen mit Jelka hatte er also noch rund dreieinhalb Stunden Zeit. Wenn er auch bedenken musste, dass
er alle Wege würde zu Fuß zurücklegen müssen, so hatte er
dennoch einen gewissen Handlungsspielraum. Er kam zu dem
Schluss, dass es ihm trotz der Kälte bei Jelka nicht schaden
konnte, wenn er sich wieder einmal ordentlich wusch. Dazu
allerdings, wie in den vier Jahren seit seiner Eröffnung üblich,
ins Jörgerbad zu gehen, war organisatorisch unter den gegebenen Umständen unmöglich. Allerdings, so fiel ihm ein, gab
es am Einsiedlerplatz in Margareten auch ein Tröpferlbad. In
dessen Nähe befand sich zudem eine für die Qualität der dort
feilgebotenen Heilmittel in der ganzen Monarchie berühmte
Apotheke, bei der er, ehe er seine Eltern neuerlich aufsuchte,
Nachschau halten konnte, ob es nicht irgendwelche Medikamente für seinen Vater gab. Gedacht, getan. Bronstein löschte
die Kerzen aus und verließ das Büro. Am Beginn der Herrengasse stand einsam und allein eine der neumodischen Motor-
kutschen, die gegen Geld zu mieten waren. Bronstein trat
an den Fahrer heran und fragte ihn, wie viel es wohl kosten
würde, wenn er sich zum Einsiedlerplatz fahren lassen wollte.
Der Fahrer nannte einen unverschämt hohen Preis. Doch Geld,
so gestand sich Bronstein ein, war im Augenblick das Einzige,
woran er keinen Mangel hatte. Er griff in sein Portemonnaie
und reichte dem Chauffeur die gewünschte Summe. Danach
machte er es sich im Fond des Wagens bequem und freute sich
darüber, Punkt fünf Uhr vor dem Bad vorzufahren. Angesichts
der Temperaturen gehörte ihm die Anstalt mehr oder weniger allein, und schon die dampfende, wohlige Wärme, die aus
dem Badebereich in die Vorhalle drang, ließ seine Stimmung
merklich besser werden. Für ein paar Heller, so erfuhr er an der

Kasse, würde er ein Handtuch, ein Stück Seife und eine Bade-
schürze ausgefolgt bekommen, könnte seine Kleidung in einem
Kästchen unterbringen und sich anschließend dreißig Minuten
lang warm duschen. Für den vierfachen Preis allerdings bekäme er eine eigene Kabine zugewiesen, in deren Mitte eine
Wanne stand, in der er sich sodann eine ganze Stunde lang aufhalten konnte, wobei es ihm selbst oblag, die Temperatur des
Badewassers zu regulieren. Bronstein gelangte zu der Ansicht,
dass es nach dem Vermögen, welches er für die Motorkutsche
ausgegeben hatte, auch hier des Sparens nicht mehr bedurfte,
und entschied sich für das Wannenbad. Der alte Mann an der
Kasse folgte ihm ein Ticket aus und klingelte nach einem jungen Knaben, der Bronstein sodann zu seiner Kabine brachte.
Während Bronstein den Mantel auszog und sich anschickte,
Jackett und Gilet abzulegen, sorgte der Knabe dafür, dass die
Wanne mit Wasser gefüllt wurde. An ihrem Rand hing ein kleines Thermometer, welches die Wassertemperatur maß. Bronstein setzte sich auf die Pritsche und wartete, bis der Junge alles
vorbereitet hatte. Er drückte ihm ein paar Heller in die Hand,
sperrte dann die Tür ab und kleidete sich vollständig aus. Er
prüfte die Wärme des Wassers zuerst mit der Hand, dann mit
den Zehen und kam zu dem Schluss, er konnte es riskieren,
seinen Körper in die Wanne zu verfügen. Kaum war er in dem
Emailbehältnis zum Liegen gekommen, spürte er bereits, wie
seine müden Knochen die Wärme annahmen und sein Körper
sich zu entspannen begann. Bronstein schloss die Augen und
genoss es, erstmals an diesem Tag an nichts denken zu müssen.
Erst nach einer guten Weile griff er zum Badeschwamm und
begann sich einzuseifen.

Als er nach einer halben Stunde wieder aus der Wanne
stieg, kam er nicht umhin zu konstatieren, dass er sich rundum wohlfühlte, und lobte sich selbst für den guten Einfall.
Bei seinen Eltern würde er sich noch schnell rasieren, womit

garantiert wäre, dass er sich Jelka von seiner besten Seite zeigen konnte.

Zufrieden einen alten Gassenhauer pfeifend, verließ er das Bad und stapfte in Richtung Mariahilf, um auf der Schönbrunner Straße das Haus Nummer 109 aufzusuchen. Die Familie Trnkoczy war weithin für ihre Hausmittel berühmt, und so mochte sich in der Franciscus-Apotheke auch etwas finden, das dem Vater von Nutzen sein konnte. Hoffnungsfroh betrat er den Verkaufsraum und wartete darauf, bedient zu werden. Nach wenigen Augenblicken wurde er nach seinem Begehr gefragt. In kurzen Worten schilderte er sein Problem. Die Apothekerin zeigte sich skeptisch: „Des wird a echte Grippe sein, fürcht ich, da werden wir nicht viel machen können."

„Aber vielleicht haben Sie etwas, das unterstützend wirken könnte", hielt Bronstein seine Hoffnung am Leben.

„Na ja", sagte die Frau schließlich, „da haben wir vielleicht wirklich etwas. Aber erwarten Sie sich bloß keine Wunder davon. Der Spitzwegerichextraktsaft da", meinte sie und griff nach hinten, um von einem Regal eine Flasche herunterzunehmen, die sie Bronstein sodann vor die Nase hielt, „der bekämpft die Begleiterscheinungen der Grippe recht gut und hilft dadurch dem Körper, sich besser gegen die eigentliche Krankheit zu wehren. Er wirkt hustenstillend, schleimlösend und reizmildernd. Außerdem regt er den Appetit an, und das ist bei Kranken ja auch besonders wichtig, weil man ja bei Kräften bleiben beziehungsweise zu Kräften kommen muss. Und die Einreibung da", und damit holte sie eine weitere Tinktur hervor, „ist schmerzstillend und hilft gegen Ermüdung. Aber ich würde Ihnen zuerst einmal den Saft empfehlen. Die Einreibung können Sie dann verwenden, wenn das Fieber abgeklungen ist."

„Und wie viel kostet der Saft?"

„Zwei Kronen."

Bronstein blieb die Luft weg. Bald würde er Schulden haben wie ein Stabsoffizier. Aber sein Vater verdiente es, dass man jede Möglichkeit nutzte, ihn rasch wieder gesund werden zu lassen. Also langte Bronstein abermals in seine Brieftasche, berappte den horrenden Preis und zog mit einer Flasche Spitzwegerichsaft ab. Er wendete sich nach rechts und trabte flott Richtung Innenstadt, um die eben erst erworbene innere Wärme nicht gleich wieder durch die niedrigen Temperaturen zu verlieren. Fast im Laufschritt überquerte er der Reihe nach die Reinprechtsdorfer Straße, die Ramperstorffergasse und die Pilgramgasse und gelangte so zur Kettenbrückengasse, wo er erneut rechts abbog. Durch die Neugasse gelangte er zur Wiedner Hauptstraße, und eine Viertelstunde später stand er endlich vor dem Wohnhaus der Eltern. Eilig überschlug er den Zeitrahmen, der ihm noch blieb. Von hier würde er ins „Herrenhof" etwa eine halbe Stunde benötigen, also blieben ihm rund dreißig Minuten, um sich nach dem Befinden des Vaters zu erkundigen und der Mutter den Saft zu geben. Er trat in den Hausflur und stieg die Stufen hinauf zur elterlichen Wohnung.

Die Mutter öffnete mit ernstem Gesicht. „Es geht ihm keineswegs besser", sagte sie mit leiser Stimme, „der Doktor war noch einmal da, aber er hat nur g'sagt, das g'fallt ihm gar nicht. Bub, ich sag dir's, ich hab solche Angst."

Bronstein bemühte sich um Optimismus: „Du weißt doch, Mama, der Papa ist zäh. Der lässt sich doch von so einer Grippe nicht unterkriegen, der packt das schon. Und außerdem", und dabei hielt er die erworbene Medizin in die Höhe, „habe ich extra noch etwas erworben, was ihm sicher helfen wird."

Die Mutter machte große Augen.

„Das ist Spitzwegerichextraktsaft", erklärte Bronstein nicht ohne Stolz, „der stärkt den Organismus und hilft dem Vater, sich gegen die Krankheit zu wehren. Aber jetzt sag mir einmal, was der Arzt genau gesagt hat."

„Nun ja, gegen neun Uhr ist der Vater aufgewacht. Er hatte immer noch hohes Fieber gehabt und über Ohren- und Augenschmerzen geklagt. Und so einen ganz grauslichen Schüttelfrost hat er gehabt. Das Fieber ist weiter gestiegen, sodass ich mir gedacht hab, er deliriert schon. Am meisten Angst hab ich aber bekommen, wie sein Atem immer unregelmäßiger und rasselnder geworden ist. Ich hab dann die Bettwäsche gewechselt und ihn selbst trockengerieben, und da hab ich g'seh'n, seine Haut is aschfahl, direkt grau. Und glüht hat er. Und gleich drauf hat's ihn wieder g'schüttelt. Das geht so nicht weiter, hab ich mir gedacht, und bin noch einmal um den Arzt. Der ist dann vor zwei Stunden gekommen und hat mir g'sagt, der Papa hat sich auch noch eine Lungenentzündung eingefangen. Es heißt ...", die Mutter wurde von Tränen überwältigt, sodass sie nicht weitersprechen konnte, „... es heißt, die nächsten vierundzwanzig Stunden sind entscheidend."

Nun machte sich auch Bronstein ernsthaft Sorgen. Auch wenn die Zeitungen nichts darüber geschrieben hatten, wusste er als Polizist natürlich um die Ausmaße der Epidemie. Noch im Oktober waren rund 5.000 Personen in Wien der Grippe erlegen, und in einem Bericht vom 4. November hatte es geheißen, dass bis zu 100.000 Wiener an ihr erkranken könnten. Vor allem aber waren erfahrungsgemäß gerade Kinder und alte Menschen am ehesten Opfer einer solchen Seuche, und die Konstitution des alten Herrn war schon seit dem Ableben des alten Kaisers nicht mehr die beste gewesen. Bronstein sah die Verzweiflung in den Augen seiner Mutter, und mit umso energischer vorgetragener Überzeugung pries er ihr sein Säftchen an, das ohne Zweifel den Vater heilen werde. Die Mutter war dankbar, aber Bronstein erkannte doch, dass sie ihm nicht glauben konnte, so sehr sie es auch gewollt hätte.

„Bleibst du wieder da?", fragte die Mutter endlich.

„Du, nein, ich hab noch eine Verpflichtung in der Innenstadt, weißt eh, was Politisches. Und da wird es sicher spät werden. Wer weiß, ob ich heute überhaupt ins Bett komme. Im Augenblick geht ja bei uns alles drunter und drüber, wie du dir sicher vorstellen kannst."

Die Mutter nickte zwar, doch es war ihr deutlich anzusehen, dass ihr die aktuellen politischen Verwerfungen vollkommen gleichgültig waren. Sie hätte selbst Lenin als neuen Herrn von Schönbrunn willkommen geheißen, wenn nur der Ehegatte wieder auf die Beine kam. Und wieder begann sie zu weinen.

Bronstein behagte die Situation nicht. Er wusste, er musste sich um das Fieber des Vaters sorgen, doch eigentlich fieberte er selbst, und zwar seiner Verabredung mit Jelka entgegen. Er wollte sich seine hoffnungsfrohe Stimmung nicht so restlos verderben lassen, und so unternahm er einen halbherzigen Versuch, die Mutter zu trösten und zu beruhigen: „Ich komme vielleicht morgen noch einmal vorbei, spätestens aber am Sonntag, weil da hab ich ohnehin dienstfrei. Jetzt muss ich aber wirklich gehen, weißt du, die Pflicht ruft." Mit einer gewissen Portion schlechten Gewissens umarmte er seine Mutter und begab sich dann schnell zur Wohnungstür.

Wieder auf der Straße, zündete er sich eine Zigarette an. Die Erkrankung seines Vaters war natürlich eine ernste Sache. Aber es würde an ihrem Verlauf absolut nichts ändern, wenn er jetzt wie ein altgriechisches Klageweib im Vorzimmer Wache hielt. Es war nicht schamlos oder undankbar von ihm, von seines Vaters Bettstatt zu weichen, denn er konnte in der Tat nichts für ihn tun. Bestenfalls stand es in seiner Macht, sich um die Mutter zu kümmern, und das tat er ja schließlich auch. Und seine Mutter wünschte sich ja ohnehin seit zehn Jahren schon eine Schwiegertochter und möglichst viele Enkelkinder. Also handelte er durchaus in ihrem Sinne, wenn er nun den Weg zum Kaffeehaus einschlug, um dort Jelka seine Aufwartung zu machen. Bronstein war froh, sich selbst überzeugt zu haben, und trabte mit frisch gewonnenem Frohsinn auf die Innenstadt zu.

Punkt acht Uhr betrat er das Kaffeehaus. Zielsicher ging er auf den Tisch zu, an dem er am Vortag gesessen war, und fand ihn zu seiner Erleichterung leer vor. Er ließ sich auf einem der Sessel nieder und bestellte erst einmal einen Slibowitz. Danach zog er eine Zigarette aus seinem Etui und presste sie zwischen seine Lippen. Mit der linken Hand klopfte er seinen Mantel ab und fand endlich die Streichhölzer. Er entnahm der Schachtel eines davon und rieb mit dem Schwefelkopf über die dafür vorgesehene Reibfläche. Es knisterte kurz, dann zischte eine Flamme hoch. Bronstein hielt diese an seine Zigarette und konnte nun seinen ersten Zug inhalieren. Zufrieden blies er den Rauch aus und nahm die Eingangtür in den Blick. Er hatte kaum mehr als zwei, drei Züge gemacht, als der Rotschopf von Jelka im Türrahmen erschien. Sie trug einen langen, grauen Militärmantel, und ihre Hände steckten in Fäustlingen von undefinierbarer Farbe. Unterhalb des Mantels erkannte Bronstein Reitstiefel, die von schwarzem Leder gefertigt waren. Trotz des unvorteilhaften Schnitts, den der Mantel aufwies, ließen sich deutlich Jelkas üppige Formen erkennen, und Bronstein bemühte sich, nicht allzu ostentativ auf diese markante Stelle an Jelkas Körper zu starren. Er richtete seinen Blick auf ihre Augen aus und registrierte dabei, dass sie ihn anlächelte. Mittlerweile war sie an ihn herangekommen und reichte ihm mit einem nonchalanten „Servus, Kieberer" die Hand. Er nahm sie entgegen, hob sie in die Höhe, drehte sie dabei um 45 Grad und drückte einen Kuss auf den Handrücken. Dabei sagte er mit verschmitztem Lächeln: „Küss die Hand, Gnädigste." Aus Jelkas Lächeln wurde ein Lachen: „Wenn das die Genossen wüssten!" Sie setzte sich ihm gegenüber und bestellte gleich Bronstein einen Slibowitz. Dann holte sie einen Tabakbeutel aus ihrer Manteltasche, entnahm einer anderen Tasche ein Behältnis mit Zigarettenpapier und begann, sich eine Zigarette zu drehen. „Und wie war das Leben heute zu dir, Kieberer?", sagte sie leichthin.

„Weißt was, sag doch einfach David zu mir. Wir sind ja schließlich unter uns."

„Na gut", nuschelte sie, da sie eben die Selbstgedrehte in den Mund genommen hatte, „wie war's heute also, David?"

„Ich bin mir ziemlich sicher, dass du das gar nicht wissen willst. Ziemlich öde Ermittlungsarbeit. Die ewig gleiche Routine."

Jelka sah ihn von der Seite an: „Musst irgendwelchen Genossen nachspionieren?"

Bronstein schüttelte heftig den Kopf: „Überhaupt nicht. Ein sehr merkwürdiger Mordfall an einer jungen Modistin. Wir haben heute ihren Vater einvernommen, der wie vom Donner gerührt war, als er davon erfahren hat. Vor kurzem ist auch noch die Mutter an Tbc gestorben. Eine tragische Geschichte. Und bisher haben wir noch nicht die geringste Spur. Das übliche Stochern im Heuhaufen also."

Ihm entging nicht, dass seine Aussage Jelka betroffen gemacht hatte, sodass sie auf allfälligen Spott verzichtete. Stattdessen hob sie ihr Glas und meinte nur: „Auf bessere Zeiten!"

Bronstein lächelte: „Dem kann ich mich getrost anschließen." Er nutzte die kurze Gesprächspause, um einen Themenwechsel einzuleiten: „Aber reden wir nicht von mir, reden wir von dir. Ich weiß überhaupt nichts von dir. Erzähl mir ein wenig über dich."

Jelka zuckte mit den Schultern: „Ach, da gibt's nicht viel zu erzählen."

„Doch, doch", beharrte Bronstein, „wo kommst du genau her, wie bist du nach Wien gekommen, und was machst du, wenn du nicht gerade die Revolution vorantreibst? Das würde mich zum Beispiel alles sehr interessieren."

Jelka musterte Bronstein mit einem kritischen Blick und versuchte offensichtlich zu ergründen, wie ernst es ihm mit diesen Fragen war. Offenbar kam sie dabei zu dem Schluss, dass er es ehrlich meinte, denn sie dämpfte die Zigarette aus, holte kurz Luft und antwortete dann.

„Geboren bin ich auf einem kleinen Landgut im östlichen Galizien. So ungefähr auf halbem Weg zwischen Lemberg und Tarnopol. Mein Vater stammt von polnischen Kleinadeligen ab, meine Mutter ist Ruthenin. Bei uns zu Hause gab es sprachlich ein totales Kunterbunt. Es wurde Polnisch, Ruthenisch und Deutsch wild durcheinandergeredet. Und da kam dann noch unsere Gouvernante dazu, die eine Jüdin aus Tarnopol war. Wenn die zornig auf uns war, dann hat sie auf Jiddisch drauf-losschwadroniert, dass dir angst und bang geworden ist. Aber für mich war das alles eigentlich ein wahrer Segen. Ich bin mit vier Sprachen aufgewachsen.“

„Das hört sich aber nicht nach Tochter der werktätigen Klasse an“, schmunzelte Bronstein.

„Na gut, das waren Marx und Engels ja auch nicht gerade“, gab sie zu bedenken.

„Und wie bist du dann in die Reihen der Revolution geraten?“

„Wenn du einmal siehst, unter welch elenden Bedingungen das Proletariat im Osten Galiziens vor sich hinvegetieren muss, da kannst du gar nicht anders, als Partei zu ergreifen.“ Jelka hielt einen Moment inne, schien sich an etwas zu erinnern.

„Anfang 1913 gab es einen großen Streik der Eisenbahner. Die Stahlkocher haben sie aus Solidarität unterstützt, und dar-aufhin sind sie von den Unternehmern ausgesperrt worden. Ich habe mit eigenen Augen gesehen, wie die Arbeiterfamilien der Reihe nach verhungert sind. Wir haben Suppenküchen für die Arbeiter organisiert, und da sind deine galizischen Kollegen ge-kommen und haben unsere Kessel konfisziert. Vor den Augen der Arbeiterkinder haben sie die Suppe in den Dnjestr gekippt. Da habe ich, ich kleiner Dreikäsehoch, die Nerven verloren und den Polizeioffizier in aller Öffentlichkeit geohrfeigt.“

Bronstein pfiff durch die Zähne.

„Mein Vater musste alle seine Verbindungen spielen lassen, um meine Verhaftung zu verhindern. Er hat mich dann sofort zu seiner Cousine nach Wien expediert, wo ich das Lyceum abgeschlossen habe. Eigentlich wollte ich ja Medizin studieren, aber der Krieg kam dazwischen. Ich habe mich freiwillig zum Lazarettdienst gemeldet, weil mein Onkel, der auch hier in Wien lebt, mir als Arzt schon einiges beigebracht hatte. Na, und was ich da alles erlebt habe, das hat mich endgültig zum Sozialismus bekehrt."

Bronstein ahnte, wovon Jelka sprach. „Ein echter Jammer", sagte er nur.

Jelka nickte. „Als heuer im Jänner die Streiks begannen, da bin ich auch auf die Straße gegangen. Ich wollte einfach, dass das alles aufhört. Und auf einmal bin ich auf einer Holzkiste gestanden und habe eine Rede gegen den Krieg gehalten. Ich denke, das war meine Feuertaufe."

„Und warst du wirklich in Rotrussland?" Die Frage hatte Bronstein schon lange auf der Zunge gebrannt.

„Interessiert dich das als Mensch oder als Kieberer?"

„Es interessiert mich als Freund."

„Nun ja", begann sie, „im Zuge des Streiks geriet ich ins Visier deiner Kollegen, und so dachte ich, es wäre besser, sich einmal eine Weile rar zu machen. Ich bin in den nächsten Zug gestiegen und immer Richtung Osten gefahren, dachte, ich schaue endlich wieder einmal zu Hause vorbei. Auf einmal blieb der Zug stehen, und der Schaffner erklärte, es gehe nicht weiter, denn wir seien in unmittelbarer Nähe der Front. Also bin ich ausgestiegen und zu Fuß weiter. Das war gar nicht so leicht, denn Anfang März war dort noch ziemlich viel Schnee überall. Aber irgendwann hab ich dann die ersten kyrillischen Aufschriften gesehen und hab gewusst, ich bin auf der anderen Seite."

„Bei den Bolschewiki", prahlte Bronstein mit seinem frisch erworbenen Wissen.

„Nein. Bei den Anarchisten, wie sich gezeigt hat. Nach ein paar Stunden des Stapfens durch den tiefen Schnee kam mir ein Trupp Uniformierter entgegen, die eine schwarze Fahne mit sich führten. Auf der stand ‚Svoboda ili smert' zu lesen, und darunter ‚Cornaja Gwardija'. Da wusste ich, das waren Machnos Leute."

„Machno?"

„Nestor Machno. Ein überaus charismatischer Bauern- und Kosakenführer, der sich zum Anarchismus bekennt. Er orientiert sich nicht an Marx und Engels, sondern an Kropotkin und Bakunin."

„Und wer sind jetzt die?"

„Ach, David, das ist alles viel zu lang. Das erkläre ich dir einmal, wenn der Sozialismus in diesem Land aufgerichtet ist. Für jetzt soll dir genügen, dass ich die Roten gesucht und die Schwarzen gefunden habe."

„Ach, die sind konservativ? Na ja, klar, als Bauern."

„Kieberer!" Das Wort kam betont streng aus Jelkas Mund. „Die Anarchisten sind Ultralinke. Und schwarz ist eben auch ihre Farbe. Jedenfalls erwiesen sie sich als überaus höflich und zuvorkommend. Als ich ihnen erklärt hatte, woher ich kam und wohin ich wollte, setzten sie mich in eine Troika und schickten mich in Nestor Machnos Hauptquartier. Der ließ mich auch sofort zu sich rufen. Ein wirklich schneidiger Bursch. Ziemlich jung für einen Anführer. Sicher noch keine dreißig, aber alle dort nannten ihn nur Batko, Väterchen, und obwohl er keinerlei Funktionen bekleidet, hört alles auf sein Kommando. Wie gesagt, eine sehr charismatische Erscheinung. Na jedenfalls wollte er ganz genau wissen, wie es um Österreich steht, ob es schon eine revolutionäre Bewegung gibt, was die Arbeiter denken und wie es um die Bauernschaft bestellt ist. Wir haben volle zwei Tage diskutiert und geredet, und am Ende hat er mir einen Propusk, eine Art Pass, ausgestellt und mich mit einer

Eskorte in den Norden geschickt, wo Leo, also Trotzki, wie es hieß, sein Quartier aufgeschlagen hatte. So kam ich immer tiefer in die Ukraine, und irgendwann Mitte April übergaben mich die Anarchisten einer bolschewistischen Abteilung. Und die brachte mich tatsächlich nach etlichen Umwegen zu Leo."

Bronstein pfiff anerkennend durch die Zähne: „Da hast du ja ganz schön was erlebt. Und wieso bist du jetzt wieder hier? Und vor allem seit wann?"

„Leo ist der Ansicht, dass die russische Revolution nur siegen kann, wenn das Proletariat im Weltmaßstab siegreich ist. Und dafür braucht es in jedem Land eine revolutionäre Partei, die das Proletariat anleiten und anführen kann. Und so ist es logischerweise meine Aufgabe, hier in Wien zu wirken. Nach zwei Monaten der Schulung und beständigen Diskussion habe ich mich also wieder durch die Linien geschmuggelt, bin nach Kiew gegangen und von dort mit einem der letzten Züge, die noch verkehrten, im September nach Wien gefahren. Und seitdem bin ich hier." Jelka hielt ihr Glas hoch und zeigte dem Kellner an, dass sie noch einen Slibowitz wollte. „Wie dir deine Kollegen sicher mitgeteilt haben", sagte sie nun wieder zu Bronstein, „habe ich meine Aufgabe bereits erfüllt. Vor fünf Tagen haben wir die österreichische Schwesterpartei der Bolschewiki ins Leben gerufen."

„Meine Kollegen haben mir gar nichts erzählt", entgegnete Bronstein.

„Sag bloß, du hast dich nicht nach mir erkundigt. Was bist denn du für ein Polizist?"

„Jelka, wie oft soll ich dir das noch sagen. Polizist ist mein Beruf. Wenn ich nicht im Dienst bin, dann bin ich einfach nur ein normaler Mensch. Und Gesinnungsschnüffelei ist schon überhaupt nicht mein Metier. Bei mir soll jeder machen, was er will. Solange er dabei anderen keinen Schaden zufügt, geht mich das überhaupt nichts an."

„David", und dabei legte Jelka ihre Hand auf die Bronsteins, „du sagst das so süß, dass man es dir direkt glauben kann."

„Ich meine es auch genau so", fuhr Bronstein fort, „ich bin Polizist geworden, weil ich Ungerechtigkeit nicht ertragen konnte. Schon als Kind nicht. Ich wollte, dass jene, die sich nicht an die Regeln halten, ihre gerechte Strafe bekommen."

„Oje, ein Idealist. Na, da hast du ja schlechte Karten bei der Kieberei."

„Wieso das denn?"

„Geh, bitte, das sind doch alles Zyniker. Im besten Fall. Die meisten sind sogar noch schlimmer. Verklemmte Gestalten, die sich daran begeistern, andere zu kujonieren."

Instinktiv wollte Bronstein widersprechen. Doch ihm war nicht nach einem Streit. Dafür nahm ihn Jelka viel zu sehr für sich ein. Er wollte nicht darüber debattieren, ob die Polizei nun gut oder schlecht war, ihn interessierte diese faszinierende junge Frau, die ihm gegenübersaß. „Wie auch immer", sagte er daher nur, „bleiben wir beim Thema. Du hast mir noch nicht gesagt, was du machst, wenn du nicht gerade Revolution machst."

„Du, es gibt so viel zu tun, es vergeht kein Tag ohne Sitzungen. Gerade in so revolutionären Tagen wie jetzt. Selbst heute Abend müsste ich eigentlich in einem Komitee mitarbeiten. Aber ich habe mich absentiert – für dich."

Dieses „für dich" klang direkt zärtlich, fand Bronstein, und er fühlte, wie sein Mut wuchs. Er setzte nach: „Und wenn doch einmal die Parteiarbeit ruht, was machst du dann? Gehst du in die Lichtspiele? Oder ins Theater? Gehst du manchmal in die Wälder, und wenn ja, gehst du dort alleine hin, weil du einfach nur Kraft tanken willst, oder bist du bei den Wandervögeln oder wie immer die genau heißen? Was gibt es über Jelka, den Menschen, zu erzählen?"

„Ja, ins Theater gehe ich schon ab und zu. Aber es findet sich so selten jemand, der mit mir geht. Die Genossen haben es nicht so mit der Kultur."

„Sag bloß, die stehen nicht Schlange, um mit dir ..." Bronstein biss sich auf die Lippe. Er hatte sich verplappert. Ein Satz wie dieser war ein schwerer Fehler und konnte alles zunichte machen, was in der bisherigen Unterhaltung für ihn gesprochen haben mochte.

Doch Jelka, die zwischenzeitlich den dritten Slibowitz orderte, stieß Bronstein nur neckisch mit dem Finger an: „Die stehen schon Schlange, da brauchst du dir keine Sorgen zu machen. Aber nicht fürs Theater, wenn du verstehst, was ich meine."

Na bitte! Das war's dann! Was hatte er sich auch gedacht! Eine Frau, die so schön, so klug und dabei doch so jung war, die konnte einfach nicht alleinstehend sein, das war doch sonnenklar. Wie konnte er nur so naiv sein und glauben, diese Person sei an ihm als Mann interessiert? Für jemanden wie Jelka war er alles andere als standesgemäß, das hätte ihm von Anfang an klar sein müssen. Und er hatte doch tatsächlich gemeint, sie treffe sich mit ihm, weil sie Gefallen an ihm – an ihm! – gefunden habe. Was war er doch für ein Narr! Zum Glück hatte auch er einen dritten Slibowitz bestellt, den trank er angesichts dieser ernüchternden Erkenntnis in einem Zug aus. Er knallte das Glas auf den Tisch und überlegte dabei, wie er am besten den geordneten Rückzug antreten konnte.

Jelka war die Veränderung in Bronsteins Gesicht nicht entgangen. Sie legte ihre Hand auf seinen Unterarm. Dabei ging ihr Kopf nach vor, sodass sie ihn von unten her ansah: „Was ist, Kieberer? Verstehst keinen Spaß?"

„Was soll das jetzt heißen?", fragte er mit bitterer Miene.

„Na, pflanzt hab ich dich, du Dummerl. Glaubst du, ich hab Zeit für so etwas. Ein Gspusi unter Genossen! Pfff, des brauch i wie an Kropf." Und Bronstein schöpfte wieder neue Hoffnung.

„Herr Wirt, noch eine Runde!", rief er, wobei ihm nicht entging, dass seine Zunge schon ein wenig schwerfällig geworden war. Er musste aufpassen, sonst wurde er am Ende noch betrunken. Und damit, das stand außer Zweifel, würde er keinesfalls einen guten Eindruck machen. Sein Blick fiel auf die große Wanduhr über der Schank. Es ging hart auf zehn Uhr abends zu. Zum Glück hatte er am Wochenende dienstfrei, und bis Montag würden sich die Folgen eines allfälligen Rausches schon verflüchtigt haben. Der Kellner stellte zwei Gläser Slibowitz auf den Tisch.

„Es ist lange her, dass ich im Theater war", begann Bronstein vorsichtig.

„Bei mir auch", bekannte Jelka, „dann gehen wir einmal gemeinsam hin, würde ich sagen."

Ihr Lächeln ließ Bronsteins Mut weiter wachsen. „Ich studiere bei Gelegenheit das Theaterprogramm", gab er zurück und erwiderte dabei ihr Lächeln. „Na dann, auf die Bretter, die die Welt bedeuten. Prost!"

Jelka und Bronstein schickten sich eben an, anzustoßen, als abrupt das Licht ausging. „Na, ned scho wieder", hörten sie in der Dunkelheit den Wirt fluchen. Gleich darauf ertönte ein schepperndes Geräusch. Der Kellner war im Dunkeln gegen einen Gegenstand geprallt und hatte dabei sein Tablett fallen lassen. „Das E-Werk hat sicher wieder den Strom abgestellt", sagte Bronstein in die Richtung, in der er Jelka wusste, „die haben keine Rohstoffe mehr, um Strom zu produzieren. Der Krieg!"

„Ich denke, du hast recht", hörte er Jelka antworten, „das wird heute nichts mehr mit dem Licht."

Bronsteins Achterbahn der Gefühle ging also ungebremst weiter. Eben hatte er von Neuem zu hoffen gewagt, der Abend mochte sich in die richtige Richtung entwickeln, und jetzt bestand die Gefahr, er könnte von einem Augenblick auf den anderen zu Ende sein. Verzweifelt überlegte er, wie er die Situation retten konnte, doch seinem Munde entrang sich nur ein ratloses: „Und was machen wir jetzt?"

„Ich kenne bei mir ums Eck am Karmelitermarkt eine kleine Schankstube, die ist recht heimelig. Da kann man sich auch bei Kerzenlicht gut unterhalten", entgegnete Jelka, „und weit weg ist das von da auch nicht. Einfach über den Kohlmarkt und die Tuchlauben zum Kanal, und dann rein in die Taborstraße, und schon sind wir da. Na, wie wär's? Bist dabei?"

Bronsteins Achterbahn ging anscheinend wieder nach oben. „Ist der Papst katholisch?", beantwortete er die Frage mit einer Gegenfrage.

„Wahrscheinlich nicht", merkte Jelka lakonisch an, „aber ich nehme deine Antwort als ein Ja. Ober, zahlen!"

Der Wirt unternahm einen halbherzigen Versuch, die Gäste vom Gehen abzuhalten, resignierte aber rasch. Die beiden bezahlten ihre Schnäpse, wobei Jelka mit Nachdruck darauf bestand, für ihre Konsumation selbst aufzukommen, und danach traten sie auf die Straße, die in völliger Finsternis vor ihnen lag. Die Temperatur war abermals gefallen, und Bronstein sah Jelka besorgt an: „Ist dir sehr kalt?"

„Ach, es geht schon. Aber danke der Nachfrage."

Bronstein schritt forsch aus, um durch schnelles Marschieren der Kälte ein klein wenig Herr zu werden. Bis zum Graben wechselten sie kein Wort, doch entging es Bronstein nicht, dass Jelka ihn immer wieder von der Seite beäugte. Dass ihm das auffiel, lag freilich nur daran, dass auch er immer wieder einen schnellen Blick auf die Seite schickte. Innerlich musste er grinsen. Sie benahmen sich wie Backfische, dachte er.

Die Stadt präsentierte sich zu dieser späten Stunde ganz anders als noch am Vortag. Weit und breit war niemand zu sehen. Selbst die Grabennymphen waren verschwunden. Die

Straßen lagen leer und verlassen da, ein Häusermeer in völliger Dunkelheit und Stille. Bronstein fröstelte, und wieder sah er kurz zur Seite. Auch Jelka hatte ihn eben angesehen, denn sie drehte ruckartig den Kopf nach vorn. „Ist dir auch so furchtbar kalt?", fragte er schließlich. Im fahlen Licht des Mondes registrierte er ein Nicken. „Schön' Fräulein, darf ich's wagen, Arm und Geleit ihr anzutragen?"

Jelka ließ ein glucksendes Lachen vernehmen. „Für den Augenblick", sagte sie dann. Bronstein bewegte sich näher an sie heran und legte seinen Arm um ihre Schulter. Sie schmiegte sich an ihn, und so schlenderten sie zum Kai wie ein verliebtes Paar. Beim Kanal war die Kälte noch bitterer. Erste Eisschollen trieben auf dem Wasser, das sich träge zur Donau bewegte. Sie schenkten diesem Umstand keine Beachtung und sahen zu, dass sie in die Taborstraße kamen. „Ist es von hier noch weit?"

„Ach, keine fünf Minuten mehr!"

„Na Gott sei Dank, ich bin schon fast erfroren."

Endlich wurde der Turm der Karmeliterkirche sichtbar, und einige Schritte später bogen die beiden nach links ein. Erst unmittelbar vor dem Lokal konnte Bronstein das kleine Schild erkennen, das über der Tür angebracht war und sanft im Wind schaukelte, doch er hätte eine Lampe gebraucht, um lesen zu können, was darauf geschrieben war. Erleichtert stellte er fest, dass eine große Kerze im Fenster stand und gedämpfter Lärm aus dem Inneren der Gaststätte drang, untrügliche Zeichen dafür, dass diese Wirtsstube geöffnet hatte. Entschlossen drückte er die Türschnalle hinunter.

Das Lokal bestand aus einem einzigen Raum, an dessen einem Ende die Schank untergebracht war, auf der ein halbes Dutzend Kerzen für etwas Beleuchtung sorgten. Den Rest des Raumes nahmen sieben Tische ein, von denen jedoch fünf nicht besetzt waren. An den anderen beiden saßen jeweils zwei Personen, von denen Bronstein annahm, dass es sich um Paare handelte, denn sie wirkten sehr vertraut miteinander. Jelka grüßte den Wirt, der ihr freundlich zunickte. „Slibo, wie immer?", rief er, und Jelka nickte nur. Bronstein holte eine Zigarette aus seinem Etui, bot Jelka gleichfalls eine an und gab ihr Feuer. Jelka hielt ihre Hand vor die Flamme, um ein Ausgehen des Streichholzes zu verhindern. Ihre Finger berührten dabei die seinen, und Bronstein fühlte wohlige Wärme in sich aufsteigen. Jelka dankte ihm und lehnte sich wieder zurück. Der Wirt trat an ihren Tisch heran und stellte zwei Achtelgläser voll Slibowitz ab. Instinktiv zog Bronstein die Augenbrauen hoch. Wenn er dieses Glas ausgetrunken hatte, würde er endgültig betrunken sein, sagte er sich und prostete dennoch Jelka zu.

„Also", sagte er und rieb sich die Handflächen, „was fangen wir noch an mit diesem Abend?"

„Jetzt könntest du mir etwas von dir erzählen", antwortete sie.

„Ach", Bronstein machte eine wegwerfende Geste mit seiner rechten Hand, „das ist alles ganz uninteressant."

„Das glaube ich dir nicht. Egon sagte mir, er habe seinerzeit den Tipp mit Redl von dir bekommen."

„Wärm doch die alte Geschichte nicht auf. Das interessiert doch keinen mehr. Außerdem, wie gesagt: Dienst ist Dienst und Schnaps ist Schnaps. Prost!" Bronstein hob sein Glas und nahm neuerlich einen großen Schluck.

„Egon sagt aber auch, du bist mit deinem Beruf verheiratet. Vielleicht ist Dienst also doch auch Schnaps." Dabei machte Jelka ein erwartungsvolles Gesicht.

Bronstein wog die einzelnen Optionen gegeneinander ab. Wollte sie geküsst werden? Oder spielte sie nur mit ihm? Sandte sie Signale aus? Oder interpretierte er ihr Verhalten gänzlich falsch? Und warum waren diese Dinge immer so kompliziert? Warum konnte es in der Liebe nicht sein wie in der polizeilichen Ermittlungsarbeit? Man sammelte Fakten, und wenn man das Bild beisammenhatte, dann zog man seine Schlüsse und handelte danach. In der Liebe aber bewegte man sich die ganze Zeit über auf dünnem Eis, und nie konnte man sicher sein, ob man das Richtige tat.

„Der gute Egonek übertreibt maßlos. Ich bin mit meiner Arbeit nicht einmal liiert. Meine Beziehung zu ihr ist vielmehr äußerst distanziert."

„Also gibt es doch eine Frau Bronstein? Und viele kleine Bronsteins?"

„Weder noch. Aber das hat nichts mit meinem Beruf zu tun", sagte Bronstein mit nachdrücklicher Bestimmtheit in seiner Stimme.

„Sondern?"

„Mir ist einfach noch nicht die Richtige über den Weg gelaufen, das ist alles. Aber wenn es so weit ist, dann werde ich es wissen." Bronstein sah Jelka direkt in die Augen und versuchte, ihre Reaktion zu erkennen. Sie hielt seinem Blick stand und schwieg.

„Und selbst?", blieb Bronstein beim Thema.

„Ich bin mit der Revolution verheiratet", entgegnete Jelka mit einem hintergründigen Lächeln, „aber wir führen eine moderne Ehe."

„Natürlich." Bronstein legte ein wenig Ironie in seine Replik, die er gleichwohl zu dosieren versuchte. Keine Frage, das Eis war noch dünner geworden. „Noch zwei?", fragte er.

„Aber sicher doch."

„Was ist deine Lieblingsblume?", wollte Bronstein unvermittelt wissen. „Die Nelke", gab sie reflexartig zurück. „Und deine?" Bronstein sah versonnen drein: „Die Tulpe."

„Und wie kommst jetzt darauf? Bist du am End schon gar betrunken, David?"

„Nun ja, nüchtern bin ich nicht mehr. Zum Glück habe ich morgen dienstfrei. Aber ich sollte dennoch nichts mehr trinken, denn der Weg nach Hause ist von hier aus eine halbe Weltreise. Da brauche ich alle Kraft, die ich aufbringen kann."

„Wo wohnst du denn?"

„In Dornbach."

„Na servas, da brauchst ja von da zwei Stunden."

„Und das in dieser Eiseskälte. Und bei vollkommener Dunkelheit. Das wird kein Honiglecken. So viel ist einmal sicher." Bronsteins Miene vermittelte Bekümmertheit.

Jelka sah ihn mitfühlend an. Sie schien einen Augenblick nachzudenken. Dann seufzte sie: „Wenn du magst, kannst du bei mir übernachten. Ich wohne gleich da drüben, auf der anderen Seite des Platzes."

„Wirklich?" Die Miene des Majors wechselte und zeigte nun vorbehaltlose Dankbarkeit. Nervös fingerte Bronstein zwei weitere Zigaretten aus seinem Etui, steckte sich eine in den Mund und bot Jelka die andere an. Das Spiel mit dem Feuer wiederholte sich. „Merkwürdig", sagte Bronstein mit schwerer Zunge, „ich fühle mich hundemüde, und dabei ist es noch nicht einmal Mitternacht. Aber bitte, ich bin ja auch schon um sechs Uhr morgens aufgestanden."

„Und ich", kicherte Jelka, welche die Wirkung des Slibowitz nun auch nicht mehr verleugnen konnte, „bin heute Nacht gar nicht ins Bett gegangen. Ich war bis weit nach Mitternacht auf einer Sitzung, und danach bin ich in die Druckerei gegangen, um ein Flugblatt zu hektographieren. Das haben wir dann mit einem Lastwagen zu den einzelnen Bezirkskomitees gebracht, und ehe ich es mich versah, war es vier Uhr morgens. Ich bin zurück in die Druckerei, und dort habe ich zwei oder drei Stunden am Schreibtisch geschlafen. Und insofern bin ich wohl auch müde."

Bronsteins Miene signalisierte nun Mitgefühl. Jelka fasste einen Entschluss: „Wir sollten nach Hause gehen." Sie dämpfte die Zigarette aus und stand auf. Mühsam zog sie sich ihren

Mantel wieder an, dann schlenderte sie langsam zur Theke, um die Rechnung zu begleichen.

Bronstein, der ihr gefolgt war, hielt ihr einige Münzen hin. „Vergiss es, du bist eingeladen. Hier bist du mein Gast." Sie hakte sich bei Bronstein unter und schleppte ihn aus dem Lokal. Sie traten auf den Platz und fühlten sich ob der Eiseskälte sogleich wieder einigermaßen ernüchtert. Mit schnellen Schritten eilten sie an der Kirche vorbei auf Jelkas Haustor zu. Schon im Laufen hatte sie ihren Haustorschlüssel aus der Tasche geholt, sodass sie im Handumdrehen in dem Gebäude waren. Dort mussten sie sich tastend fortbewegen, da der Flur in völliger Dunkelheit lag. „Die Treppe ist rechts", flüsterte Jelka, „wir müssen in den dritten Stock." Behutsam setzten sie Fuß vor Fuß und passierten so die erste und die zweite Etage. Endlich in der dritten angekommen, suchte Jelka das Schlüsselloch und sperrte die Wohnungstür auf. „Streichhölzer", zischte sie. Gleich hinter der Tür befand sich eine Kommode, auf der mehrere Kerzen standen. Diese zündete sie an, sodass die Wohnung leidlich beleuchtet war.

Bronstein befand sich in einer Küche, die etwa zwei Meter breit und sechs Meter lang war. Der Kommode gegenüber stand ein großer schwarzer Kanonenofen, dessen Abzugsrohr wuchtig nach oben strebte. Knapp unter der Decke machte es einen Knick und verschwand dann wenige Zentimeter weiter in der Wand. Auf der Ofenseite der Küche erkannte Bronstein weiters eine Spüle, eine Arbeitsplatte, unter der ein langes Tuch angebracht war, einen Sparherd und einen kleinen Tisch, dem zwei Sessel Gesellschaft leisteten. Die Kommodenseite wurde von einer Tür durchbrochen, die in Jelkas Wohn- und Schlafzimmer führte. Gegenüber dem Herd stand eine Kredenz, in der Jelka wohl ihr Geschirr aufbewahrte, während hinter dem Tuch vemutlich sonstige Haushaltsgeräte versteckt waren. Eine Waschschüssel vielleicht, oder ein Kübel. Dinge des täglichen

Bedarfs, die aber nicht unbedingt auf den ersten Blick zu sehen sein sollten, dachte Bronstein.

Jelka nahm die Kerzen in die Hand und ging in ihr Zimmer, wobei sie Bronstein bedeutete, er möge ihr folgen. Dieser Raum wies im Gegensatz zur Küche zwei Fenster auf. Bronstein schätzte die Maße dieses Zimmers auf etwa fünf mal sechs Meter. In der Ecke, die sich der Tür schräg gegenüber befand, stand ein großes, hohes Bett, an welches sich ein Nachttisch schmiegte. In Respektsabstand folgte ein Bücherregal, das vor Druckwerken nahezu überquoll, wie Bronstein in dem matten Kerzenschein erkannte. Rechs von der Tür füllte ein riesiger, schwerer Eichenschrank den Platz aus, von dem Bronstein annahm, dass er Jelkas Gewand enthielt. Links von der Tür hatte ein Schreibtisch seinen dauernden Aufenthalt, und zwischen den Fenstern sorgte eine größere Topfpflanze für ein wenig Grün. In der Mitte des Raumes thronte auf einem Orientteppich ein runder Tisch, um den vier dunkle Stühle gruppiert waren. Bronstein sah sich nochmals in Ruhe um und fand sich mit der Erkenntnis ab, dass er die Nacht auf dem Teppich würde verbringen müssen, denn die Wohnung wies weder Diwan noch Fauteuil auf.

„Magst du noch eine Tasse Tee, bevor wir schlafen gehen?"

„Angesichts der Temperaturen wär das keine schlechte Idee."

„Ja, du hast recht. Ich muss einheizen. Ich hoffe, ich finde noch etwas Brennstoff."

Jelka verschwand in der Küche, während sich Bronstein langsam auf einen der vier Sessel sinken ließ. Er zog den übervollen Aschenbecher, der in der Mitte des Tisches postiert gewesen war, zu sich herüber und zündete sich eine weitere Zigarette an. Besser, er dachte gar nicht weiter über seine gegenwärtige Lage nach.

Jelka kam mit zwei Tassen Tee in den Händen ins Zimmer zurück und stellte sie auf dem Tisch ab. Sie zog den Mantel aus und warf ihn achtlos auf einen der freien Stühle. Ein modisch geschnittenes Jackett folgte, sodass Bronstein erstmals an diesem Abend Gelegenheit fand, die restliche Garderobe Jelkas zu inspizieren. Sie trug eine weiße Bluse mit einem großen Hemdkragen, darüber befand sich ein dunkler Pullover mit V-Ausschnitt. Wegen der Lichtverhältnisse konnte er sich nicht völlig sicher sein, dass dieser Pullover dieselbe Farbe aufwies wie ihre Hosen, aber er ging davon aus. Es war offensichtlich, dass Jelka ein Auge fürs Detail hatte. So, als ob sie ihm Gelegenheit hatte geben wollen, sie ausführlich in Augenschein zu nehmen, stand sie eine Weile im Raum, ehe sie sich schließlich setzte. Sie nahm eine Tasse, führte sie zum Mund und trank den Inhalt in kleinen Schlucken. „Ich habe den Ofen draußen in Gang gebracht", meinte sie dann, „aber ich kann nicht sagen, wie lange er brennen wird. Ich habe kaum noch Holz zu Hause, von Kohlen ganz zu schweigen. Zudem nutzt er uns ohnehin nicht sonderlich, weil er kaum die Küche wärmt, von diesem Zimmer hier gar nicht zu reden."

„Ja, es is schon a bisserl huschi", pflichtete ihr Bronstein bei.

„Na ja, unter der Tuchent wird's rasch warm werden."

Und was habe ich davon, dachte sich Bronstein. Laut sagte er aber: „Apropos, hast du für mich auch eine Decke? Dann werde ich es mir da auf dem Teppich gemütlich machen."

„Aber geh, wozu denn?" Jelka klang verwundert.

„Weil du weder einen Diwan noch einen bequemen Ohrensessel hast. Also wird es wohl der Boden tun müssen", gab er zurück.

„So ein Topfen. Das Bett ist zwar nur knapp mehr als einen Meter breit, aber für zwei reicht es schon. Müssen wir uns halt zusammenkuscheln. Aber das ist eh gut, denn dann wird uns noch schneller warm."

Wusste Jelka eigentlich, welche Nebenbedeutung ihr Satz hatte? Bronstein wurde nicht nur warm, ihm wurde sogar heiß.

Die Vorstellung, Leib an Leib mit dieser Frau zu liegen, rief zwiespältige Gefühle in ihm hervor. Einerseits sehnte er sich danach, sich an den Körper einer schönen, jungen Frau schmiegen zu dürfen, andererseits bestand die sehr große Gefahr, dass er mit dieser Situation nicht würde umgehen können. Vor allem, was sollte er sagen? Wollte sie ihn mit diesem Angebot prüfen?

„Bist du dir sicher?"

„Was soll die Frage bedeuten?"

„Dass du das wirklich willst. Dass ich mich zu dir lege, meine ich."

Jelka sah ihn direkt an: „Das war jetzt kein amouröses Angebot, verstehst du. Es ist spät, wir sind müde, und es gibt genau ein Bett. Also legen wir uns dort hinein und schlafen. Ich habe schon als Kind mein Bett geteilt. Das ist nichts Besonderes. Solange man nichts Besonderes daraus macht, wohlgemerkt."

„Na dann", bemerkte Bronstein prosaisch, „danke."

„Bitte." Jelka nahm wieder einen Schluck Tee zu sich und zündete sich eine Zigarette an. „Wenn du dich zuvor noch waschen willst, was ich im Übrigen begrüßen würde, ich habe draußen das Lavoir hergerichtet. Ein Topf Wasser steht auf dem Ofen, damit es nicht zu kalt ist."

Bronstein nickte. „Dann werd ich mal." Er dämpfte seine Zigarette aus und stand auf. Nun zog auch er den Mantel aus und legte ihn auf den vierten Stuhl. Dann folgte sein Jackett und das darunter befindliche Gilet. Umständlich nahm er die Krawatte ab und knöpfte dann das Hemd auf, nachdem er zuvor die Manschettenknöpfe entfernt hatte. Nur noch mit seiner grauen Flanellhose und dem weißen Unterhemd bekleidet, ging er in die Küche. Er nahm das Wasser vom Ofen und goss die Hälfte des Topfinhalts in die Waschschüssel. Danach fuhr er mit beiden Händen in das Nass und wusch sich anschließend Gesicht, Hals und Nacken. Sicherheitshalber reinigte er auch noch seine Achseln, ehe er nochmals die Hände in die Schüssel tauchte, um sie dort eine Weile gegeneinanderzureiben. Zu guter Letzt suchte er ein Handtuch, fand ein solches neben der Spüle und trocknete sich ab. „Eine überzählige Zahnbürste hast du ja nicht zufällig?", fragte er ins Zimmer hinein.

„Leider nein", kam die Antwort, „ich pflege für normal keine Bettgeher zu haben. Aber nimm einen Schluck Slibo und spül dir den Mund damit aus. Das tut es in der Not auch."

Er tat wie ihm geraten und kehrte dann ins Zimmer zurück. Die Schlafstatt hatte Jelka in der Zwischenzeit aufgebettet. „Hast du etwas dagegen, wenn ich es schon einmal vorwärme?", fragte er. „Nur zu, tu dir keinen Zwang an", sagte sie nur und schickte sich an, sich nun ebenfalls zu waschen. Bronstein blies die Kerzen auf dem Tisch aus, sodass nur noch eine auf dem Nachttisch für eine minimale Beleuchtung sorgte. Dann flitzte er aus seiner Hose und schlüpfte mit Leibchen und Untergatte unter die Bettdecke. Ihm war durch die Waschung wieder kalt geworden, und so zog er die Decke hoch bis unter das Kinn. Dann wartete er.

Es mochten zehn Minuten vergangen sein, ehe Jelka ans Bett herantrat. Sie trug nun nichts mehr am Leib als eine fleischfarbene Combineige, sodass ihre Extremitäten gänzlich nackt waren. Bronstein zwang sich, nicht hinzusehen, um eine sexuelle Erregung a priori zu vermeiden. Er starrte an die kaum erkennbare Decke und merkte nur anhand des Nachgebens der Matratze, dass Jelka die Bettstatt enterte. Gleich darauf spürte er ihren rechten Schenkel an seinem linken Bein, und ihre Hüfte an der seinen. Er hatte seine Arme eng an den Körper gepresst, um jede indezente Berührung zu vermeiden, und doch war er sich sicher, dass es sich bei dem weichen, warmen Fleisch, das seinen Oberarm berührte, nur um Jelkas rechte Brust handeln konnte. Und sein Blut schoss automatisch in die Regionen seiner Körpermitte.

Jelka schüttelte die Bettdecke noch einmal durch und drehte Bronstein dann den Rücken zu. Sie blies die letzte Kerze aus, schickte ein „Gute Nacht" in die Dunkelheit und rollte sich ein. Nun war es ihr Hinterteil, das sich in Bronsteins Seite bohrte. Instinktiv wollte Bronstein näher an die Wand rücken, doch die war bereits erreicht. Um allzu intensiven Körperkontakt zu vermeiden, drehte er sich gleichfalls auf die Seite und blickte so direkt in Jelkas Haarpracht. So verharrte er eine gute Weile und hoffte, Jelka würde bald einschlafen, damit er sich etwas entspannen konnte.

„Sag, Kieberer", hörte er plötzlich ihre Stimme an sein Ohr schlagen, „hast du einen Steifen?"

Wo war das Loch im Boden, in das er versinken konnte? Ihm war gar nicht aufgefallen, dass seine Erektion bereits solche Dimensionen angenommen hatte, dass sein Penis ihr Hinterteil anstupste. Verdammt, was sagte man in einer solchen Situation? Äh, ja, tut mir leid. Aber ich bin ein Mann, ich kann nicht anders? Nein, das war kaum eine akzeptable Replik. Nein, wie kommst du denn darauf? Nun, leugnen war definitiv zwecklos. Sein Ständer war evident. Wie also reagieren?

„Tschuldigung!" Hatte er das jetzt wirklich gesagt? Das war ja rettungslos peinlich. Von allen Optionen war das wohl die schwachsinnigste! Er war ein Trottel, wie er im Buche stand. Jetzt würde sie ihn sicher ein Ferkel heißen und ihn hinauswerfen. Hinaus in die Eiseskälte, wo er zwei Stunden durch die höllische Finsternis würde taumeln müssen, ehe er das kalte Eisloch erreichte, das sich in zynischer Verhöhnung der wahren Bedeutung dieses Wortes seine Wohnung nannte. Wenn er es überhaupt erreichte. Wahrscheinlich würde er auf dem Weg dorthin ohnehin erfrieren. Nun, dann brauchte er sich wenigstens nicht mehr zu Tode genieren über den Fauxpas, der ihm eben passiert war.

„Du bist süß. Trotzdem solltest du dich jetzt beruhigen. Vor allem er. Schlaf gut und träum was Schönes."

Sie hatte ihn doch tatsächlich begnadigt! Das hatte er eigentlich nicht erwarten dürfen. Dennoch musste er jetzt zusehen, die Erektion irgendwie wegzubekommen, denn noch einmal würde sie sicher nicht so milde reagieren. Bronstein beschloss, auf Nummer sicher zu gehen. Er drehte sich neuerlich um und starrte nun die Wand an. Auf diese Weise saugte er auch nicht mehr den Duft von Jelkas Haaren ein, der ihn nur noch mehr erregt hatte. Und so, wie er nun dalag, gab es keinerlei Berührung zwischen seinem und ihrem Körper, eine gute Voraussetzung, sich tatsächlich zu beruhigen. Bronstein erinnerte sich daran, wie er in seiner Jugend derartige Probleme gelöst hatte. Er hatte einfach an etwas ganz Unerotisches gedacht. Da diese außerordentliche Situation eine außerordentliche Reaktion erforderte, dachte er ganz fest an heimische Politiker, an Renner, Lammasch und Seipel, und sofort spürte er, wie sein Glied erschlaffte und jedwede Lust aus ihm wich. Na bitte, sagte sich Bronstein, das funktioniert immer. Und wenn ich jetzt noch eine Parlamentsrede memoriere, dann schlafe ich im Handumd...

III.
Samstag, 9. November 1918

Als Bronstein erwachte, war es draußen mehr oder weniger hell, und er lag allein im Bett. Verwirrt blickte er sich um. Jelka saß vollständig bekleidet an ihrem Schreibtisch und brachte etwas zu Papier. Er wollte sie begrüßen, doch seine Stimme versagte ihm den Dienst. Er sah sich gezwungen, sich zu räuspern. Jelka sah in seine Richtung und lächelte: „Guten Morgen, Schlafmütze."

„Guten Morgen", krächzte er, „wie spät ist es?"

„Kurz nach neun."

„Na servas!" Bronstein richtete sich auf, drehte sich und stellte seine Füße auf den Boden. Verstohlen betrachtete er Jelka, die sich wieder ihrer Schreibarbeit zugewandt hatte. Er nutzte die Gelegenheit und flitzte in die Küche. Dort wusch er sich notdürftig Gesicht, Hals und Nacken, dann schnappte er sich seine Sachen und zog sich an. Hernach linste er um die Ecke und räusperte sich. Jelka sah ihn an. „Du, wo hast du denn …, ich meine, wo kann man denn …?"

„Am Gang, gleich gegenüber von der Wohnungstür. Der Schlüssel hängt an einem Haken im Türstock. Ist nicht zu übersehen."

„Danke."

Das Holzbrett war ein wahrer Schock, Bronstein wäre um ein Haar wieder aufgesprungen, so grausam hatte die Kälte seine Kehrseite angesprungen. Doch nach ein paar Augenblicken hatte er sich daran gewöhnt, und während er darauf wartete, dass die entsprechenden Teile seines Darms ihre Aufgaben erledigten, ging er die Optionen für den Tag durch. Natürlich wäre es am schönsten, dachte er, wenn er einfach weiter mit Jelka zusammenbleiben könnte. Doch die war sichtlich anderweitig beschäftigt. Wahrscheinlich musste sie heute wieder Revolution machen, und da konnte sie einen Polizisten wohl kaum gebrauchen. Außerdem wäre es nicht verwunderlich, wenn sie einen solchen Vorschlag seinerseits als penetrant empfände. Man hatte sich gerade erst einmal getroffen, da war man schließlich noch nicht verheiratet. Nein, so resümierte Bronstein, so sehr er sich auch nach Jelka sehnte, er musste vorerst von ihr lassen, alles andere wäre ein grober Verstoß gegen jedwede Etikette. Er würde ihr also, wenn er von seinem Geschäft in die Wohnung zurückgekehrt war, einen schönen Tag wünschen und sich dann zurückziehen. Am besten, er begab sich gleich im Anschluss in die Favoritenstraße, da konnte er wenigstens im Fall Feigl weiterermitteln. Und außerdem würde ihn dies auf andere Gedanken bringen und verhindern, dass er sich wie ein verliebter Pennäler benahm.

Eine Hintertür beschloss er sich allerdings offenzuhalten. Er würde sehen, wie Jelka auf seine Verabschiedung reagierte. Und wenn er dabei das Gefühl bekam, dass sie es bedauerte, dass er ging, dann würde er sie fragen, wann er sie wiedersehen könne. Wenn sie es allerdings einfach hinnahm, ihm etwa über die Schulter hinweg ein simples „Baba" schickte, dann war es wohl besser, einfach so zu gehen, denn dann hatte er offenbar keinen prägenden Eindruck hinterlassen.

Der Darm hatte das Seine getan, und Bronstein sah sich nach Papier um. Direkt hinter seinem Kopf war neben dem Spülkasten ein Nagel eingeschlagen, an dem eine Schnur hing. Auf diese hatte jemand Zeitungsschnipsel aufgefädelt, jeweils mehr oder weniger eine Hand groß. Bronstein nahm den Packen an sich und blätterte ihn durch. Er hatte die Wahl, ob ihn Kaiser Karl, Staatskanzler Renner oder Clemenceau am Allerwertesten küssen konnten, und er kam zu dem Schluss, dass sein

Hinterteil ohnehin erst bei dreimaliger Pflege wirklich sauber sein würde. Und so wählte er alle drei. Das ist wahre Demokratie, dachte er, und betätigte sodann die Spülung.

Langsam und vor allem leise kehrte er in die Wohnung zurück und blieb in einiger Entfernung von Jelkas Schreibtisch stehen. Sie schien in einen komplexen Gedankengang vertieft, sodass er sie nicht stören wollte. „Ja?", sagte sie, ohne aufzublicken.

„Du, ich wollte mich verabschieden, ich muss dann mal wieder in die Stadt ..."

Abrupt wandte sie sich um und strahlte ihn an wie ein Kind den Weihnachtsbaum: „Magst mich wiedersehen, sag?"

Die Offenheit überrumpelte ihn. „Äh, ja, unbedingt", brachte er mühsam heraus.

„Hast am Abend schon was vor?"

Er schüttelte den Kopf.

„Perfekt. Wieder um acht? Vielleicht gleich da gegenüber im Beisl. Da kann man nämlich auch ganz gut und vor allem sehr billig essen. Also, wenn s' noch was haben. Aber weißt eh, irgendwas findet sich immer."

„Ja, das tät mir passen", stammelte Bronstein.

„Na fein. Ich freu mich. Und stell nix an in der Zwischenzeit."

„Du aber auch nicht." Bronstein war so enthusiasmiert ob des Vorschlags von Jelka, dass er sich einen vorwitzigen Kommentar nicht verkneifen konnte. „Nicht dass du mir den Kaiser stürzt, während ich weg bin." Dabei bemühte er sich um ein breites Lächeln.

„Na, schau'n wir einmal", gab Jelka neckisch zurück.

Bronstein überlegte, was er nun noch Geistreiches in die Welt schicken konnte, doch da ihm partout nichts einfiel, das er für witzig oder originell halten konnte, beschränkte er sich auf ein lakonisches „Bis am Abend dann".

Jelka nickte nur und wandte sich dann wieder ihrem Schreiben zu. Bronstein blieb noch einen Augenblick stehen und fixierte dabei ihre Gestalt, als wollte er sich jede Einzelheit ihres Körpers ganz tief ins Gedächtnis einprägen, dann machte er kehrt und verließ die Wohnung. Vor dem Haustor schlug ihm eisige Kälte entgegen. Instinktiv zog er den Mantel enger zu und den Kragen hoch. Er rieb die Hände gegeneinander, hielt sie sodann vor den Mund und hauchte sie mehrmals an, ehe er sie in den Taschen verschwinden ließ. Er überquerte eilig den Platz und lief dann förmlich dem Ring entgegen, um auf diese Weise gleichsam der Kälte zu entkommen.

Doch nur allzu bald musste er erkennen, dass er nicht mehr in der Form der Kriegstage war. Er hatte noch nicht einmal den Donaukanal erreicht, als er schon heftig zu keuchen begann. Seitenstechen machte sich bemerkbar und zwang ihn dazu, langsamer zu gehen. Just dort, wo der eisige Wind mangels Widerstandes durch allfällige Gebäude besonders heftig tobte. Der Kanal war bereits teilweise zugefroren, und nicht einmal die Enten, die ihn sonst bevölkerten, ließen sich blicken. Bronstein war froh, das Kriegsministerium zu erreichen, denn diesem gegenüber befand sich ein Café, in das er nun regelrecht flüchtete. Um sich etwas aufzuwärmen, bestellte er trotz der frühen Stunde einen Tee mit doppeltem Rum, und da in einer Vitrine einige Kipferln ausgestellt waren, orderte er auch ein solches dazu. Gemeinsam mit zwei Zigaretten würde dies ein akzeptables Frühstück ergeben, sagte er sich.

Während er auf das Bestellte wartete, fiel ihm der Stapel mit Zeitungen auf, der neben dem Tresen aufgeschichtet war. Zuoberst lag die „Wiener Zeitung", sein Leib- und Magenblatt, sodass er nicht zögerte, die Ausgabe an sich zu nehmen. Der Titelseite entnahm er, dass am Vortage im Budgetsaal des Abgeordnetenhauses der neue oberste Befehlshaber der deutsch-österreichischen Wehrmacht von Präsident Seitz angelobt worden war. Bronstein hielt inne. War das nicht schon die Revolution? Das amtliche Organ des Staates bezeichnete die Nummer zwei der oppositionellen Sozialdemokraten ganz formell als „Präsidenten", als wäre das Land bereits eine Republik. Und der kaiserliche Reichsrat stellte diesem Präsidenten für sein Treiben auch noch seine Amtsräume zur Verfügung. Noch vor wenigen Monaten hätten derartige Ungeheuerlichkeiten glatt als Hochverrat gegolten, jetzt aber stieß sich offenbar niemand mehr daran. Für ihn, Bronstein, hieß das wohl, dass er bald auf ein neues Staatsoberhaupt vereidigt werden würde. Doch als Beamten konnte es einem eigentlich rechtschaffen egal sein, wer an der Spitze des Landes stand. Ob Kaiser, Präsident oder Volkskommissar, eines würde sich nie ändern: In der Verwaltung gab es keine Demokratie. Der jeweilige Vorgesetzte entschied, die Untergebenen hatten zu gehorchen. Das war schon im Feudalismus so gewesen, und das würde auch in Jahrhunderten noch so sein, egal, wie viele gesellschaftliche Systeme dazwischen kommen und wieder gehen würden. Also zerbrach man sich über derlei Dinge besser gar nicht erst den Kopf.

Und Bronstein blätterte um. In Deutschböhmen war die Lage offenbar nach wie vor ernst. Erneut versuchte der Außenminister der neuen Regierung für einen Verbleib dieser Region bei Österreich zu intervenieren, doch die Tschechen verspürten sichtlich wenig Lust, ein so wichtiges Gebiet einfach aus ihrem Staatsverband zu entlassen. Warum auch, die neue Regierung des Herrn Renner war sichtlich noch einflussloser als die alte des Herrn Lammasch. Das zeigte sich auch an dem peinlichen Appell des neuen Innenministers Mataja, von dem einige aberwitzige Kollegen im Präsidium behaupteten, er sei nun der oberste Chef der Polizei, die Wiener Bevölkerung möge die Gasnot und die damit verbundenen Engpässe beim elektrischen Strom akzeptieren. Und da es nichts zu essen gebe und auch keine Kohle, möge man, so der Herr Mataja, den Verbrauch drosseln. Der Trottel hatte leicht reden. Der saß in seinem gut geheizten Büro und ließ sich mit einem „Gräf und Stift" durch die Stadt kutschieren, während die Wienerinnen und Wiener nicht wussten, wie sie über die Runden kommen sollten. Da verstand man ja sogar die Revolutionäre! Auch Bronstein hatte nicht übel Lust, dem sauberen Herrn Innenminister das Wägelchen zu konfiszieren, denn mit einem Automobil war der Weg in die Favoritenstraße nachgerade ein Katzensprung. Da er aber nur ein einfacher Polizist war und kein Politiker, würde er den weiten Weg zu Fuß machen müssen. Eine Erkenntnis, die nach einem weiteren Rum verlangte. „Noch an Doppelten!", belferte der Major.

Die Stadt Wien, so erfuhr er beim Fortsetzen der Lektüre, suchte Wohnungen für die zahlreichen Rückkehrer aus allen Teilen der Monarchie. Das würde in der Tat ein Problem werden, dachte auch Bronstein. Wien hatte sich schon bisher nicht durch ein Überangebot an Wohnungen ausgezeichnet, und durch die Niederlage im Kriege würden mit einem Schwung zehntausende Österreicher aus Krakau, Tarnopol, Czernowitz, Agram, Triest und unzähligen anderen Garnisons- und Verwaltungsstädten nach Wien zurückkehren. Wenn er also tatsächlich nach Margareten übersiedeln wollte, dann sollte er sich damit besser beeilen, denn in wenigen Wochen würden die Mietpreise ins Unerschwingliche steigen.

Die nächste Seite der Zeitung wusste von zahllosen Einbrüchen und Plünderungen zu berichten, deren die Polizei kaum noch Herr werde. Kein Wunder, sagte sich Bronstein, wenn die Ordnung auseinanderbrach, dann brach sich eben auch das Verbrechen Bahn. Er war sich sicher, dass sich die meisten Täter nie zu solchen Aktionen hätten hinreißen lassen, wenn sie nicht die allumfassende Not in derart große Verzweiflung gestoßen hätte. Das änderte freilich nichts an der Illegalität der Handlungen, aber dennoch musste man solchen Übeltätern anders gegenübertreten als notorischen Verbrechern, die aus purer Verworfenheit ein übles Leben führten. Zu diesem Thema passte ein weiterer Artikel, der sogleich Bronsteins Aufmerksamkeit erregte. Am Vortag war die Köchin Franziska Pschandl vor Gericht gestanden. Er erinnerte sich noch gut an den Fall, der noch gar nicht so lange her war. Man hatte die Pschandl aus der Donau gefischt, in der sie sich samt ihrer Tochter hatte ertränken wollen. Das Kind war dabei zu Tode gekommen, denn im Gegensatz zur Mutter hatte es nicht mehr rechtzeitig gerettet werden können. Die Mutter war, so erinnerte sich Bronstein, seinerzeit vom Vater des Kindes sitzengelassen worden, sodass sie es allein hatte aufziehen müssen. Nach Jahren hatte sie endlich einen neuen Galan gefunden, der sie allerdings ebenfalls geschwängert hatte. Als sich nun auch dieser Herr aus dem Staub gemacht hatte, sah die arme Köchin keinen anderen Ausweg mehr, als ins Wasser zu gehen. Gegen seinen expliziten Rat hatte die Staatsanwaltschaft Mordanklage gegen die Pschandl erhoben. Er hatte argumentiert, dass die arme Frau ohnehin gestraft fürs Leben war, denn damit leben zu müssen, das eigene Kind auf dem Gewissen zu haben, war für jede Mutter die Hölle auf Erden. Aber der Staatsanwalt war ein ganz ein Eifriger gewesen und hatte der Pschandl zu jenem Tod verhelfen wollen, den zu bekommen ihr selbst nicht gelungen war. Die Geschworenen, so erfuhr Bronstein jetzt, waren weniger herzlos gewesen als der Jurist. Sie verurteilten die Pschandl nur wegen versuchten Mordes zu drei Jahren Kerker. Auch das würde die Hölle sein, dachte Bronstein. Aber die Hölle würde die Pschandl ohnehin niemals aus ihren Klauen lassen.

Was war das nur für eine Welt, in der man zu leben gezwungen war? „Herr Ober, noch einen Doppelten!"

„Sind Sie sich sicher, Herr Kommerzienrat? Das wär dann schon der dritte."

Bronstein funkelte den Kellner an. „Zählen kann ich selber", zischte er und besah sich angewidert das vertrocknete Backwerk, das ihm zum Tee serviert worden war. Wenn es schon keine feste Nahrung mehr gab, dann musste man sich eben an flüssige halten. Der Ober machte einen Rückzieher. „Ich hab ja nur g'meint", maulte er und griff zur Flasche. Bronstein zündete sich eine weitere Zigarette an und wandte sich wieder der Zeitung zu. Die berichtete doch tatsächlich noch über den Krieg. Die Alliierten hätten, so gab das deutsche Oberkommando bekannt, versucht, bei Sedan und Valenciennes Durchbrüche zu erzielen, doch sei es der Wehrmacht gelungen, den Gegner in beiden Fällen zurückzuwerfen. Was für ein Treppenwitz der Geschichte, dachte Bronstein bitter. In der Heimat ging alles den sprichwörtlichen Bach hinunter, niemand hatte mehr etwas zu essen, alle Welt fror elendiglich und keiner wusste, was nun werden sollte, und die Herren Ludendorff und Hindenburg spielten immer noch Krieg. Dabei schickten sie jeden Tag hunderte, wenn nicht gar tausende junge Männer in den sicheren Tod für eine Sache, die längst verloren war. Die Türkei und Bulgarien hatten schon kapituliert, die Österreicher hatten sich zumindest den Italienern geschlagen gegeben, und die Ungarn waren gerade dabei, sich in Belgrad die Bedingungen für einen Frieden diktieren zu lassen. Die Deutschen standen völlig allein gegen halb Europa, und sie sahen immer noch nicht ein, dass auch sie verloren hatten.

Die Forderungen, welche die Alliierten an die Ungarn stellten, verhießen im Übrigen für Österreich nur wenig Gutes. Die Regierung Károlyi müsse sofort die gesamte Armee demobilisieren und alle strittigen Gebiete umgehend räumen. Alliierte Streitmächte dürften sich in Ungarn ungehindert bewegen und alles requirieren, was sie für ihren Aufenthalt in Ungarn als erforderlich erachteten. Das war kein Friedensschluss, das war eine gewaltsame Besetzung. Wenn Károlyi dem zustimmte, würde ihn sein eigenes Volk zum Teufel jagen, dessen war sich Bronstein sicher. Die Frage allerdings war, ob Károlyi noch eine andere Wahl hatte.

Mehr freilich war die Frage, ob Österreich eine andere Wahl haben würde. Die neue Regierung hatte Adler, den in Ehren ergrauten Häuptling der Sozialdemokraten, zum Außenminister gemacht, weil sie, wie sie verlauten hatte lassen, hoffe, dass dessen Beziehungen zu seinen alliierten Gesinnungsgenossen Österreich bessere Friedensbedingungen bescheren würden. Doch was nutzten Österreich englische oder französische Sozialisten? Im einen Land regierten die Liberalen unter Lloyd George, im anderen der Fanatiker Clemenceau, der seit der französischen Katastrophe von '71 alles Deutschsprachige hasste. Und was man von den Italienern zu halten hatte, das hatten sie erst in der Vorwoche bewiesen, als sie die gesamte österreichische Isonzo-Armee in eine Falle gelockt hatten. Was die Ungarn getroffen hatte, das würde auch Österreich treffen. Eine Erkenntnis, die eigentlich nach einem weiteren Rum verlangte.

Aber Bronstein war sich darüber im Klaren, dass noch ein Hochprozentiger ihn endgültig betrunken machen würde. Schon jetzt drehte sich ihm der Kopf ein wenig, sodass er wohl kaum in der Lage war, ein Verhör ordnungsgemäß durchzuführen. Nun, das würde sich auf dem langen Weg zur Favoritenstraße schon wieder legen, doch nur, wenn er jetzt aufhörte weiterzutrinken. „Zahlen!", rief er daher mit schwerer Zunge. Er bemühte sich, die genannte Summe mit größtmöglicher Eleganz auf den Tisch zu zählen, doch musste er sich eingestehen, dass seine Bewegungen schon etwas fahrig waren. Mit unsicheren Beinen wankte er ins Freie, wo der von ihm erhoffte Effekt umgehend eintrat. Die eisige Kälte ernüchterte ihn ebenso rasch wie effizient.

Zum zweiten Mal an diesem Tag schlug er den Mantelkragen hoch und stapfte, da die Tramways natürlich immer noch nicht verkehrten, den Ring entlang. Die Prachtstraße des Kaiserreichs. Imposante Palais, eindrucksvolle öffentliche Gebäude, mondäne Hotels. Wer würde das alles noch brauchen? Nun, vielleicht saßen hier schon bald Franzosen und Briten, die wussten Luxus sicher auch zu schätzen. Vom Trafalgar Square zum Stephansplatz, und von der Champs-Èlysée zur Kärntner Straße. Wer wohl Schönbrunn für sich beschlagnahmen würde?

Bronstein hatte den Stadtpark hinter sich gelassen und gelangte nun zum Schwarzenbergplatz. Der Ring machte an dieser Stelle eine Kurve, und nach dieser konnte er bereits die Oper sehen. Vor der Oper würde er links abbiegen, um über die Wiedner Hauptstraße bis zur Paulanerkirche zu marschieren. Ein weiterer Schwenk nach links würde ihn endlich zur Favoritenstraße führen. Das Atelier wies eine niedrige Nummer auf, es musste sich also in unmittelbarer Nähe der Kirche befinden. Wo aber das Geschäft des Herrn Nemec lag, das wusste Bronstein nicht. Er hoffte, er würde nicht bis zum Gürtel laufen müssen, um es zu finden.

Die Kälte setzte ihm gehörig zu, doch er konnte nicht noch einmal einkehren, wenn er bei den beiden Etablissements noch jemanden antreffen wollte. Es ging auf elf Uhr zu, in einer Stunde würden alle Geschäfte schließen, und dann konnte er erst wieder am Montag jemanden erreichen. Also sputete er sich besser. Der Karlsplatz lag geradezu gespenstisch vor ihm. Nicht nur, dass keine Straßenbahnen verkehrten, es gab auch keine Automobile zu sehen. Keine Panje- oder Leiterwagen, keine Passanten, nichts. Die ganze Gegend wirkte wie ausgestorben. Verständlich. Wer bei einem solchen Wetter nicht unbedingt auf die Straße musste, der blieb natürlich lieber zu Hause. Jetzt fing es auch noch zu schneien an. Ganz leicht nur, aber es würde zu Nässe und in der Folge zu Eisbildungen führen. Keine erbauliche Perspektive für den Abend und die Nacht.

Völlig durchgefroren und mittlerweile auch durchnässt erreichte Bronstein die barocke Kirche. Er bog nach links und eilte an zwei wackeligen Altbauten vorbei. Ein großes Schild verhieß ihm in einigen Metern Entfernung das Atelier des Fotografen, der die Feigl und ihren Galan abgelichtet hatte. Der Major streckte seine klammen Finger nach der Türschnalle aus, drückte sie hinunter und trat ein.

„Guten Morgen", kam es aus einer hinteren Ecke des Etablissements, „was kann ich für Sie tun?"

Bronstein wünschte gleichfalls einen guten Tag, legitimierte sich und hielt dem Mann die Fotografie unter die Nase. „Dieses Bild wurde doch hier aufgenommen, oder?"

Der Mann besah sich das gegenständliche Objekt nur kurz, ehe er nickte: „Ja, Herr Inspektor, das stimmt. Und wenn mich nicht alles täuscht, habe ich das sogar selbst aufgenommen."

„Sie sind der Fotograf? Ist das Ihr Geschäft hier?"

„Ja. Ich habe zwar einen Assistenten, der auch Bilder schießt, aber ich bin mir ziemlich sicher, das habe ich gemacht."

„Können Sie sich an die beiden erinnern?"

„Wer könnte das an meiner Stelle nicht? Wunderhübsches Mädchen. Der Mann allerdings war ein ziemlicher Stutzer. Sehr ungut, wenn Sie mich fragen."

„Wissen Sie zufällig, wie er heißt?"

„Woher sollte ich?" Der Fotograf war aufrichtig verwundert.

Bronstein blies Luft aus und starrte kurz an die Decke. „Ich weiß ja nicht, wie das bei Ihnen so läuft. Wie bezahlt man das Ding? Und wann bekommt man es? Muss man da keine Namen angeben oder so?"

„Ah, ich verstehe", gab sich der Fotograf wissend, „worauf Sie hinauswollen. Da muss ich Sie leider enttäuschen, Herr Inspektor. Man kommt hier einfach herein und sagt, was man will.

Foto ist ja nicht gleich Foto. In dem Fall war es sehr einfach. Die beiden wollten einfach eine Erinnerung, ganz konventionell. Ich bat sie also in den hinteren Raum dieses Ateliers, da konnten sie sich den Bildhintergrund und die genaue Pose, die sie einnehmen wollten, aussuchen, und dann habe ich sie abgelichtet. Ich habe den Preis genannt, der Herr da hat ihn bezahlt. Dann entwickle ich die Bilder hinten in meiner Dunkelkammer. Das dauert so seine Zeit. Ich nenne den Kunden also eine bestimmte Uhrzeit, zu der sie ihre Bilder abholen können. Und das tun sie dann auch, zumal sie ja schon bezahlt haben. Das ist alles. Keine Namen, keine Lieferadressen. Tut mir leid."

Bronstein schluckte seinen Ärger hinunter. Das war ja zu erwarten gewesen. „Das heißt, Sie kennen den Herrn nicht und haben ihn auch später nie mehr gesehen?", startete er einen letzten Versuch, dessen Scheitern ihm gleichwohl von vornherein bewusst war. „Bedaure, nein", kam prompt die Antwort.

„Kennen Sie ein Wäschegeschäft Nemec?", fragte Bronstein schließlich.

„Ja, das ist gleich die Straße rauf. Hinter dem Café Frey werden Sie fündig werden, Herr Inspektor."

Bronstein packte seine Fotografie wieder ein, dankte dem Mann und verließ den Laden. Und wieder in der Kälte. Der Schneeregen war mehr als widerlich, und umso mehr beeilte sich der Major, sein Ziel zu erreichen. Zwanzig Minuten vor zwölf betrat er die Boutique. Eine blasse, unterernährte junge Frau kam auf das Klingeln der Tür aus dem hinteren Geschäftsbereich nach vorn in den Verkaufsraum, knickste und fragte, womit sie dienen könne.

„Mit einer Auskunft. Ist der Herr Nemec zugegen?"

„Leider nein, der Herr. Aber er müsste jeden Moment kommen. Er macht nach Geschäftsschluss immer die Abrechnung."

„So. Na ja." Bronstein dachte nach, dann fuhr er fort: „Haben Sie Schals? So für Damen?"

„Aber sicher, der Herr. Wir sind ein Geschäft für Damenbekleidung." Da Bronstein nichts sagte, setzte die Verkäuferin nach: „Woran hätten Sie denn gedacht, der Herr? Seide vielleicht, oder ..."

„An was Warmes. Seide ist doch nur modischer Tand. Haben Sie nicht etwas, das einen gegen diese hundselendige Kälte schützt?"

„Wolle", platzte es aus der Verkäuferin, „Wolle ist warm. So gestrickt. Sie wissen schon, der Herr."

„Nein", schüttelte Bronstein den Kopf, „das schaut so unvorteilhaft aus. Haben Sie nicht so etwas, wie ich es trage? Nur für Damen halt?" Dabei hielt Bronstein seinen eigenen Schal in die Höhe.

Die Verkäuferin betrachtete ihn kurz und nickte dann. „Ja, so etwas müssten wir da haben. Einen Augenblick, der Herr." Sie verschwand wieder im hinteren Bereich des Geschäfts und kam einige Minuten später mit einer Auswahl an Schals zurück.

Bronstein besah sich die Stücke in aller Ruhe und wählte dann eines aus. Er deutete darauf und sagte: „Der gefällt mir. Wie viel soll der kosten?"

Der Preis schien ihm akzeptabel. „Fein, ich nehme ihn. Packen Sie in mir bitte ein. Es soll ein Geschenk sein." Jelka würde sich bei dieser Kälte über diesen Schal sicher sehr freuen, war Bronstein überzeugt. Noch dazu, wo er so feuerrot war. So passte er nicht nur zu ihrer politischen Einstellung, sondern auch noch zu ihrem Haar. Bronstein freute sich. Die Überraschung würde ihm gelingen.

Die Klingel oberhalb der Eingangstür bimmelte erneut. Bronstein drehte sich instinktiv um. Ein gepflegter älterer Herr hatte den Laden betreten. „Herr Nemec, wie ich vermute", begann Bronstein.

„Zu Diensten. Mit wem habe ich das Vergnügen?"

„Major Bronstein von der Wiener Polizeidirektion. Ich bräuchte ein paar Auskünfte von Ihnen, wenn's recht ist."

Nemec blickte kurz auf seine Verkäuferin: „Fräulein Dora, das geht schon in Ordnung, Sie können schon Schluss machen. Ich sperre dann ab." Das Fräulein Dora knickste artig, schob Bronstein den ordentlich verpackten Schal über die Budel und nannte ihm nochmals den Betrag, den dieser aber bereits auf die Holzplatte gelegt hatte. Sie nahm das Geld an sich und tat es in die Kassa. Dann verbeugte sie sich vor jedem der beiden Herren einzeln und verabschiedete sich mit den besten Wünschen fürs Wochenende.

„Is scho recht, Fräulein Dora. Bis Montag dann", schickte ihr Nemec hinterher, ehe er sich wieder Bronstein widmete: „Und womit kann ich Ihnen nun dienen?"

„Sie kennen eine Frau Hannah Feigl?"

Das Gesicht von Nemec erstrahlte: „Aber sicher doch! Das ist meine allerbeste Schneiderin. Die kann alles. Zuschneiden, umändern, sogar eigene Sachen entwerfen und machen. Ich sag Ihnen, Herr Major, die kommt noch einmal ganz groß raus!"

„Ich fürchte, das wird leider nicht mehr der Fall sein", entgegnete Bronstein mit betrübtem Tonfall, „die Frau Feigl ist nämlich vorgestern ermordet worden."

Im Gesicht von Nemec zeichnete sich namenloses Entsetzen ab. Er rang nach Luft und dann nach Worten: „Aber ... um Gottes Willen! ... Wer macht denn ... so etwas?"

„Genau das versuche ich herauszufinden, Herr Nemec. Und dazu brauche ich jede Hilfe, die ich bekommen kann. Daher zuerst einmal die Frage: Wie gut kannten Sie die Frau Feigl?"

„So gut, wie man eine enge Mitarbeiterin nun einmal kennen kann. Sie hat sich eines Tages bei mir vorgestellt, weil sie Arbeit suchte. Gleich nachdem sie die Schule abgeschlossen hatte. Das muss, warten S', das muss im Sommer '15 g'wesen sein. Sie hat mir ein paar Sachen gezeigt, die sie g'macht hat, und ich war sofort begeistert. Das war kein Handwerk mehr, das war schon wahre Kunst. Ich hätte sie auf der Stelle engagiert, aber leider waren die Zeiten damals alles andere als günstig, wie Sie sich vorstellen können, Herr Major. Da war nicht viel los mit Damenmode in dem Grätzel da. Aber ich hab sie unterstützt, so gut ich können hab, hab ihr immer wieder kleinere Aufträge zugeschanzt und so. Sie ist mir direkt ans Herz gewachsen, die kleine Hannah, darum habe ich mich dann auch besonders um sie gekümmert, wie ihre selige Mutter …, na, Sie wissen sicher schon, die Tuberkulose und so. Und obwohl ich es mir eigentlich nicht hab leisten können, habe ich sie dann Anfang des Jahres als zweite Verkäuferin angestellt. Sie war immer Dienstag und Mittwoch da, während das Fräulein Dora Montag und Donnerstag bis Samstag Dienst hat. Viel hab ich ihr natürlich nicht zahlen können, weil mit dem G'schäft ist grad jetzt nicht viel Geld zu machen, aber was in meiner Macht stand, das habe ich getan."

„Das heißt, am 6. war sie noch da?"

„Ja, ganz normal. Bis 18 Uhr. Ich bin eine Viertelstunde vor Geschäftsschluss gekommen, wir haben noch gemeinsam die Kassa gemacht und dann abgeschlossen. So um sieben wird das gewesen sein. Ich hab ihr dann noch wie immer ein paar Äpfel zugesteckt – ich hab nämlich einen kleinen Garten in Maria Anzbach, und die Apfelernte war heuer zum Glück sehr gut, deshalb kann ich immer ein paar abgeben. Na, egal. Jedenfalls hat sie sich sehr gefreut, und wir haben uns dann bei der Paulanerkirche getrennt. Sie ist, so glaub ich halt, zu Fuß nach Hause gegangen – sie wohnt ja nicht weit weg von da –, und ich bin noch ins Café Museum gegangen, weil am Mittwoch spiel ich dort immer Schach."

Für Bronstein war das eine wichtige Information. Die Feigl war also am Mittwoch um sieben Uhr abends noch am Leben gewesen. Das musste man sich merken. „Was, lieber Herr Nemec, wissen Sie über den Umgang der Frau Feigl?"

„Na ja, sie war eine sehr stille Person. Sehr höflich, sehr zuvorkommend, aber irgendwie auch sehr schüchtern. Ich glaube nicht, dass sie viele Freundinnen hatte, zumindest hab ich selten welche gesehen. Und, obwohl das bei einem so hübschen Frauenzimmer in dem Alter nur natürlich gewesen wäre, sie hat auch keine Verehrer gehabt. Zumindest nicht, dass ich das bemerkt hätte. Die hat, glaube ich, gelebt wie eine Nonne. Bis dann dieser komische Eisenbahner aufgetaucht ist, dieser saubere Herr Plachutta. Das ist eine Person, kann ich Ihnen sagen! Der hat dem armen Mädel vollkommen den Kopf verdreht und sie dabei ausg'nommen wie eine Weihnachtsgans. Jeder Heller, den ich ihr gegeben hab, ist sofort in seine Taschen gewandert. Ein unguter Mensch, ich hab den von Anfang an ned mögen. Wie sich der da aufgeführt hat allerweil. Als wär er der Graf Bamsti persönlich."

„Das heißt, er hat sie immer wieder einmal abgeholt?"

„Ja, eigentlich ziemlich oft. Da ist er dann da im Geschäft dagesessen, als wär er der Inhaber von dem Laden. Einmal habe ich ihn zurechtgewiesen, weil er eine Kunde schikaniert hat. Wissen S', was er mir da gesagt hat? ‚Blas di ned auf, sunst lass i da die Luft aus, Kropferter!' Das muss man sich sagen lassen von so einem Hallodri."

„Aber am Mittwoch hat er sie nicht abgeholt, der Herr Blaha?"

„Plachutta. Ganz sicher Plachutta. Ich hab nämlich einmal seine Papiere gesehen und mir noch gedacht, bitte, der Name passt."

„Wieso?"

„Na, Plachutta heißt in der Sprache meiner alten Heimat Segel. Und der Kerl hatte so Segelohren, mit denen hätt er abheben können wie ein Aeroplan."

Na bitte, dachte Bronstein. Jetzt würde die Suche nach dem Galan ein Kinderspiel werden. Der Vor- und der Nachname waren gesichert, das würde die ganze Sache merkbar vereinfachen.

„Also, am Mittwoch war er nicht da, der Herr Plachutta?"

„Nein. Also zumindest am Abend nicht. Aber ich glaube, die Hannah hat mittlerweile selbst gemerkt, dass der kein Guter ist. Sie hat ein paar Mal mit ihm gestritten, wie ich gerade ins Geschäft gekommen bin, und erst am Dienstag hat s' den ganzen Tag verweinte Augen g'habt. Und wie ich sie gefragt hab, was denn los ist, hat s' nur g'meint, der Schani – sie hat ihn immer Schani g'nennt, den Plachutta – sei so garstig g'wesen zu ihr, und sie sei sich sicher, dass er sie nebenbei abehaut."

„Sie meinte, er betrügt sie mit einer anderen?"

„Ja. Aber sie war sich nicht sicher. Jedenfalls war dieses Verhältnis seit Mitte Oktober sehr spannungsgeladen, wenn S' mich fragen. Sie ist auch, soweit ich das beurteilen kann, wieder in ihre alte Wohnung auf der Margaretenstraße zurückgezogen, nachdem s' a Zeiterl bei ihm in Favoriten g'wohnt hat."

„Wissen Sie zufällig, wo das ist in Favoriten?"

„Aber ja. Gleich da oben. Am Columbusplatz. Das Eckhaus zur Laxenburger Straße."

Das geht ja noch leichter, als man es erwarten durfte, freute sich Bronstein. Der Herr Nemec war ein Zeuge, wie man ihn sich nur wünschen konnte. Bronstein notierte sich geistig die genannte Adresse und richtete dann noch eine Frage an Nemec: „Und kennen Sie den Vater der Frau Feigl auch?"

„Ja. Flüchtig. Armer Kerl eigentlich. Ziemlich primitiv, aber primär zu bedauern, würd ich sagen. Der hat sein Leben lang die Füß nicht auf den Boden gekriegt, und das hat er seine Familie büßen lassen, weshalb er dann erst recht selber hat büßen müssen."

„Inwiefern?"

„Insofern, als sie ihm abgepascht sind, die Hannah und die selige Frau Mama. Vor etlichen Jahren schon. Der sitzt jetzt daheim in seinem Wohnloch und sauft sich zu Tode."

Bronstein hielt diese Aussage für eine treffliche Analyse. Der Vater mochte ein Grobian sein, aber für eine solche Tat kam er nicht in Frage. Nicht, dass Bronstein solchen Typen nicht zutraute, ihre eigenen Kinder zu Tode zu bringen, aber Leute wie der alte Feigl würden sie eher erschlagen als erwürgen. Die Feigls dieser Welt töteten in Raserei, nicht in kalter Berechnung. Sie schlugen im Augenblick des grenzenlosen Zorns auf ihr Opfer ein und waren dann in der Regel selbst am meisten von den Folgen ihres Tuns überrascht, während jemanden zu erwürgen sehr viel kühles Blut voraussetzte. Wenn es also stimmte, dass die Feigl ihrem Galan den Weisel gegeben oder zumindest über eine Beendigung des Verhältnisses laut nachgedacht hatte, dann war der Plachutta definitiv in hohem Maß verdächtig, weshalb man sich in erster Linie an ihn halten sollte, befand Bronstein, ehe ihm bewusst wurde, dass ihn Nemec schon eine gute Weile erwartungsvoll ansah. Bronstein räusperte sich: „Herr Nemec, ich kann Ihnen gar nicht sagen, wie sehr Sie mir geholfen haben. Ich hoffe, dass ich den Mörder der Frau Feigl bald dingfest machen kann, und ich garantiere Ihnen, er wird seiner gerechten Strafe nicht entgehen."

„Das hoffe ich auch, und zwar inständig. Sie war so ein liebes Mädel." Nemec standen Tränen der Rührung in den Augen. „Es ist so ungerecht, wenn so gute Menschen vor der Zeit gehen müssen, das ist … das ist …" Die Stimme versagte dem Mann, und er wandte sich abrupt ab, um dem Major nicht zeigen zu müssen, dass er zu weinen begann.

„Herr Nemec", bemühte sich Bronstein um Sanftheit, „ich verspreche Ihnen, ich nehme diese Sache persönlich. Ich werde nicht rasten und nicht ruhen, bis ich den Kerl habe. Ehrenwort."

Nemec deutete mit seiner linken Hand hinter sich zum Zeichen, dass er verstanden hatte. Bronstein trat noch einen Augenblick verlegen von einem Bein auf das andere, dann murmelte er einen Abschiedsgruß und verließ eilig das Geschäft, den Herrn Nemec samt seinem Gram darin zurücklassend.

Wieder auf der Favoritenstraße, blickte er kurz auf die Uhr. Es war Samstag kurz vor 13 Uhr. Was sollte ein Eisenbahner um diese Zeit machen, vorausgesetzt, er hatte nicht Dienst. Die Wahrscheinlichkeit war groß, dass er sich innerhalb seiner eigenen vier Wände aufhielt. Bis zum Columbusplatz waren es nur rund 500 Meter, die ließen sich leicht bewältigen. Bronstein marschierte also entschlossen stadtauswärts und hatte bald den Gürtel hinter sich gelassen. Er sah bereits das mächtige Arbeiterheim, das die Sozialdemokraten vor einigen Jahren auf die Laxenburger Straße geklotzt hatten. Das war eigentlich eine beeindruckende Sache gewesen, der auch Bronstein seinen Respekt nicht versagen konnte. Tausende Arbeiter hatten vor etwas mehr als 15 Jahren nicht unbeträchtliche Teile ihres Lohns gespendet, um dieses Volkshaus zu ermöglichen. Gebaut hatte es schließlich irgendein Schüler von Otto Wagner, und den sogenannten Jugendstil sah man dem Gebäude auch deutlich an. Bronstein selbst hatte es freilich nie gewagt, es zu betreten, denn als kaiserlicher Polizist wäre man so in eine unmöglichere Lage gekommen, als wenn man in flagranti in einem Maison de Tolerance erwischt worden wäre. Und doch musste er sich eingestehen, dass er es sich wahnsinnig gern einmal angesehen hätte. Was man so über die eigene kleine Stadt der Roten hörte, klang ziemlich faszinierend. Das Haus beherbergte das größte Kino außerhalb der inneren Stadt. Es hatte einen Theatersaal für mehr als 1.000 Besucher, in dem beinahe täglich Stücke auf Deutsch ebenso wie auf Tschechisch aufgeführt wurden. Es gab Turnsäle, diverse Klubräume und eine Gastwirtschaft mit dem billigsten Ottakringer Bier des ganzen Bezirks. Es hieß, die

Häuptlinge der Partei wohnten sogar in diesem Arbeiterheim. Nicht zuletzt fanden praktisch alle ihre Parteitage hier statt, zuletzt erst im Vorjahr, woran sich Bronstein noch gut erinnern konnte, denn die Reden, die dort gehalten worden waren, erwiesen sich jetzt als Wetterleuchten der gegenwärtigen Situation.

Doch Bronstein hatte den Weg nach Favoriten nicht gemacht, um über die Arbeiterbewegung nachzusinnen. Er war gekommen, um Johann Plachutta auf den Zahn zu fühlen. Er überquerte also die Laxenburger Straße und besah sich den beschriebenen Teil des Columbusplatzes. Auf der linken Seite befand sich ein Hotel. Dort würde Plachutta bestimmt nicht sein Quartier haben, also konnte nur das Eckhaus auf der rechten Seite gemeint sein. Bronstein suchte nach der Eingangstür und dann nach der Hausmeisterwohnung. Als auf sein Klopfen reagiert wurde, zeigte er seine Kokarde und erkundigte sich, wo der Herr Plachutta wohne. Man erklärte ihm, der „Pitomec" bewohne Nummer 4 im ersten Stock. Bronstein wusste nicht, dass Pitomec auf Tschechisch Trottel hieß, doch ahnte er anhand des Tonfalls, dass diese Bezeichnung Plachutta nicht unbedingt zur Ehre gereichte.

Er stieg die schmale Treppe hinauf und fand die gesuchte Türnummer. Abermals klopfte er: „Nur herein, wenn's nicht die Polizei ist", flötete Plachutta während des Öffnens der Tür und grinste dabei debil.

„Tja, Pech, Plachutta. Es ist die Polizei", replizierte Bronstein lakonisch und hob erneut seine Kokarde.

„Schleich di! Des is aber jetzt ned wahr, oder?" Plachutta war sichtlich perplex. „Is die überhaupt echt?"

„Und wie! Herr Plachutta, ich muss mit Ihnen reden. Darf ich eintreten?"

„Wann's sein muss, bitte schön." Plachutta trat einen Schritt zur Seite und bot Bronstein so die Gelegenheit, die Küche der

Kleinstwohnung zu betreten. Auf den ersten Blick erkannte er, dass diese Behausung substanziell kleiner war als jene in der Margaretenstraße, was die Frage aufwarf, warum die Feigl zu ihm gezogen war, anstatt er zu ihr. Aber wahrscheinlich hatte der Plachutta unter Beweis stellen müssen, dass er der Mann im Haus war, und deshalb darauf bestanden, dass sie seine Untermieterin war und nicht umgekehrt er der ihre. Bronstein setzte sich unaufgefordert auf die kleine Bank, die hinter dem wackeligen Küchentisch an der Wand stand, und zündete sich eine Zigarette an. Nachdem er den Rauch ausgeblasen hatte, sah er Plachutta direkt an: „Sie kennen eine Frau Feigl?"

„Die Hannah? Ja, sicher! Die is mei Oide!"

„Da habe ich aber etwas anderes gehört. Es heißt, sie habe sich von Ihnen getrennt, weil Sie auch von anderen Früchten genascht haben."

„So a Bledsinn!" Plachutta brauste auf. „Wer dazöht so was? Dem hau i ane eine, dass er des G'sicht beim Oasch hot!"

„Keine Insinuationen, bitte, das ist der Sache wirklich nicht dienlich, Herr Plachutta." Und es stimmte, dachte Bronstein, während er den Gelangweilten mimte: Der Mann hatte wirklich Segelohren.

„Kane Insi...was?"

„Sie sollen keine Drohungen ausstoßen, sondern auf meine Fragen antworten. Sie meinen also, nach wie vor mit der Frau Feigl liiert zu sein?"

„Jo sicher!"

„Wann haben Sie sie zuletzt gesehen?"

Plachutta schien tatsächlich nachzudenken. „Am Mittwoch. Gegen fünfe war's. Bei dem Schneider, bei dem wos hackelt. I hob mi daun g'schlich'n, wäu der Oide, der vakiefelt mi ned. Dem bin i über, und des vatrogt er ned, der Pfrnak der." Nun, auch das stimmte, schoss es Bronstein durch den Kopf. Die Nase des Nemec war in der Tat markant.

„Dann ist das wohl eher eine lockere Beziehung, die Sie da pflegen. Immerhin sind seit Mittwoch fast drei Tage vergangen."

„Und wos geht des Ihna au?"

„Eine ganze Menge", blieb Bronstein gelassen, „ich bin nämlich von der Mordkommission." Bronstein wartete einen Augenblick, um diese Information ins Hirn des Plachutta sickern zu lassen. „Na, klingelt's jetzt?", hakte er nach.

Plachutta wurde blass: „Is leicht wos mit der Hanni?"

„Also Sie g'fall'n mir, Herr Plachutta. Da sehen Sie Ihre Quasi-Verlobte drei Tage lang nicht, und Sie denken sich nicht einmal etwas dabei?"

„Aber ich bitt' Sie", versuchte der Eisenbahner den Major nun zu begütigen, „des war gar nix Besonderes, des is immer wieder amoi vorkommen, dass ma uns a paar Tag ned g'seh'n ham. Sie hat halt a ihr'n Freiraum braucht. Aber jetzt sag'n S' ma endlich: Is ihr was g'scheh'n?"

„Herr Plachutta", Bronstein legte nun allen Ernst in seine Worte, „Ihre Frau Feigl ist ermordet worden. In der Nacht auf Donnerstag, um genau zu sein. Darf ich Sie jetzt fragen, wo Sie in dieser Nacht waren?"

Plachutta wirkte wie ein Boxer, der eben einen harten Schwinger hatte einstecken müssen. Er taumelte leicht und zog dann den einzigen Sessel, der sich in der Küche befand, zu sich, um sich schwer angeschlagen auf die Sitzfläche plumpsen zu lassen. „Die Hanni", stammelte er bloß, und Bronstein konnte beobachten, wie aus einem Großkotz im Handumdrehen ein kleines Häuflein Elend wurde. Es dauerte eine Weile, ehe sich Plachutta endlich dem Major zuwandte: „Wie ist denn das g'scheh'n?", flüsterte er.

„Sie ist erwürgt worden", sagte Bronstein leichthin, „können Sie mir jetzt sagen, wo Sie zwischen Mittwochabend und Donnerstagmorgen waren?"

„Meinen Sie wirklich, ich brauch ein Alibi? Ich hab die Hanni geliebt, wie ich noch nie zuvor jemanden geliebt hab, des müssen Sie mir glauben, Herr Inspektor", brachte Plachutta in einem merkwürdig fremden Idiom hervor, das gar nicht mehr nach dem Eisenbahner klang.

„Das hat der Othello die Desdemona auch", entgegnete Bronstein, ohne den Satz logisch zu vollenden. Plachutta hatte ihn auch so verstanden: „Ich hab die Hanni ned ang'rührt. Das hätt ich nie und nimmer g'macht. Ich hab viel falsch g'macht in mein' Leben, aber ich war nie ein gewalttätiger Mensch, ehrlich ned! Die Hanni, die is g'standen auf mi, des hat ma Meter geben, verstehen S' des, Herr Inspektor? Eher hätt i mi selber wegg'räumt, bevor i ihr was tan hätt."

„Dann wird es Ihnen umso leichter fallen, mir zu sagen, wo Sie in der fraglichen Zeit waren", insistierte Bronstein.

„Sehen S', und genau do kummt jetzt die Ironie ins Spiel. Die Hanni hat nämlich recht g'habt. I hab S' oweg'haut, also, betrogen, mein ich. Ja, es stimmt, was der alte Nasenbohrer sagt. Wir haben g'stritten. Aber wissen S', deswegen hab i s' ned weniger mögen. Es war nämlich so: Die Hanni war ein irrsinnig liebes Madl, aber sie war halt sehr g'schamig, und mit der körperlichen Liebe, da ... da hat s' es ned so g'habt, versteh'n S'? A Bussi da, a Bussi dort, das ja. Und wenn i Glück g'habt hab, dann hat s' mi a bissl ihr G'stell abgrasen lassen. Aber spätestens bei die Gspaßlaberln war Endstation. Na, was soll i Ihnen sagen, i bin a g'standener Mann, i brauch a noch was Or'ntliches, und so bin i immer zur reschen Resi gangen. Die is a Strichkatz draußd im Böhmischen Prater. Die müssten S' sehen, Herr Inspektor, unglaublich! Endlos lange Haxen, a G'stell wie die Venus persönlich, echte blonde Haar und a G'sicht, direkt zum Verlieben. Und solang man zoit, was s' sagt, macht die alles mit, was ma von ihr will. Sie verstehen schon, Herr Inspektor. Die nimmt eam in Mund! Und man derf a von hinten eine, wenn S' wissen, was ich mein. Bei der Hanni hat ma ja ned amoi vorn einedürfen. Sie hat g'sagt, i bin a Saubartel, a dreckiger, und dass i in Guglhupf g'hör mit solche Schweinereien. Aber Sie, Herr Inspektor, Sie versteh'n des, gell?! I hab ihr no g'sagt, der Hanni, sei ned a so, i brauch des, und es is doch besser, i hol's ma bei aner Hur als bei aner andern. Na, da is' ma erst recht in Saft gangen. Außeg'schmissen hat s' mi, und i hab ma nu denkt, spinn di hoit aus, damische Nock'n. I hab ja ned wissen können, dass ... dass dann so was passiert."

Bronstein war verwundert. Dem Mann liefen doch tatsächlich Tränen über die Wangen. Beinahe wäre in dem Major so etwas wie Mitleid aufgekommen, doch er zwang sich, sachlich zu bleiben: „Gut. So viel hierüber. Sie haben sich also gestritten und haben das Geschäft verlassen. Wohin sind Sie dann gegangen?"

„Na, was glauben S'?" Plachuttas Stimme hatte einen bitteren Ton angenommen.

„Zur reschen Resi?"

„Aber wia a no! Die ganze Nacht! I hab brennt dafür wia a Luster, aber dafür hat die Resi a alle Stückln g'spüht. Seitdem bin i komplett neger und leb vom Fensterkitt. Aber des war's ma wert. ... Aus damaliger Sicht", fügte er nach einer kleinen Pause hinzu.

„Ihnen ist klar, Herr Plachutta, dass ich Ihr Alibi überprüfen werde?"

„Ja, tun S' das. Dann bin i wenigstens nimma verdächtig. Theresia Resch. Drum hast s' die resche Resi, obwohl s' a so ziemlich resch is. Sie brauchen nur in Böhmischen Prater geh'n, glei bei die Hutschenschleiderer hat's ihren Platz. Da finden S' die Resi jeden Abend von Montag bis Samstag. Nur am Sonntag ned, weil da hat sogar der Herrgott a Pause g'macht, sagt s' immer."

„Gut, Herr Plachutta. Das wäre vorläufig alles. Ich muss Sie bitten, sich zu unserer Verfügung zu halten. Verlassen Sie bitte die Stadt nicht."

„Aber des geht ned!", brauste Plachutta plötzlich auf. „I muaß doch morgen wieder nach Villach mit dem Zug. Ich hab am Montag Dienst am dortigen Verschub."

„Daraus wird vorläufig nichts. Aber wenn die Zeitungen die Wahrheit schreiben, dann verkehren die Staatsbahnen im Augenblick ohnehin nicht. Zur Not melden Sie sich eben krank."

Plachutta sah Bronstein verzweifelt an: „Und was ... wird jetzt aus der Hanni?"

„Die werden wir in die Obhut ihres Vaters geben. Am besten, Sie setzen sich mit dem in Verbindung. Ich darf mich empfehlen." Ohne eine weitere Reaktion von Plachutta abzuwarten, verließ Bronstein die Wohnung.

Noch fünf Stunden trennten ihn von einem Wiedersehen mit Jelka. Wie, so fragte sich Bronstein, sollte er diese Zeit überbrücken? Er konnte sich auf gut Glück gleich in den Böhmischen Prater begeben, doch die Wahrscheinlichkeit, die Resch dort anzutreffen, war eher gering. Außerdem war mehr als fraglich, ob er eine solche Expedition zeitgerecht bewerkstelligen konnte, denn zum besagten Vergnügungsplätzchen waren es sicher fünf Kilometer. Vernünftiger war es da schon, sich noch irgendwo einen Kaffee zu gönnen und dann bei den Eltern einzufinden, um dort nach dem Rechten zu sehen.

Bronstein schlug also den Weg in die Innenstadt ein und kam alsbald zu jenem Café Frey, das ihm schon am Vormittag aufgefallen war. Von dort war es nur noch ein Katzensprung zu seinen Eltern, weshalb er dort mit gutem Gewissen eine Pause einlegen konnte. Er setzte sich an einen kleinen Tisch direkt gegenüber der Tür und bestellte einen Pharisäer. Der Alkohol mochte darüber hinwegtäuschen, dass der Kaffee in Wirklichkeit nie mit einer Bohne in Berührung gekommen war. Bronstein zündete sich eine Zigarette an und dachte nach. Der Fall Feigl war in der Tat kompliziert. So unsympathisch er den Plachutta fand, so wenig traute er ihm den Mord an der jungen Frau zu. Auch der Vater schied für ihn als Verdächtiger aus. Damit war er aber auch schon wieder mit seinem Latein am Ende, denn mehr Personen schienen ihm in diesen Fall nicht verwickelt zu sein. Es musste also noch eine andere Spur geben, die es zu finden galt. Wenn die Feigl so zurückgezogen gelebt hatte, besaß sie offenbar ein Geheimnis, das aufzudecken nun seine Aufgabe war. Denn es erschien ihm äußerst unwahrscheinlich, dass die Feigl irgendeinem Zufall zum Opfer gefallen sein sollte. Vielleicht, so dachte Bronstein, war es ratsam, sich noch einmal mit dem Fräulein Dora zu unterhalten, denn möglicherweise gab es auch im Leben der Feigl noch einen anderen Mann, so wie die Resi im Leben des Plachutta. Und wenn er sich die Sache recht besah, dann brauchte er die Praterhure gar nicht erst zu befragen. Plachutta hätte dieses Alibi nicht vorgebracht, wenn es nicht stimmte. Und wenn er es sich doch einfach nur zurechtgelegt hatte, dann war es sicher mit dieser Resi abgesprochen. Vorerst also war diese Verbindung nicht zu knacken, also verschwendete man besser auch keine Zeit darauf.

Apropos Zeit. Vielleicht besuchte er nun doch seine Eltern, denn je früher er dort eintraf, desto früher konnte er auch wieder gehen. Er winkte dem Kellner, zahlte und legte den Rest des Weges zur elterlichen Wohnung zurück.

Wortlos fiel ihm die Mutter um den Hals, kaum, dass sie ihn erblickt hatte. Sie hielt ihn eine Weile ganz fest, dann begann sie zu schluchzen. „Jetzt deliriert er auch noch", stöhnte sie. „Als ich zu Mittag bei ihm war, da hat er irgendetwas daherphantasiert vom Kaiser und von Königgrätz."

Das klang nun wirklich ernst. Bronstein machte sich los und betrat das elterliche Schlafzimmer. Der Vater warf sich stöhnend auf dem Bett hin und her. Zwischendurch sprudelten einzelne Wortfetzen aus seinem Mund: „Sehr wohl, Eure Majestät", hörte Bronstein, und „Euer Gnaden sind zu gütig."

„Aber Papa, was hast denn", sagte er daraufhin, doch der Vater nahm ihn nicht wahr. Bronstein drehte sich zu seiner Mutter um: „Wann hast du zuletzt Fieber gemessen?"

„In der Früh. 39,3 hat er g'habt."

Der Major nahm das Thermometer und prüfte die Temperatur nun selbst. Das Ergebnis ließ seine Sorge nur noch wachsen. „Fast 40", flüsterte er und sah die Mutter ernst an: „Ich fürchte, jetzt müssen wir ihn doch ins Spital bringen. Anders wird das nicht mehr gehen. Dieses hohe Fieber ist einfach zu gefährlich."

Die Mutter schlug die Hände vor dem Gesicht zusammen und begann bitterlich zu weinen. Bronstein trat auf sie zu und umarmte sie: „Jetzt mach dir einmal keine Sorgen. Das wird schon wieder. Aber er braucht einfach professionelle Hilfe. Wir haben nicht einmal die richtige Medizin. So kann er nicht gesund werden."

Doch die Mutter ließ sich nicht beruhigen. Sie weinte hemmungslos vor sich hin und murmelte in einem fort: „Oh mein Gott, oh mein Gott!"

Bronstein ergriff die Initiative. „Weißt du was? Du passt jetzt noch eine kleine Weile auf ihn auf, und ich hole einstweilen den Arzt."

Bronstein ging wieder auf die Straße, überquerte sie und fragte in dem Wirtshaus, das sich gegenüber der elterlichen Wohnung befand, nach einem Telefon. Mit diesem meldete er sich beim Hausarzt seiner Eltern. Er erläuterte diesem die aktuelle Lage und votierte dafür, den Vater ins Spital zu bringen. Als der Arzt erfuhr, dass Bronstein senior fast 40 Grad Fieber hatte, stimmte er dem Ansinnen des Sohnes zu. Er erklärte, sich um eine Rettung zu bemühen, und versicherte Bronstein, in knapp einer Stunde in der Wohnung zu sein.

„Sie werden bald da sein", offenbarte er seiner Mutter, ehe er sich eine weitere Zigarette anzündete. Diese war kaum aufgeraucht, als auch schon der Arzt vor der Tür stand. Die Untersuchung war rasch abgeschlossen, dann befahl er den Sanitätern, den Kranken in den bereitgestellten Wagen zu bringen. Die Mutter hielt ihrem Mann noch einmal ganz fest die Hand, dann marschierten die beiden Krankenpfleger schon mit der Trage, auf welcher der alte Bronstein lag, die Stufen hinab. Die Mutter konnte nicht mehr an sich halten und erklärte, sie wolle mitkommen. Die Mediziner hatten nichts dagegen. Und so blieb Bronstein allein in der Wohnung zurück.

Er war überzeugt, das Richtige getan zu haben. Im Krankenhaus konnte man seinem Vater sicher effizienter helfen, als sie es hier vermochten. Mit dieser für ihn beruhigenden Erkenntnis verließ er schließlich auch die Wohnung und sperrte ab. Als er sich wieder auf der Wiedner Hauptstraße befand, schlug die Uhr der Paulanerkirche eben sechs Uhr.

Bronstein hatte also noch zwei Stunden Zeit, ehe er sich wieder am Karmeliterplatz einfinden sollte, und da ihn sein Weg ohnehin durch die Innenstadt führen würde, beschloss er, im „Herrenhof" vorbeizuschauen, um möglicherweise noch ein paar Neuigkeiten aufzuschnappen.

Er hatte gerade die Sirk-Ecke erreicht, als die ersten Zeitungsjungen die Abendblätter anzupreisen begannen. Was sie riefen, weckte sein Interesse, und so kaufte er einem der Knaben ein Exemplar der „Abendpost" ab, der Spätausgabe der „Wiener Zeitung". Merkwürdig, er konnte die hinausposaunte Meldung dort nicht finden. Auf der Titelseite wurde lediglich verkündet, dass nach den Sozialisten nun auch die Fortschrittspartei und das Zentrum für die Republik und gegen die Monarchie optierten, während die Liberalen immer noch zum Kaiser standen. Gleichzeitig wurde berichtet, dass praktisch ganz Deutschland in Arbeiterhand sei. Überall hätten sich Arbeiterräte gebildet, welche die Macht übernommen hätten.

Nun, das war so weit nichts Neues. In Kiel hatte es vor zehn Tagen begonnen, mittlerweile wehte sogar schon in Städten wie Düsseldorf, Leipzig oder Darmstadt die rote Fahne. Bronstein blätterte um und stieß endlich auf jenen Artikel, der ihn zum Kauf der Zeitung veranlasst hatte. Deutschlands Reichskanzler Max von Baden hatte verkündet, dass der Kaiser für sich und seinen Sohn dem Thron entsagt habe. Der Parteichef der SPD, Friedrich Ebert, sei daraufhin zum Präsidenten des Landes ernannt worden. Und wenig später habe man vom Reichstag aus die Republik ausgerufen. Mit dieser Information endete der lakonische Artikel. So wenige Zeilen, und sie reichten dennoch aus, Bronstein tief im Innersten zu erschüttern. Bei aller Kritik, die auch er immer wieder an der Monarchie gehabt hatte, dass es sie einmal nicht mehr geben könnte, das war ihm stets völlig denkunmöglich erschienen. Wilhelm Zwo, der sein Land über dreißig Jahre lang beherrscht hatte, war von heute auf morgen zum Flüchtling geworden. Jetzt konnte es nicht mehr lange dauern, bis auch die Habsburger aus der Hofburg vertrieben wurden.

Bronstein verlangsamte seine Schritte. Gegenüber der Augustinerkirche blieb er schließlich ganz stehen. Sicher, so dachte er, das deutsche Kaiserreich hatte es nicht einmal ein halbes Jahrhundert gegeben, dass ein solches Konstrukt zugrunde ging, das mochte noch zu verkraften sein. Aber der Untergang Österreichs? Das Ende der Habsburger? Seit wann regierten die? Seit über sechs Jahrhunderten! Sie beherrschten einst die Welt, und selbst was jetzt noch ihrer Krone untertan war, konnte als wahrlich groß bezeichnet werden. Und damit sollte auf einmal Schluss sein? Was würde dann werden? Aus der Reichshaupt- und Residenzstadt Wien? Aus Österreich? Aus ihm?

Es war ihm unmöglich, einen klaren Gedanken zu fassen. Er musste im „Herrenhof" jemanden treffen, mit dem er über diese Neuigkeiten reden konnte. Und so überquerte er nun erstaunlich eilig den Michaelerplatz und stürzte förmlich in sein Stammcafé. Zu seiner großen Freude erkannte er just an jenem Tisch, an dem er am Vortag noch mit Jelka gesessen war, Kisch, der in ein Gespräch vertieft war. „Egonek", rief er schon von Weitem, „hast schon g'hört? Deutschland ist Republik."

Kisch winkte ab: „Natürlich weiß ich das. Ich weiß alles! Du auch?"

Bronstein schüttelte den Kopf: „Nein, ich hab's gerade gelesen."

„Na, dann setz dich zu uns. Ich werd dir alles berichten." Bronstein tat, wie ihm geheißen, und Kisch fuhr fort: „Die Reichsregierung hat dem Kaiser ein Ultimatum gestellt. Er müsse bis heute abdanken. Das konnte sie tun, weil die Reichswehr nicht mehr hinter Wilhelm stand. Der Kaiser, der aus Angst vor Unruhen durch die Berliner Arbeiterschaft nach Spa gereist ist, hat sich aber geweigert, eine Abdankungsurkunde zu unterzeichnen. Daraufhin hat der Reichskanzler auf eigene Faust gehandelt."

Bronstein war sprachlos: „Was? Der hat das nur behauptet?"

„Genau, er hat den Kaiser gar nicht mehr gefragt", präzisierte Kisch.

Ja war denn das die Möglichkeit! Wer hätte gedacht, dass ein dem Kaiser persönlich verantwortlicher Minister einfach hergehen und den Kaiser in Pension schicken konnte? Das waren wirklich stürmische Zeiten! Denn eigentlich konnte ein solches Verhalten nur als Hochverrat gewertet werden. Aber es sprach wohl Bände über den Zustand des Deutschen Reiches, wenn ein solch ungeheuerlicher Schritt nicht nur ohne Folgen für den Kanzler blieb, sondern von der Bevölkerung auch noch ohne die geringste Empörung zur Kenntnis genommen wurde. Kisch fuhr indessen fort: „Und das hat man den Spitzen von der SPD, die im Reichsrat beim Mittagessen saßen, hinterbracht. Und daraufhin ist der Scheidemann aufgesprungen, hat das nächstbeste Fenster aufgerissen und den Arbeitern, die vor dem Parlament versammelt waren, zugerufen, Deutschland sei ab sofort Republik. Die hätten mit großem Jubel reagiert, woraufhin Scheidemann wieder zurück an seinen Mittagstisch ging, um weiter sein Souper einzunehmen."

„Und die Armee, die Verwaltung, die Staatsorgane? Die nehmen das einfach so hin?"

„Glaub mir, David, die haben den Krieg genauso satt wie die Arbeiter. Und sie wissen genau, wer für die verheerende Lage verantwortlich ist. An der Abdankung des Kaisers führte kein Weg mehr vorbei. Und die Monarchie ist so zutiefst diskreditiert, dass ein erfolgversprechender Neuanfang nur mit einer anderen Staatsform möglich ist. Ob die SPDler allerdings dafür die Richtigen sind, das wird sich erst noch weisen."

„Und stimmt das, dass Ebert jetzt Präsident ist.?"

„Anscheinend ja. Man stelle sich vor: dieser borniert kleine Spießbürger! Der Bebel muss sich im Grab umdrehen!"

„Na, aber wenn das in Deutschland so leicht geht, wer sagt uns dann, dass das nicht hier auch passiert?", zeigte sich Bronstein besorgt.

„Niemand", entgegnete Kisch lächelnd, „weil es genau so passieren wird. Wenn nicht morgen, dann übermorgen. Du wirst schon sehen."

„Du, da hört sich der Spaß aber auf!", meinte der Major entrüstet, „Österreich war von Anbeginn an eine Monarchie, ob unter den Babenbergern, unter Ottokar oder unter den Habsburgern. Mehr noch, Habsburg ist Österreich. Wie kann Österreich also ohne Habsburg sein, wie kann es ohne das Erzhaus weiterexistieren?"

„Wer weiß, ob es das tut", sagte Kisch leichthin, „die Deutsch-nationalen wollen Österreich ohnehin an Deutschland anschlie-ßen, und die Sozis eigentlich auch. Nur die Christlich-Sozialen zieren sich noch. Aber wenn erst einmal die Monarchie abge-schafft ist, dann werden die auch für einen Anschluss sein, denn lieber sähen sie Österreich als südlichste Provinz des Rei-ches als in der Hand von roten Republikanern."

Jetzt kam Bewegung in Bronstein: „Das ist doch Humbug. Bei uns haben sie eine knappe, aber doch eine Mehrheit. In Deutschland regieren hingegen überall deine Genossen. Wenn Österreich also in Deutschland aufginge, dann wäre es vermut-lich bald Teil einer großen Räterepublik."

„Tja, so weit denken sie halt nicht, unsere Bürgerlichen", re-plizierte Kisch und grinste breit.

Bronstein war auf das Höchste irritiert. Was täte er ohne sein Österreich? Daran wollte er gar nicht erst denken. „Weißt was, Egonek, das muss ich erst einmal verdauen. Grüß dich, wir sehen uns ein andermal. Ich brauch jetzt dringend frische Luft."

Er nickte seinem Freund zu und verließ überstürzt das Lokal. David Bronstein, Major der Wiener Polizei. Wie lange würde er das noch von sich behaupten können? Wenn sogar schon die Bayern ...! Kein Zweifel, genau so mochte es vor einem Jahr in Russland zugegangen sein. Jelka konnte sich freuen. Sie stand tatsächlich am Vorabend einer österreichischen Revolution. Und er, Bronstein, war offenbar mittendrin.

Er blickte wieder auf die Uhr. Es war kurz nach sieben. Wenn er jetzt sofort in den zweiten Bezirk ging, kam er wahrschein-lich um einiges zu früh. Aber er musste losmarschieren, um einen freien Kopf zu bekommen.

Die Kälte setzte wieder mit voller Härte ein, und Bronstein be-schleunigte seine Schritte. Er würde zu früh im Lokal eintreffen, aber das war immer noch besser, als unterwegs zu erfrieren.

Wie schon tags zuvor war es am Kanal besonders kalt. Völlig durchgefroren gelangte Bronstein am Karmeliterplatz an. Eilig betrat er das Lokal und bestellte erst einmal Tee mit Rum, um sich aufzuwärmen. Wie nicht anders zu erwarten, war Jelka noch nicht da, doch bis acht Uhr waren es auch noch gut zwanzig Minuten. Bronstein zündete sich eine weitere Zigarette an und bedauerte, keinen Lesestoff bei sich zu führen. Den hätte er jetzt gut gebrauchen können. So blieb ihm nichts anderes übrig, als den Gesprächen an den anderen Tischen zu lauschen. Linker Hand stritt sich ein Pärchen über einen vermeintlichen Fehltritt des Mannes, rechts von ihm diskutierte man über das Ende der Monarchie, und vorne an der Theke machten sich zwei Männer Gedanken über Fußball. Bronstein hätte sich gern an einer der Debatten beteiligt, denn das hätte seine Nervosität ein wenig gezügelt, aber er wollte auf keinen Fall den Eindruck erwecken, als existierte noch eine andere Welt als die, welche er Jelka nennen durfte.

Bronstein hatte kaum die zweite Zigarette angezündet, als die Tür aufging und Jelka das Lokal betrat. Das Schwarz ihres langen Militärmantels kontrastierte mit dem knalligen Rot ihrer Haare. Bronstein fuhr sich instinktiv durch die Frisur und richtete mit der anderen Hand seinen Krawattenknopf. Jelka erblickte ihn und schickte ihm schon aus der Distanz ein strahlendes Lächeln. Er erhob sich, und als sie am Tisch angekommen war, umarmte sie ihn wie selbstverständlich: „Grüß dich, Kieberer", sagte sie neckend. Dann legte sie den Mantel ab, was Bronstein Gelegenheit bot, ihre übrige Kleidung zu inspizieren. Jelka trug schwere Bergschuhe, an die sich Gamaschen anschlossen, die sie um ihre Unterschenkel gewickelt hatte. Zu Bronsteins Überraschung hatte sie schwarze Lederhosen an, in denen ein weißes Hemd steckte, über das sie einen Wollpullover gezogen hatte, der ebenfalls aus Heeresbeständen zu stammen schien. Komplettiert wurde das Ensemble durch eine

Lederjacke, wie Bronstein sie in Galizien stets bei den Fliegern der Luftwaffe angetroffen hatte. Alles in allem wirkte Jelka reichlich martialisch, allein ihre üppige Oberweite konterkarierte den soldatischen Eindruck. Sie bestellte Schnaps und setzte sich Bronstein gegenüber. Wie selbstverständlich entnahm sie seinem Etui eine Zigarette, zündete ein Streichholz an und steckte selbige damit in Brand. Gierig saugte sie den Rauch ein, blies ihn sodann wieder aus und sah schließlich Bronstein direkt in die Augen.

„Und, heute irgendwelche Verbrecher dingfest gemacht?"

„Nein", antwortete er lachend, „ihr lauft alle noch frei herum."

„Der Kaiser auch", hielt Jelka dem entgegen, „aber nicht mehr lange."

„Ja", wurde Bronstein ernst, „ich hab's grad gelesen. In Deutschland hat der Scheidemann die Republik ausgerufen."

„Der Scheidemann", schnaubte Jelka, „der Karl hat sie ausgerufen. Die wahre Republik nämlich. Die sozialistische Republik des werktätigen Volkes."

Bronstein verstand nicht: „Und der Karl ist jetzt wer?"

„Der Liebknecht. Karl Liebknecht. Der Sohn vom alten Wilhelm, der gemeinsam mit August Bebel die SPD begründet hat. Der Scheidemann ist doch nur so ein revisionistischer Hanswurst. Den kannst du getrost vergessen. Deutschland wird ebenso eine Räterepublik wie Sowjetrussland. Die Revolution ist in Gang gekommen, und keine Kraft der Welt wird sie mehr aufhalten."

„In der Zeitung stand aber ..."

„Natürlich stand in der Zeitung nur die Meldung über die Renegaten. Das ist ja logisch, denn die Zeitungen gehören genauso der Bourgeoisie wie die SPD. Die haben naturgemäß kein Interesse daran, die Wahrheit zu drucken. Scheidemanns Auftritt war nur der verzweifelte Versuch, dem Vormarsch des

Volkes Einhalt zu gebieten. Aber damit wird die herrschende Klasse genauso Schiffbruch erleiden wie bei uns Karl der Letzte mit seinem Manifest an die Völker der Monarchie. Ich sag dir", Jelka ergriff Bronsteins Unterarm und sah ihn merkwürdig verklärt an, „was heute in Berlin passiert ist, das passiert spätestens übermorgen hier in Wien."

In Bronstein meldete sich Widerspruch gegen diese Perspektive, aber er versuchte, sich nichts anmerken zu lassen. Jelka war so begeistert, dass sie es sicher nicht goutieren würde, wenn er anderer Meinung wäre. „Na, da habt ihr ja noch eine ganze Menge zu tun", sagte er schließlich.

„Ja, da hast du recht. Deswegen waren die Genossen auch gar nicht begeistert davon, dass ich mich heute schon wieder vom revolutionären Kampf absentiert habe. Aber im Gegenzug habe ich ihnen zwei Texte für die nächsten Flugschriften verfasst, das hat sie dann wieder halbwegs versöhnt."

„Du, übrigens", meinte nun Bronstein, „ich habe etwas für dich. Das ist mir heute im Zuge meiner Ermittlungen zugeflogen, und ich dachte mir, dass könnte dir von Nutzen sein." Dabei griff er in die Innentasche seines Mantels und holte das kleine Päckchen hervor, in dem sich der Schal befand.

„Aber hallo", sagte sie lachend, „das ist für mich? Dabei habe ich doch gar nicht Geburtstag." Die Freude war ihr merklich anzusehen. „Darf ich es gleich aufmachen?"

„Ich bitte darum."

Mit einer schnellen Handbewegung riss sie das Papier auf und besah sich sodann den Inhalt. „Der ist aber wirklich schön. David, das hättest du nicht tun dürfen. Der war bestimmt sündhaft teuer."

„Eben nicht", spielte er den wahren Sachverhalt herunter, „ich hätte dir doch nie ein bourgeoises Luxusgut gekauft. Das ist ein ganz gewöhnlicher Schal, der einen im Winter warm hält. Und so, wie sich dieser November bislang angelassen hat, wird das ein strenger Winter. Das übrigens umso mehr, als wir ja allesamt kaum Heizmaterial haben. Insofern wird dir dieser Schal ganz gut über die kalte Jahreszeit helfen, hoffe ich."

„David, du bist ein Schatz!" Jelka beugte sich nach vor, umarmte Bronstein und küsste ihn links und rechts auf die Wange. Bronstein war froh über die schummrige Kerzenbeleuchtung im Lokal, denn so konnte er vielleicht verbergen, wie rot er eben geworden war. „David, dafür muss ich mich revanchieren. Herr Wirt, zwei Schnäpse noch." Kaum standen die Gläser auf dem Tisch, nahm sie das ihre hoch, hielt es Bronstein entgegen und sagte: „Auf dich, David. Sollst leben."

„Vice versa", gab er lächelnd zurück.

„Hast du eigentlich schon etwas gegessen?" Jelkas Frage machte ihm mit einem Mal bewusst, dass er den ganzen Tag über praktisch nichts zu sich genommen hatte, und wie aufs Stichwort begann ihm der Magen zu knurren.

„Überhaupt nicht", presste er hervor. „Na dann müssen wir schauen, dass wir nicht verhungern, was?"

Jelka winkte den Wirt an den Tisch und fragte ihn, was die Küche denn zu bieten habe. Der Mann zuckte mit den Schultern: „Leider überhaupt nicht viel. Die Versorgungslage ist ein Wahnsinn im Moment. In Öl herausgebratene Erdäpfel kann ich euch anbieten. Dann haben wir mährische Krautsuppe, die ist wirklich gut. Wir haben sogar noch etwas Wurst hineinschneiden können. Die letzte, um ehrlich zu sein. Mit einer Scheibe Brot macht das ein wirklich akzeptables Nachtmahl. Sonst gäb's noch ein paar Eier, die könnt ich euch auch noch machen, falls ihr das wollt."

Jelka sah Bronstein fragend an. „Die Krautsuppe, die wär genau das Richtige", meinte er. „Dann zweimal Krautsuppe", resümierte Jelka.

„Zweimal Krautsuppe", echote der Wirt, „kommt sofort, bitteschön."

„Na bitte", wandte sich Jelka nun wieder an Bronstein, „verhungern werden wir jedenfalls nicht."

„Hast recht." Bronstein zündete sich ebenfalls eine Zigarette an. „Und was hast du heute so gemacht?"

„Das willst du gar nicht wissen, sag ich dir. Reden wir lieber über etwas anderes. Wie hältst du es eigentlich mit der Literatur?"

Die Frage überraschte Bronstein: „Wie kommst du jetzt darauf?"

„Der Werfel. du weißt schon, der im Herrenhof auch an unserem Tisch gesessen ist. Der ist Dichter. Er hat ein paar Gedichtbände veröffentlicht, die aber ganz und gar nicht meine Kragenweite sind. Ich lese ganz andere Sachen. Die Russen zum Beispiel, aber auch etliche Deutsche. Die in München etwa, der Eisner, der Toller, der Mühsam, die haben wirklich gute Sachen geschrieben. Und erst die Franzosen! Schon einmal von Rimbaud gehört? Oder von Apollinaire? Das sind wahre Poeten!"

„Das heißt, du bist nicht nur Revolutionärin, du bist auch noch eine Kunstliebhaberin."

„Das ist viel zu hochtrabend. Aber die Kunst spiegelt, wenn sie wirklich gut ist, das wahre Leben wider. Und das gelingt nur ganz wenigen. Die meisten Künstler sind prätentiöse Egozentriker, die glauben, eine Nabelschau sei bereits ein Blick auf die Welt. Vor allem diese blutleeren Möchtegern-Poeten aus der Bourgeoisie, die irgendwelche schwülstigen Liebes- oder Naturgedichte zu Papier bringen, die sind ja kaum auszuhalten. Bürgerliches Trauerspiel, das ist wirklich eine treffende Bezeichnung, denn was diese Kathederblütensammler so von sich geben, das ist wahrlich ein einziges Trauerspiel. Aber sag mir, David, liest du auch gerne?"

Bronstein druckste ein wenig herum. Wann hatte er zuletzt wirklich ein Buch gelesen und nicht bloß gelangweilt darin hin- und hergeblättert? „Schon", sagte er endlich, „aber ich fürchte, ich bin mehr der konventionelle Leser." Jelka machte ein fragendes Gesicht. „Na ja, Schiller zum Beispiel, den mag ich sehr gerne. Und Lenz und Büchner. Und in meiner Jugend habe ich sehr gerne Stifter gelesen."

Jelka lächelte. „Das ist doch immerhin ein Anfang. Darauf kann man aufbauen. Wenn man Schiller erst einmal von diesem ganzen deutschtümelnden Brimborium befreit, mit dem er heute gerne umwolkt wird, dann kann man nämlich erkennen, dass auch er ein Freiheitsdichter war. Man sehe sich nur seinen Tell an. Und natürlich die Räuber."

„Ja, das sehe ich auch so", sagte Bronstein, um durch diese Zustimmung Jelka gewogen zu machen.

„Na, und der Büchner sowieso. Wenn man einmal seinen hessischen Landboten gelesen hat, dann kann man nicht mehr teilnahmslos danebenstehen, wenn irgendwo Unrecht geschieht. Und mit dem Woyzeck hat er eine brillante Analyse der Unterdrückung der Arbeiterklasse geliefert."

„Ach so?" Bronstein meinte, sich düster an dieses Stück zu erinnern. Irgendein Soldat wird wahnsinnig, weil seine Frau eine Affäre mit einem anderen Mann hat, einem Trommler, soweit er sich entsinnen konnte. Und deshalb bringt er sie am Ende um. Was hatte das mit der Arbeiterklasse zu tun?

„Ich fürchte, ich kann dir nicht ganz folgen. Was hat das mit der Arbeiterklasse zu tun?"

„Aber, David, ich bitte dich. Das ist doch offensichtlich. Woyzeck ist ein armer Schlucker, der von allen nur schikaniert wird. Von seinen Vorgesetzten, von den Ärzten, von den Geschäftsleuten. Er fügt sich in diese Unterdrückung, solange er die heile Welt im Kleinen zu haben meint. Als seine Angebetete dann aber ein Pantscherl mit einem Tambourmajor eingeht, flüchtet Woyzeck in den Wahnsinn, eben weil er sich nicht zur revolutionären Tat aufraffen kann."

Bronstein kratzte sich verlegen am Kopf. „So habe ich das noch gar nicht gesehen", meinte er endlich.

„Natürlich nicht. Weil du es nicht gewohnt bist, Literatur vom Klassenstandpunkt aus zu interpretieren. Gerade darum sind ja all diese Romane, die in der Welt der Oberen Zehntausend spielen, so schädlich, weil sie sich direkt an die Arbeiterklasse wenden und versuchen, sie von der Analyse ihrer eigenen Lage abzulenken. Besonders schlimm sind diese Liebesschnulzen, in denen der Graf am Ende die Magd heiratet. Damit soll vorgetäuscht werden, man könne individuell sein Glück finden. Doch die Arbeiterklasse wird nur als Klasse ihr Glück finden, sie kann nur geeint siegen, oder sie wird untergehen."

Bronstein sah Jelka mit einem Anflug von Bewunderung an: „Es ist erstaunlich, was man alles herausfinden kann, wenn man den Dingen nur ordentlich auf den Grund geht."

„Genau", lachte Jelka, „jetzt gehen wir einmal dieser Suppe auf den Grund." Sie hatte den Wirt mit zwei Schüsseln aus der Küche kommen sehen und zückte erwartungsvoll den Löffel.

Eine Viertelstunde später kämpfte Bronstein mit der Versuchung, sich eine zweite Portion zu bestellen. Die Krautsuppe hatte ihm so gemundet, dass sie das Bedürfnis nach mehr weckte. Doch er wollte unbedingt vermeiden, Jelka als gefräßig zu erscheinen, und so bekämpfte er sein Hungergefühl mit einer weiteren Zigarette, während ihm Jelka erklärte, worin die Fortschrittlichkeit der Dichter Herwegh, Freiligrath und Heine bestand. All das rief in Bronstein die Erkenntnis hervor, dass er sich endlich wieder einmal mehr mit Literatur befassen musste. Mit Schaudern dachte er an die kärgliche Bibliothek, die er sein Eigen nannte. Er hatte maximal 300 Bände zu Hause – in Wirklichkeit waren es wohl eher 200 –, und da war Meyers Konversationslexikon schon eingerechnet. Für einen Akademiker war das eine Schande. Er würde künftig die

Augen offen halten, denn in Zeiten wie diesen mochte es nicht wenige geben, die aufgrund ihrer Notlage auch Bücher verkaufen mussten. Auf diese Art würde er seine Lücken vielleicht auffüllen können.

Jelka war ganz in ihrem Element und redete beinahe ohne Unterlass. Bronstein beschränkte sich darauf, gelegentlich zu nicken oder auf sonstige Weise Zustimmung zu signalisieren. Ihr Monolog bot ihm Gelegenheit, sich ihr Gesicht einzuprägen und Details an ihr zu registrieren, die ihm bis jetzt noch nicht aufgefallen waren. Eigentlich, so fand er, hatte sie wunderschöne Hände. Trotz ihrer Jugend besaß sie bereits ein paar Falten auf der Stirn, doch die taten ihrem Liebreiz keinen Abbruch, vielmehr verliehen sie ihr eine intellektuelle Note, was Bronstein zu schätzen wusste. Besonders auffällig aber waren ihre Augen, die wie zwei stille, klare Waldseen in der Mitte ihres Gesichts ruhten und von ihrem Haar umrahmt wurden. Bronstein war sich nun endgültig sicher, er hatte sich in diese Frau verliebt.

Doch was würde ihm diese Erkenntnis nützen? Er war Mitte dreißig, sah alles andere als heldenhaft aus und konnte einer Frau wie Jelka nichts, aber auch schon gar nichts bieten. Es war schon nicht erklärbar, weshalb sie sich überhaupt mit ihm abgab, aber dass sie seine aufkeimende Liebe erwidern könnte, dass widerstritt jeder Logik. Bronstein blieb nur, auf eine Art intellektuelle Freundschaft zu hoffen, und selbst die würde ob der unterschiedlichen gesellschaftlichen Stellung schwer aufrechtzuerhalten sein.

„Na, was sagst?"

Bronstein schreckte auf. Anscheinend hatte ihm Jelka am Ende ihrer Vorlesung eine Frage gestellt, die ihm entgangen war, weil er zu sehr damit beschäftigt gewesen war, sie einfach nur anzuschmachten: „Bitte wie? Ich hab noch über deine Aussagen zu Heine nachgedacht."

„Was du von der Idee hältst, dass wir uns gemeinsam ein Buch vornehmen, das zeitgleich lesen und dann darüber diskutieren."

Bronstein war begeistert. Auf diese Weise würde er wenigstens immer in ihrer Nähe sein und konnte sie regelmäßig sehen. „Das ist eine sehr gute Idee", sagte er und strahlte Jelka an. Diese meinte, sie würde sich ein Werk überlegen, mit dem sie einen Anfang machen könnten. Und dann orderte sie noch zwei Schnäpse, weil man einen solchen Entschluss doch entsprechend feiern müsse.

Jelka war offenbar in künstlerischer Stimmung, denn in der folgenden Stunde wiederholte sie ihre Analysen, nur dass diesmal die Malerei im Vordergrund stand. Damit konnte Bronstein nun schon überhaupt nichts anfangen, und er fühlte, wie er sich allmählich zu langweilen begann. Verstohlen linste er auf die Uhr und stellte dabei fest, dass es knapp vor 23 Uhr war. Gern hätte er einen Themenwechsel vorgeschlagen, doch gerade an diesem Abend fiel ihm so gar nichts ein, worüber er mit einer Frau hätte diskutieren können. Zudem war Jelka von ihren Kunstbetrachtungen so angetan, dass er ihr weder Spaß noch Stimmung verderben wollte. Er zündete sich eine weitere Zigarette an und hörte ihr unverwandt zu.

Ein markantes Gähnen unterbrach den Sprachfluss. Es kam von Jelka. „Du, ich glaube, ich werde langsam müde. Wollen wir nach Hause gehen?"

Dieser Vorschlag war sehr abrupt gekommen. Bronstein wollte sich noch nicht von Jelka trennen, doch er wusste nicht, wie er dies verhindern konnte. In seiner Verzweiflung maulte er etwas von wegen Kälte und weitem Weg, der ihm alles andere als erstrebenswert erscheine.

„Dummerchen", lächelte Jelka, „ich dachte, derlei hätten wir hinter uns. Ich habe diesmal sogar ein Frühstück zu Hause."

„Na dann!" Bronsteins Laune war sprunghaft gestiegen. Sie zahlten und überquerten den Karmeliterplatz, um zu Jelkas Wohnhaus zu gelangen.

Ab diesem Zeitpunkt wiederholte sich der Handlungsablauf des Vorabends. Sie tranken gemeinsam noch etwas Tee, dann wusch sich Bronstein in der Küche und legte sich anschließend ins Bett, während Jelka ihrerseits in die Küche ging. Nur noch in Unterwäsche, kehrte sie ins Zimmer zurück und schlüpfte ebenfalls unter die Bettdecke. Bronstein rechnete mit keiner neuen Entwicklung mehr, als er plötzlich über einen Satz von Jelka stolperte: „Eigentlich bist du gar nicht so schlecht gebaut für einen Mann deines Alters." War das eine Einladung?

„So? Findest du?"

„Na, ja", relativierte sie sogleich, „auf gebaut kommt's ja nicht an. Was ein Mann kann, das ist entscheidend."

„Ach, ich bin ein guter Liebhaber. War ich zumindest einmal, so irgendwann zur Zeit des Wiener Kongresses."

„Ach so", replizierte sie und funkelte ihn lockend mit ihren großen Augen an, „da hast wahrscheinlich den ganzen Comtesserln den Kopf verdreht, was?"

„Na eher den Wäschermädeln."

„Waschen kann ich auch", hauchte Jelka und bewegte ihren Kopf in schier unendlicher Langsamkeit auf jenen Bronsteins zu, wobei sich ihre Lippen ganz leicht zu öffnen begannen. Bronstein legte seine rechte Hand auf ihren linken Oberarm und kam ihrem Kopf mit dem seinen entgegen. Die Lippen fanden und berührten sich. Die ersten Küsse waren noch suchend, tastend, beinahe ein wenig ungelenk. Doch mit der Erregung stieg auch die Qualität der Küsse, und bald schon steigerten sich beide in eine Art Sinnenrausch. Bronstein begann zu keuchen und registrierte, wie auch Jelkas Atem immer unregelmäßiger wurde. Sie liebkosten sich innig, während sie gleichzeitig darum rangen, die Kleidungsstücke, die sie noch am Leib trugen, auszuziehen.

IV.
Sonntag, 10. November 1918

Bronstein saß zerschlagen an Jelkas Tisch und schlürfte den Tee in kleinen Schlucken. Er hatte Kopfweh und das Gefühl, Zahnschmerzen zu haben. Und dennoch wurde er das breite Grinsen in seinem Gesicht nicht los. Er konnte sich nicht erinnern, wann er zuletzt eine derart erfüllte Nacht erlebt hatte. Beinahe bis zum Morgengrauen hatten sie sich geliebt. Immer und immer wieder, hatten nicht loslassen können, hatten einander ein ums andere Mal gesucht. Kaum war der eine Orkan über sie hinweggebraust, baute sich schon der nächste in ihnen auf, der sich alsbald Bahn brach. Für Bronstein hatte diese magische Nacht das Ende einer fünfjährigen Irrfahrt durch die Wüsteneien der Einsamkeit bedeutet, und wenn er an Marie Caroline zurückdachte, so musste er diesen Gedanken sogleich korrigieren: Diese Nacht hatte das Ende einer ewigen Irrfahrt bedeutet. Niemals zuvor hatte er etwas Derartiges erlebt, war er mit einer Frau so eins gewesen wie mit Jelka, die, da Bronstein seinen Tee trank, noch eingerollt wie ein Kätzchen in ihrem Bett lag und fest schlief. Bronstein hatte sich stets, wenn die Verzweiflung über sein Alleinsein überhand genommen zu haben schien, gesagt, er warte doch nur auf die Richtige, und so ertappte er sich nun bei der Frage, ob Jelka die Richtige sein mochte.

Sie war unaussprechlich klug, sie war berückend schön, sie hatte jede Menge Humor, und sie war offensichtlich eine Kanone im Bett, die ihn, Bronstein, in allen Belangen zu Höchstleistungen anspornte. Wer, wenn nicht sie, konnte also die Richtige sein? Dennoch, so spann Bronstein seinen Gedanken weiter, mochte es vielleicht zu früh sein, einen Verlobungsring in Auftrag zu geben. Diese Kommunisten waren, man wusste es, Freigeister. Sie hielten nichts von der bürgerlichen Familie, und es hieß, sie praktizierten die freie Liebe, was nichts anderes bedeutete als jeder mit jedem, wann immer einem der Sinn danach stand. Wer vermochte also zu sagen, ob Jelka nicht einfach nur einer Stimmung nachgegeben hatte? Vielleicht schlief sie morgen schon mit einem anderen? Möglicherweise hatte sie sogar einen anderen, den sie in dieser Nacht mit ihm betrogen hatte. Vielleicht gab es irgendwo einen Berufsrevolutionär, der gerade in geheimer Mission unterwegs war, um an irgendeinem Ort der Welt die Revolution auszulösen, und Jelka war es einfach nur leid gewesen, ewig auf ihn zu warten. Doch wie auch immer die Dinge stehen mochten, für ihn stand fest, Jelka war die Frau seiner Träume. Mit ihr wollte er alt werden! Mit ihr oder mit keiner.

Die Turmuhr der Karmeliterkirche schlug neunmal. Bronstein trat ans Fenster und sah auf den Platz hinab, der völlig verlassen dalag. Niemand wagte sich unter solchen Wetterbedingungen auf die Straße. Feiner Schneeregen fiel herab, dazu blies ein harter Wind, der an den Fenstern rüttelte. Der Major verstand, warum Bären Winterschlaf hielten.

Hinter ihm schien in Jelka Bewegung zu kommen. Er drehte sich zu ihr um. Sie rieb ihre Augen und richtete sich langsam auf. Ihre betörenden Brüste wurden sichtbar und erweckten in Bronstein umgehend das Bedürfnis, erneut in Jelkas Arme zu sinken. „Guten Morgen, du Schöne", sagte er sanft.

„Morgen", antwortete sie und gähnte gleich danach herzhaft. Sie streckte beide Arme weit von sich, sodass die Haare in ihren Achselhöhlen zu erkennen waren. „Wie spät ist es?", wollte sie schließlich wissen.

„Kurz nach neun", klärte er sie auf.

„Na, dann wird es Zeit für ein Frühstück." Nackt wie sie war, stieg Jelka aus dem Bett und verschwand gleich darauf in der Küche. Bronstein nutzte die Gelegenheit und rauchte sich die zweite Zigarette des Tages an. Aus der Küche drangen plätschernde Geräusche an sein Ohr, die darauf hindeuteten, dass Jelka sich wusch, und als sie Augenblicke später ins Zimmer zurückkam, da glänzte ihre Haut tatsächlich. Sie entnahm ihrem Kasten ein frisches Handtuch und trocknete sich ab. Dann suchte sie sich neues Gewand zusammen und zog sich an. Bronstein registrierte einen langen Rock und eine weiße Bluse, die für seinen Geschmack viel zu hochgeschlossen war. „Ist noch Tee da?", fragte Jelka in seine Richtung. Er bejahte. Jelka schenkte sich eine Tasse ein und trank einen ersten Schluck, ehe sie wieder in die Küche ging und dort offensichtlich in irgendwelchen Kästchen kramte. Es vergingen einige Minuten, dann kehrte sie mit einem großen Teller zurück, auf dem Brot, Butter und etwas Käse lagen. „Das habe ich gestern organisiert", sagte sie stolz. „Die Soldatenräte haben die Offiziersmesse des Arsenals gestürmt und alles mitgenommen, was dort an Lebensmitteln gehortet gewesen war. Das haben sie dann unter den anderen Räten aufgeteilt. Ich habe ein Achtel Butter und 30 Deka Käse ergattert. Du kannst mir glauben, die Versuchung war groß, beides sofort zu verzehren, aber dann dachte ich, wir könnten es gemeinsam verputzen, und so habe ich es für heute aufgehoben. Immerhin ist heute Sonntag."

Bronstein lächelte. Schön, klug und auch noch gewitzt. „Ein Butterbrot mit Käse!", rief er, das habe ich seit Ewigkeiten nicht mehr gegessen."

Als die Turmuhr dreimal schlug, war der Teller vollkommen leer, sie hatten rein gar nichts übrig gelassen. Jelka war zufrieden und steckte sich eine Zigarette an: „Und was wirst du heute so machen?"

„Witzig, dass du das fragst. Ich habe nicht die geringste Ahnung. Normalerweise würde ich in den Wienerwald gehen, doch bei dem Wetter sollte man von einem solchen Vorhaben eher Abstand nehmen."

„Du kannst ja hierbleiben, wenn du willst", sagte sie leicht-hin und blies wieder Rauch aus.

„Das wäre sehr nett. Vor allem, solange das Wetter so gars-tig ist. Vielleicht hast du etwas zu lesen für mich?"

Jelka überlegte kurz und stand dann auf. Sie ging zu ihrem Büchergestell und zog einen Band heraus, den sie Bronstein neben seine Teetasse legte. Freiligrath, las er. Er nahm das Buch an sich und schlug es auf.

„Das war 'ne heiße Märzenzeit, trotz Regen, Schnee und alledem! Nun aber, da es Blüten schneit, nun ist es kalt trotz alledem! Trotz alledem und alledem, trotz Wien, Berlin und alledem, ein schnöder, scharfer Winterwind durchfröstelt uns trotz alledem", las er laut vor und sah dabei Jelka an. „'48?"

Sie nickte und zitierte dabei: „,Das ist der Wind der Reak-tion, mit Mehltau, Reif und alledem! Das ist die Bourgeoisie am Thron, der annoch steht, trotz alledem.' Das ist eines sei-ner besten Gedichte. Aber ich denke, passender sind heute jene Verse, die zehn Seiten weiter zu finden sind."

Bronstein folgte dieser Anweisung und blätterte in dem Buch nach vor. Er erkannte, welches Poem sie meinte, und las laut vor: „Die Republik, die Republik, Herrgott, das war ein Schla-gen. Das war ein Sieg aus einem Stück! Das war ein Wurf, die Republik."

Und wieder griff sie seine Rezitation auf, um fortzufahren: „Wohlan denn, Rhein und Elbe! Donau wohlan, die Republik! Die Stirnen hoch, hoch das Genick! Euer Feldgeschrei dasselbe: die Republik, die Republik! Vive la Republique!"

Abermals bekam Jelka diesen seltsam verklärten Gesichtsaus-druck, den Bronstein schon mehrmals an ihr registriert hatte: „Wenn nicht heute, so eben morgen." Diese Worte trug sie in einer Bestimmtheit vor, der absolut nichts entgegenzusetzen war. Dann räusperte sie sich kurz und sah Bronstein lächelnd an: „Freiligrath ist ein guter Anfang für dich, um aus einem kaiserlichen Adepten einen selbstbewussten Vertreter seiner Klasse zu machen. Und wenn du seine Zeilen verinnerlicht hast, dann machen wir mit Herwegh weiter: Partei, Partei, wer sollte sie nicht nehmen, die noch die Mutter aller Siege war."

Bronstein lachte. Die Vorstellung war absurd. Er, der kaiserliche Beamte als Revolutionär! Eher wurde der Papst evangelisch. Aber wenn es jemandem gelang, ihn zur Aufgabe aller Überzeugungen zu bringen, die ihn bislang geleitet hatten, dann war sie es. Bronsteins Gesicht wurde wieder ernst: „Jelka, ich glaube, du weißt gar nicht, wie viel du mir bedeutest."

Sie führte ihren Daumennagel an ihren Mund, und ihre Augen signalisierten ein großes Fragezeichen. Bronstein spürte, wie seine Kehle trocken wurde. Er versuchte sich zu räuspern und flüsterte dann heiser, ihretwegen würde er noch seine gesamte Weltanschauung einer Neubewertung unterziehen.

„Das war jetzt ein ziemlicher Powidl, Davidl." Bronstein vermochte nicht zu sagen, was ihn mehr irritierte. Jelkas Wortspiel oder der Inhalt ihrer Aussage. „Warum?", fragte er endlich. „Weil du deine Weltanschauung aus freier Überzeugung ändern sollst, wenn du sie ändern willst, und nicht, weil du damit irgendjemanden beeindrucken willst. Eine Weltanschauung hat man, die borgt man sich nicht schnell einmal von jemandem aus."

„Touché!" Bronstein untermalte seine Replik mit einer Geste, die andeutete, er sei eben von einem Degen getroffen worden. Dabei schnitt er eine möglichst verzerrte Grimasse, sodass auch Jelka nicht umhin kam zu schmunzeln. „Dummkopf!", schalt sie ihn mit gespielter Strenge.

„Aber ich muss dich dennoch etwas von großer Wichtigkeit fragen." Bronstein hatte all seinen Mut zusammengenommen, um den für ihn entscheidenden Punkt anzuschneiden. „Was da gestern Nacht ..., was uns da ..."

Jelka beugte sich über den Tisch und ergriff die Hand des Majors: „Was wir beide heute Nacht erlebt haben, das war wunderschön. Ich würde sogar sagen, damit wurde irgendwie ein Fundament gelegt. Aber ich bitte dich, nicht sofort alles von mir zu erwarten. Man kann keine Maschine pausenlos auf Hochtouren laufen lassen. Wir haben beide noch viel Zeit, nehmen wir sie uns. Geben wir dieser Beziehung die Chance, organisch zu wachsen. Denn nur was mit Bedacht gebaut wird, das ist auch solide gebaut."

Bronstein war sich nicht sicher, ob er verstanden hatte, was Jelka meinte. Aber es klang jedenfalls nicht nach einer Abfuhr, fand er, und so entschloss er sich zu einem Nicken. „Weißt du", fuhr sie fort, „ich habe dich sehr, sehr gern. Aber ich bin mir noch nicht sicher, ob ich dich auch wirklich liebe. Derlei findet man entgegen anders lautenden Proklamationen des Boulevards nicht von heute auf morgen heraus, dazu muss man in die Tiefe gehen. Ich für meinen Teil bin dazu bereit, aber ich hoffe, du bist nicht allzu ungeduldig und räumst mir die Bedenkzeit ein, die ich für mich brauchen werde."

„Heißt das, ich soll das Aufgebot wieder abbestellen?"

„David, ich meine es ernst. Wir sind an einem entscheidenden Punkt, und da will alles wohlbedacht sein. Das heute Nacht soll ja nicht nur ein flüchtiger Moment gewesen sein, oder?"

Bronstein merkte, dass sein Scherz deplatziert gewesen war, und so blieb ihm nichts, als abermals zu nicken. „Na also", sagte sie und lehnte sich wieder zurück. Dann stand sie auf, grinste und erklärte, sie müsse nun zur ersten Sitzung des Tages. Dabei deutete sie in Richtung des Ganges. Bronstein wiederum befand, dass die Bilanz dieser Nacht durchaus nicht schlecht ausfiel, und überlegte, ob er noch einmal Tee zustellen sollte. In diesem Moment klopfte es an der Tür. Bronstein stutzte. Das konnte unmöglich Jelka sein, denn die wusste ja, dass die Tür offen war. Er wurde neugierig und ging in die Küche. Er öffnete die Pforte und blickte in das Gesicht eines jungen Mannes.

„Ja", sagte er mit fragendem Unterton.

Der Besucher schien verwirrt: „Ist das nicht Jelkas Wohnung?"

„Doch, doch. Sie kommt gleich wieder. Willst du einstweilen hereinkommen?" Bronstein machte eine einladende Geste, und der Junge trat ein. Der Major führte ihn zum Tisch und hieß ihn Platz zu nehmen. Ehe er noch fragen konnte, ob der Gast auch Tee wolle, ging die Tür abermals auf, und Jelka befand sich wieder in ihrer Wohnung. „Max, was willst denn du hier?"

Max sah unsicher auf Bronstein. Der hob abwehrend die Hände und meinte, er müsse ohnehin einmal auf den Gang. Im Vorbeigehen nahm er Jelka den Schlüssel ab und trollte sich. Er hörte gerade noch die Worte „Partei" und „Sitzung", und er war überzeugt, dass Jelka schon bald das gemeinsame Nest verlassen würde.

Als er die Wohnung wieder betrat, wurde er schon von Jelka erwartet. „Du", flötete sie, „der Genosse Tober hat mir gerade berichtet …"

„Jelka, ich will es gar nicht wissen, ich verstehe das, ohne Fragen stellen zu müssen. Bei mir wird es auch immer wieder der Fall sein, dass ich von einer Minute auf die andere weggerufen werde. Wird es lange dauern?"

„Das kann ich nicht sagen. Wir haben Hinweise darauf, dass die Sozis morgen Berlin spielen wollen. Karl soll zur Abdankung gezwungen werden, und dann soll auch bei uns die Republik ausgerufen werden. Entweder noch morgen oder, wenn Karl Schwierigkeiten macht, spätestens am Dienstag. Und da müssen wir uns natürlich beraten, wie wir auf diese neue Situation reagieren."

Bronstein überlegte: „Hast du die Telefonnummer vom Herrenhof?" Jelka nickte: „Egon hat sie mir einmal gegeben, als er dort erreichbar war."

„Eben. So machen wir es auch. Wir hinterlassen uns dort eine Nachricht. Wenn einer von uns verhindert ist, dann sagt er es einfach dem Zahlkellner vom Herrenhof. Ansonsten treffen wir uns wieder um acht in dem Lokal da drüben. Das heißt, wenn du willst."

Jelka lächelte: „Ja, das klingt gut. So können wir es machen."

„Gut, dann hole ich mir nur noch schnell meinen Mantel."

Ehe er das Haustor öffnete, steckte sich Bronstein noch eine Zigarette an. Die Turmuhr der Karmeliterkirche schlug elf, als er sich, gegen den scharfen Wind ankämpfend, Richtung Innenstadt in Bewegung setzte. Während er auf den Donaukanal zuhielt, überlegte er, was er mit dem verbleibenden Tag anfangen konnte. Er war seit vier Tagen nicht mehr in seiner Wohnung gewesen, vielleicht sollte er es riskieren, sich nach Dornbach durchzuschlagen, um dort nach dem Rechten zu sehen. Außerdem lag es nahe, sich bei der Mutter nach dem Befinden des Vaters zu erkundigen. Allein mit diesen beiden Aufgaben würde es leicht Abend werden. Am Ring konnte er feststellen, dass die Straßenbahnen immer noch nicht verkehrten, und das ließ seine Entschlossenheit, die eigene Wohnung aufzusuchen, merklich sinken. Bis dorthin waren es beinahe zehn Kilometer, die würde er schon an einem lauen Frühlingstag nicht einfach so bewältigen. Dieser Zustand war einfach unhaltbar. Da hatte man zwei Regierungen, und keine der beiden konnte dafür sorgen, dass die menschlichen Grundbedürfnisse gedeckt waren. Vielleicht hatten die Kommunisten ja doch recht. Ein System, das die anstehenden Probleme nicht lösen konnte, hatte keine Existenzberechtigung. Mit saurer Miene stapfte er weiter. Am besten, so dachte er, wäre es, wenn er zuerst zu seiner Mutter ging. Von dort aus würde er dann bis zum Gürtel marschieren, um sich in einem der dortigen Cafés zu stärken. Danach konnte er dann die letzte Etappe in Angriff nehmen.

Das Gespräch mit der Mutter verlief unerfreulich. Sie war eben wieder auf dem Weg ins Spital, da sie eigentlich nicht vom Krankenbett des Vaters weichen wolle. Ihre Sorge um den Gatten glich nun schon einer regelrechten Panik, und es fiel Bronstein überaus schwer, sie davon zu überzeugen, dass der Vater noch nicht im Sterben lag, dass vielmehr die Zeit für ihn arbeitete. Im Gegenteil, je länger die Mutter lamentierte, umso mehr schlich sich auch bei ihm eine gewisse Angst ein, und er beschloss, am nächsten Tag selbst im Krankenhaus vorbeizuschauen, um dort mit den Ärzten zu sprechen. Die Mutter raffte eilig noch einige Sachen zusammen, dann lief sie schon wieder los, um so schnell als möglich wieder an der Seite ihres Mannes zu sein. Schneller, als er gedacht hatte, fand sich Bronstein also wieder auf der Straße, und so ging er quer durch Margareten zur Wienzeile hin. Er stieg die breite Treppe zur Windmühlgasse hinan und nutzte dann den Durchgang durch das große dort befindliche Gebäude, der ihn direkt auf die Mariahilfer Straße brachte. Er war überrascht, dass er für diese Wegstrecke kaum länger als zwanzig Minuten gebraucht hatte, und so setzte er seinen Weg kurz entschlossen Richtung Josefstadt fort.

Als er die Lerchenfelder Straße erreichte, spürte er, wie seine Beine schwer wurden. Gegenüber der noch relativ jungen Backsteinkirche erblickte er ein kleines Café, und in dieses flüchtete er nun, um ein wenig zu verschnaufen. Auf dem Weg zu einem freien Tisch stach ihm der Stapel mit den Zeitungen vom Tage ins Auge, und er erinnerte sich daran, noch keine Nachrichten eingeholt zu haben. Er zog die „Wiener Zeitung" hervor und begab sich damit zu einem Sitzplatz. Nachdem er einen Tee mit Rum geordert hatte, denn nur mit Rum war die Kriegsmischung, die seit geraumer Zeit den herkömmlichen Tee ersetzte, trinkbar, widmete er sich der Titelseite des Blattes. Gleich zu Beginn war zu lesen, dass der neue Justizminister die Beamtenschaft seines Ressorts vereidigt hatte. „Ich habe Ihnen das Gelöbnis der Treue abzunehmen. Es hat lediglich provisorische Kraft und ist für die endgültige Regelung Ihres Dienstverhältnisses nicht bindend", hatte der Minister bei dieser Gelegenheit erklärt. Was sollte denn das bedeuten? Hier war es ja sichtlich zu einem vollkommen sinnlosen Akt gekommen. Die Beamten waren auf die Monarchie und damit auf den Kaiser vereidigt. Jetzt sollten sie also erneut Treue schwören. Doch wem? Welchem Staat, welcher Regierungsform? Das alles wussten offenbar selbst die regierenden Politiker nicht, und solange diese entscheidenden Fragen nicht geklärt waren, konnte man doch auch niemandem ein Gelöbnis abverlangen. Sicher, wenn die Monarchie wie in Deutschland abgeschafft werden würde, müsste man die Staatsdiener auf die Republik vereidigen. Doch die gab es ja noch nicht. Und nur weil sich vielleicht Teile des Staates von diesem abspalteten, wurde der alte Eid noch nicht obsolet. Das war wieder eine typisch österreichische Lösung: Man getraute sich nicht, die Dinge bei ihrem richtigen Namen zu nennen, aber man tat einmal so, als täte man etwas. Und das natürlich nur unter Vorbehalt und bis auf Widerruf. Man musste sich direkt genieren, österreichischer Beamter zu sein.

Ärgerlich las Bronstein weiter. Die neue Regierung verfügte, dass den Beamten ihre Kriegsjahre auf die Dienstzeit angerechnet werden würden. Das wäre ja noch schöner, wenn man dafür, dass man für Gott, Kaiser und Vaterland geblutet hatte, auch noch Nachteile im Berufsleben in Kauf nehmen sollte, dachte Bronstein. Vier Jahre, das waren zwei Bienniensprünge. Hätte man diese den Beamten abgesprochen, dann wäre der Staat von einem Tag auf den anderen zusammengebrochen, denn so viel stand nun einmal unverrückbar fest: Ohne den Beamtenapparat würde auch in Zukunft nichts, aber auch schon gar nichts funktionieren in diesem Land.

Bronstein blätterte um und erfuhr, dass für Hungernde Verköstigungsstellen eingerichtet werden würden. So weit war man also schon gekommen, dass die Bürger einer Großmacht um Suppe anstehen mussten. Entwürdigend! Es war zu hoffen, dass für dieses Desaster jemand zur Rechenschaft gezogen wurde, und wenn es der Kaiser selbst war. Bronstein spülte verärgert den Tee hinunter und orderte – wer brauchte schon dieses fragwürdige Kraut – einen doppelten Rum ohne Tee. Dann zündete er sich eine weitere Zigarette an.

Die Sicherheitswache würde ehemalige Soldaten aufnehmen, hieß es in der nächsten Spalte. Unteroffiziere würden bevorzugt. Na das konnte was werden. Bronstein sah es förmlich vor sich: Irgendwelche abgehalfterten Kasernenhoftyrannen trotteten verbittert durch die Straßen und suchten nach einem Opfer, an dem sie sich für die Widrigkeiten ihres Schicksals rächen konnten. Mit dem Ausbildungsniveau der Wiener Polizei stand es ohnehin nicht zum Besten, doch mit diesen Exsoldaten würde es noch weiter bergab gehen. Er konnte nur hoffen, in seiner Abteilung von derartigen Zuteilungen verschont zu bleiben.

Dafür konnte er sich aber darüber freuen, dass eine Ankündigung die Wiederaufnahme des Straßenbahnverkehrs ab Betriebsbeginn des 11. November verhieß. Wenn dies tatsächlich der Wahrheit entsprach, konnte er schon ab dem nächsten Tag wieder zur Arbeit fahren, denn die Linie 43 war unter jenen aufgelistet, die ab dem Folgetag wieder verkehren sollten. Auch die Linie 1, die am Ring kreiste, sollte wieder aktiviert werden, was Bronsteins Fußsohlen eine nicht geringe Entlastung bieten sollte.

Auf Seite 5 kündigte man das Theaterprogramm an. Am Dienstag spielte das Burgtheater Wildes „Ein idealer Gatte", und am Freitag wurde „Maria Stuart" von Friedrich Schiller gegeben. Vielleicht war das ein Wink des Schicksals, der ihm bedeutete, er sollte wieder einmal ins Theater gehen. Schiller war ein Dichter, der offenbar auch Jelkas Zustimmung fand, und so mochte nichts dagegen einzuwenden sein, Jelka zu fragen, ob sie sich dieses Stück nicht mit ihm ansehen wolle, denn gerade „Maria Stuart" bot doch sicher mannigfach Gelegenheit zur historischen Analyse. Er wiederum konnte sich von einer intellektuellen Seite zeigen, und das, so hoffte er, würde den gewünschten Eindruck auf Jelka nicht verfehlen. Er memorierte Tag und Uhrzeit der Aufführung und blätterte frohgemut weiter.

Auf den Seiten 7 und 8 folgten die Inlandsnachrichten, wenn man die Monarchie noch als Inland verstand. Südtirol, so erfuhr er, war mittlerweile fast vollständig von den Italienern besetzt, Bozen, Meran und Brixen waren gleichfalls vom Gegner eingenommen worden, und das nur fünf Tage nach der ruhmlosen Kapitulation in der Villa Giusti. In Brünn war der mährische Landeshauptmann Graf Serenyi zurückgetreten, am Samstag hatten schon die Tschechen unter ihrem Anführer Pluhar die Macht in Mähren übernommen. Auch dieses Land war, wie es schien, für Österreich verloren. In Krakau wiederum war der langjährige Klubobmann der sozialdemokratischen Fraktion im Reichsrat, Ignaz Daszynski, zum Premierminister eines wiedererstandenen Staates ernannt worden, der sich selbst den Namen „Volksrepublik Polen" gegeben hatte. Daszynski kündigte an, man wolle ehebaldigst Wahlen zu einem polnischen Parlament auf der Basis des gleichen, geheimen, direkten und unmittelbaren Wahlrechts abhalten. Nach den Tschechen und den Südslawen gingen also auch die Polen. Aber durfte man es ihnen denn verübeln? Jahrzehntelang hatte man den Slawen die Gleichberechtigung vorenthalten, die man den Ungarn einräumte, da war es kaum verwunderlich, wenn sie in der Monarchie nicht ihre Heimat sahen. Österreich büßte schrecklich für die Fehler seiner Politiker, aber das war ja nichts Neues. Irgendwie, so dachte Bronstein, war die Politik viel zu kompliziert, um sie den Politikern zu überlassen. Da waren Fachleute gefragt, die nicht irgendwelchen angeblichen Volksstimmungen nachgaben, sondern taten, was in einer bestimmten Situation erforderlich war. Politiker, zumindest jene, die er aus eigener Anschauung kannte, waren immer irgendwie Opportunisten, die nur danach trachteten, ihre eigene Karriere zu befördern. Auf diese Weise war in Österreich seit den Zeiten des Grafen Taaffe stets nur fortgewurstelt worden.

Doch um Deutschland stand es nicht viel besser, erfuhr Bronstein auf den folgenden Seiten. Allerorten bildeten sich weiterhin Arbeiter- und Soldatenräte, welche die Macht übernahmen. Sogar in gutbürgerlichen Städten wie Stuttgart oder Rosenheim gab das Proletariat den Ton an. Tatsächlich konnte Bronstein nun auch in seiner Zeitung lesen, dass besagter Liebknecht, den Jelka erwähnt hatte, am kaiserlichen Schloss die rote Fahne gehisst hatte. Auch vom Brandenburger Tor wehte das rote Banner. Und dass ausgerechnet der Führer der SPD die Leute aufforderte, die Straße zu verlassen und für Ruhe und Ordnung zu sorgen, sprach wohl für sich. Mitunter hatte die Göttin der Geschichte schon einen eigenartigen Humor.

Am Ende des Blattes fand Bronstein die Gerichtsberichte. Abermals waren mehrere Preistreiber und Schieber verurteilt worden. Noch im Namen des Kaisers, wie Bronstein feststellte. Die Strafen waren nachgerade obszön niedrig, durchwegs Verurteilungen zu ein paar Wochen Gefängnis für Leute, welche die Mitbürger bewusst ins Elend kommen ließen, um sich selbst zu bereichern. Bronstein meinte, derlei Kerle müssten viel härter angefasst werden, doch vermutlich gehörten sie alle zur herrschenden Schicht im Lande, und eine Krähe hackte bekanntlich der anderen kein Auge aus. Angewidert legte Bronstein die Zeitung weg. Wer hätte sich vor vier Jahren gedacht, dass alles ein derart entwürdigendes Ende nehmen würde? Eigentlich war es besser, gar keine Zeitung mehr zu lesen, denn sonst musste man sich fragen, wie viele niederschmetternde Nachrichten man verkraftete. Bronstein beschloss, nicht länger an das Unheil der Welt zu denken, sondern seine Sinne nach Jelka auszurichten. Wer konnte sagen, ob er ihr je begegnet wäre, wenn sich die Dinge anders entwickelt hätten, und so hatte

offenbar auch das Schlechte sein Gutes. Bronstein rauchte eine
dritte Zigarette, trank noch einen Rum und zahlte dann.

Als er sich wieder erhob, befand er, er sei gut in der Zeit, und
schritt fröhlich aus. Am Gürtel angekommen, stach ihm schon
von Weitem das Hotel Hernalserhof ins Auge, das ihm signalisierte, dass er in seinem Heimatbezirk angekommen war. Seine
Wohnung war gleichwohl immer noch zwei bis drei Kilometer
entfernt, aber erstmals an diesem Sonntag war er sich sicher,
sie auch tatsächlich zu erreichen. Er teilte sich die verbleibende
Strecke in mehrere Etappen ein, die Kalvarienbergkirche, die
Vorortelinie, der Sportclubplatz, wodurch er sich mit jedem
Abschnitt, den er bewältigt hatte, selbst weiter motivierte. Und
so, als würdigte auch der Herrgott seinen Fleiß, wurde das
Wetter etwas milder. Der markante Brückenbogen der Bahn-
linie zog ihn magisch an, und als er diesen hinter sich wusste,
beschleunigte er mit einer letzten Energieleistung noch einmal
seine Schritte, um schließlich beim Stadion nochmals zu verschnaufen. Keine hundert Meter später war er in der Dornbacher Straße, und er kramte den Schlüssel aus seiner Tasche,
um die Wohnungstür öffnen zu können.

Wie nicht anders zu erwarten, glich seine Behausung einer
Eishöhle. Eilig suchte er die letzten verbliebenen Holzscheite
zusammen und machte Feuer. Als Nächstes stellte er Tee auf.
Während er darauf wartete, dass er das Heißgetränk zu sich
nehmen konnte, blickte er sich in seiner Bleibe um, galt es
doch abzuwägen, ob irgendwo eine Reinigung nottat. Dabei
wurde ihm bewusst, dass ihm diese Wohnung allmählich zu
klein wurde. Sie bestand aus einem winzigen Vorzimmer, in
dem gerade sein Schuhkästchen und sein Kleiderschrank Platz
fanden. Geradeaus ging es in die Küche, die wenig mehr aufwies als eine Spüle, einen Herd und einen kleinen Tisch, dem
links und rechts ein Sessel beigesellt war. Rechter Hand befand
sich jenes Kabinett, in dem Bronstein zu schlafen pflegte, linker

Hand sein Wohnzimmer, das entschieden zu überladen war. Die große Sitzgruppe nahm beinahe ein Drittel des Raumes ein. Am Fenster stand ein Diwan, den er doch nie benützte. Ihm gegenüber hatte Bronstein einen alten Bücherschrank aufgestellt, der noch reichlich Platz für weitere Druckerzeugnisse bot. Und als ob all dies nicht schon der Möbel genug gewesen wäre, gab es direkt unter dem Fenster noch einen runden Tisch, welcher der Bruder von jenem in Jelkas Wohnung hätte sein können. Entweder, so befand Bronstein, er trennte sich von einem Teil der Einrichtung, oder er suchte sich tatsächlich eine neue Bleibe.

Ganz allgemein vermittelten diese Räume einen ziemlich abgewohnten Eindruck. Überall lagen Zeitungen, Akten und andere Papierstücke herum, und auch mit seinem Geschirr war er nicht so sorgsam umgegangen, wie man dies eigentlich von einem gehobenen Beamten hätte erwarten dürfen. Ja, dachte er mit einem schmerzhaften Lächeln, genau so stellte man sich eine Junggesellenwohnung vor. Nur dass er eben nicht mehr zwanzig und Student war, sondern Mitte dreißig und in angesehener Stellung. Schon öfter hatte er überlegt, sich eine Zugehfrau zu engagieren, doch erschien ihm dies angesichts der Kleinheit seiner Wohnung großtuerisch. Zu so einer Lösung griff man, wenn man ein Domizil im sechsten, siebenten oder achten Bezirk sein Eigen nannte, in dem es einen eigenen Raum für die Putzfrau gab, aber nicht, wenn man ein schäbiges Loch am Rande der Stadt bewohnte. Je länger sich Bronstein in seiner Wohnung aufhielt, umso ungemütlicher fühlte er sich. Er blickte auf die Uhr, es war 16 Uhr vorbei, und draußen begann es zu dämmern. Es wäre besser, wenn er die Zeit bis zum geplanten Wiedersehen mit Jelka irgendwo in der Innenstadt verbrachte, denn hier würde er höchstens melancholisch.

Bronstein trank den letzten Rest seines Tees aus, stellte die Tasse in die Spüle und zog seinen Mantel wieder an. Er öffnete die Wohnungstür und trat auf den Gang. Sorgsam sperrte er hinter sich zu, prüfte, ob auch alles in Ordnung war, und begab sich schließlich wieder auf die Straße. Er wandte sich nach links und begann erneut sein Etappendenken. Der Fußballplatz war sein erstes Ziel.

„Bronstein, bist das du?"

Irritiert sah der Polizeimajor auf. Wer hatte ihn da angesprochen?

„Du bist es, gelt?"

Vor Bronstein stand eine ausgemergelte Figur, mit der er nichts anzufangen wusste. Verzweifelt überlegte er, woher er diesen Mann kennen mochte.

„Weißt nimmer, wer ich bin, gelt!"

„Äh, tut mir leid, ich komm jetzt grad nicht drauf", entgegnete er unsicher.

„Krzeszinsky. Nikolaus Krzeszinsky aus Krakau. Ich war Korporal …"

„… in meiner Einheit", vollendete Bronstein den Satz, und auf seinem Gesicht zeigte sich ein breites Lächeln. „Krzeszinsky, Mensch, dich gibt's noch! Ja so eine Freude! Wie lange haben wir uns nicht mehr gesehen? Zwei Jahre mindestens, was?! Seit meiner Entlassung aus dem Lazarett nicht mehr. Also, Krzeszinsky, hörst, ich freu mich. Sag, wie ist es dir ergangen? Passt alles bei dir? Brauchst was? Kann ich dir bei irgendwas helfen?"

Bronstein sprudelte geradezu über vor Freude, den alten Kriegskameraden wiederzusehen, und instinktiv trat er einen Schritt auf Krzeszinsky zu und umarmte ihn herzlich. Dann erst trat er einen Schritt zurück und besah sich den ehemaligen Kameraden: „Sag, was machst denn du da in Dornbach? Wohnst du jetzt etwa auch da?"

Der Mann verneinte und sah Bronstein durchdringend an. Es war offensichtlich, dass er etwas auf dem Herzen hatte.

„Sag bloß, du hast nach mir gesucht", riet der Major endlich. Der Mann nickte. „Woher hast du denn gewusst, dass ich da zu Hause bin?"

„Ich war vorgestern am Meldeamt. Eigentlich suchen wir dich ja schon seit Freitag. Und ich hab heute seit in der Früh da auf dich gewartet."

„Na servas. Das muss ja was ganz Wichtiges sein, wenn quasi nach mir gefahndet wird. Und vor allem – was heißt da wir?"

Krzeszinsky war offensichtlich kein geübter Redner, und so fiel es ihm schwer, Bronstein die Sache zu erklären. Er druckste herum und erging sich in nichtssagenden Floskeln, bis Bronstein die Geduld verlor. „Herrgott, so spuck's doch endlich aus. Du wirst mir ja kein Verbrechen gestehen wollen, also kann es so schlimm nicht sein."

Krzeszinsky machte eine relativierende Geste mit der rechten Hand: „Ganz so einfach ist's auch wieder nicht. Schau, Bronstein, hast a bissl Zeit für uns? Unser Wagen steht da drüben."

Tatsächlich stand am Beginn der Hernalser Hauptstraße ein Automobil, das dem Major bislang gar nicht aufgefallen war.

„Na, da bin ich aber wirklich neugierig", meinte er nur und folgte Krzeszinsky zum parkenden Auto.

Erst im letzten Augenblick erkannte er, dass am Steuer des Gefährts ein weiterer Mann saß. András Nemeth aus Szombathely, der während des Krieges als Fahrer für Spitzer fungiert hatte. Ihn erkannte Bronstein gleich, und noch während des Einsteigens grüßte er ihn mit einem jovialen „Servus, Andi". Als Krzeszinsky neben ihm im Fond des Wagens Platz genommen hatte, bemerkte Bronstein: „Ja, was ist denn das? Ein Treffen alter Frontkameraden? Haben wir irgendeinen Jahrestag, den ich vergessen habe?"

„So etwas in der Art", entgegnete Nemeth mit seinem markanten ungarischen Akzent.

„Jetzt macht ihr mich direkt neugierig! Wo fahren wir denn hin?"

„Das wirst gleich sehen", replizierte Nemeth knapp und stieg aus, um den Wagen anzuwerfen. Dann bog er nach links ab und fuhr, wie Bronstein schließlich herausfand, in den Wienerwald hinein. Nach einer knappen halben Stunde, es war mittlerweile vollkommen dunkel, hielt Nemeth vor einer kleinen Block-hütte, die weitab von jeder gepflasterten Straße mitten im Wald lag. Wahrscheinlich die ehemalige Unterkunft eines Wildhüters, dachte Bronstein, während er aus dem Automobil kletterte. Krzeszinsky öffnete die Tür und bat Bronstein ins Innere der Hütte. An einem grob behauenen Holztisch saßen sechs Män-ner, die ihn erwartungsvoll ansahen. Bronstein blickte einem nach dem anderen ins Gesicht und versuchte sich an ihre Namen zu erinnern, denn es war offensichtlich, dass sie alle in seiner Einheit gedient hatten. „Du bist", begann er ganz links, „der Dušan Andrinović aus Subotica. Du warst Fähnrich damals, ich erinnere mich genau, wir hatten oft miteinander zu tun." Der Mann nickte und strich sich dabei über seinen markanten schwarzen Schnurrbart. „Und du", fuhr Bronstein fort, „bist der Pawel Lazarenko aus Tarnopol, du warst Korporal." Auch der Soldat machte mit dem Kopf eine zustimmende Geste. Dann erhellte sich Bronsteins Gesicht: „Gajdošik, du altes Haus, ich glaub's ja nicht. Der Josef Gajdošik aus Tyrnau. Dass wir uns noch einmal sehen, hörst du, das freut mich aber. Und gleich daneben mein alter Spezl, der František Veverka aus Prag. Na, wenn das kein Wiedersehen ist, dann weiß ich auch nicht. Ich freu mich wirklich, euch hier alle anzutreffen, und das noch dazu wohlbehalten, wie ich feststelle."

Irritierend fand Bronstein nur, dass die Männer trotz des an sich freudigen Moments so ernst blieben. Was, so fragte er sich, war da los? Waren sie gekommen, um ihm eine traurige Nach-richt zu hinterbringen? War irgendein Frontkamerad, der ihm damals besonders nahe gestanden war, gefallen? Instinktiv ging er die Liste seiner damaligen Freunde durch, doch es fiel ihm niemand ein, den er in diesem Zimmer vermisste. Schließlich wandte er sich noch dem Rumänen zu, dessen Name ihm partout nicht einfiel. „Du bist der Rumäne", sagte er endlich, der ..."

„Petru Ciorbea aus Oradea", half dieser ihm aus der Verlegenheit. „Der Petru, genau", echote Bronstein, um sodann auch den letzten Mann in den Blick zu nehmen, der ganz außen saß. Ein gedrungener Körper mit fleischigem Gesicht, das von einem dünnen, blonden Haarkranz umrahmt wurde. „Wir kennen uns, glaube ich, nicht, oder?"

„Jakob Müller aus Simmering. Ich bin erst '16 zur Kompanie gestoßen. Davor war ich bei der Landwehr im Banat." Mit Krzeszinsky und Nemeth waren das acht Mann. Wie bei einem Geschworenenprozess, dachte Bronstein noch, ehe er, ungeduldig geworden, nach dem Grund für diese Versammlung fragte. Müller gab Ciorbea einen Wink mit dem Kopf, und dieser stand auf und öffnete eine Luke, die offenbar in einen Keller führte. Bronstein registrierte dabei, wie Nemeth hinter ihn trat und die Tür nach draußen verriegelte. Der Major begann sich unwohl zu fühlen und starrte in das Loch im Boden, aus dem merkwürdige Geräusche drangen. Beinahe war es, als schleppte Ciorbea einen Kartoffelsack nach oben, als sein Kopf schwitzend und keuchend wieder sichtbar wurde. Ein schwerer Gegenstand rutschte polternd über die Sprossen der Leiter, sodass Ciorbea Mühe hatte, ihn nicht aus den Händen gleiten zu lassen. Mittlerweile war er zur Hälfte wieder im Raum, als Bronstein entsetzt den Atem anhielt. Der knallrote Kopf Spitzers, dessen Mund verklebt war und dessen Augen angstgeweitet um Hilfe schrien, wurde sichtbar. Jetzt wusste Bronstein, warum der Mann abgängig war. Seine eigene Kompanie hatte ihn entführt.

Gajdošik und Veverka setzten sich in Bewegung und halfen Ciorbea, den Generalleutnant aus seinem Verlies zu holen.

Achtlos ließen sie ihn schließlich zu Boden fallen, wo er den halbherzigen Versuch unternahm, an seinen Fesseln zu zerren. Doch er sah die Aussichtslosigkeit dieses Unterfangens bald ein und gab es auf. Seine Augen flehten jedoch weiter Bronstein um Hilfe an. Der freilich brachte kein Wort heraus. Er tastete sich langsam zum Tisch und ließ sich auf einem freien Sessel nieder, dabei den Blick nicht von seinem ehemaligen Kommandeur abwendend.

Müller stand auf und übernahm die Initiative. „Wie du weißt, Kamerad, hat dieses Schwein 300 Mann auf dem Gewissen. Durch seinen wahnsinnigen Befehl sind genau vorgestern vor dreieinhalb Jahren, am 8. Mai 1915, 300 ehrliche und aufrichtige Kameraden gefallen, obwohl von Anfang an klar war, dass dieser Angriff nicht die geringste Chance auf Erfolg hatte. Das Terrain war vollkommen flach und bot keinerlei Deckung, die Gegenseite war bestens mit Maschinengewehren und Scharfschützen ausgerüstet, und trotzdem befahl dieser Unmensch da den Sturmangriff. Ich weiß, du selbst hast ihn nur knapp überlebt, und einige von den Anwesenden hier tragen heute noch an den Folgen dieser Wahnsinnstat. Da wir aber wissen, dass der Staat solche Verbrechen niemals anklagen wird, haben wir uns beraten und beschlossen, die Gerechtigkeit selbst in die Hand zu nehmen. Wir sind acht Mann, acht Geschworene, und wir repräsentieren zufällig auch die acht Nationen der Monarchie, sodass wir ein wahrhaft repräsentatives Gremium abgeben. Und wir haben weiters beschlossen, dass du, der du damals Leutnant warst, als Verteidiger dieses Mannes fungieren sollst, denn uns fiel auch nach langem Nachdenken niemand ein, der für diesen Kerl sprechen würde. Wir sind das Volksgericht, aber wir sind keine Barbaren. Wir werden den Fall eingehend behandeln, und am Ende werden wir acht darüber befinden, welche Strafe dieser Verbrecher verdient hat."

Bronstein war zwar immer noch entsetzt, nun war er allerdings auch überrascht. Er hätte einem Simmeringer Soldaten kaum zugetraut, eine derart gerichtstaugliche Rede zu halten. „Woher", fragte er endlich, „verstehst du es, dich so gewählt auszudrücken?"

„Ich bin Vertrauensmann der Simmeringer Arbeiter. Da lernt man so etwas", antwortete Müller mit einem Anflug geschmeichelten Stolzes.

Bronstein rang um Fassung und sah die Männer der Reihe nach an: „Ihr seid euch aber schon im Klaren darüber, dass es vollkommen illegal ist, was ihr hier vorhabt. So sehr ich euch auch beipflichte, dass es ein Skandal ist, dass man für derlei Taten nicht zur Rechenschaft gezogen wird, so dringend muss ich euch davon abraten, das Gesetz in die eigenen Hände zu nehmen."

„Dafür haben wir dich ja geholt. Du sollst sein Verteidiger sein. Wenn du uns davon überzeugst, dass wir nicht rechtens handeln, dann lassen wir den Kerl laufen und krümmen ihm weiter kein Haar. Wenn es dir aber nicht gelingt, uns davon zu überzeugen, dann werden wir beraten, wie seine Strafe aussehen soll. Ich finde, das ist nur gerecht", hielt ihm Müller entgegen.

Bronstein sah sich abermals um. „Und das ist die Meinung von euch allen?", fragte er. Die Männer nickten wie auf Kommando. „Josef, František, das könnt ihr doch nicht ernst meinen! Ihr wisst doch genau, dass man im Gegenzug euch zur Verantwortung ziehen wird, wenn diesem Scheusal hier etwas zustößt. Das ist doch die ganze Sache gar nicht wert."

Gajdošik sah Bronstein direkt in die Augen: „Oh doch!"

„Und was ist mit dir, Müller", wandte sich Bronstein nun an denjenigen, den er als Rädelsführer der Runde ansah, „du warst doch damals gar nicht dabei. Was geht dich das alles an?"

„Es ist egal, ob ich dabei war oder nicht", entgegnete dieser, „ich habe genug gesehen in diesem gottverdammten Krieg, um zu wissen, welche Verbrechen begangen wurden und wer dafür verantwortlich ist."

„Bronstein", meldete sich nun auch Veverka zu Wort, „wir machen das mit dir oder ohne dich. Entscheide dich, wem du dienen willst: der Gerechtigkeit oder denen da." Dabei machte er eine abfällige Geste in die Richtung Spitzers, der wieder begonnen hatte, an seinen Fesseln zu zerren und zu schnauben.

„Gebt's eam Spitz, damit er Papp'n halt", fluchte Lazarenko, der sich damit erstmals vernehmen ließ.

„Nein", trat ihm Müller entgegen, „keine Gewalt. Noch nicht. Erst müssen wir den Fall in aller Ruhe durchgehen, und dann wird die Gerechtigkeit ihren Lauf nehmen."

„Wird die Gerechtigkeit ihren Lauf nehmen", wiederholte Bronstein, „ihr habt ihn doch schon verurteilt. Das ist doch alles eine Farce. Damit will ich nichts zu tun haben." Er sprang auf und schickte sich an, wieder zur Tür zu gehen. Nemeth spannte seinen Körper und machte sich breit. Der Major wog seine Chancen gegen den großen Ungarn ab und ließ es nicht auf eine Auseinandersetzung ankommen. „Das ist doch alles Wahnsinn", stöhnte er, „kommt's zu euch, Burschen! So geht das nicht." Sein hilfloser Appell verhallte ohne Reaktion.

Mit einem Mal erhob sich auch Andrinović und trat ganz nah an Bronstein heran: „Erinnere dich an diesen verfluchten Tag." Andrinović sprach langsam und mit starkem Akzent. Aber seine Stimme war fest und eindringlich. „Wir lagen im Dreck. Alle. 360 Mann in unserem Abschnitt. Sperrfeuer. Seit fünf Uhr früh ohne Pause. Dann kommt er", Andrinović zeigte auf Spitzer, „mit großem Gefolge. Oberst, Major, Hauptmann. Sagt, wir müssen Hügel nehmen. Sofort. Ohne Rücksicht auf Verluste."

Mit einem Mal erstand die ganze Szene wieder vor Bronsteins innerem Auge. Er hörte Andrinović gar nicht mehr, war vollkommen gefangen von jenem 8. Mai 1915, den er so lange zu vergessen versucht hatte. Ein grauer, ein nasser, ein kalter Morgen. Die ganze Ebene voller Nebel. Man sah kaum zehn Meter weit. Alle hatten sich im nächstbesten Unterstand eingegraben. Die Schrapnelle der russischen Artillerie schlugen links und rechts ein und wirbelten Unmengen an feuchter Erde auf. Und immer wieder belferten die Maschinengewehre von der gegnerischen Seite auf, bestrichen den gesamten Frontabschnitt mit tödlichem Blei. Er lag mit seiner Truppe an der Ostflanke, befand sich unter schwerstem Beschuss. Und dann kam plötzlich dieser irrsinnige Befehl. Man sollte aus den Schützengräben gehen und die feindliche Höhe im Sturmangriff nehmen. Das Niemandsland zwischen den Stellungen mochte 200 bis 300 Meter sein, und nichts, aber auch überhaupt nichts war als Deckung geeignet. Selbst wenn man es schaffte, diese Distanz zu überwinden, so war der gesamte gegnerische Bereich mit zwei Meter hohem Stacheldraht gesichert. Bis man den durchtrennt haben würde, wäre die gesamte Truppe zersiebt. Der Befehl war einfach nicht ausführbar. Und genau das hatte er als diensthabender Leutnant auch durchgegeben. Spitzer hatte ihn nur gefragt, ob er sich wegen Befehlsverweigerung vor dem Kriegsgericht verantworten wolle. Er aber war nicht bereit gewesen, sich einschüchtern zu lassen. Als Polizeioffizier kenne er seine Rechte, auch hier an der Front, hatte er dem Generalleutnant entgegengebrüllt, doch just in diesem Moment war der ungarische Leutnant neben ihm nicht mehr zu halten gewesen. Mit einem markerschütternden Schrei sei er samt seinen Husaren oder Honveds, so genau konnte sich Bronstein nicht mehr erinnern, aus dem Graben gesprungen und habe mit dem Angriff begonnen.

Nach und nach hätten die einzelnen Gruppen nachgezogen, und schließlich war Bronstein mit seinen Leuten allein im Schützengraben zurückgeblieben. Es hätte für alle die Exekution wegen Feigheit vor dem Feind bedeutet, wenn er nun nicht auch gestürmt wäre, und seine Männer wussten das auch. Einen Augenblick später hatte er „Mir nach!" geschrien und war über die Brustwehr geklettert. Er hatte seine Pistole in der rechten Hand und forderte die Soldaten auf, nach vor zu laufen. Und just als er seinen ersten Schritt im Niemandsland hatte tun wollen, hatte ihn eine gewaltige Kraft einfach umgerissen. Wie ein gefällter Baum war er nach hinten in den Schützengraben zurückgeprallt, wo er das Bewusstsein verloren hatte. Im Lazarett war er wieder zu sich gekommen. Mit einem Durchschuss in der Schulter samt zerschmettertem Schlüsselbein. Gajdošik hatte ihm einige Tage später von dem fehlgeschlagenen Angriff berichtet. Die Truppe des Ungarn war vollkommen ausradiert worden. Nicht ein Einziger hatte überlebt. Von den anderen vier Gruppen galten ein paar als vermisst, zehn Mann hatte man verwundet bergen können. Und Bronsteins Zug, der als letzter den Angriff gestartet hatte, war noch am glimpflichsten davongekommen. 20 Tote, 15 Verwundete. Die übrigen 15 hatten sich unverletzt zurück in den Schützengraben retten können. Das ganze Unternehmen war ein katastrophaler Fehlschlag gewesen, der fast 320 Mann das Leben gekostet hatte. An all das konnte er sich jetzt wieder lebhaft erinnern. Die Schlacht von Tarnow-Gorlice machte Geschichte, doch für seine Truppe war sie das jüngste Gericht gewesen.

„Was sagt du jetzt?", hörte er Andrinović fragen.

Bronstein kehrte um und setzte sich wieder. Er vergrub sein Gesicht in seinen Handflächen. „Ihr habt recht", murmelte er. „Aber", und seine Stimme gewann wieder an Sicherheit, als er seinen Kopf hob und er in die Runde blickte, „hört euch einmal an, was er zu sagen hat."

Ein allgemeines Murren hob an, und die Männer sahen sich gegenseitig an. Zu Bronsteins Überraschung war es Müller, der ihnen Einhalt gebot: „Nein, er hat recht. Zu einer ordentlichen Verhandlung gehört es, den Angeklagten zu hören. Petru, nimm ihm den Knebel ab. Er soll sagen, was er zu sagen hat."

Ciorbea sah Nemeth an, dieser nickte langsam. Mit einem gewaltigen Ruck, der Spitzer aufstöhnen ließ, entfernte der Rumäne die um die Mundpartie gewickelte Schnur und zog das Taschentuch heraus, das in Spitzers Mundhöhle gesteckt worden war. „Ihr Tiere", brüllte Spitzer, der abermals an seinen Fesseln rüttelte, „ich werde dafür sorgen, dass ihr alle vors Kriegsgericht kommt. Ihr werdet erschossen. Samt und sonders. Sie auch, Leutnant!", feixte er in Richtung Bronstein.

Müller ging zu dem am Boden liegenden Offizier hin und dort in die Hocke. Mitleidvoll sah er Spitzer an: „Du hast überhaupt keine Ahnung, worum es hier geht, oder? Wenn es dir nicht gelingt, uns davon zu überzeugen, dass du dein Leben nicht verwirkt hast, dann bist du tot. Und zwar noch heute. Und dann verscharren wir dich einfach da im Wald, und niemand wird je deinen Kadaver finden. Also wenn du noch einmal die Sonne aufgehen sehen willst, dann redest jetzt besser."

„Du Schwein", schrie Spitzer, „dich nehme ich mir vor. Ich ..." Müller hatte blitzschnell eine Pistole gezogen und hielt sie Spitzer an die Schläfe. „Eigentlich solltest das ja selber machen, aber dafür hast ja nicht die Schneid, du erbärmliche Witzfigur. Also, Zeit für das letzte Gebet."

Spitzer geriet nun in Panik. „Ist ja schon gut", keuchte er, „ich red ja, ich red ja. Nur tun Sie dieses Ding von meinem Kopf weg."

Müller lächelte überlegen: „Also, was hast du zu deiner Verteidigung zu sagen? Warum musstest du unbedingt 320 von unseren Kameraden in den sicheren Tod schicken?"

„Ich bitte Sie, ich habe doch auch nur Befehlen gehorcht. Erinnern Sie sich doch zurück, wie das damals war. Das Oberkommando stand unter enormem Druck, weil wir nirgendwo

Erfolge zu verzeichnen hatten, ganz im Gegensatz zu den Deutschen, nebenbei bemerkt. Das hat ja schon in Serbien angefangen, wo uns der Serbe über die Donau zurückgetrieben hat im Winter '14. Und an der Ostfront, bitte schön, da gab es doch nur eine Niederlage nach der anderen. Bis in die Karpaten hat uns der Iwan zurückgedrängt, und da hat es uns gar nichts genützt, dass der Preuße bei Tannenberg-Grünwald gesiegt hat. Der Conrad ist ja schon mit dem Rücken zur Wand gestanden, und er hat ganz genau gewusst, wenn wir bei Tarnow das Ruder nicht herumreißen können, dann können wir Österreicher gleich abmarkieren, dann übernimmt der Hindenburg den Oberbefehl über unsere Armeen. Und … und … und", Spitzer rang nach Worten, „und dann hat mir der Generalstab die Hölle heiß gemacht. ‚Seit Tagen warten wir auf die Vollzugsmeldung', haben die gesagt, ‚und Sie sitzen immer noch bequem in ihren Stellungen. Wenn der Durchbruch nicht bis zum 9. gelingt, dann wird das persönliche Konsequenzen für Sie haben', sagten die zu mir. Degradierung, unehrenhafte Entlassung aus der Armee und möglicherweise ein Verfahren vor dem Kriegsgericht. Was bitte schön, hätte ich also machen sollen?"

„Genau", knurrte Veverka, „besser, es sterben ein paar hundert Soldaten, als ich muss leben von kleinerer Pension. Du bist eine Kanaille, Spitzer!"

„Aber es war doch eure Pflicht, für das Vaterland …"

„Was erzählst du da von Vaterland, du Hund!", schrie Lazarenko und sprang von seinem Platz auf. Er rief mit sich überschlagender Stimme einige unzusammenhängende Worte und wechselte dann in seine Muttersprache, wo seine Rede konturierter wurde. Nemeth, Ciorbea, Spitzer und auch Bronstein sahen erst ihn und dann die anderen slawischen Soldaten fragend an. Gajdošik begann zu übersetzen. „Er sagt, Österreich war nie sein Vaterland. Österreich hat seine Heimat … wie sagt man ... annektiert, ohne dass sein Volk gefragt worden wäre. Die Russen wären ihre Brüder, und Österreich habe sie gezwungen, gegen ihre eigenen Brüder zu kämpfen. ... Österreich, das sei nur Wien, das seien nur die Barone und die Generäle. Er sei niemals Herr im eigenen Haus gewesen, aber jetzt ... werde das zum Glück anders. Der Spitzer solle also nicht ... von Vaterland reden."

„Damit hat er völlig recht", pflichtete ihm Andrinović bei, „Serben, Montenegriner, Kroaten, sie sprechen alle dieselbe Sprache, und doch hat Wien uns zu Feinden machen wollen. Was haben wir gemein mit den Österreichern? Nichts!"

„Da sind wir uns ja wohl völlig einig", meinte nun auch Veverka, „wir sind alle Angehörige großer Nationen mit einer großartigen Vergangenheit, die nur durch Arglist und Tücke unter das österreichische Joch kamen. Wir hatten das Reich des Samo, das Großmährische Reich, wir hatten die Přemysliden, das goldene Prag Karls IV., wir hatten Jiři Podebrady und Jan Žižka. All das war lange vor Habsburg."

„Und wir", griff Nemeth den Faden auf, „hatten Arpad, wir hatten Andreas den Großen, der den Städten Ungarns zu ungeahnter Blüte verhalf, als in Österreich noch Strauch und Öde herrschte. Wir hatten den Corvinus, und wäre der zweite Lajos nicht gegen die Türken gefallen, wir wären niemals unter Österreichs Herrschaft gekommen."

„Das ist wahr", ergänzte nun auch Ciorbea, „wir Rumänen haben dem Türken jahrhundertelang Widerstand geleistet, ohne dass uns Österreich je beigestanden wäre, und erst als diese Gefahr endlich gebannt war, marschierte der Österreicher bei uns ein und zerriss unsere Nation."

„Na, von uns erst gar nicht zu reden. Wir wurden von Preußen, Russen und Habsburg verraten, schändlich geteilt und von der Landkarte getilgt, allen unseren Leistungen zum Trotz", erklärte nun auch Krzeszinsky.

„Also erzähl du uns nichts von Vaterland", resümierte Gajdošik für seine Kameraden, „ihr habt uns immer nur wie Sklaven behandelt, habt jeden unserer Versuche, auch nur ein klein wenig freier zu atmen, in Ozeanen von Blut ertränkt. Es ist eigentlich eine Ungeheuerlichkeit, dass dieses Österreich erst jetzt endlich überwunden wird."

Bronstein fand diese Argumentation nicht unschlüssig. Er erinnerte sich daran, dass die Monarchie noch während des Krieges hart gegen die Führer der einzelnen Nationalitäten vorgegangen war. Zahlreiche Abgeordnete waren nur knapp einem Todesurteil entgangen, wiewohl sie als Mandatare eigentlich immun vor Strafverfolgung gewesen waren. Der Fall Markow fiel ihm ein, weil er als Polizist selbst am Rande in die Sache involviert gewesen war. Dem Vertreter Lembergs hatte man Spionage für die Russen unterstellt und ihn zum Tod durch den Strang verurteilt, dem er nur entgangen war, weil der alte Kaiser rechtzeitig gestorben war und der neue nicht gleich mit einem Meuchelmord an einem Repräsentanten des Volkes hatte beginnen wollen. Auch dem Anführer der Jungtschechen, Karel Kramař, war Spionage für die Russen vorgeworfen worden, bloß weil er mit einer Russin verheiratet war. Die Todesstrafe hatte der Kaiser in lebenslängliche Haft umgewandelt, und nun war dieser Kramař Premier der neuen Tschechoslowakei. Doch ein italienischer Abgeordneter war tatsächlich hingerichtet worden, erinnerte sich Bronstein, der sich darüber ärgerte, dass ihm dessen Name nicht mehr einfiel. Irgendetwas mit Johannes dem Täufer war es gewesen. Battista oder so ähnlich, den hatte man in Trient gehängt, und seitdem galt er den Italienern als Märtyrer. Hielt man sich diese Fakten vor Augen, dann konnte man verstehen, weshalb die Völker der Monarchie von ebendieser nichts mehr wissen wollten.

„Aber versteht doch", rang Spitzer zwischenzeitlich um Anteilnahme, wobei sich seine Augen einmal mehr vor schierer

Angst weiteten, „es wollte doch niemand euren Tod. Als unsere Majestät der Kaiser eure Dienste beanspruchte, da verlangte er doch nicht, dass ihr sterbt, er wollte, dass ihr euer ureigenes Land verteidigt, egal, welcher Nation ihr auch immer angehört, er wollte, dass ihr lebt, und dass ihr siegt."

„Er lügt das Blaue vom Himmel", schnarrte Nemeth und spuckte dabei verächtlich aus, „sie machen, was sie immer schon gemacht haben. Greifen zu wohlklingenden Worten, um die Wahrheit zu verschleiern. Jahrhundertelang haben sie uns mit solchen Reden den Kopf verdreht. Aber damit muss jetzt ein für alle Mal Schluss sein."

Zustimmendes Gemurmel erhob sich unter den Männern, und Bronstein kam ernstlich ins Wanken. Wie sollte man einen Mann verteidigen können, der so offensichtlich eitel im Irrtum verharrte und selbst jetzt noch nicht verstanden hatte, wie sehr sich Habsburg gegen seine Untertanen versündigt hatte. Die Männer hatten recht. Ihren Völkern hatte man beharrlich alle Rechte verweigert, hatte sie niemals an der Gestaltung der politischen Belange der Monarchie mitwirken lassen, und dann verlangte man auf einmal von ihnen, dass sie für ebendiese Monarchie den Kopf hinhielten. Das war ebenso dreist wie dumm gewesen.

Er selbst konnte sich noch an die Krawalle in Wien erinnern, als Ministerpräsident Badeni den Böhmen das Recht hatte einräumen wollen, in ihrem eigenen Land ihre eigene Sprache im öffentlichen Bereich zu verwenden. Die deutschnationalen Parteien hatten so lange getobt, bis diese Vorlage vom Tisch war – und Badeni zurücktreten musste. Die Slawen hatten jeden Grund, der Monarchie zu grollen, egal ob es sich um die Böhmen, die Polen oder die Südslawen handelte. Sie waren tatsächlich stets benachteiligt worden, und so war es eigentlich ein Wunder, dass sie der Monarchie so lange die Treue gehalten hatten. Und Spitzers Rechtfertigung, so dachte Bronstein, war schlicht erbärmlich. Jeder, der auch nur ein bisschen von Strategie verstand, hätte damals erkannt, dass ein solcher Angriff schierer Mord war. Er erfolgte zur falschen Zeit, mit ungenügenden Mitteln und ohne jede Überlegung. Es war vom ersten Moment an völlig klar gewesen, dass er nur zahllose Männer das Leben kosten würde, ohne dass die geringste Chance bestanden hatte, die Unterstände der Gegenseite auch nur zu erreichen.

Es mochte schon sein, dass das Oberkommando dafür die eigentliche Verantwortung trug, aber Spitzer hatte die Order willig befolgt, ohne auch nur eine Sekunde daran zu denken, was dies für die Männer bedeutete. Er hatte dieses Massensterben willentlich und wissentlich in Kauf genommen, und so gab es auch für Bronstein nichts, das er der Anklage des Jakob Müller hätte entgegenhalten können. Und so gab es auch für ihn keinen Zweifel an der Schuld des Kommandanten.

Doch durfte man sich angesichts dieser Erkenntnis dazu hinreißen lassen, genauso zu agieren, wie es Spitzer getan hatte? Sank man damit nicht automatisch auf das Niveau dieses Schlächters herab?

„Du fragst dich sicher", hörte er plötzlich Müller sagen, „ob wir nicht dasselbe Unrecht begehen wie er, wenn wir ihn jetzt verurteilen. Ich sage: Nein, das tun wir nicht, denn dieser Mann hat die faire Chance, sich zu verteidigen, und das ist wahrhaft mehr, als man von unseren Kameraden sagen kann, die er in den sicheren Tod geschickt hat."

Bronstein blickte auf Spitzer. Wenn ihm schon nichts einfiel, das er zu seiner Entlastung vorbringen konnte, dann musste er wenigstens um Gnade flehen, denn sonst war sein Schicksal wirklich und wahrhaftig besiegelt. Dann konnte ihm niemand mehr helfen, schon gar nicht ein kleiner Bronstein, der seine liebe Mühe damit hatte, in Spitzer einen Angeklagten zu sehen, der ein Recht auf eine angemessene Verteidigung hatte.

Aber auch Spitzer schien nun zu erkennen, dass die Luft für ihn dünn wurde. Mit leiser Stimme bettelte er nochmals um Gehör: „Aber ihr müsst mir doch Gelegenheit geben, auch für mich zu sprechen. Es war doch so, dass ich den Angriff abbrechen ließ, als ich erkannte, dass er nicht zum gewünschten Erfolg führen würde. Ich tat dies, um euer Leben zu schonen."

„Hört euch den an", spottete Müller, „er wollte unser Leben schonen! Einen Dreck hast du! Wir haben kein Signal zum Rückzug vernommen. Das sagst du jetzt nur, um deine Haut zu retten, du Mörder."

„Das ist nicht wahr", protestierte Spitzer, „sofort, als die erste Welle ins Stocken kam, befahl ich, den Angriff abzubrechen."

„Ach ja? Und wem hast du diesen Befehl gegeben?" Müllers Frage wurde von allen anderen durch gespannte Gesichter unterstrichen.

„Hauptmann Schretter. Ihr müsst ihn dazu hören. Er wird euch das bestätigen können. Ich habe ihm den sofortigen Rückzug in die Stellungen befohlen, und er hat diesen Befehl an die Melder weitergeleitet, und zwar umgehend."

„Lügner!", klang es auch acht Kehlen gleichzeitig.

„Aber wenn ich es euch doch sage! Ihr müsst mir glauben. Fragt den Schretter! Fragt ihn!"

Müller trat ganz nah an Spitzer heran und beugte sich zu ihm hinab: „Ja weißt du es denn wirklich nicht? Der Schretter ist während der letzten Brussilow-Offensive gefallen! Sehr praktisch für dich, was? Schiebst einen Toten vor, weil du genau weißt, dass der uns nichts mehr sagen kann."

Bronstein beobachtete Spitzers Reaktion. Dessen Entsetzen schien echt zu sein. Offensichtlich hatte der Kommandant wirklich keine Ahnung von Schretters Tod gehabt. Spitzer begann zu zittern, und auf seiner Stirn standen Schweißperlen. „Wieso", stammelte er, „hätte ich so etwas tun sollen? Es ist doch unsinnig, sich auf einen Mann zu berufen, der einen nicht entlasten kann. Ich kann euch nur bitten, mir zu glauben, dass ich ..." Spitzer rang nach Worten. Es konnte kein Zweifel mehr daran bestehen, dass er sich endlich seiner verzweifelten Lage bewusst geworden war. „Die Melder", presste er schließlich hervor, „die müssen es doch wissen. Fragt die Melder!"

„Selbst wenn es wahr wäre, was du sagst", hielt ihm Müller entgegen, „ändert es nichts an der Tatsache, dass du den Befehl überhaupt erteilt hast. Für uns ist es letztlich ohne Belang, ob du das halbe oder das ganze Regiment geopfert hättest. Jeder mutwillig von dir in den Tod geschickte Kamerad ist einer zu viel."

„Ich habe niemanden in den Tod geschickt", beharrte Spitzer, „ich habe nur einen Befehl weitergegeben. Das habt ihr doch all die Jahre auch gemacht. Befehle ausgeführt, meine ich. Das ist nun einmal so in einer Armee."

„Blödsinn! Wie kannst du Schwein das vergleichen?", fuhr ihn Lazarenko an. „Wir mussten gehorchen, weil wir sonst erschossen worden wären. Dich hätte niemand zur Verantwortung gezogen, wenn du etwas weniger eifrig im Töten gewesen wärst."

„Kameraden, erinnert ihr euch an diesen Jungen aus Brody?" Ciorbea blickte fragend in die Runde und erntete allgemeines Nicken. „Er war frisch von der Schule gekommen. Gerade achtzehn Jahre alt. Was der für Angst hatte! Jede Nacht hat er geweint, und allen von uns war klar, dass der eigentlich niemals hätte tauglich sein dürfen, schwachbrüstig, wie er war. Er hatte diesen sanften Blick und diese unglaubliche Traurigkeit in seinen Augen. Er schrieb pausenlos. Und er erzählte uns, dass er nur deswegen bei der Armee gelandet war, weil die Trottel bei der Stellung nicht verstanden hatten, was er ihnen gesagt hatte. Das Attest, das seine beginnende Tuberkulose bezeugte, war ihnen egal gewesen. Der Junge könnte jetzt Advokat sein, oder Zeitungsschreiber, wer weiß. Und stattdessen ist er tot. Er hat von Anfang an gewusst, dass er an der Front sterben würde.

Aber euch da auf eurem Feldherrenhügel war das egal. Einer mehr oder weniger, darauf kommt es euch doch nicht an. Aber jetzt, wo ihr genug von uns gemordet habt, jetzt trefft ihr euch irgendwo auf ein kultiviertes Palaver und einigt euch darauf, dass das alles eigentlich gar nicht stattgefunden hat. Während irgendwo in einem einsamen Feld die Knochen des Jungen aus Brody verfaulen."

„Ja", knurrte Nemeth, der Ciorbeas Schilderung bewegt gefolgt war, „ich erinnere mich gut an diesen schmächtigen Burschen. Er konnte keinen Mehlsack schleppen, und trotzdem war er unendlich viel mehr wert als ihr ganzes Offiziersgeschmeiß." Er wandte sich an die anderen: „Ich weiß nicht, Kameraden, weshalb wir hier noch ewig herumreden. Jagen wir diesem Dreckschwein ein paar Kugeln in seinen feisten Wanst und requiescat in pace."

Bronstein registrierte allgemeine Zustimmung, und er sah niemanden, der bereit war, den Kommandanten auch nur ansatzweise zu verteidigen.

„Leute", hörte er sich plötzlich sagen, „Ruhe, Leute, Ruhe! Hört mir zu. Ihr habt ja recht. Dieser Kerl ist ein Schwein. Er ist es wegen der schweinischen Verbrechen, die er begangen hat. Aber wäre es nicht ebenso ein Verbrechen, wenn wir ihn jetzt einfach umbrächten? Würden wir dadurch nicht genau so sein, wie er es war?"

Tatsächlich schienen die Männer nachdenklich zu werden. Es war just Spitzer selbst, der ihren Zorn aufs Neue anfachte: „Sie miese Kreatur", zischte dieser Bronstein an, „Sie waren Leutnant und machen gemeinsame Sache mit denen da. Sie sind eine Schande für die Uniform, die Sie getragen haben."

„Halt's Maul, du Schwein!", schrie ihn Müller an. „Wenn da wer eine Schande ist, dann bist das du. Und zwar eine Schande für die ganze Menschheit! Du und dein Scheißgeneralstab. Euch sollte man allen den Prozess machen und euch anschließend aufhängen. Ihr habt diesen Krieg aus den niedrigsten Motiven geführt, die man sich vorstellen kann! Ihr habt Millionen von Menschen geopfert, nur damit ein paar Banditen noch mehr zusammenrauben können! Der Krieg, heißt es immer, ist eine noble Sache, und es sei ehrenvoll, für das Vaterland zu sterben. Diesen Blödsinn haben sich irgendwelche Geldsäcke ausgedacht, um ihre niedrigen Ziele zu verfolgen. Kein französischer Bauer hat mir je Leid angetan, kein russischer Muschik mein Heim bedroht, kein Italiener mir ans Leben gewollt. Und dann seid ihr gekommen, ihr widerlichen Verbrecher, und habt Zwietracht gesät zwischen den Völkern. Ihr, die ihr uns immer schon bis aufs Blut gequält habt. Vor tausend Jahren waren wir eure Sklaven, vor hundert Jahren eure Leibeigenen, und jetzt müssen wir uns in euren Fabriken zu Tode schuften, wenn wir nicht für euch auf irgendwelchen Schlachtfeldern krepieren. Ihr erzählt uns etwas davon, dass die Engländer, die Russen, die Belgier unsere Feinde wären, und dann stellt sich heraus, dass der deutsche Kaiser mit dem König der Engländer und dem Zaren von Russland verwandt ist, und unser Kaiser mit dem belgischen König. Na, die werden alle ganz furchtbar miteinander verfeindet sein! Ein kleiner Familienzwist, der halt unglücklicherweise Millionen Menschen das Leben kostet. So ein Pech aber auch."

„Ach, was wisst denn ihr von Politik", murmelte Spitzer.

„Genug, um zu wissen, dass wir betrogen wurden! All die Jahre! Verraten und verkauft! Vom Kaiser, von den Politikern und von den Militärs. Wir haben da draußen unser Blut gegeben fürs Scheißvaterland, während unsere Familien zu Hause Hunger litten. Und der Kaiser sitzt in seinem Schönbrunn, spachtelt Kapaun mit Kaviar und spült das ganze mit Schampus hinunter. Dieser Krieg ist ein einziger himmelschreiender Skandal. Für euch aber war es ein Skandal, wenn in der Offiziersmesse das Zitronensorbet aus war."

„Aber Sorbet gab es doch gar nicht", empörte sich Spitzer, „auch wir mussten Einschränkungen in Kauf nehmen."

Müller starrte den Kommandanten fassungslos an. Dann drehte er sich mit einem Kopfschütteln um: „Ich glaub es nicht! Der Mensch bringt mich noch zum Wahnsinn."

„Ich sag's ja", wiederholte Nemeth, „jagen wir ihm eine Kugel in den Kopf und fertig."

Spitzers Angst verwandelte sich an dieser Stelle in Wut. „Was bildet ihr ungehobelten Lackln euch eigentlich ein?", schrie er plötzlich, „wisst ihr nicht, wo euer Platz ist? Was ihr euch da anmaßt, ist reine Chuzpe! Eine absolute Frechheit, für die ihr ausgepeitscht gehört. Ihr seid nichts als tumbe Bauern, was wagt ihr es, euch in Dinge hineinzumischen, von denen ihr keine Ahnung habt und niemals haben werdet. Daran sind überhaupt nur diese miesen Sozis schuld, die euch die Köpfe verdreht haben mit ihrem giftigen Geschwafel von der Gleichheit aller Menschen und so einem Unfug. Die gottgewollte Ordnung in Frage stellen, was für eine Dreistigkeit! Ein Bauer ist ein Bauer, und ein Kaiser ist ein Kaiser. So war es immer, und so wird es immer sein. Daran ändert ihr gar nichts! So weit kommt's noch, dass irgendein Habenichts mitbestimmt, was zu geschehen hat. Lernt erst einmal lesen und schreiben, ihr blödes Pack, dann wagt es noch einmal, euren Mund aufzumachen. So viel kommt nicht auf euch, wie ihr euch da anmaßt, ist euch das klar? Ihr elendes Gesindel gehört in die Kasematten, auf ewig, damit euch diese Dreistigkeit ein für allemal vergeht, ihr Schufte, ihr gottlose Bande von ..."

Spitzer jaulte kurz auf, dann fiel er seitwärts zu Boden. Nemeth war wie eine Raubkatze auf ihn zugesprungen und hatte ihm die Faust ins Gesicht gerammt. „Halt den Mund, du Hund!", fauchte er, „ihr seid es, die ausgepeitscht gehören. Wir haben die Felder bestellt, wir haben für eure Nahrung gesorgt. Wir haben die Kleider gewebt, die ihr tragt. Wir haben die

Kutschen, die Automobile und die Züge gebaut, mit denen ihr über die Lande reist. Wir haben eure Paläste errichtet, wir bedienen euch Tag und Nacht. Ohne uns würdet ihr keinen einzigen Tag überleben, und da wagst du erbärmliche Figur von Chuzpe zu reden? Eure Klasse ist eine einzige Chuzpe. Von Anbeginn an! Allein schon dass ihr existiert ist eine Provokation. Und genau darum hat euch jetzt die letzte Stunde geschlagen. Wie die Maden im Speck habt ihr gehaust, habt euch gefräßig alles unter den Nagel gerissen, was wir im Schweiße unseres Angesichts geschaffen haben. Ihr habt eure Domänen mit jeder Generation noch prunkvoller ausgestalten lassen, während wir im Dreck vor uns hinvegetieren mussten. Unsere Frauen gebärten rittlings auf dem Felde, während ihr Redouten abhieltet, um deren Kosten hundert Bauern ein Jahr in Saus und Braus hätten leben können. Nein, nein, komm du mir nicht mit Chuzpe, du Schwein. Damit ist es jetzt vorbei! Hier und jetzt gilt dein Gesetz nicht mehr, genauso wenig wie dein verfluchter Befehl! Wir sind deine Richter, und als solche sagen wir dir, dass du schon seit Jahrhunderten reif für den Streich bist. Du und deinesgleichen, ihr seid alle reif, dass man euch umlegt als Quittung für die Knechtschaft der Armen im Reich. Niemals in der Geschichte hat Erbarmen euer Herz bewegt, wenn wir dank Elend und Not vor der Zeit hinfaulen mussten. Im Gegenteil, mit Steuern habt ihr noch ärger von uns geraubt, und wer von uns überlebte, der wurde zu den Soldaten gepresst. Gott, der Herr, war weit, und seine Pfaffen beteten lieber den Wein an, wenn sie nicht hinter unseren Frauen her waren. Von all dem haben wir nun endlich genug. Jetzt wird abgerechnet. Ein für alle Mal! Du bist schon tot, Spitzer, du weißt es nur noch nicht. Aber in meinen Augen bist du nichts anderes mehr als ein Kopf, der unter dem Fallbeil liegt."

Bronstein kam aus dem Staunen nicht heraus. Hatte ihn schon Müllers Rede beeindruckt, so war dieser Ausbruch des bärtigen Ungarn beinahe bühnenreif gewesen. Ein Wort hätte genügt, und er, Bronstein, hätte mit Feuereifer „Crucifige!" gerufen. Er würde, so beschloss er für sich, nie mehr abfällig über die unteren Chargen sprechen, denn eben war er Zeuge geworden, welche Talente in ihnen schlummerten.

Erst in der allgemeinen Zustimmung der Männer wurde ihm allmählich bewusst, dass man mittlerweile Spitzer Taten zur Last legte, von denen er zweifelsfrei profitiert hatte, für die er aber nicht verantwortlich war. So ungerecht und verlogen das herrschende System auch immer sein mochte, Spitzer hatte es nicht geschaffen. Und Bronstein fand, er war es seiner Stellung als Beamter schuldig, auf diesen Punkt hinzuweisen. „Liebe Freunde", ergriff er neuerlich das Wort, „der gute Nemeth hat fraglos recht, wenn er die Ungerechtigkeiten dieser Welt geißelt. Aber dafür müssen wir Gott, Kaiser und Vaterland verantwortlich machen. Der Spitzer da hat von dieser Ordnung ohne Zweifel profitiert, aber er hat diese Ordnung nicht gemacht. Wie ihr wisst, bin ich Polizist, und als solcher habe ich eine jahrelange Erfahrung mit Verbrechern. Die meisten von ihnen sind nicht gerade das, was man einen guten Menschen nennen würde. Und der Spitzer ist das auch nicht, da sind wir uns ja wohl alle einig. Aber der Leumund eines Menschen darf nicht die Entscheidung darüber beeinträchtigen, ob dieser Mensch nun ein bestimmtes Verbrechen begangen hat oder nicht. Bleiben wir also bitte sachlich. Die Frage, die ihr … die wir uns stellen, ist, ob der Spitzer, da er uns damals so rücksichtslos in einen sinnlosen Sturmangriff zwang, Strafe verdient, und wenn ja, welche. Alle anderen Fragen sollten wir uns für den Moment aufheben, da an Spitzers Stelle Karl der Letzte da sitzt."

„Gut", schmunzelte Andrinović, „richten wir ihn nicht für millionenfachen Mord, sondern nur für dreihundertfachen Mord. Was, lieber Bronstein, ist dafür der Strafrahmen in eurem Gesetz?" Bronstein wusste, warum Andrinović ihn angrinste.

Es machte keinen Unterschied, ob einer zehn oder zwanzig oder noch mehr Menschen umgebracht hatte, nach den geltenden Gesetzen war für ein derartiges Delikt jedenfalls die Todesstrafe vorgesehen. Und ein Milderungsgrund für Spitzers Tat mochte sich schwerlich finden. Doch Mord war eben nicht gleich Mord. Das Problem lag ja genau darin begründet, dass Spitzer nicht einfach zur Waffe gegriffen und 320 Menschen getötet hatte, sondern dass er im Rahmen eines Krieges, der von allen Seiten als gerecht apostrophiert worden war, einen Befehl erteilt hatte, der in der Folge zum Tod von 320 Menschen führen sollte.

Doch Bronstein war klar, dass eine derartige Spitzfindigkeit die Männer kaum überzeugen würde. Spitzers Tat würde nirgendwo auf der Welt als ein Verbrechen angesehen werden. Das wäre wohl nicht einmal dann der Fall, wenn er befohlen hätte, ein Dorf auszulöschen, sodass die Toten Zivilisten gewesen wären. Selbst das würden die Gerichte als Kollateralschaden abtun. Im Rahmen der herrschenden Ordnung durfte man das Tun Spitzers nicht in Frage stellen, da man sonst diese Ordnung an sich in Frage stellen würde. Und das taten eben nur die Kommunisten, die sich in unversöhnlichem Gegensatz zur bürgerlichen Herrschaft befanden.

Bronstein befand sich in einem tiefgreifenden Zwiespalt. Einerseits anerkannte er, auch aus der persönlichen Erfahrung heraus, die Rechtmäßigkeit der Empörung der Männer. Doch andererseits war er viel zu lange Diener dieses Staates gewesen, um das Faktum vergessen zu können, dass bürgerliches Recht und Moral zwei einander ausschließende Begriffe waren. Stellte er sich also auf die Seite der Männer, dann musste er eigentlich die Konsequenzen ziehen und seinen Posten als Beamter niederlegen, denn dann stand er nicht mehr auf dem Boden jener Rechtsordnung, auf die er einen Eid abgelegt hatte. Diese Erkenntnis wog schwer auf Bronsteins Schultern, und er hatte mit einem Mal das Gefühl, die Vorwürfe, welche die Männer an

Spitzer richteten, betrafen, wenn auch in viel kleinerem Ausmaß, auch ihn. Seit er in die Reihen der Wiener Polizei eingetreten war, hatte er immer wieder Befehle ausgeführt, die ihm
nicht korrekt vorgekommen waren. Er erinnerte sich daran, zu
Beginn seiner Laufbahn oftmals bei der Delogierung irgend-
welcher ins Elend gekommener Arbeiter mitgeholfen zu haben,
deren einziges Vergehens es gewesen war, den Zins nicht mehr
zahlen zu können, weil sie ein skrupelloser Unternehmer entlassen und ein ebenso skrupelloser Hausherr auf seinem vermeintlichen Recht bestanden hatte. Wie oft hatte er Landstreicher
in Arrestzellen gesteckt und damit ihre Abschiebung bewirkt,
bloß, weil sie in ihrer Verzweiflung außerhalb ihres Heimat-
ortes Arbeit gesucht hatten. Ihm fielen ausgemergelte Kinder
ein, die er, mit Tränen in den Augen zwar, aber dennoch, einge-
sperrt hatte, weil sie in ihrer Hungersnot Lebensmittel gestohlen hatten.

Die Rechtsordnung war eine komische Sache, befand Bronstein. Wenn man das Recht auf seiner Seite wusste, dann
konnte man den Leuten in großem Stil das Geld aus der Tasche
ziehen, wie das etwa mit den Kriegsanleihen geschehen war,
die nun nur noch als Heizmaterial dienten. Wenn man aber
ein armer Schlucker war, dann sah man sich der Härte des Gesetzes erbarmungslos ausgesetzt. Hatte er, Bronstein, nicht also
auch Schuld auf sich geladen, da er seine Befehle ausführte,
wie moralisch fragwürdig sie auch immer gewesen sein mochten? Bronstein blickte in sein Inneres und wusste, wenn er Spitzer schuldig sprach, dann musste er auch sich selbst schuldig
sprechen.

Der Major konnte sich selbst nicht erklären, weshalb ihm
an dieser Stelle plötzlich die Bibel einfiel. Gab es da nicht eine
Geschichte, in der das Volk eine Ehebrecherin verurteilen
wollte, ehe Jesus in die Herzen der Menge geblickt und sie
beschämt hatte? Wer frei von Sünde ist unter euch, der werfe

als Ester den Stein auf sie, oder so ähnlich lautete das Zitat. Bronstein spuckte aus und erhob sich. Das Gerede der Männer verstummte, und sie sahen ihn an.

„Es tut mir wirklich leid, Freunde, aber ich kann diesen Mann, was immer er auch getan haben mag, nicht verurteilen. Mir ist eben bewusst geworden, wie oft ich selbst falsche Entscheidungen getroffen und mitleidlos gegenüber anderen agiert habe. Es war das reine Glück, dass dieses mein Tun niemals so furchtbare Folgen zeitigte wie in Spitzers Fall, aber im Wesen unterscheiden sich meine Fehler nicht von seinen. Wie ihr alle wisst, war und bin ich Polizist. Auch ich habe Befehle, ohne sie zu hinterfragen, befolgt, obwohl ich das bisweilen immer wieder hätte tun sollen. Wer also bin ich, über diese Kreatur da zu richten? Und wenn ihr ganz ehrlich meine Meinung wissen wollt, dann solltet auch ihr in euch gehen, ehe ihr über diesen Kerl den Stab brecht."

Bronsteins Worte lösten Irritation aus. „Bist jetzt a Pfarrer worden?", fragte Gajdošik fassungslos.

„Nein, aber mir ist klar geworden, dass es hier nicht allein um Spitzers Tat geht, sondern um größere Zusammenhänge. Vergesst, dass sich die verderbten Repräsentanten dieses sterbenden Staates eine solche Frage aus Prinzip nie gestellt haben. Genau darum gehen sie jetzt ja auch unter. Für uns hier müssen höhere moralische Anforderungen gelten, wenn wir etwas Neues, etwas Besseres schaffen wollen. Und gerade deshalb sage ich euch, nur wenn wir selbst absolut sicher sind, niemals falsch gehandelt zu haben, besitzen wir das Recht, andere für ihre Fehler zu tadeln."

„Was ist", ätzte Müller, „bist auf Moralin forte?"

Bronstein ging auf den Einwurf nicht ein, sondern wandte sich an Gajdošik: „Wenn ich mich richtig erinnere, hast du vor dem Krieg bei Mannlicher gearbeitet. Du hast Gewehre produziert. Glaubst du, die sind nur für die Fasanjagd gebaut worden? Hast du dich gefragt, wie viele Menschen durch deiner Hände Arbeit zu Tode gekommen sind? Und du, Veverka, du warst lange Jahre auf der Triestiner Werft tätig. Ihr habt Kriegsschiffe gebaut. Was sagt dir das? Andrinović, du warst Eisenbahner. Mit der Bahn sind die Soldaten an die Front gebracht worden." Er sah die Männer an, und sie hielten seinem Blick nicht stand. Betreten sahen sie zu Boden.

„Glaubt mir", fuhr er fort, „wir alle haben den Fehler gemacht, vier Jahre lang mitzumachen. Und genau damit haben wir uns mitschuldig gemacht. Es mag sein, dass wir es heute besser wissen, und ohne Frage hat niemand von uns jemals etwas so Verwerfliches getan wie dieses Schwein da, aber müssen wir nicht gerade darum Lehren aus unserem Tun ziehen? Heißt ein Neubeginn nicht auch, mit dem Alten zu brechen? Die bisherige Ordnung hat den einfachen Menschen verachtet, das ist wahr. Aber wollen wir damit fortfahren, jetzt, wo wir endlich die Gelegenheit haben, es besser zu machen?"

Veverka erhob sich und stapfte auf die Tür zu. „Franta, was ist?", rief ihm Müller nach.

„Scheiße, er hat recht", fluchte Veverka und spuckte verächtlich auf den Boden. „Wir dürfen das nicht tun. Um unserer selbst willen und um der neuen Zeit willen, die hoffentlich endlich gekommen ist."

Bronstein sah, wie mehrere Männer schweigend nickten. Auch Müller entging dies nicht: „Was ist denn auf einmal mit euch los?", fragte er. „Da packt der Bronstein ein paar gefühlsduselige Sonntagspredigten aus, und schon kuscht ihr wieder wie zu Kaisers Zeiten? Die neue Zeit kommt nicht von allein, die kommt nur, wenn wir sie herbeiführen."

„Ja", meinte Gajdošik, „aber Blut ist ein schlechter Anfang für eine neue Zeit."

„Das ist eigentlich wahr", meinte nun auch Krzeszinsky, „Blut ist in den letzten Jahren wahrlich genug geflossen."

„Wir sind keine hirnlosen Idioten, die ins Nichts der Geschichte geschleudert wurden", rief nun Müller, „wir haben es in der Hand, Geschichte zu machen ..."

„Und gerade deshalb sollten wir es anders machen als die Spitzers", fiel ihm Andrinović ins Wort. „Der Mann da ist doch ohnehin erledigt. Er wird nie wieder die Füße auf den Boden bekommen. Die paar Jahre, die ihm noch bleiben, wird er von einer kleinen Rente leben, die er in irgendeinem Wirtshaus versaufen wird, wo er davon träumen wird, wer er angeblich einmal war. Es stimmt also, der Spitzer ist schon tot."

Bronstein spürte, dass er zum entscheidenden Punkt der Angelegenheit vorgedrungen war. Wenn er verhindern wollte, dass Spitzer gelyncht wurde, dann war jetzt der Augenblick gekommen, die ganze Sache zu beenden. „Wir haben", sagte er, „hier nun wirklich eine gute Weile in aller Ausführlichkeit erörtert, wie wir zu dieser Frage stehen. Ich denke, es ist an der Zeit, dass wir darüber abstimmen, was mit Spitzer geschehen soll."

„Was steht denn jetzt überhaupt zur Auswahl?", wollte Ciorbea wissen.

„Wenn wir es besser machen wollen als er, dann lassen wir ihn laufen", beeilte sich Bronstein mit einer Erläuterung, um zu verhindern, dass ihm Müller zuvorkam.

„Aber dann wird er uns an die Behörden verpfeifen, und an seiner statt wandern wir in den Häfen", gab Nemeth zu bedenken.

„Ihr vergesst, dass ich Polizist bin", lächelte Bronstein, „wenn dieser Kerl ernsthaft glauben sollte, uns wegen dieser Nacht etwas anhängen zu können, dann finde ich Mittel und Wege, ihn zurechtzustutzen."

„Ich bin müde", ließ sich Lazarenko vernehmen, „stimmen wir ab in Gottes Namen, damit diese Geschichte ein Ende hat."

„Gut", griff Bronstein den Einwurf auf, „ich schlage vor, wir stimmen zunächst darüber ab, ob wir ihn laufen lassen. Wenn dieser Vorschlag keine Mehrheit finden sollte, dann müssen wir halt beraten, wie es weitergehen soll." Bronstein sah, wie Müller zu einer Erwiderung ansetzte, und so fügte er eilig hinzu: „Wer also dafür ist, sich an diesem Saukerl nicht die Hände schmutzig zu machen, Hand hoch."

Er zeigte auf und Veverka, Gajdošik, Andrinović und Lazarenko taten es ihm gleich. „Wer ist dagegen?", fragte er.

Müller und Nemeth zeigten auf.

„Was ist mit euch?", fragte er den Rumänen und den Polen.

„Wir enthalten uns", sagten sie aus einer Kehle.

„Fünf zu zwei ist, denke ich eine eindeutige Angelegenheit. Wie seht ihr das?"

Nemeth stimmte ihm zähneknirschend zu. Müller saß da und funkelte Bronstein böse an, doch er schwieg.

„Nun gut. Da es keine Einwände gibt, werde ich diesen Lumpenhund an die Frischluft befördern. Ihr wisst alle, wo ich wohne, und ich sage euch, ich würde mich sehr freuen, wenn wir uns bald einmal wieder sehen könnten, wenn auch unter erfreulicheren Umständen als den heutigen. Schon jetzt sage ich euch, die erste Runde geht auf mich. Für heute aber wünsche ich euch eine gute Nacht. Kommt gut heim und passt auf euch auf."

V.
Montag, 11. November 1918

Als Bronstein Spitzer aus dem Raum ins Freie schleppte, war es bereits heller Tag. Körniger Regen fiel vom Himmel, der sich nicht dazu durchringen konnte, zu Schnee zu werden. Spitzer stand die Todesangst noch ins Gesicht geschrieben, und sein Körper bewegte sich schwerfällig von der Hütte weg.

„Ohne Sie hätten die mich gemordet", stammelte er.

„Verdient hätten Sie's", gab Bronstein kalt zurück.

Spitzer sah den Major mit melancholischem Blick an: „Ich weiß, dass Sie mich genauso wenig mögen wie die da drinnen. Und trotzdem haben Sie mich gerettet. Warum?"

„Weil ich nicht so ein Tier bin wie Sie." In Bronstein kam Wut hoch: „Pass ganz genau auf, was ich dir jetzt sage." Bronsteins Stimme klang schneidend und bedrohlich. „Du wirst über diese ganze Sache kein Wort verlieren. Wenn du zu Hause angekommen bist, wirst du deiner Frau sagen, du hättest die ganze Zeit mit dem Schretter gesoffen. Es wäre einfach über dich gekommen, weil ..., was weiß ich, lass dir etwas einfallen. ... Weil die Monarchie am Ende ist, weil dir der Lebenssinn abhanden gekommen ist, weil der Kaiser, dem du gedient hast, abdanken muss, irgendetwas, wo deine Frau keinen Verdacht schöpft. Denn", und dabei hob Bronstein drohend den Zeigefinger, „wenn du auch nur eine einzige Silbe über das, was hier vorgefallen ist, verlauten lässt, dann komme ich über dich, und dann bist du wirklich tot. Hast du mich verstanden, du Aas!"

Spitzers Zittern nahm wieder zu, und mühsam nickte er.

„Gut. Dann hau ab. Aber mit zweimal Doppel-T! Flott, bitte!"

Der ehemelige Kommandant stand den Bruchteil eines Augenblicks zaudernd vor Bronstein, dann wandte er sich um und schickte sich an, durch den Wald in Richtung Straße zu verschwinden. Er war noch keine fünf Schritte weit gekommen, als ihn Bronstein zurückpfiff und zu sich zurückwinkte. Spitzer kam tatsächlich zurück, und in seinem Gesicht zeichnete sich Neugier ab. Ansatzlos krachte Bronsteins Faust mitten in sein Gesicht, sodass der Offizier das Gleichgewicht verlor und volle Länge nach hinten in den Matsch fiel. Blut schoss aus seiner Nase, und ein gurgelnder Laut des Schmerzes kommentierte das eben Geschehene.

„Das dafür, dass du nie vergisst, was ich dir eben gesagt habe! Kein Wort zu niemandem! Denk daran, ich bin bei der Polizei. Wenn nur ein einziger Name von meinen Kameraden deinetwegen aktenkundig wird, wirst du dir wünschen, nie geboren worden zu sein. Und jetzt pack dich, mach, dass du endlich verschwindest, du Mörder. Bevor ich es mir anders überlege und dich doch denen da drinnen überlasse."

Mühsam rappelte sich Spitzer auf und stolperte ohne weiteren Kommentar durch das Dickicht davon. Bronstein sah ihm so lange nach, bis er ihn aus den Augen verlor. Er überlegte, ob er sich von den anderen verabschieden sollte, doch das kam ihm nach all dem, was vorgefallen war, unpassend vor. Für ihn gab es nichts mehr zu tun. Er holte seine Taschenuhr hervor und registrierte, dass es beinahe acht Uhr morgens war. Und Bronstein beschloss, sich irgendwie ins Büro durchzuschlagen.

Während er dem Pfad folgte, der zurück zum Fahrweg führte, versuchte er sich ins Gedächtnis zu rufen, wie er tags zuvor zu dieser Hütte gelangt war. Seiner Meinung nach musste sich die Hütte irgendwo in der Nähe der alten Kartause befinden. Von dort mochte es möglich sein, nach Hütteldorf zu gelangen, und wenn er etwas Glück hatte, dann fuhr die Stadtbahn heute wieder, sodass die Chance bestand, das Stadtzentrum zu erreichen. Er versuchte, so schnell als möglich zu gehen, um damit die Kälte in die Schranken zu weisen, doch schon bald spürte er, wie die Müdigkeit der durchwachten Nacht seine Kräfte erlahmen ließ. Am meisten allerdings beunruhigte ihn der Umstand, nicht zu wissen, wo er sich überhaupt befand. Immerhin aber ging er beständig bergab, und das konnte bei der Geografie Wiens kein Fehler sein.

Er passierte zwei Lichtungen, ehe er zwischen den entlaubten Bäumen eine kleine Kapelle erblickte. In weiterer Folge kamen Grabkreuze in sein Sichtfeld, und schließlich war er sich sicher, den Mauerbacher Friedhof vor sich zu haben. Tatsächlich tauchte nun auch der mächtige Gebäudekomplex des ehemaligen Klosters auf, und Bronstein hoffte inständig, irgendwo auf eine Gaststube zu stoßen. Er war durchfroren, hungrig und durstig. Und er hatte schon seit einer schieren Ewigkeit keine Zigarette mehr geraucht. Von irgendwo stieg Rauch auf, und unter Aufbietung seiner letzten Kräfte hielt er auf das dazugehörige Haus zu. Völlig erschöpft klopfte er an.

Ein mürrischer Bauer öffnete: „Wir geben nix. Wir haben selber nix."

„Nein, nein", beeilte sich Bronstein, die Sache klarzustellen, „ich habe mich verirrt und weiß nicht, wo ich bin. Können Sie mir sagen, wo ich hier ein Gasthaus finde oder wenigstens eine Fahrgelegenheit nach Wien?"

Der Bauer musterte Bronstein skeptisch. Mit zittrigen Fingern langte dieser in seine Jackentasche, zog sein Portemonnaie hervor und schüttelte es, sodass der Bauer das Klimpern der Münzen vernehmen konnte.

„Ich will eben nach Hütteldorf fahren, um zu sehen, ob es dort etwas zu verdienen gibt. Für eine Krone nehme ich Sie mit."

Die Summe, die der Bauer verlangte, war unverschämt hoch, doch Bronstein hatte keine Wahl. Er nickte stumm und wartete darauf, welches Gefährt der Bauer sein Eigen nannte. Zum seinem Entsetzen kam ein simpler Leiterwagen zum Vorschein, vor den der Bauer einen ausgemergelten Esel gespannt hatte. Mit diesem Fortbewegungsmittel würden sie länger brauchen, als wenn sie zu Fuß gingen. Doch Bronstein war zu erschöpft, um nicht auf das Angebot einzugehen. Als sich der Bauer eine Zigarette anzündete und Bronstein eine anbot, da nahm er sie dankbar an und ließ sich schwerfällig auf das Sitzbrett fallen, das am vorderen Ende des Wagens befestigt war.

Eine halbe Stunde später, die Bronstein freilich wie eine Ewigkeit vorgekommen war, hielt der Bauer vor dem Hütteldorfer Bahnhof. Der Major entrichtete seinen Obolus und schleppte sich dann ins Innere des Gebäudes. Am Fahrkartenschalter saß ein verhutzeltes Männchen, das seine Finger an einem Kanonenofen wärmte.

„Guten Morgen. Sagen Sie, verkehren die Züge der Stadtbahn heute?"

„Säße ich sonst hier?"

„Hervorragend." Bronstein zückte seine Marke.

Der Mann riet ihm, sich zu sputen, denn dann würde er den 9 Uhr 20 noch erwischen. Tatsächlich stand der Zug bereit und war bereits unter Dampf. Der Stationsvorstand wollte eben das Zeichen zur Abfahrt geben, als Bronstein keuchend von den Stiegen zum letzten Waggon humpelte. „Gerade noch geschafft", sagte er in Richtung des Bahnbeamten und erklomm sodann die hohen Stufen, die ins Zuginnere führten. Ein Pfiff zerriss die Stille, und holpernd setzte sich die Garnitur in Bewegung. Bronstein nahm die Zigarette, die er am Ende der Fahrt dem Bauern noch abgerungen hatte, und zündete sie an. Während er rauchte, passierte er St. Veit und hielt auf Hietzing und Schönbrunn zu. Dort stieg niemand zu, und Bronstein ertappte sich bei der Frage, was wohl der Kaiser in seinem Schloss dachte. War der Mann überhaupt noch Kaiser, oder war er in der Zwischenzeit auch vom Thron gestoßen? Der Major sehnte sich nach einer Zeitung, doch da war partout niemand im Waggon, der ihn mit Lesestoff hätte versorgen können.

Nachdem der Zug in Meidling gehalten hatte, setzte er seine Fahrt durch Margareten fort, und endlich, wenige Minuten vor zehn Uhr, hatte Bronstein sein Fahrziel erreicht. Da er wusste, dass die Straßenbahnen endlich wieder verkehrten, begab er sich schnurstracks zur Oper und nahm die Linie 1, die ihn in weiteren zehn Minuten zur Universität brachte. Fünfzehn Minuten nach zehn Uhr morgens betrat Bronstein sein Büro.

„Ja Bronstein, sind S' denn von allen guten Geistern verlassen! Wir warten schon seit acht Uhr auf Sie. Wir haben einen Sondereinsatz am Ballhausplatz. Alle Abteilungen müssen an einem Strang ziehen, sonst eskaliert die Lage! Also kommen S' endlich, Sie Unglücksrabe." Der stellvertretende Polizeipräsident hatte sich doch glatt die Mühe gemacht, auf Bronstein in dessen Büro zu warten, und ohne auch nur den Ansatz einer Rechtfertigung Bronsteins abzuwarten oder diesen gar verschnaufen zu lassen, fasste er den Major am Arm und schleppte ihn umgehend aus dem Büro. Er verfrachtete ihn in einen Wagen, der vor dem Hintereingang des Präsidiums wartete, und fuhr ohne Umschweife zum Ballhausplatz. „Da tagt der Ministerrat", erklärte er schließlich, „und kein Mensch kann sagen, ob es nicht zu Unruhen kommt. Die nächsten Tage sind von enormer Bedeutung für das gesamte Land, da dürfen wir uns keinen einzigen Fehler erlauben. Wir haben dafür zu sorgen, dass auch im Untergang alles seine Ordnung hat."

Vor dem Gebäude herrschte vollkommene Ruhe. Kein Mensch demonstrierte auf dem Platz, selbst die Hofburg brauchte keinen Schutz, da es sich allgemein herumgesprochen hatte, dass der Kaiser entgegen anders lautenden Gerüchten nicht von Schönbrunn in die Innenstadt kommen würde.

„Da ist ja gar niemand!", entfuhr es Bronstein, der sich immer noch ziemlich verkatert fühlte.

Auch der Vizepräsident war irritiert. „Ja, ist denn da nicht der Ministerrat? Holubek, fragen S' nach, was da los ist."

Der Fahrer stieg gelangweilt aus dem Wagen und ging zu den Stehposten am Eingangstor der Regierungszentrale. Nach einem kurzen Gespräch kam er zurück. „Die Sitzung ist auf eins verlegt worden. Der Ministerpräsident ist in Schönbrunn beim Kaiser. Angeblich will er den Rücktritt der Majestät erreichen."

„Na, da schau'n wir jetzt schön aus der Wäsch." Der Vizepräsident war sichtlich verlegen, fing sich aber rasch wieder: „Apropos schön aus der Wäsch. Wie schau'n denn Sie aus, Bronstein? Ham S' die Nacht durch'macht oder was?"

„Eher oder was", maulte Bronstein. „Hören S', Herr Präsident, ich weiß, es ist absolut gegen jedes Reglement, aber wenn die Sitzung ohnehin erst um 13 Uhr beginnt, dürfte ich dann kurz einmal auf einen Kaffee gehen? Glauben Sie mir, ich habe die ganze Nacht kein Auge zugetan, aber nicht, weil ich privat über die Stränge geschlagen hätte. Ich habe einen unserer Fälle gelöst. Wenn er sich unterwegs nicht dersteßen hat, wird Generalleutnant Spitzer von Grabensprung in etwa jetzt wohlbehalten wieder bei seiner Gattin eintreffen. Den Bericht dazu bekommen Sie wie üblich schnellstmöglich."

„Die Spitzer-G'schicht?" Der Vizepräsident war beeindruckt. „Na, da schau her! Wie ist Ihnen denn das so schnell gelungen? Und vor allem, was war's? Eine Entführung? Eine Liebesg'schicht'? Was Politisches?"

„Viel harmloser, Herr Präsident! Versoffen hat er sich, der alte Herr General. Mit alten Frontkameraden. Ich glaub, der verkraftet die Niederlage nicht."

Der Vizepräsident war sofort voll des Mitgefühls: „Wer kann es ihm verdenken. Da ist man ein Held des Vaterlandes, und dann muss man, gebunden wie einst Prometheus, tatenlos zusehen, wie alles, was einem teuer, lieb und wert war, untergeht. Ich sage Ihnen eines im Vertrauen, Bronstein. Was sich da jetzt rund um uns ereignet, das ist der reine Wahnsinn. Die Völker der Monarchie, sie sind alle kollektiv trunken und wissen daher nicht, was sie tun. Eigentlich ist das alles eine einzige Wirtshausschlägerei, nur halt in herkulischem Ausmaß. Die Böhmen, die Polen, die Südslawen, sie haben einfach alle einiges über den Durst getrunken, und jetzt werden sie rabiat. Das klassische Szenario des larmoyanten Säufers. Zuerst kommt die Phase des Selbstmitleids, wo man endlos lamentiert, wie sehr man nicht vom Schicksal benachteiligt ist. Das alles natürlich umfang- und wortreich beklagt, während man ein Viertel nach dem anderen in sich hineinschüttet. Dann kommt der Moment, in dem das Wehklagen in Aggression umschlägt. Man stößt üble Verwünschungen aus, ohne darauf zu achten, was man überhaupt sagt. Und es wird fleißig weitergetrunken. Die Flüche werden immer wilder und immer derber. Und auf einmal glaubt man, man ist unbezwingbar, und der verbalen Wüterei folgt die tatsächliche. Aber da man mittlerweile volltrunken ist, überschätzt man die eigene Kraft maßlos und bekommt dann gehörig eins auf die Nase. Meistens wacht man nach so einer Nacht verkatert und verbeult in der Ausnüchterungszelle auf. Und genau so, Bronstein, wird es auch diesen Völkern ergehen. Im Augenblick halten sie sich für Jung Siegfried, aber keine dieser sogenannten Nationen wird einen Staat bilden, der auch nur einigermaßen Bestand hat. Das ist doch alles eine Farce! Die Serben können die Kroaten nicht leiden, und die Kroaten nicht die Slowenen, und die halten wiederum nichts von den Montenegrinern. Einig sind sich die doch nur, wenn es gegen die Bosniaken geht. Und Polen und Ruthenen? Ich bitte Sie, die gehen sich bei der erstbesten Gelegenheit an die Gurgel. Und glauben Sie ernsthaft, die Ungarn werden es sich gefallen lassen, dass die Böhmen ihnen einfach die Slowaken wegnehmen? Nein, nein, Bronstein, glauben Sie mir, was immer da jetzt proklamiert wird, ob das jetzt Volksrepublik Polen, Tschechoslowakei oder SHS-Staat heißt, das ist übers Jahr genauso Geschichte wie unsere geliebte Monarchie. Und dann werden diese Völker alle reumütig ankommen und ihren Kaiser zurückhaben wollen. Aber dann wird's halt zu spät sein. Wie bei einer Wirtshausrauferei eben. Der Schaden ist angerichtet und nicht wiedergutzumachen."

Der Vizepräsident schwieg plötzlich, und sein Gesicht umspielte ein Hauch von Melancholie, der Bronstein davon abhielt, ihm zu widersprechen.

„Und wissen S', was das Beste ist", fuhr der Vizepräsident mit einem bitteren Lachen nach einer kleinen Weile fort, „ich werde meines Amtes enthoben und in Pension geschickt. Mit 58! Für mich ist in der deutschösterreichischen Exekutive kein Platz, heißt es. Weil ich aus Iglau komm, stellen S' Ihnen das vor! Meine Familie war schon deutsch, da haben diese Matajas noch nicht einmal ihre eigene Muttersprache fehlerfrei beherrscht. Und jetzt erklären mir die, ich bin kein Österreicher! Warum sitz ich überhaupt noch hier? Soll sich doch mein Nachfolger mit dem ganzen Chaos da herumschlagen."

Bronstein war ehrlich überrascht: „Sie werden abgelöst, Herr Präsident?"

„Ja. Morgen soll die gesamte Exekutive auf Deutschösterreich vereidigt werden. Und meine Teilnahme ist dabei nicht vorgesehen. Die vom Präsidenten auch nicht. Aber der hat ja schon am 30. demissioniert, wie S' wissen. Wer ihn beerbt, das steht noch nicht fest. Angeblich einer aus Linz. Aber wissen S', wen die an meiner statt zum Vizepräsidenten machen? Wissen S' das? Den Seydel! Ja, Sie haben richtig g'hört, den Seydel! Na ihr werdet einen Spaß haben. Ich hör das schon richtig", sagte er mit Verbitterung und äffte den Kollegen nach: „Na …

alsdern ... meine ... Herren. Haben wir schon ... ich meine, wissen ... wir schon ... wie? Was? Wie schau'n wir ... aus, mein ich."

Bronstein verbiss sich trotz des Ernsts der Lage ein Lächeln. Der Stotterer aus dem Präsidium war wirklich gut getroffen. „Das ist doch ein Witz", fauchte der Vize, „den Trottel befördern die. Was soll das für ein Staat sein, der zielsicher die unfähigsten Idioten an die Spitze stellt und auf Erfahrung, Wissen und Kenntnis verzichtet! Glauben S' mir, das geht niemals gut. Das kann gar nicht gutgehen!"

Bronstein wurde mit einem Mal bewusst, dass auch er sich umorientieren musste. Die Vorgesetzten waren immer schon gekommen und wieder gegangen, aber der Wechsel einer Regierungsform war denn doch ein Novum in der Geschichte des Landes. Na ja, mit dem Seydel würde man wenigstens leichtes Spiel haben, der konnte ohnehin keiner Debatte folgen. Er würde ein wenig herummaulen, aber er würde sich aus dem Tagesgeschäft heraushalten. Die Information mit Linz war da hingegen schon beunruhigender. Ein Provinzler, der würde sich möglicherweise zum Scharfmacher berufen fühlen, um den Mangel seiner Herkunft zu kompensieren. Fieberhaft dachte Bronstein nach, wen er in Linz kennen mochte, um rechtzeitig Informationen einholen zu können, wer für einen solchen Karrieresprung in Frage kam. Doch für den Augenblick fiel ihm partout niemand ein.

„Wollten S' nicht auf einen Kaffee gehen?"

„Doch, Herr Präsident. Wenn Sie mich im Augenblick nicht brauchen, würde ich mich gerne entfernen."

„Gehen S' ruhig, Bronstein, gehen S' ruhig. Uns geht das alles ja eigentlich eh nix mehr an. Ich werd morgen meinen Schreibtisch ausräumen, und am Mittwoch am Vormittag, da schau'n S' bei mir auf ein Glaserl vorbei, dann stoßen wir noch einmal an, gelt! Auf die alten Zeiten. Weil auf die neuen, da brauchst gar nicht erst Prost sagen. Da kannst dich nur mehr ansaufen. ... Na egal. Wissen S' was, Bronstein, vertreten S' Ihnen in aller Ruhe die Beine. Wir treffen uns wieder hier um dreiviertel eins. Einverstanden?"

„Sehr wohl, Herr Präsident. Und danke für die Einladung. Ich komm sehr gern."

Bronstein warf noch einen Blick auf den Vizepräsidenten, der nun unendlich traurig wirkte, und stieg dann rasch aus dem Wagen. Er querte den Minoritenplatz und kam so in die Herrengasse, wo er auf das „Herrenhof" zuhielt. Er hoffte, Jelka dort anzutreffen, doch er wäre schon zufrieden gewesen, Kisch vorzufinden. Irgendeine bekannte Seele, der er sich anvertrauen konnte. Es mochte schon sein, dass die Monarchie endgültig am Ende war und ihr just an diesem Montag die allerletzte Stunde schlug, aber ihm ging die Causa Spitzer noch viel zu sehr an die Nieren, um an das Kaiserreich denken zu können. Was er in diesen Stunden erlebt, vielmehr: noch einmal erlebt hatte, das würde er so schnell nicht wieder vergessen können. Und trotz der Schwere dieser Ereignisse, die wie ein Alp auf seiner Seele lasteten, musste er dennoch auch daran denken, Jelka am Vorabend versetzt zu haben. Wie, so fragte er sich, würde sie das aufgenommen haben? Würde sie sich von ihm betrogen fühlen und daher nichts mehr mit ihm zu tun haben wollen, oder würde sie ihm die Chance einräumen, ihr zu erklären, was ihn verhindert hatte? Mit nervöser Bangigkeit betrat er das Café.

Trotz der frühen Stunde hingen schon dichte Rauchschwaden im Raum, sodass Bronstein Mühe hatte, sich zu orientieren. Der Tisch, an dem Kisch üblicherweise saß, war leer, und der Major spürte eine große Enttäuschung in sich aufsteigen. Doch da quietschte plötzlich jene Tür, die zu den Sanitärräumen führte, und Kisch stand im Raum. Kaum hatte er Bronstein erblickt, stürzte er schon auf ihn zu. „Bronstein, hast du irgendwelche Neuigkeiten? Stimmt es, dass der Kaiser eben eine Abdankungsurkunde unterfertigt? Wir haben gehört, Lammasch will noch heute zurücktreten, ohne dass ein Nachfolger für ihn ernannt werden soll. Damit wäre die Doppelherrschaft zwischen dem Kaiserreich und Deutschösterreich beendet, damit gäbe es nur noch die Regierung von Renner, Adler und Konsorten. Weißt du da etwas darüber? Welche Informationen habt ihr?"

„Keine. Auch wir sind zurzeit völlig auf Gerüchte angewiesen. Ich weiß nur, dass meine Vorgesetzten allesamt ihrer Ämter enthoben wurden, und dass ich demnächst neue haben werde, die von den Deutschösterreichern ernannt werden. Aber …"

„Dachte ich's mir doch. Die Kaiserlichen geben auf. Jetzt wird's bei uns bald so sein wie in Deutschland, wir werden Republik. Bronstein, wir werden Republik!"

„Schön", sagte der Major eilig, „aber ich habe eine ganz andere Frage an dich: hast du Jelka gesehen?"

Kisch grinste: „Die kleine Genossin hat es dir wohl angetan, was?" Als er die Unruhe in Bronstein erkannte, wurde er wieder ernst. „Ja, die war in der Früh hier. So gegen acht. Sie hatte eine Besprechung mit ein paar Genossen und ist dann in die Druckerei gefahren, um eine Flugschrift herzustellen."

„Und wo ist die Druckerei?"

„Im dritten Bezirk. Warum?"

„Wie weit ist das von hier?" Bronstein sah Kisch gehetzt an.

„Na ja", meinte dieser, „irgendwo in Südbahnhofnähe. Fasangasse oder so."

„Was heißt oder so?"

„Ja, Fasangasse, Ecke Mohsgasse, glaube ich. Oder Kölblgasse. Aber es ist ohnehin nicht zu verfehlen. Du wirst die roten Fahnen schon von weitem sehen."

Bronstein wog seine Optionen ab. Er hatte knapp zwei Stunden Zeit. Wenn er sofort aufbrach, dann würde er es schaffen,

Jelka alles zu erklären, um sodann sofort wieder auf seinen Posten zurückzukehren. Er brauchte nur das Glück, dass die Straßenbahnen auch weiterhin verkehrten.

„Egonek, wir sehen uns später. Ich muss unbedingt mit der Jelka reden. Danke, und bis bald." Die letzten Worte hatte er schon nur noch über die Schulter gerufen, da er aus dem Lokal eilte und die Herrengasse Richtung Michaelerplatz lief. Der Regen hatte sich nicht gelegt, und Bronstein musste darauf achten, auf dem rutschigen Matsch nicht das Gleichgewicht zu verlieren. Er hetzte über den Platz und erreichte, an der Albertina vorbeilaufend die Oper. Schon aus einiger Entfernung sah er einen D-Wagen herannahen, und mit letzter Kraft schaffte er es, auf das Trittbrett aufzuspringen. Umständlich kletterte er in den Waggon, zeigte dem Schaffner seine Kokarde und ließ sich keuchend auf eine Holzpritsche fallen. Endlich fand er wieder die Zeit, in Ruhe eine Zigarette zu rauchen.

Die Straßenbahn bog nach rechts ab und hielt auf das Palais Schwarzenberg zu. Bronstein sah nach einem Blick auf seine Uhr, dass er gut in der Zeit lag. Jetzt stand nur noch zu hoffen, dass Jelka auch tatsächlich in dieser Druckerei war. Am Belvedere angekommen, sprang er aus dem Zug und lief am Schloss vorbei zum Botanischen Garten, den er durch den Eingang Jacquingasse wieder verließ. Nach weiteren hundert Metern befand er sich endlich auf der Fasangasse. Er orientierte sich und ging dann geradewegs auf die von Kisch genannten Gassen zu. Kisch hatte ihm den Ort gut beschrieben, denn tatsächlich erkannte er schon aus einiger Entfernung die vielen roten Fahnen, die von der gesuchten Lokalität zeugten. Vor der Druckerei ging es zu wie in einem Bienenstock. Ohne Unterbrechung liefen Männer hinaus und hinein. Erstere schleppten Druckmaterial zu einem Lastwagen, Letztere brachten Informationen oder holten ebensolche ein. Niemand kümmerte sich daher um Bronstein in seiner Zivilkluft, der so ungehindert bis ins Zentrum der Druckerei vorstoßen konnte. Er blickte sich um und sah Jelka an einem Schreibtisch sitzen, der von den Druckmaschinen durch eine Glaswand abgetrennt war. Sie war vollkommen in ihre Arbeit vertieft und schien einen Text zu redigieren, während die sie umgebenden Personen eifrig über irgendetwas diskutierten. Bronstein trat an den Schreibtisch heran und nahm all seinen Mut zusammen.

„Hallo, Jelka", sagte er leise.

Sie blickte von ihrem Manuskript auf, erkannte ihn und begann zu lächeln. „Servus, Bronstein. Lebst noch?"

„Ich glaub schon, aber sicher bin ich mir da nicht. Ich hab einen Einsatz g'habt heut Nacht, und ich hab einfach nicht g'wusst, wie ich dich erreichen könnte. Glaub mir, ich wär viel lieber mit dir zusammengewesen, aber es ist sich einfach nicht anders ausgegangen."

Jelka lächelte immer noch. „Klar, das hab ich mir eh gedacht. Lass dir keine grauen Haare wachsen deswegen. Ich hab nicht geglaubt, dass du mich absichtlich versetzt. Du bist kein Trophäensammler, der sich absetzt, nur weil wir jetzt einmal miteinander ..., na, du weißt schon. Das hätt ich dir nicht zugetraut. Also war für mich klar, dir ist irgendetwas dazwischengekommen. Trotzdem freut's mich, dass du jetzt da bist."

„Ja, mich freut's auch. Ich hab nur ein Problem, ich muss praktisch gleich wieder weg. Ich hab quasi nur schnell vorbeigeschaut, weil ich dich sehen und dir sagen wollte, wie es war. Und ich hoffe, wir können das nachholen, obwohl es derzeit so drunter und drüber geht, dass ich nicht einmal sagen kann, ob ich heute Abend Zeit haben werde."

„Ja, mir geht's genauso. Wir haben heute Abend eine Menge Sitzungen, weil alles darauf hindeutet, dass der Kaiser heute abdankt. Und da ist natürlich die Frage, was kommt jetzt. Darauf müssen wir Kommunisten eine Antwort haben. Wir müssen es machen wie Karl in Berlin, und darauf bereiten wir uns grade vor. Wenn unsere Informationen stimmen, dann wird morgen ein entscheidender Tag für dieses Land. Am besten ist also, wir machen uns gleich etwas für Mittwoch aus, was sagst du?"

Ich sage freudig Ja. Wieder um acht in dem Beisl bei dir?"

Jelka dachte kurz nach. „Die nächsten Tage wird's in der Innenstadt ziemlich rundgehen, da sind wir wohl beide gefordert. Mach ma lieber Herrenhof und schau ma, wohin uns der Abend dann führt."

„Abgemacht. Übermorgen um acht im Herrenhof." Bronstein war schon im Begriff, ihr die Hand hinzuhalten, als sie aufstand und ihn kurz umarmte. Dann drückte sie ihm einen Kuss auf die linke Wange und flüsterte ihm dabei „bis übermorgen" ins Ohr. Danach nickte sie ihm noch einmal zu, ehe sie sich wieder an den Schreibtisch setzte, um mit der Korrektur des Textes fortzufahren, der dort vor ihr lag. Bronstein sah ihr noch eine kleine Weile zu, dann verließ er die Druckerei wieder.

Während der Rückfahrt verhehlte er eine gewisse Enttäuschung nicht. Das Rendezvous im „Herrenhof" war naturgemäß kein Vergleich mit einem Treffen am Karmeliterplatz. Doch er konnte auch schwerlich erwarten, dass sie jetzt eine Liaison hatten, nur weil sie sich vor zwei Nächten etwas näher gekommen waren. Für eine Frau war derlei kein Automatismus. Männer waren da entschieden simpler gestrickt. Der Austausch von Intimitäten kam dem Tausch von Ringen eigentlich schon sehr nahe. Wiewohl – wenn man es recht bedachte, gab es wohl auch eine erkleckliche Zahl von Männern, die aus einer einmaligen Begegnung im Bett auch noch keine Beziehung ableiteten. Das Verhältnis zwischen den Geschlechtern war nun einmal keine einfache Angelegenheit, und das Einzige, was dabei als sicher angesehen werden konnte, war, dass eigentlich nichts sicher war. Am besten war, er hielt sich an das Positive, und davon gab es eigentlich gar nicht so wenig. Sie war ihm nicht gram, sie hatte einer neuerlichen Begegnung zugestimmt, und er hatte sie trotz seines Fehlverhaltens wiedersehen können. Das war objektiv weitaus mehr, als er nach dieser Nacht hatte erwarten dürfen.

Vor der Oper verließ er den D-Wagen und blickte instinktiv neuerlich auf die Uhr. Bis zum vereinbarten Treffpunkt mit dem Vizepräsidenten hatte er noch rund zwanzig Minuten Zeit, und er merkte, dass er eigentlich ziemlich hungrig war. Kein Wunder, es war Äonen her, seit er zuletzt etwas gegessen hatte. Er überlegte, wo er sich Nahrung beschaffen konnte, und erinnerte sich an den Greißler in der oberen Kärntner Straße. Tatsächlich gelang es ihm dort, einen etwas verhutzelten Apfel und einen Kanten Brot zu erstehen, die er gierig vertilgte, während er über den Neuen Markt ging, um von dort durch einige Seitengassen wieder den Michaelerplatz zu erreichen.

Als er schließlich am Ballhausplatz eintraf, fuhr eben der Wagen des Vizepräsidenten vor, und Bronstein wurde von seinem Vorgesetzten in das Auto befohlen. Er war kaum zum Sitzen gekommen, als der Vizepräsident schon laut stöhnte. „Jetzt hamma den Salat. Ich weiß vom Verbindungsbeamten, dass der Lammasch sein Kabinett nur noch um sich versammelt, um den kollektiven Rücktritt zu beschließen. Der Kaiser, das steht schon fest, wird annehmen, und zwar, ohne dass er eine neue Regierung ernennt. Damit ist das Kaisertum Österreich endgültig erloschen, denn wo keine Regierung, da auch kein Staat. Ab sofort gibt es nur noch diese Deutschösterreicher mit ihren Rumpfländchen."

„Und der Kaiser?", fragte Bronstein erschrocken.

„Der wird abdanken. Noch heute wahrscheinlich. Es gibt eine Erklärung, wonach er auf jeden Anteil an den Regierungsgeschäften verzichten will und von vornherein jede Entscheidung akzeptiert, die Deutschösterreich über seine Regierungsform trifft. Es heißt, damit halte er sich ein Hintertürchen offen, denn es wäre ja möglich, dass Deutschösterreich eine

Monarchie sein will, aber seien wir ehrlich, das ist höchst unwahrscheinlich. Die Sozis wollen auf jeden Fall eine Republik,
die Deutschvölkischen wollen einen Anschluss an das Reich,
und die Christlichsozialen werden sich auch nicht gerade für
die Habsburger in die Bresche werfen. Und dadurch, dass der
Kaiser die Demission von Lammasch annimmt, ohne ihn, wie
es normalerweise üblich wäre, mit der Fortführung der Geschäfte zu betrauen, übernehmen automatisch die deutsch-
österreichischen Pendants der Minister die jeweiligen Ressorts
in Alleinverantwortung. Die Monarchie verschwindet durch
die Hintertür."

„Aber wenn der Kaiser abdankt", warf Bronstein ein, „dann
heißt das doch noch nicht, dass die Monarchie zu Ende ist. Das
war doch bei Güti …, bei Ferdinand dem Gütigen auch so. Er
dankte ab, und Franz Joseph folgte ihm nach."

„Ja, aber damals war das doch eine völlig andere Zeit. Heute
ist eine solche Lösung nicht mehr durchsetzbar. Außerdem ist
Otto gerade einmal sechs Jahre alt. Ein Kind als Kaiser? Vergessen Sie's!"

„Das heißt, das war's dann also. 640 Jahre weggewischt
mit einer Unterschrift." Bronstein war trotz allem überrascht.
Natürlich war seit Jahren über den Untergang der Monarchie
gemutmaßt worden, und es hatte nicht an Kassandrarufen ge-
mangelt, die ein Ende der Habsburgerherrschaft vorhergesagt
hatten. Aber nun, da das Ende wirklich gekommen war, nun
war es doch irritierend. Es traf einen irgendwie unvorbereitet.
Es war so wie die Geschichte mit der alten Verwandten, die seit
Jahrzehnten jeden Tag darüber wehklagte, dass sie auf den Tod
krank sei. Man gewöhnte sich an das Gejammer und nahm es
dementsprechend nicht mehr ernst. Und wenn die Alte dann
wirklich das Zeitliche segnete, dann stand man fassungslos da
und wollte es nicht wahrhaben. Bronstein mochte sich nicht
ausmalen, was jetzt passieren würde.

„Na ja", hörte er den Vizepräsidenten, „wenigstens wird das da jetzt eine leichte Übung. Die werden nicht lange brauchen, umso früher können wir alle heim. Aber für Sie, Bronstein, habe ich eine ganz spezielle Aufgabe. Sie dürfen sich heute zwar ausruhen, aber morgen sind Sie eingeteilt zur Unterstützung der Sicherheitskräfte im Reichsratsgebäude. Wir sind von der deutschösterreichischen Seite darüber informiert worden, dass für morgen die dritte Sitzung der provisorischen Nationalversammlung geplant ist, bei der die Republik ausgerufen werden soll. Zuerst gibt's noch eine Sitzung des Abgeordnetenhauses, dann die der Nationalversammlung, und um 16 Uhr soll vor dem Gebäude dem Volk die Frohbotschaft überbracht werden. Nun gibt es Hinweise darauf, dass die Kommunisten da auch etwas vorhaben, und darum werden wir morgen jeden Mann brauchen, um die Ordnung auf jeden Fall aufrechterhalten zu können. Sie finden sich morgen also um 10 Uhr an der Parlamentsrampe ein und melden sich dort beim zuständigen Offizier der Wache. Der wird Sie dann entsprechend einweisen. So, das wäre besprochen. Jetzt warten wir da, bis die Minister a. D. in spe herauskommen, weil dann können wir endlich heimgehen und diesen Tag vergessen."

Bronstein sah melancholisch aus dem Fenster an seiner Wagenseite. Wie schnell das jetzt alles gegangen war. Vier Jahre lang war die Monarchie, allen Niederlagen zum Trotz, wie ein Fels in der Brandung gestanden, und selbst nach dem Tod des alten Kaisers hätte niemand geglaubt, dass diesem Staat so bald die Totenglocke läuten würde. Aber war das nicht immer so in der Geschichte? Wer hätte vor zwei Jahren geglaubt, dass in Moskau irgendwelche verfemten und verfolgten Umstürzler an der Macht sein würden? Oder wer hätte 1787 zu prophezeien gewagt, in zwei Jahren würde es in Frankreich eine Revolution geben? Ein Staat war immer nur so mächtig, für wie mächtig man ihn allgemein hielt. Kamen seine Gegner erst einmal dahinter, wie schwach er war, dann war er meist ganz rasch von der politischen Bühne gefegt. Eigentlich war so ein Staat ein Kartenspieler, der bluffte. Ich habe das beste Blatt in der Runde, postulierte er, und er gewann, solange man ihm glaubte. Tat man das nicht mehr, musste er den Wahrheitsbeweis antreten, was auch schon oft in der Geschichte geschehen war. Nicht wenige Revolutionen hatte man blutig niedergeschlagen, die 48er zum Beispiel, oder jene in Frankreich vor rund fünfzig Jahren. Konnte man das als Staat aber nicht oder schreckte man davor zurück, dann drehte sich das Rad der Geschichte weiter, und man fand sich auf dem Misthaufen der Geschichte wieder. So würde es nun auch der Habsburgermonarchie gehen.

Die Polizisten hatten noch keine zwanzig Minuten gewartet, als die ersten ehemaligen Regierungsmitglieder das Gebäude verließen. Der Verbindungsbeamte kam auf den Wagen zu und erklärte, Lammasch werde jetzt nach Schönbrunn fahren, um dem Kaiser vom Ende seiner letzten Regierung zu berichten und dessen Thronverzicht entgegenzunehmen. Morgen würden dann die Stellen Deutschösterreichs damit beginnen, sich im Regierungsgebäude einzurichten, für heute sei also nichts mehr zu erwarten. Der Vizepräsident zuckte mit den Schultern und sagte dann Bronstein, er solle noch auf ein Stündchen oder zwei ins Amt gehen, um dort seinen Bericht zu schreiben, den Rest des Tages könne er sodann freinehmen. Aber er solle keinesfalls vergessen, am kommenden Tag um 10 Uhr im Parlament zu sein. Bronstein sicherte selbiges zu und stieg sodann aus dem Auto aus.

Als er ziemlich genau um 14 Uhr sein Amtszimmer betrat, fand er Pokorny schlafend vor. Unsanft weckte er ihn. „Was wissen wir über die Causa Spitzer", sagte er arglistig, dem Untergebenen die Details der vorangegangenen Nacht bewusst vorenthaltend. „Ich bin an der Sache dran", entgegnete Pokorny eilig, peinlich berührt, beim Schlafen ertappt worden zu sein. „Ich habe die ganze Nacht kein Auge zugetan, weil ich so eifrig ermittelt habe."

„Und was hast du herausgefunden?"

„Also der Spitzer, der ist wie vom Erdboden verschwunden. Ich habe alle Örtlichkeiten aufgesucht, an denen er sich üblicherweise aufhält, doch samt und sonders ohne Ergebnis. Es hat ihn niemand gesehen, seit er mit diesem Mann von seiner Frau weg ist. Und genau darum habe ich auch schon eine Theorie."

„Und die lautet?" Bronstein war ehrlich gespannt.

„Der ist abgehauen."

„Der ist abgehauen?"

„Ja, genau", erklärte Pokorny mit echter Emphase, „der hat einfach alles satt gehabt. Die militärische Niederlage, die Xanthippe von Ehefrau, die Schulden als Stabsoffizier, der wollte einfach Tabula rasa machen. Er hat sich irgendeinem Kontaktmann anvertraut, und mit dem ist er dann abgezogen. Er wollte es so aussehen lassen, als sei er entführt worden, aber in Wirklichkeit ist er mit diesem Kerl nach Triest, um sich dort nach Amerika einzuschiffen."

Bronstein verbiss sich ein Lachen. Diese Variante war so hanebüchen, dass sie schon beinahe wieder faszinierend war. Er stellte sich den alten Kommandanten als Auswanderer vor. Was sollte der in Amerika? Manchmal war Pokorny einfach eine echte Nummer. „Und was glaubst du, macht so ein alter Mann in Amerika? Der Spitzer kann kein Wort Englisch, was sollte der dort?"

„Ach, das macht gar nichts. Da drüben gibt es ein starkes deutsches Kontingent. Es hat ja seinerzeit nicht viel gefehlt, und man würde dort heute Deutsch sprechen. Da gab es so eine Volksabstimmung, ob Englisch oder Deutsch die Staatssprache werden sollte, und da hat das Deutsche nur um eine Stimme verloren. Das weiß ich aus den Büchern."

„Ja, Karl May wahrscheinlich", ätzte Bronstein.

„Wirklich. Und der Spitzer ist immerhin ein hoher Offizier, den können die dort sicher gut als Berater im Kampf gegen die Indianer brauchen."

„Pokorny, du lebst echt hinter dem Mond. Die Indianer sind schon lange ausgerottet. Die gibt es nur mehr auf der Bühne und angeblich in der Kinematographie. Und außerdem, woher sollte der Alte so viel Geld haben, um sich eine Reise nach Amerika leisten zu können?"

„Was weiß ich! Bekommen pensionierte Generäle nicht eine ordentliche Pension? Vielleicht hat er all die Jahre etwas beiseite gelegt."

Bronstein schüttelte den Kopf. „Gib's auf, Pokorny. Der Fall ist gelöst. Ich hab den Spitzer gestern gefunden. Versoffen hat er sich mit einem alten Frontkameraden und die Zeit dabei verloren. Du siehst also, deine wunderbare Theorie hat nur einen klitzekleinen Haken: Sie ist Mumpitz."

Pokorny sah seinen Vorgesetzten verwirrt an. Er brauchte eine Weile, um sich zu fangen. „Versoffen?"

„Ja, versoffen. Ich hab dem Vizepräsidenten schon mündlich Bericht erstattet. Jetzt muss ich das Ganze nur noch schriftlich machen, dann können wir diesen Fall zu den Akten legen. Der Alte wird wahrscheinlich schon bei seiner Frau sein, die ihm sicher gehörig den Kopf wäscht. Aber das geschieht ihm recht, dem alten Säufer."

Verlegen putzte Pokorny an seiner Schreibtischplatte herum. „Das hätt ich ... jetzt ... aber nicht vermutet", sagte er endlich.

„Wenn es dich tröstet, ich auch nicht. Es war reiner Zufall, dass er mir über den Weg gelaufen ist, sonst würden wir ihn immer noch suchen. Aber seien wir froh, dass diese Sache so glimpflich abgelaufen ist, denn wir haben immer noch den Fall Feigl am Hals, und da fehlt uns immer noch jeder Anhaltspunkt. Weder der Vater noch der Brotherr der Feigl kommt für mich als Täter in Frage, und der G'schamsterer hat wahrscheinlich ein hieb- und stichfestes Alibi. Das ist keine von den Geschichten, wo man praktisch schon am Tatort weiß, wer's war. Ich fürchte, wir müssen da ganz von vorne anfangen und dabei völlig umdenken. Entweder es gibt noch eine Person im Umfeld der Feigl, die wir bislang übersehen haben, oder wir müssen uns von ihr als Zentrum des Falls wegbewegen."

„Was meinst du damit, Major?"

„Nun ja, wenn wir die Sache nicht vom Opfer her aufrollen können, dann gelingt es uns vielleicht, indem wir sie vom Tatort her aufrollen. Möglicherweise hat die Tat weniger mit ihr zu tun als mit der Tapeziererei."

„Meinst du? Das klingt für mich aber wenig plausibel."

Bronstein musste schmunzeln. Dieser Satz kam aus dem Mund eines Mannes, der noch vor fünf Minuten ernsthaft behauptet hatte, der alte Spitzer sei auf dem Weg nach Amerika.

„Na ja, eventuell galt die Tat ursprünglich gar nicht ihr", überlegte Bronstein weiter, „vielleicht war sie nur zur Unzeit am falschen Ort und hat etwas gesehen, was sie nicht sehen sollte. Eine krumme Tour, deren Zeugin sie wurde."

„Eine krumme Tour? Bei einem Polsterer? Was soll das sein? Geschmuggelte Häkeldeckchen?"

Bronstein fluchte innerlich. Pokorny hatte recht. Diese Theorie klang so plausibel wie die Amerika-Geschichte. In einer Tapeziererei gab es nichts, das einen solchen Aufwand lohnte. Im schlimmsten Fall kam es dort zu Schwarzarbeit, und dafür beging man keinen Mord. Es musste also noch eine andere Möglichkeit geben. Bronstein dachte nach. Warum hatte die Feigl ihrem Liebhaber den Laufpass gegeben? Vielleicht war da noch ein Mann im Spiel? Den musste man finden. Fragte sich nur, wo und wie. Er versuchte sich daran zu erinnern, wie das mit der Aussage des Plachutta genau gewesen war. Er hatte sich nach dem Streit zu seiner reschen Resi begeben, aber noch wusste man nicht, wohin die Feigl selbst gegangen war. Er musste noch einmal die zweite Angestellte des Nemec vernehmen, diese Dora. Vielleicht wusste die etwas.

Bronstein blickte auf die Uhr. „Weißt was", sagte er dann zu Pokorny, „der Bericht kann warten. Ich geh noch einmal zum Nemec und schau, ob ich etwas aus dieser Dora herausbekomm. Morgen bin ich übrigens auch nicht da. Mich haben s' abkommandiert zum Parlament wegen dem politischen Schabernack, den sie dort morgen treiben. Am besten, du hältst da bis vier die Stellung und passt auf, dass wir nicht noch einen Mord am Hals haben. Wir sehen uns dann am Mittwoch. Servus."

So schnell, wie er diese Sätze gesagt hatte, war er auch wieder auf den Beinen. Ohne irgendeine Reaktion von Pokorny abzuwarten, verließ er das Büro und ging zur Straßenbahnhaltestelle. Er fuhr bis zur Oper, dort wechselte er die Linie und gelangte so bis zur Paulanerkirche. Den Rest des Weges legte er zu Fuß zurück.

Er betrat das Geschäft, und zu seiner Erleichterung stand das Fräulein Dora hinter dem Ladentisch. Er hatte den Weg also nicht umsonst gemacht. Sie erkannte ihn gleich wieder und lächelte: „Herr Major, womit kann ich dienen? Wieder mit einem Schal?"

„Nein, diesmal mit einer Auskunft. Aber danke für die Idee mit dem Schal, er ist sehr gut angekommen."

„Das freut mich zu hören. Und was wollen Sie wissen?"

„Es geht, wie Sie sich vorstellen können, um die Hannah Feigl. Ich tappe da immer noch völlig im Dunkeln. Was ich weiß, ist, dass sie mit diesem Plachutta liiert war, und dass die beiden sich am Mittwoch, bevor sie umgebracht worden ist, gestritten haben. Angeblich, weil er ... also, weil sie ... seine Vorlieben ..."

„Weil er ein Saubartel war und sie ihn nicht bei der Hintertür reinlassen wollte?"

Fräulein Doras Offenheit irritierte ihn. „Äh, ja, so könnt man sagen."

Die Dora zuckte mit den Schultern. „Das ist schon richtig. Aber das ist nur eine Seite der Wahrheit."

„So?" Bronstein beugte sich nach vor und sah die Frau erwartungsvoll an. Deren Gesicht nahm einen verschwörerischen Ausdruck an. Sie sah nach links und rechts, als bestünde die Gefahr ungebetener Zuhörer, und fuhr dann flüsternd fort: „Sie hat wen Neuen kennengelernt, die Hanni. Der war ned so ein abg'rissener Haderlump wie der Eisenbahner, der war etwas Ordentliches. Und in den war's bis über beide Ohren verliebt, die Hanni. Die Schweinereien von dem Plachutta sind ihr immer schon auf die Nerven gegangen, aber sie hat s' g'schluckt, solang sie noch keine Alternative g'habt hat. Aber wie dann der Neue aufgetaucht ist, da wollt sie den Eisenbahner einfach nur mehr loswerden, und das ist halt am besten damit gegangen, dass sie ihn wegen seine … Vorlieben … ang'spitzt hat."

Also war doch noch ein zweiter Mann im Spiel. „Ein Neuer? Hatte der auch einen Namen?"

„Sehen S', Herr Major, genau das ist das Problem. Da kann ich Ihnen leider gar nicht weiterhelfen. Sie hat immer nur von ihrem Märchenprinzen g'redet. Viel Geld hat er, hat sie erzählt, und noch viel mehr würd' er erben, hat sie g'meint. Sonst hat s' aber nix g'sagt, ned amoi einen Vornamen. I weiß nur, dass s' ihn noch von früher, von vorm Krieg kennt hat."

„Und seit wann ist das schon so gegangen?"

„Überhaupt ned lang. Sie hat ihn erst Anfang November wieder getroffen g'habt. Grad amoi a Woche bevor … na, bevor das passiert ist, ned. Sie hat sich zweimal mit ihm getroffen. Am 4. und am 5., und am Mittwoch wollt s' ihn zum dritten Mal treffen. Ich weiß aber leider nicht, wo, und ich kann Ihnen auch nicht sagen, ob sie ihm dann tatsächlich noch begegnet ist, des arme Hascherl."

Bronstein war sehr zufrieden mit den Auskünften des Fräulein Dora. „Sie machen das hervorragend, Fräulein. Eine allerletzte Frage hätte ich noch. Wissen Sie vielleicht, wo sich die beiden getroffen haben?"

„Leider. Ich hab nicht die geringste Ahnung. Aber einmal hat mir die Hanni g'sagt, wenn s' einmal ihren Traumprinzen trifft, dann will s', dass er sie in den Silberwirten ausführt. Das is so ein gehobenes Lokal am Margaretenplatz, gleich dort, wo sie wohnt … g'wohnt hat. Sie wissen schon, Herr Major, bürgerliche Küche und all das."

Bronstein pfiff durch die Zähne. Das konnte ein echter Hinweis sein, eine erste Spur abseits jener, die sich bisher als Sackgassen erwiesen hatten. Er fasste spontan einen Plan. Dem Fräulein Dora dankte er wortreich, dann entfernte er sich eilig und begab sich auf direktem Wege in das Haus, in dem die Feigl gewohnt hatte. Dort ließ er sich von der Hausmeisterin nochmals die Wohnung der Feigl aufschließen und nahm das Fotoalbum an sich. Mit diesem ausgestattet, legte er die wenigen Meter zum Silberwirt zurück, um sich beim Personal der Gastwirtschaft danach zu erkundigen, ob die Feigl dort gesehen worden war.

Als er das Lokal betrat, war es praktisch noch vollkommen leer. An einem Tisch saß der Kellner und las eine Zeitung, eine Schankhilfe war damit beschäftigt, die Arbeitsflächen zu reinigen. Bronstein wünschte beim Eintreten einen guten Tag. „Womit kann ich dienen?", wurde er gefragt.

Bronstein verkniff es sich, noch einmal den Spruch mit der Auskunft zu bemühen, und sagte stattdessen, er sei auf der Suche nach einer Frau.

„Sind wir das nicht alle?", entgegnete der Kellner und grinste breit.

„Wozu in die Ferne schweifen, das Gute liegt so nah", replizierte Bronstein und deutete mit der linken Hand auf die

Schankhilfe, die darob hold errötete. Das Lächeln des Kellners erstarb, und mit kalter Stimme tönte er: „Wir san ka Heiratsvermittlung."

„Wenn Sie die Güte hätten, sich dieses Bild einmal anzusehen. Vielleicht haben Sie diese Frau hier schon einmal gesehen?"

Der Kellner zögerte, doch als Bronstein seine Kokarde hob, wurde er sehr schnell kooperativ und betrachtete die Fotografie mit größtmöglicher Aufmerksamkeit.

„Tut mir echt leid, Herr Inspektor, aber mir sagt das G'sicht nix."

„Sie soll in der Vorwoche zwei- oder dreimal dagewesen sein", beharrte Bronstein, „vermutlich in männlicher Begleitung."

„Also bei mir nicht", blieb der Kellner bei seiner Aussage, „an das Gesicht hätt ich mich erinnert. A fesches Madl, ka Frag' ned. Aber ich mach die Tagschicht. Vielleicht war sie ja am Abend da."

Bronstein nickte. „Am Abend, ja."

„Dann müssen S' den Schani fragen. Der ist der Abendkellner. Aber der kommt erst um sechs."

Bronstein blickte instinktiv auf die Uhr, die über der Schank angebracht war. Was, so fragte er sich, ließ sich mit dieser Wartezeit anfangen? „Gut", meinte er endlich, „dann warte ich. Bringen Sie mir derweilen ein Bier. Und, sagen S', gibt's etwas zu essen auch?"

„Einen Erdäpfelschmarrn können S' haben. Mit Köch."

Kohlgemüse war nun normalerweise seine Sache nicht, aber in Zeiten wie diesen durfte man wohl nicht wählerisch sein. Er bestellte eine Portion und ließ sich sodann auf einem der Tische nieder. Während er auf das Essen wartete, überkam ihn die Lust auf etwas Lektüre, und er sah sich in dem Lokal um. Tatsächlich standen in einer Ecke ein paar alte Bücher, und er erhob sich von neuem, um an das Regal heranzutreten. Ein paar billige Volksausgaben deutscher Klassiker staubten dort vor sich hin, ergänzt um einige Anzengrubers und Grillparzers, Letztere in Form der neuerdings so populären Reclam-Hefte. „Libussa", entzifferte er den Titel eines Bandes und dachte kurz darüber nach, worum es in diesem Werk ging. Richtig, sagte er sich, Libussa war diese sagenhafte Gründerin der Stadt Prag. Nun, das fiel nun auch schon unter Außenpolitik, kam es ihm bitter in den Sinn. „König Ottokars Glück und Ende" stand gleichfalls hier. Unwillkürlich spannte Bronstein einen Bogen von Ottokar zu Karl. Ein Stück über den hätte wohl den schlichten Titel „Ende" zu tragen, mehr war über diesen Unglücksraben eigentlich nicht zu sagen. Bronstein versank in Grübeleien. Der Mann in Schönbrunn war rund vier Jahre jünger als er selbst, und er hatte sein Leben praktisch schon hinter sich. Karl war überhaupt eine extrem ephemere Figur gewesen, im Nachhinein betrachtet. Als er 1887 in Persenbeug zur Welt kam, hätte kein Mensch angenommen, dass dieser blasse Jüngling jemals auf irgendeinem Thron sitzen würde. Bloß ein weiterer Erzherzog, der mehr oder weniger unauffällig in der Armee dienen und dann irgendwo in der Provinz höhere Verwaltungsaufgaben übernehmen würde. Im besten Falle wäre er in späteren Jahren Herrenhausmitglied geworden, wo er langweiligen Debatten langweiliger Schnösel gefolgt wäre, um ab und zu die Interessen des Erzhauses darzulegen. Dass ausgerechnet er die Kronen des alten Herrschers erbte, war wohl ein besonders zynischer Scherz der Geschichte gewesen, und die Folgen dieses Streichs mussten nun alle Völker des Vielvölkerstaats ausbaden. Da war der Přemyslide schon aus ganz anderem Holz geschnitzt gewesen. Rund zwei Jahrzehnte war er von Erfolg zu Erfolg geeilt, hatte auf dem Höhepunkt seiner Macht ein Reich regiert, das von der Ostsee bis zur Adria reichte, um dann eher ruhmlos den Intrigen seiner zahllosen Feinde zum Opfer zu fallen. Die Habsburger gefielen sich in genau dieser Pose, aber jedermann wusste, dass dieses Bild nichts als eitle Selbsttäuschung war. In Wirklichkeit hatte die Monarchie dieses Hauses jahrhundertelang weit mehr Glück gehabt als jedes andere Geschlecht in der Geschichte. Nun aber war das Glück der Habsburger endgültig aufgebraucht. Felix Austria war Geschichte.

Wenigstens wusste er, Bronstein, was er in allernächster Zukunft machen würde. Der Kellner brachte den Teller mit dem Erdäpfelschmarrn an seinen Tisch. Bronstein legte das Buch, in dem er so gedankenverloren geblättert hatte, zurück und begab sich zu seinem Essen. Er aß langsam und mit Bedacht, um die Zeit bis zum Eintreffen des besagten Schani so gut wie möglich zu überbrücken.

Das Mahl hatte eigentlich gar nicht gemundet, aber es hatte wenigstens den Magen gefüllt. Zudem war das Bier in Ordnung, und so orderte er durch Hochheben des leeren Glases ein zweites Krügel, während er sich eine Zigarette anzündete. Der Kellner hatte die Bestellung eben geliefert, als die Tür aufging und ein Mann von knapp fünfzig Jahren eintrat. „Servus, Schani", begrüßte ihn sein Kollege, „da wart' jemand auf dich."

Neugierig musterte Schani den Major und fragte dann nach dessen Begehr. „Sind S' doch so gut und setzen sich kurz her zu mir", begann Bronstein, „ich bräuchte eine Auskunft von Ihnen." Bronstein schlug das Album auf, deutete mit dem Zeigefinger auf die Feigl und fragte: „Kennen Sie diese Frau?"

Der Mann studierte das Bild lange und eindringlich, dann begann er zögernd zu nicken. „Ich denke schon. Die war vorige Woche ein paar Mal da. Mit so einem windigen Gigolo. Der hat auf großer Mann g'macht, aber total mickriges Trinkgeld gegeben."

Bronsteins Züge erhellten sich. Er war auf der richtigen Fährte. Und sein Verdacht war auch eben bestätigt worden. Die Feigl war tatsächlich mit ihrem Märchenprinzen hier gewesen. „Wie sah der genau aus?"

Der Mann sah an Bronstein vorbei in die Ferne und schien vor dem geistigen Auge nach einem Bild zu suchen. „Einen Schnurrbart hat er g'habt", begann er schließlich, „so einen hochgezwirbelten, wie ihn der zweite Wilhelm drüben in Deutschland hat. Und eigentlich ziemlich lange Haare, wie so ein Bohemien, so ein Künstler, wissen S'. Und die Schale, die er ang'habt hat, die war ganz sicher ned billig. Mir sind die Manschettenknöpf' aufg'fallen, so richtige Brüller, mit so einem Wappen oder so was drauf. Aber g'red't hat er wie ein Fuhrwerker. Zumindest mir gegenüber. Der Dame ist das aber nicht aufg'fallen, die war so mit'm Anhimmeln beschäftigt, die hat ka Zeit g'habt, dass s' des g'merkt hätt."

Bronstein nickte. „Und ist Ihnen dieser Mann früher schon einmal aufgefallen?"

Ohne zu überlegen, schüttelte der Mann den Kopf: „Sicher ned, der war vorher noch nie da. Weil so einer, glauben S' ma, der wär ma aufg'fallen, den hätt i ma g'merkt. Kan Kreuzer Trinkgeld, wenn S' verstehen, was ich mein'."

Bronstein verstand, was der Kellner meinte. Doch diese Erkenntnis konnte seine Laune nicht heben, denn auch wenn er nun wusste, dass die Feigl am Abend vor ihrer Ermordung mit einem unbekannten Herrn in diesem Lokal gewesen war, so hatte er dennoch nicht den geringsten Anhaltspunkt, wo er diesen Herrn finden konnte.

„Können Sie sich noch erinnern, wann die beiden gegangen sind?"

„Ja, sicher, weil die zwei haben als Einzige die Sperrstund überzogen. Zuerst hat er noch so getan, als tät sich des für mich lohnen. Aber Essig, wie g'sagt. Kurz vor Mitternacht hab ich s' dann hinauskomplimentiert, weil wenn jemand von eurem Verein gekommen wär, dann hätt ich die Scherereien gekriegt und nicht die zwei. Sie sind dann da bei der Tür raus und nach rechts abgebogen."

„Nach rechts? Sind Sie sicher?"

„Ja sicher bin ich sicher. Wieso?"

Diese Information war möglicherweise höchst interessant. Wären die beiden in Richtung der Feigl'schen Wohnung unterwegs gewesen, hätten sie nach links abbiegen müssen. Ging man allerdings nach rechts, dann kam man nach etwa 400 Metern zum Fundort der Leiche. „Herr Johann", sagte Bronstein aufgeräumt, „Sie haben mir sehr geholfen. Sollte uns jemand unterkommen, auf den Ihre Beschreibung passt, werden wir uns erlauben, uns wieder an Sie zu wenden."

„Ja gern. Wenn man behilflich sein kann", meinte der Kellner mit einem höflichen Lächeln.

„Sehr gut. Das wär's dann fürs Erste. Was bin ich schuldig?"

Der zweite Kellner nannte ihm die betreffende Summe, die Bronstein umgehend beglich, wobei er darauf achtete, großzügig Trinkgeld hinzuzufügen, denn er wollte nicht wie Feigls Galan als Geizhals dastehen. Er konstatierte, dass es spät geworden war, und beschloss, sich in seine eigene Wohnung zu begeben, um erstmals seit Tagen wieder zu Hause zu schlafen.

Vor der Station der Stadtbahn stieß er auf Zeitungsjungen, die ihre Ware anpriesen. „Außenminister Adler gestorben", rief einer, und sofort wurde Bronstein neugierig. Adler war gerade einmal 66 Jahre alt, da starb man in der Regel nicht einfach so. War er einem Attentat zum Opfer gefallen? Bronstein winkte den Knaben zu sich und erwarb ein Exemplar der „Abendpost". Darin befand sich eine eingehende Würdigung des Mannes, der drei Jahrzehnte der Sozialdemokratie vorgestanden war. Nein, der Mann war in einem Sanatorium verschieden, hieß es in dem Artikel, der sodann Adlers Verdienste aufzählte. Als Vertreter seiner Partei habe er auf allen internationalen sozialistischen Kongressen fungiert und war Mitglied des Internationalen Sozialistischen Büros gewesen. 1905 sei er in den niederösterreichischen Landtag und wenig später ins Abgeordnetenhaus gewählt worden, wo er, wie sich das Blatt ausdrückte, „als temperamentvoller und sachkundiger Redner an allen Debatten von Wichtigkeit" teilgenommen habe. „Auch außerhalb der Partei genoss er wegen der Redlichkeit seiner Gesinnung, für die er große Opfer gebracht hatte, großes Ansehen." Bronstein musste schmunzeln. Solange man lebte, wurde man von allen angefeindet, ja nachgerade verleumdet, doch kaum war man verschieden, flocht einem die ganze Welt Kränze. Bemerkenswert war freilich der Schlusssatz des Artikels. Adler sei seit der letzten Verfassungsänderung Außenminister gewesen. So konnte man auch elegant den völligen Zerfall eines Staates umschreiben. Verfassungsänderung! Das traf dann wohl auch auf die Oktoberrevolution in Russland zu.

Der Artikel freilich enthüllte in keiner Weise, woran Adler nun wirklich gestorben war, doch ein Sanatorium legte die Vermutung nahe, dass er es auf der Lunge gehabt hatte. Merkwürdig. So schnell konnte es gehen. Da schien der Mann am Beginn einer großen Karriere in der neuen Regierung zu stehen, und plötzlich riss ihn eine Lungenentzündung aus dem Leben. Doch Bronstein hatte nur wenig Zeit, über die Flüchtigkeit der menschlichen Existenz nachzusinnen, denn ein Artikel auf der nächsten Seite erregte seine Aufmerksamkeit. Die deutschösterreichische Regierung, die ja nun allein noch im Amt war, hatte eine Regierungsvorlage erarbeitet, welche sie der Nationalversammlung am kommenden Tage zur Beratung übergeben wolle. Darin wurde nun erstmals das neue Österreich als „demokratische Republik" definiert, die allerdings Bestandteil der deutschen Republik sein sollte, wie es in dem Text hieß. Sollte Österreich mit einem Mal vollkommen der Vergangenheit angehören? Bronstein glaubte seinen Augen nicht trauen zu können. Sollte das heißen, er gehörte ab morgen zu den Marmeladingern? Das konnten diese Politiker doch unmöglich ernst meinen! Die herrliche Weltstadt Wien plötzlich deutsche Provinz, das war ein Scherz! Eilig las Bronstein weiter und erfuhr, dass er von seinem Treueid gegenüber dem Kaiser mit Ablauf des 11. November entbunden war. Das wiederum bedeutete, dass er eigentlich in wenigen Stunden keine Stellung mehr besaß, denn auf Deutschösterreich war er noch nicht vereidigt worden. Als Polizist agierte er dann also praktisch im luftleeren Raum. Bronstein kam aus dem Staunen nicht heraus. Na ja, sagte er sich schließlich, wenigstens wird aus mir kein deutscher Schupo!

Der Zug fuhr in die Station und brachte ihn innert weniger Minuten nach Meidling, wo er in die andere Stadtbahnlinie einstieg, die ihn nach Hernals brachte. Er hoffte, dass noch ein Wagen der Linie 43 verkehrte, denn dann brauchte er nicht mehrere Kilometer zu Fuß zu laufen, und zu seiner großen Freude hielt eben eine Tramway an der Haltestelle, als er diese erreichte. Bronstein bestieg den Triebwagen und ließ sich erschöpft auf einer der Holzbänke nieder. Was war das für ein Tag gewesen! Punkt für Punkt kehrten die Ereignisse in seiner Erinnerung wieder. Ob der blöde Spitzer den Mund halten würde? Ob Jelka ihm wirklich nicht gram war? Und hatte der Kaiser nun tatsächlich abgedankt? Würde er morgen in einer Republik aufwachen? Oder gar in Deutschland? Tage wie diese reichten normalerweise für ein halbes Leben. Kein Wunder, dass er kaum noch die Augen offen halten konnte.

Beim Sportclubplatz stieg Bronstein aus, um die letzten paar hundert Meter zu Fuß zu gehen. Es hatte wieder zu nieseln begonnen, und Bronstein schlug den Kragen seines Mantels hoch. Schon auf der Höhe des Nachbarhauses zog er die Schlüssel aus seiner Tasche, um vor dem Haustor keine Zeit zu verlieren. Erleichtert zog er das Tor hinter sich zu und erklomm die Stufen zu seiner Wohnung.

Diese war erschreckend kalt. Beinahe fror Bronstein in seinen eigenen vier Wänden mehr als draußen auf der Straße. Mit klammen Fingern suchte er ein paar trockene Äste zusammen, die er in handliche Stücke zerbrach, ehe er sie in den Ofen stopfte. Dann nahm er die eben erst erworbene Zeitung und zerknüllte sie. Er griff zu einem Streichholz, riss es an und hielt es an das Papier. Als dieses ordentlich aufgelodert war, schob er es unter die Holzstücke und hoffte, diese würden nun ebenfalls Feuer fangen. Es dauerte zwar eine Weile, aber schließlich begann der Ofen Wärme abzugeben. Bronstein rückte seinen Ohrensessel zum Ofen, holte die Überdecke aus dem Schlafzimmer und setzte sich, die Decke über die Beine geschlagen, an die Wärmequelle. Mit einer Zigarette und einem Glas Slibowitz ausgestattet, gönnte er sich ein wenig Lektüre, doch nur allzu bald merkte er, dass er schon lange kein Auge mehr zugetan hatte. Die Müdigkeit ergriff von ihm Besitz. Er dämpfte die Zigarette aus, trank das Glas leer und begab sich samt Überdecke in sein Bett, wo er alsbald einschlief.

VI.
Dienstag, 12. November 1918

Draußen begann es eben erst zu dämmern, als Bronstein erwachte. Der Ofen musste über Nacht ausgegangen sein, denn abermals fror der Major entsetzlich. Er wiederholte die Verrichtungen vom Vorabend und stellte diesmal einen Topf Wasser auf. Den so produzierten Tee genoss er wenig später mit der ersten Zigarette des Tages. Bis er sich zum Dienst im Parlamentsgebäude melden musste, blieben ihm noch fast drei Stunden, und so beschloss er, den Tag ruhig anzugehen. Er hatte keine Eile, und so ließ er die Ereignisse rund um die Fälle Feigl und Spitzer Revue passieren. Er war sich sicher, dass Spitzer nicht versuchen würde, wegen des Vorfalls im Wald Anzeige zu erstatten, denn ihm musste klar sein, dass er unmöglich alle Beteiligten erwischen würde, ehe einer von ihnen ihn erwischte. Diese Sache konnte er also getrost abhaken. Schon anders sah es in der Angelegenheit Hannah Feigl aus. Er hatte zwar nun eine ungefähre Beschreibung des Mannes, mit dem sie ihren letzten Abend verbracht hatte, doch war die Chance, diesen Herrn ausfindig zu machen, derzeit gleich null. Wenn endlich ein Durchbruch in diesem Fall gelingen sollte, dann musste er mehr auf der Hand haben als einen Schmock, der in einem Restaurant den Kellner brüskierte.

Wie von selbst glitten seine Gedanken ab. Er konnte sich nicht mehr konzentrieren und dachte stattdessen an Jelka. Was die wohl gerade machte? Er wünschte sich, er besäße ein Telefon, dann könnte er wenigstens ihre Stimme hören. Nun, vorausgesetzt, sie hätte auch eines. Der Beginn der Beziehung war überaus vielversprechend gewesen, doch nun kamen fraglos die entscheidenden Tage. Jetzt hieß es, am Ball zu bleiben, damit das Ganze nicht zu einer flüchtigen Affäre verkam. Er bedauerte, am Vortag so schnell damit einverstanden gewesen zu sein, sich erst am Mittwoch wieder zu treffen, denn das bedeutete, dass er noch 36 Stunden ohne ihre Gegenwart auskommen musste, und jetzt schon ahnte er, wie schwer ihm das fallen würde. Bronstein bemühte sich, gegen die in ihm aufsteigende Traurigkeit anzukämpfen, und fokussierte seine Gedanken wieder auf die tote Feigl. Gleich am nächsten Morgen würde er sich noch einmal den Fundort der Leiche ansehen. Irgendetwas musste dort übersehen worden sein, denn der Schlüssel zu dieser Tat konnte nur dort gefunden werden, wie es im Augenblick aussah. War er jedoch in der Redergasse nicht erfolgreich, dann wuchs die Gefahr, dass er diesen Fall ungelöst zu den Akten würde legen müssen, und diese Vorstellung stimmte ihn nicht gerade froh.

Bronstein spürte eine gewisse Unruhe in sich. Es störte ihn, ob der politischen Schlagwetter einen ganzen Tag zu verlieren, den er zu Ermittlungen hätte nutzen können. Hunderttausende Österreicher würden ihn wahrscheinlich um seinen exponierten Platz beneiden, doch er wäre weitaus lieber in Margareten aktiv, um den Mörder der Feigl zu finden. Die Renners und Finks störten da nur.

Nach einer weiteren Tasse Tee war es draußen endgültig hell geworden, zumindest so hell, wie man es für einen Novembertag erwarten durfte. Obwohl es erst kurz nach acht Uhr war, hielt Bronstein es nicht mehr aus. Er holte ein frisches Hemd aus seinem Schrank und zog es zu einer dunkelgrauen Stoffhose an. Da er den Tag im Parlament verbringen würde, wählte er ein etwas teureres Sakko dazu, in dem er ein weißes Stecktuch platzierte. Zwischen Hemd und Jacket kam ein hellgraues Gilet, an welchem er seine Taschenuhr applizierte. Schließlich nahm er noch seinen feldgrauen Wintermantel, und derart ausstaffiert begab er sich auf die Straße.

Da ihm noch genügend Zeit blieb, ging er erst einmal eine Weile zu Fuß, bis er in der Station Wattgasse in die Tramway einstieg. Diese brachte ihn zur Universität, von wo es nur noch wenige hundert Meter bis zum Parlament waren. Bronstein holte seine Uhr hervor und stellte fest, dass es erst neun Uhr war. Er verspürte keine Lust, eine volle Stunde früher als erforderlich am Ort des Geschehens einzutreffen, und so gönnte er sich im Café Landtmann noch einen Einspänner, ehe er die letzte Etappe zum Parlamentsgebäude zurücklegte. Punkt zehn Uhr meldete er sich beim Verbindungsbeamten. Der wies ihn kurz in seine Aufgabe ein und erklärte ihm den mutmaßlichen Ablauf des parlamentarischen Geschehens an diesem Tag. In der Tat würde sich am Vormittag noch einmal der alte Reichsrat versammeln, erst danach beabsichtigte auch die Nationalversammlung zu tagen. Zumindest der Reichsrat konnte ihm rechtschaffen egal sein, denn seit zehn Stunden war er dem Kaiserreich zu keinerlei Treue mehr verpflichtet.

Bronstein suchte sich also ein ruhiges Plätzchen und verschnaufte erst einmal. Er konnte sehen, wie die Abgeordneten des untergegangenen Reichs eintrafen, und ihren Unterhaltungen konnte er entnehmen, dass nicht nur die Österreicher anwesend waren, sondern auch einige Polen, einige Südslawen und die deutschsprachigen Vertreter der Länder der Wenzelskrone. Bronstein gestand sich ein, dass er neugierig geworden war, und so folgte er den Mandataren in den Plenarsaal. Bislang waren ihm Parlamentssitzungen vollkommen gleichgültig gewesen, doch dies war, so wurde ihm bewusst, buchstäblich die letzte Chance, noch einmal das alte Abgeordnetenhaus bei seiner Arbeit zu beobachten.

Zu seiner eigenen Überraschung war der Plenarsaal erstaunlich gut gefüllt. Bronstein vermutete, dass an normalen Sitzungstagen nicht halb so viele Mandatare den Weg zu ihrem Sitzplatz gefunden hatten, doch an diesem Morgen waren nicht nur die Ränge der deutschsprachigen Abgeordneten gut gefüllt, sondern auch jene der Ruthenen, der Rumänen, der Südslawen und sogar der Polen. Wenige Minuten nach elf Uhr gab der Präsident, ein Mann mit Namen Groß, wie Bronstein erfahren hatte, das Klingelzeichen und eröffnete die Sitzung.

„Aufgrund der voraufgegangenen Ereignisse", begann der Mann, „haben wir mit der Tatsache zu rechnen, dass Österreich zerfallen ist." Nun, damit lag der Präsident nicht falsch, dachte Bronstein. Dadurch habe auch dessen Abgeordnetenhaus keinerlei Aufgaben mehr, stellte Groß resigniert fest, und die Trauer über dieses Faktum war ihm deutlich anzusehen. „Das Richtigste wäre vielleicht, uns selbst aufzulösen", meinte er sodann, „doch dafür gibt uns die österreichische Verfassung, die ja für uns noch Gültigkeit hat, keine Handhabe."

Bronstein erinnerte sich dunkel. Das Haus konnte nur der Kaiser auflösen, doch der hatte ja abgedankt, womit niemand mehr vorhanden war, der die Tätigkeit dieses Parlaments beenden konnte. Der Major war gespannt, wie die Abgeordneten gedachten, aus diesem Dilemma einen Ausweg zu finden. Groß tat dies auf sehr pragmatische Weise: „Ich schlage daher vor, die heutige Sitzung aufzuheben und keinen Tag für die nächste Sitzung zu bestimmen." Zu Bronsteins Überraschung wurde dieser Antrag ohne Debatte angenommen. Die ganze Zeremonie hatte gerade einmal 15 Minuten gedauert, dann war ein Schlussstrich unter die parlamentarische Geschichte der Monarchie gezogen. Formal mochte es den Reichsrat immer noch geben, aber jeder der Anwesenden wusste, dies war sein unwiderrufliches Ende gewesen.

So schnell sie gekommen waren, so schnell zerstreuten sich die Mandatare auch wieder. Bronstein war sich sicher, dass die Ruthenen, die Rumänen und die diversen Slawen nicht länger in Wien bleiben, sondern in ihre Heimat zurückkehren würden. Und die deutschsprachigen Abgeordneten, die gleichzeitig auch die provisorische Nationalversammlung bildeten, hatten zuvor schon vereinbart, sich um 15 Uhr zu ihrer dritten Sitzung als Parlament Deutschösterreichs einzufinden. Bis dahin war im Gebäude selbst mit keinen weiteren Aktivitäten mehr zu rechnen. Erwartungsvoll sah Bronstein die Männer von der Parlamentswache an: „Und was machen wir jetzt?"

„Na, jetzt geh'n wir einmal essen", erhielt er lapidar zur Antwort.

Bronstein begab sich durch das obere Vestibül zum Haupteingang des Parlaments und trat so auf die Rampe. Er blickte nach links und nach rechts und konstatierte dabei, dass der Ring vollkommen ruhig vor ihm lag. Keine Demonstrationen, keine Menschenansammlungen, kein Auflauf. Hätte man es nicht besser gewusst, man wäre nie auf den Gedanken gekommen, dieser 12. November 1918 könnte ein besonderer Tag in der Geschichte des Landes werden. Der Major wandte sich an einen Parlamentsmitarbeiter: „Wo kann man denn hier eine Kleinigkeit zum Essen bekommen?"

„Wenn's bei die Politiker bleiben wollen, dann gehen S' ins Parlamentsrestaurant. Dort isst man genauso gut wie teuer. Wir, die wir als Beamte nur einen Bettel verdienen, gehen rüber zum Aibler in der Bartensteingasse. Das ist so ein Greißler. Dort kaufen wir halt, was er gerade zufällig im Geschäft hat."

Bronstein dankte für die Auskunft und beschloss, zur Feier des Tages in die Parlamentsrestauration zu gehen, denn dazu, das wusste er, würde er so schnell nicht mehr Gelegenheit haben. Als er die Tür zum Lokal öffnete, hatte er zunächst Mühe, sich zu orientieren. Dichte Rauchschwaden nahmen ihm die Sicht. Erst allmählich konnte er die zahlreichen Gruppen von Parlamentariern ausmachen, die an den diversen Tischen saßen und tafelten. Gleich beim Eingang zur Küche sah er den Staatskanzler sitzen, umringt von einigen honorigen Männern, die ihm jedoch nicht namentlich bekannt waren. Am anderen

Ende des Saales jedoch erkannte er Präsident Seitz, dem die Minister Bauer, Hanusch und Deutsch Gesellschaft leisteten. Es war klar ersichtlich, dass die vier in eine hitzige Debatte verstrickt waren, während sie Renner nicht die geringste Beachtung schenkten. Etwas weiter rechts hatte sich der Prälat Hauser niedergelassen, der als einer der starken Männer der Christlich-Sozialen galt. Die deutschnationale Gruppe um Dinghofer wiederum nahm ihr Essen genau in der Mitte zwischen Seitz und Renner ein.

Bronstein hatte Mühe, einen freien Platz zu finden, denn die Lokalität war sichtlich überfüllt. Endlich fiel ihm ein Tisch auf, an dem nur ein Mann saß, der gedankenverloren eine Suppe zu sich nahm. Bronstein war sich sicher, das Gesicht schon einmal gesehen zu haben, doch er konnte es partout nicht einordnen. Er nahm seinen Mut zusammen, trat an den Mann heran und fragte, ob der zweite Stuhl noch frei sei. Der Mann nickte nur. Bronstein nahm Platz, deutete eine Verbeugung an und sagte: „Major Bronstein. Gesegnete Mahlzeit zu wünschen."

„Fink. Gleichfalls."

Jetzt fiel bei Bronstein der Groschen, und er fühlte sich mit einem Mal schrecklich unwohl. Ohne es auch nur ansatzweise zu wissen, hatte er sich an die Tafel des Zweiten Präsidenten gesetzt. Ganz schöne Chuzpe, dachte er sich. Doch da dies nun nicht mehr zu ändern war und ein Rückzug nur peinlich ausgesehen hätte, beschloss er, so zu tun, als sei es selbstverständlich, das Mahl mit einem Oberhäuptling des neuen Staates einzunehmen. Immerhin sprachen ja gerade diese Politiker immer wieder von der Volksherrschaft, und er gehörte ohne Frage zum Volk. Als Souverän vergab er sich also nichts, wenn er großzügig war und seinem Diener erlaubte, mit ihm zu speisen.

Bronstein hatte den Gedanken noch nicht zu einem Ende gebracht, als auch schon ein Kellner neben ihm Aufstellung genommen hatte und ihm die Speisekarte in die Hand drückte.

Mit einem Anflug von Grandezza nahm Bronstein diese in Augenschein. Und sogleich wurde ihm abermals schwummrig. Auf der Karte standen Dinge, von denen er gar nicht gewusst hatte, dass es sie noch gab. Und es standen Dinge darauf, von denen er niemals gewusst hatte, dass es sie überhaupt gab. Wo nahmen die Parlamentarier bitte schottischen Wildlachs her? Nach vier Jahren entbehrungsreichen Krieges! Pangasiusfilet auf Artischocken! Hirschragout an Süßkartoffelkroketten! Luftgetrockneter Prager Schinken mit Spargelspitzen und Polentaplätzchen. Gefüllte Truthahnbrust in Weißweinsauce mit Bratkartoffeln! Wenn das Volk wüsste, was hier kredenzt wurde, die Revolution würde augenblicklich ausbrechen und wäre niemals mehr aufzuhalten!

Bronstein lief das Wasser im Munde zusammen. Er konnte sich nicht daran erinnern, wann er zuletzt etwas derart Deliziöses auch nur gesehen hatte. Allein schon die aufgelisteten Nachspeisen nahmen ihm den Atem: Apfel-Zimt-Sorbet, Schokoladen-Obers-Torte, Polsterzipf, Granatapfelkompott. Meine Güte, war er in einem Palast gelandet?

Der Major sah neuerlich auf die Karte und tastete dabei unsicher nach seiner Brieftasche. Er tat, als suchte er sein Sacktuch, und förderte dabei unter dem Tisch seine Barschaft zutage. Nun, damit konnte er sich immerhin das Gedeck leisten. Und vielleicht, wenn er mit dem Trinkgeld knauserte, auch noch eine klare Bouillon mit Gebäck. Ohne es zu wollen, begann er sich zu schämen.

Dabei sahen die Speisen noch faszinierender aus als sie auf der Karte wirkten, stellte er fest, als dem Präsidenten die Truthahnbrust auf den Tisch gestellt wurde. Bronstein verschlang sie förmlich mit seinen Blicken. Fink entging das nicht.

„Ich hab eigentlich gar keinen Hunger. Wollen Sie's?"

Bronstein lächelte gequält. „Tschuldigung schon, Herr Präsident. Aber so etwas könnt ich mir nicht leisten."

„Ach was, nehmen S' es. Sind's mein Gast, od'r!" Fink winkte den Kellner herbei. „Bringen S' mir die Polsterzipf. Und gleich die Rechnung für alles, was auf dem Tisch konsumiert wurde, od'r."

Bronstein war sprachlos, und allein sein Blick drückte seine Dankbarkeit aus. „Is scho recht", meinte Fink gütig und widmete sich dann wieder seinen Gedanken. Neben ihm kämpfte Bronstein kurz mit seinem Gewissen, dann machte er sich über das dargereichte Gericht her und aß mit einer solchen Geschwindigkeit, als gelte es, einen Weltrekord aufzustellen. Nach einigen Minuten war der Teller leer, und Bronstein hatte Mühe, ihn nicht mit beiden Händen an den Mund zu führen, um ihn auch noch abzulecken. Fink hatte in der Zwischenzeit seine Nachspeise erhalten und zahlte den vom Kellner genannten Betrag. Bronstein, in dem das hervorragende Mahl noch eine kleine Weile nachgewirkt hatte, begann sich in der Gesellschaft des Spitzenpolitikers wieder unwohl zu fühlen. Verlegen spielte er mit dem Tischtuch und wusste nicht, ob er sich einfach so entfernen durfte, nachdem er die Einladung Finks angenommen hatte. Doch da ihn der Vorarlberger weiter nicht beachtete, begann der Major, sich wieder im Saal umzusehen. Vor allem die Sozialdemokraten wirkten auf ihn überaus geschäftig. Seltsam irgendwie, dachte er, da war ihr Übervater noch keine 24 Stunden tot, und schon schien keiner von ihnen mehr an ihn zu denken.

Übervater!

Bronstein wurde siedendheiß bewusst, dass er sich seit zwei Tagen nicht mehr nach dem Gesundheitszustand seines Vaters erkundigt hatte. Zu gern wäre er zu seiner Mutter geeilt, um sie zu fragen, wie die Dinge lagen, doch in zwei Stunden musste er wieder im Plenarsaal anwesend sein, und in dieser Zeitspanne war ein Unternehmen wie dieses nicht ins Werk zu setzen. Vielleicht, so überlegte er weiter, würde es ihm gelingen, am Abend bei seiner Mutter Nachschau zu halten.

In diesem Augenblick trat ein Parlamentsbediensteter an ihn heran: „Herr Major Bronstein?" Er nickte. „Sie werden am Telefon verlangt."

Bronstein war sprachlos. Wer wusste, dass er hier war, hier im Parlamentsrestaurant? Wenn da ein Vorgesetzter ihn zu sprechen wünschte, dann würde er nun fraglos etwas zu hören bekommen, schoss es Bronstein in den Sinn, und in ermatteter Langsamkeit schritt er auf den Apparat zu, der auf der Theke der Schank stand. Zögernd nahm er die erforderlichen Geräte in die Hand. „Jawohl?"

Es war Pokorny. „Grüß dich, Chef! Wusste ich doch, dass ich dich um die Zeit im Restaurant finde. Wie immer gäb's viel zu erzählen, aber das hat alles Zeit bis morgen. Jetzt will ich dir nur sagen, dass wir morgen alle auf den neuen Staat vereidigt werden. Im Präsidium findet eine entsprechende Zeremonie statt. Punkt neun Uhr! Ich hab mir nur gedacht, ich sag dir's, damit du auf jeden Fall Bescheid weißt. Also nicht vergessen. Um neun Uhr im Präsidium."

Bronstein dankte Pokorny für die Information und legte postwendend wieder auf, um zu verhindern, dass dieser ihn mit weiteren Auslassungen behelligte. Er war schon wieder auf dem Weg zu seinem Platz, als ihm die Bedeutung des Telefons bewusst wurde. Damit würde er sich nach seinem Vater erkundigen können! Er hob noch einmal den Hörer ab und ließ sich vom Fräulen vom Amt mit dem Spital verbinden, in dem sein Vater lag. Zu seiner Überraschung funktionierte das auch, und so hatte er nach einigen Übergaben endlich den Primar am Rohr. Sein Begehr war rasch erklärt, und der Arzt hielt daraufhin seine Gegenrede. Der Vater sei stabil, doch das sei im Augenblick das einzig Positive, da der Mann weiterhin schwer krank sei. Auf nähere Nachfrage wurde der Mediziner deutlicher. Der Vater habe gegen Mittag des vorangegangenen Tages das Bewusstsein verloren und sei seitdem nicht mehr aufgewacht. Das müsse aber noch nichts heißen. Der Körper kämpfe gegen die Krankheit, und es sei nicht ungewöhnlich, dass eine solche Krisis erfolgreich überwunden werde. Zum gegenwärtigen Zeitpunkt könne man jedoch wenig mehr machen als abzuwarten. Der Patient werde aber gut versorgt, zudem wache seine Gattin seit dem Vortag praktisch rund um die Uhr an seinem Bett. Bronstein konnte nicht gerade behaupten, dass ihn diese Information beruhigte, aber er erkannte, dass er selbst zum Ausgang dieser Sache nichts beitragen konnte. Also drückte er erneut jemandem seinen Dank aus, diesfalls dem Primar, und beendete sodann das Gespräch. Voller innerer Unruhe verließ er die Restauration, ohne sich vom Präsidenten Fink zu verabschieden, und schlenderte durch die Säulenhalle zum Ausgang des Parlaments. Auf der Rampe gedachte er frische Luft zu schnappen. Doch er war kaum aus dem Gebäude getreten, als er sich einer gewaltigen Menschenmenge gegenübersah. War denn das die Möglichkeit, sagte er sich. Da waren es noch weit mehr als zwei Stunden bis zur avisierten Ausrufung der Republik, und dennoch war der Platz vor dem Parlament bereits überfüllt. Man konnte über den Wiener sagen, was man wollte, aber bedeutende Momente, ob im Guten oder im Schlechten, ließ er sich nie entgehen.

„Des wird was werden heut", hörte er einen Parlamentswächter zu seinem Kollegen sagen. „Ja, wenn des nur gut eht." Fraglos hatte der Mann recht. Bronstein versuchte die Zahl der hier Versammelten zu schätzen. Es mochten bereits um diese Stunde weit mehr als 10.000 Personen sein, eine Menge, die sich bis zum Beginn des Festakts sicher noch verdrei- oder gar vervierfachen mochte. Vor allem, so fiel ihm auf, war weit und breit keine Polizei zu sehen. Wer würde diese Masse bändigen, wenn sie aus irgendeinem Grund in Panik geriet? Und immer noch strömten von links und rechts weitere Menschen in die Menge hinein. Von der Oper näherte sich ein mächtiger Zug, der zahlreiche Banner mit sich führte. Anhand der Farbe der Transparente und der auf ihnen befindlichen Losungen kam Bronstein zu dem Schluss, es musste sich um Sozialdemokraten handeln, und die Szenerie erinnerte ihn an die machtvollen Wahlrechtsdemonstrationen, welche die Sozis gut zehn Jahre zuvor regelmäßig abgehalten hatten. Tatsächlich erkannte er nun einzelne metallene Schilder, auf denen römische Zahlen aufgemalt waren, welche die einzelnen Bezirksorganisationen der Partei voneinander schieden. Solche Schilder waren auch damals mitgeführt worden, und wer vermochte zu sagen, ob es nicht sogar dieselben waren, welche die Funktionäre zu diesem Zweck wieder ausgemottet hatten.

Die Schaulustigen begannen, erhöhte Positionen zu erklimmen, kletterten auf Straßenlaternen, Säulen und Zäune, um solcherart einen besseren Überblick zu haben. Bronstein wurde es mulmig, und er war froh, nur für die Mandatare im Inneren des Gebäudes verantwortlich zu sein. Er drehte sich um und verschwand wieder im Parlament.

Die Zeit verging quälend langsam. Als Bronstein den Sitzungssaal betrat, war noch kein einziger Abgeordneter zu sehen. Nur einige Parlamentsstenographen bereiteten sich auf ihre Arbeit vor. Dem Major stach die Uhr oberhalb des Präsidiums ins Auge, die gleichsam vom Doppeladler samt Kaiserkrone bewacht wurde. Was für eine Symbolik. Bronstein trat wieder aus dem Saal ins Couloir und zündete sich eine Zigarette an. Er kam sich vor wie im Wartezimmer eines Arztes, da schien auch stets die Zeit stillzustehen. Zwei weitere Zigaretten später war es endlich 15 Uhr, der Zeitpunkt, zu dem die Sitzung der Nationalversammlung beginnen sollte. Doch immer noch war der Saal beinahe gähnend leer. Links außen saßen einige Sozialdemokraten, in der Mitte nahmen die ersten Deutschnationalen Platz, und der rechte Rand, der für die Christlich-Sozialen gedacht war, sah sich noch völlig unbesetzt. Allmählich fragte sich Bronstein, wie es die Abgeordneten bewerkstelligen wollten, das Gesetz über die Republikwerdung zu beschließen, wenn schon der Zeitpunkt ihrer geplanten Ausrufung herannahte. Endlich erklomm Dinghofer das Präsidium, und als wäre dies das verabredete Zeichen gewesen, strömten nun die Repräsentanten der Parteien ins Plenum und nahmen Platz. Als Dinghofer das Glockenzeichen gab, sah Bronstein automatisch auf die Uhr: 19 Minuten nach 3.

Erneut wurde er an seinen Vater erinnert, da der Präsident mit einem Nachruf auf Victor Adler begann. Bronstein hatte den gesamten Bereich im Blick und kam zu dem Schluss, dass hier vorläufig mit keinerlei Problemen zu rechnen war. Die Polittiraden konnte er sich also, so meinte er, ersparen. Tatsächlich trat nun der Staatskanzler an die Rostra und begann, das Gesetz über die Staatsform des Landes wortreich zu erläutern. Als der Kanzler ein fanatisches „Heil unserem deutschen Volke, Heil Deutsch-Österreich" ausrief, verdrehte Bronstein die Augen. Diese Politiker! Sie hatten nichts aus dem Kriege gelernt. Wozu immer dieses Pathos? Konnte das die Menschen ernähren? Konnte es das Leid und die Not lindern? Konnte es den Menschen Arbeit und eine Perspektive für ihre Zukunft geben? Es war leicht, als Regierungschef solche Phrasen zu dreschen, vor allem, wenn man eben im Parlamentsrestaurant fein getafelt hatte.

Aber bitte, die Menschen brauchten diese Emphase offensichtlich, denn nicht nur die Abgeordneten erhoben sich applaudierend von den Plätzen, die Galerie tat es ihnen gleich. Wiewohl laut Geschäftsordnung jede Kundgebung seitens der Zuhörer verboten war, hatte keiner der Politiker ein Problem damit, bejubelt zu werden. Und da offensichtlich bekannt war, dass vor dem Hause zehntausende weitere Menschen warteten, wurde eilig der Antrag gestellt, die Vorlage ohne Debatte zur Abstimmung zu stellen, was auch prompt geschah. Niemand hatte gegen die Vorlage gestimmt. Binnen weniger Minuten war aus dem Rest der Monarchie eine Republik geworden, und der Präsident schloss die dritte Sitzung der Nationalversammlung. Sie hatte gerade einmal 25 Minuten gedauert.

Nun kam wieder Bewegung in die Mandatare. Und damit auch in Bronstein. Als er wieder die Rampe betrat, konnte er immer noch keinen Kollegen erspähen. Es war ja schön und gut, dass seine Zuständigkeit formal an dieser Pforte endete, doch das würde ihm kaum ein Disziplinarverfahren ersparen, wenn den Herren Präsidenten und Ministern nun ein Leid zugefügt werden würde. Der Major spürte, wie er trotz des trüben Wetters zu transpirieren begann. Das konnte doch unmöglich wahr sein! War er wirklich der einzige Polizist weit und breit? Gab es nicht einmal jemanden, mit dem er sich in diesem heiklen Moment absprechen konnte? In seiner Ratlosigkeit trat er an die beiden Vertreter der Parlamentswache und stellte sich ihnen vor.

„Soll das wirklich heißen, dass wir hier ganz alleine sind?", fragte er mit einer erkennbaren Aufregung in der Stimme.

„Ja", nickte einer, „a Wahnsinn, ned! Aber die Roten haben g'sagt, sie haben alles im Griff. Drum san mir do jetzt allanig."

Bronstein wurde schwindlig. Es mochte ja sein, dass die Ordner der Sozialdemokratie einen Demonstrationszug unter Kontrolle halten konnten, der sich konstant von einem Ort zum anderen bewegte. Aber eine Masse wie diese, die mittlerweile sicherlich auf 50.000 Personen angewachsen war, die konnte niemand kontrollieren, das war völlig ausgeschlossen. Und schon traten die Spitzenrepräsentanten des neuen Staates ins Freie.

Die erwartungsvolle Ruhe der versammelten Menge beruhigte Bronstein in keiner Weise. Da und dort sah er Transparente auftauchen, die eine sozialistische Republik forderten, und aus seinen Gesprächen mit Jelka ahnte er, dass diesem Teil der

Anwesenden das hohle Pathos eines Karl Renner nicht genügen würde. Schon gar nicht der monotone Singsang, der eben aus dem Munde des Präsidenten Dinghofer kam. Wie Bronstein es erwartet hatte, stießen die Worte des Präsidenten weitgehend auf Unverständnis. Sie wurden nur von seiner nächsten Umgebung verstanden, und Bronstein war sich sicher, dass er von der anderen Seite der Ringstraße weder gesehen noch gehört wurde. Am besten, so dachte er, wäre es, wenn man die ganze Scharade schnellstmöglich über die Bühne brachte, um die Lage nicht eskalieren zu lassen.

Und als wäre auch den Politikern bewusst geworden, auf welchem Pulverfass sie saßen, trat Dinghofer zur Seite und überließ es dem Staatskanzler, die Republik formal zu verkünden. Auf sein Zeichen hin sollte die neue Landesfahne gehisst werden, das alte Rotweißrot der Babenberger, doch nur allzu bald war zu erkennen, dass es dabei irgendein Problem gab. Trotz des mehrmaligen Wiederholens der diesbezüglichen Aufforderung war kein Fahnentuch hochgezogen, vielmehr schien es rings um die Masten einen Tumult zu geben, und Bronstein wollte instinktiv hinuntereilen, um sich direkt am Ort des Geschehens ein Bild zu machen. Doch er sah sich derart in die Menge eingekeilt, dass er kaum einen Meter vorwärtsgekommen war, ehe er resigniert von seinem Vorhaben Abstand nahm. Mit Erleichterung nahm er zur Kenntnis, dass das Problem anscheinend in der Zwischenzeit gelöst worden war, denn endlich wurden die Fahnen über den Häuptern der Menge sichtbar. Der Wind erfasste sie, und sie begannen zu flattern. Als Bronstein glaubte, sich wenigstens für einen Moment entspannen zu können, zuckte er neuerlich zusammen. Die Fahnen waren einfärbig rot. Offenbar war es den Kommunisten gelungen, die Farben der Republik gegen jene der Revolution auszutauschen, und so zog die Regierung nun die Banner ihrer Gegner auf. Der Major war nicht der Einzige, der von Nervosität erfasst wurde.

Dinghofer versuchte die Situation zu retten und brachte Heil-Rufe auf die Republik aus, die jedoch in einem Pfeifkonzert der Menge untergingen. Das versammelte Volk schien plötzlich samt und sonders aus Kommunisten zu bestehen, denn zu den Pfui-Rufen gesellten sich Hoch-Rufe auf die sozialistische Republik und auf den Sozialismus. An beiden Auffahrten zur Rampe kam die Menge in Bewegung, und Männer, die Bronstein der Roten Garde zuordnete, kamen auf die Vertreter der Regierung zu.

„Jetzt wird's brenzlig", sagte Bronstein zu sich. Er wandte sich an die neben ihm stehenden Parlamentsbediensteten: „Die Regierung sollte sich wieder ins Haus zurückziehen, das wäre wahrlich klüger." Doch er hatte den Satz kaum zu Ende gesprochen, als Präsident Seitz das Wort ergriff. Selbst Bronstein, der nur wenige Meter von ihm entfernt stand, konnte kaum etwas von der Rede des neuen roten Parteichefs vernehmen, sie ging im allgemeinen Lärm fast vollständig unter. Dies erkannte nun auch die politische Kaste. Seitz beendete sein Tun abrupt, und wie auf ein Kommando wandten sich die Würdenträger wieder dem Eingang zu. Die Masse freilich strömte ihnen nach. Die Rotgardisten waren mittlerweile bis auf wenige Schritte an die Regierung herangekommen und drängten gleich ihnen ins Parlament. Der neue Heeresminister trat ihnen entgegen und versuchte, sie von ihrem Vorhaben abzubringen. Bronstein verfolgte die Szene mit bangem Herzen, während ein Parlamentsvertreter die Anweisung gab, die Rollläden vor den Fenstern herunterzulassen. Bronstein hatte auf diese Anordnung gar nicht geachtet, da sie ihn nicht betraf, aber nur wenige Sekunden später fuhr er erschreckt zusammen. Langsam senkte sich der Wetterschutz über die Maueröffnungen, und der Ton, der dabei entstand, erinnerte ihn frappant an MG-Feuer. Nicht nur ihn, wie er sogleich feststellen konnte. „Sie schießen auf uns! Aus dem Parlament wird auf das Volk geschossen!", schrie ein Rotgardist, und die von Bronstein lange schon befürchtete Panik brach aus. Während die einen versuchten, auf den Ring zu flüchten, wollten die anderen ins Gebäude eindringen, das mittlerweile von der Wache versperrt worden war. Bronstein war vom Ablauf der Ereignisse überrumpelt worden und befand sich nun mitten unter den Kommunisten, die damit begannen, das Tor einzuschlagen. Holz splitterte, Glas zerbrach, Ornamente fielen zerschellend zu Boden. Endlich gab das Schloss der Hauptpforte nach, die Flügel der Tür krachten lautstark gegen die Wände, und eine Menge von mehreren Dutzend Mann ergoss sich in das obere Vestibül, Bronstein mitreißend.

Einzelne Gardisten brachten ihre Gewehre in Anschlag und rückten in Angriffsformation vor. Die Regierung hatte sich mit dem Gros der Abgeordneten in den Sitzungssaal geflüchtet, wo sie sich nun von den Kommunisten belagert sah. Seitz ließ einen Parlamentswachebeamten eine weiße Fahne schwenken und verlangte ein Parler. Tatsächlich begaben sich nun einige der Anführer der Rotgardisten in den Sitzungssaal. Bronstein war ihnen gefolgt und ließ sich schwitzend und erschöpft auf einem Abgeordnetensitz nieder, um die weitere Entwicklung von dort aus zu verfolgen. Die Kommunisten sagten dem Präsidenten auf den Kopf zu, dass sie aus dem Parlament beschossen worden seien und daher verlangten, dass die Schuldigen zur Rechenschaft gezogen würden. Seitz stellte dies, soweit Bronstein ihn verstehen konnte, in Abrede, worauf die Kommunisten darauf bestanden, das Haus nach Waffen abzusuchen. Ohne zu zögern sicherte Seitz ihnen das zu, betonte aber, dass er ihnen sein Ehrenwort gebe, dass im Parlament keine Waffen zu finden seien. Die Kommunisten begannen zu schwanken. „Ihr Wort genügt uns", sagte schließlich einer von ihnen und gab das Kommando zum Rückzug.

Bronstein atmete auf. Die Gefahr schien endlich gebannt. Er hatte seine Aufgabe erfolgreich gemeistert, keinem Politiker war ein Haar gekrümmt worden. Doch noch fühlte er sich nicht vollends beruhigt. Schwerfällig erhob er sich wieder und folgte den Kommunisten zurück ins Vestibül. Je näher er dem Ausgang kam, desto lauter wurde der Lärm, der von draußen ins Innere des Gebäudes drang. Bronstein brauchte keine allzu große Phantasie, um zu erahnen, was dort vor sich ging. Die Republik war geboren worden, aber sie besaß offensichtlich eine schreckliche Nachgeburt.

Endlich verließen die letzten Rotgardisten das Haus: „Unsere Stunde ist noch nicht gekommen", ließ sich einer von ihnen vernehmen, „aber sie wird kommen. So viel ist sicher." Als Bronstein wieder ins Freie trat, prallte er entsetzt zurück. Die Rote Garde, die eben noch die Nationalversammlung belagert hatte, war nun ihrerseits von republikanischen Volkswehr-Einheiten umzingelt. Abermals fielen Schüsse, die Panik steigerte sich neuerlich, und Bronstein sah, wie vor seinen Augen ein Mann buchstäblich erdrückt wurde. Er schrie noch einen Augenblick gellend auf, dann verdrehte er mit einem entsetzlichen Röcheln die Augen, um schließlich schlaff und tot zwischen der Säule und der hin- und herflutenden Menge eingekeilt zu hängen. Haarscharf flog ein Querschläger an Bronsteins Brust vorbei, um sich mitten in die Stirn eines Parlamentswächters zu bohren, der mit einem seltsam anrührenden „Oh" verschied. Die Volkswehr ließ sich nun nicht länger zurückhalten, und sie setzte zum Sturmangriff auf die Rote Garde an, die immer noch damit beschäftigt war, sich einen Weg auf den Ring zu bahnen. Es entstand ein großer Tumult, der Bronstein an das Hauen und Stechen in früheren Kriegen erinnerte. Zu seiner Überraschung folgten den Soldaten einige Einheiten der Wiener Polizei, die mit Stöcken, aber auch mit Säbeln, auf die Menge eindroschen. Immer wieder spritzte irgendwo Blut aus einer Wunde, und Bronstein wusste nicht länger, wohin er sich wenden sollte. In ihrer Angst sprangen einige Menschen über die Brüstung und blieben unten mit gebrochenen Armen, Beinen oder Rippen liegen, um einen Moment später zu Tode getrampelt zu werden. Bronstein vermochte nicht länger zuzusehen, zu viele Menschen hatte er in solchen Augenblicken schon sterben sehen. Die Rote Garde versuchte, sich ihrer Verfolger zu erwehren, doch diese waren nicht nur in der Überzahl, sie waren auch besser ausgerüstet, und so geriet das revolutionäre Element mehr und mehr in die Defensive.

Die Kontingente der Roten Garden begannen zurückzufluten, verfolgt von Polizei und Volkswehreinheiten. Immer noch fielen vereinzelt Schüsse, doch für jeden Beobachter war nun klar, dass die Republikaner das Momentum auf ihrer Seite hatten. Bronstein sah, wie links und rechts der Rampe Kommunisten verhaftet und dabei nicht selten auch misshandelt wurden. Der Rotschopf, der sich da eben noch einem Zugriff entziehen konnte, erschien ihm nur allzu bekannt. Sofort kam Leben in Bronstein. Ohne auf die chaotischen Zustände rund um ihn zu achten, hetzte er an Herodot und Thukydides vorbei, drängte einige Männer achtlos zur Seite und erreichte die Gruppe um Jelka just in jenem Augenblick, da sie von zwei Volkswehrlern gehalten wurde, während ein dritter sich anschickte, Jelka die Faust in den Magen zu graben.

„Sofort aufhören!", schrie er mit donnernder Stimme und hielt dabei seine Kokarde in die Luft. Der Schläger hielt mitten in der Bewegung inne. „Diese Person da ist eine überaus gefährliche Aufwieglerin. Wir sind schon lange auf der Suche nach ihr. Das ist ein Fall für die Polizei, Ihre Dienste sind daher nicht länger erforderlich, meine Herren!" Bronstein drängte einen der Häscher ab und fasste nach Jelkas Oberarm, um sie von der Szene zu ziehen.

„Dürf' ma s' ned wenigstens a bisserl verprügeln?", fragte der Schläger beinahe bittend.

„Von mir aus gern", antwortete Bronstein, „aber erst, wenn wir mit ihr fertig sind. Das heißt, wenn dann noch was über ist von ihr."

Die Replik schien die Sozialdemokraten zufriedenzustellen, und sie gaben Jelka, wenn auch langsam und murrend, frei. Bronstein drehte Jelka um 180 Grad um und schob sie vor sich her zum Ring. Auch dort herrschte überall der reinste Tumult, doch irgendwie gelang es ihm, Jelka in den Volksgarten zu bugsieren, wo die Lage entschieden weniger brenzlig war. Jetzt erst wagte er, sie anzusehen: „Wir müssen schauen, dass wir hier wegkommen. Die sind völlig narrisch worden. So, wie die in Rage sind, sind die imstand und bringen euch um."

„Aber die Revolution! Ich kann doch nicht ...", mühte sich Jelka halbherzig um Widerspruch.

„Vergiss des für den Augenblick", schnitt Bronstein ihr das Wort ab, „als Märtyrerin nutzt du niemandem, nicht einmal deiner Partei."

Tatsächlich brauchte es nicht viel, um Jelka von der Richtigkeit der Bronstein'schen Argumentation zu überzeugen. Die Enttäuschung über den fehlgeschlagenen Versuch, eine sozialistische Republik zu errichten, war dem Schock ob der drohenden Misshandlung gewichen, und so ließ sie sich widerstandslos zum Graben führen. Als Bronstein dort ein einsames Taxi stehen sah, zögerte er nicht lange. Er wuchtete Jelka in den Fond des Wagens und nannte dem Fahrer ihre Adresse als Fahrziel. In der einsetzenden Dämmerung erreichten sie den Karmeliterplatz.

Zu Bronsteins Freude hatte das kleine Beisl gegenüber Jelkas Wohnung offen, und so betrat er es kurzentschlossen, um dort eine Flasche Slibowitz zu erstehen. Danach querte er den Platz und enterte mit Jelka im Schlepptau deren Wohnung. Er platzierte sie auf einem der Stühle und füllte zwei Achtellitergläser mit Schnaps. Wie auf Kommando tranken beide ihr Behältnis auf einen Zug leer. Dann sah Bronstein Jelka durchdringend an. Er fühlte, wie seine Angst um die von ihm geliebte Frau in Zorn umschlug.

„Was hast du dir dabei gedacht, um Himmels Willen?", belferte er, „so einen dilettantischen Schwachsinn habe ich ja seit 1915 nicht mehr gesehen! Ihr könntet alle tot sein! Und wofür? Ich dachte, ihr wollt die Welt verändern. Glaubst du, das erreicht man mittels kollektiven Suizids?"

Die heftige Reaktion des Majors erweckte nun auch in Jelka wieder die übliche revolutionäre Entschlossenheit. „Und glaubst du, wir können schweigen angesichts einer solch maßlos verlogenen Veranstaltung?"

„Verlogene Veranstaltung", brauste Bronstein auf, „was soll denn das heißen! Die Monarchie hat sich selbst in den Abgrund gewirtschaftet, und sie ist unbeweint verschieden. Jetzt haben wir endlich alle die Chance auf einen Neubeginn. Und ihr meint, das sei verlogen? Das kann doch nicht dein Ernst sein!"

„Na was sonst! Die Sozialdemokraten erklären uns, die Arbeiterklasse könne nicht aus eigener Kraft das Werk der Befreiung vollziehen, könne sich nicht ohne die Hilfe anderer von den Nöten des Krieges und vom furchtbaren Elend des Zusammenbruchs des Kapitalismus befreien. Sie sagen uns, wir bräuchten die Anleitung durch die Bourgeoisie, weshalb man mit ihr zusammenarbeiten müsse. In Wirklichkeit bringen sie damit nur ihr Misstrauen gegenüber den Fähigkeiten des Proletariats zum Ausdruck. Sie vertrauen lieber weiterhin den Ausbeutern und Unterdrückern, deren Vertreter gemeinsam mit den Sozis in der Regierung sitzen. Es ist doch grotesk, wenn die Sklavenhalter, die uns schon in der Monarchie unter ihrer Knute hatten, nun diejenigen sein sollen, die uns auf den Weg ins gelobte Land der Freiheit führen."

Bronstein schüttelte unwillkürlich den Kopf: „Jetzt übertreibst aber. Was allein der Hanusch ..."

Doch Jelka schnitt ihm das Wort ab: „Sieh dir doch diese Regierung an! Das Sagen haben die Pfaffen und die Großgrundbesitzer, an deren Seite die Renners und Bauers sich als Hilfsarbeiter in der Staatskunst üben dürfen. Mit einer solchen Republik ändert sich nichts. Die einen bleiben die Meister, die anderen die Lehrbuben. Die einen machen den Profit, die anderen räumen die Werkstatt auf. Die einen schaffen an, die anderen gehorchen. Eine solche Republik brauche ich nicht, die kann mir gestohlen bleiben."

Bronstein verspürte keine Lust auf eine weitere politische Diskussion. „Jetzt lass doch einmal die Berufsrevolutionärin beiseite. Was jetzt kommt, das kann nur besser sein als das, was bisher war. Schau dir doch an, was die Hanuschs, Reumanns und Domes zuwege bringen. Ich kann mich nicht daran erinnern, wann es zuletzt Grund zu so großer Hoffnung gegeben hat. Das Programm, das sie verkünden, klingt doch überaus verlockend. Sie wollen den Reichtum der wenigen begrenzen und den vielen eine Chance auf gedeihliche Entwicklung geben. Sie haben ihre Lehre aus dieser Finanz- und Wirtschaftskrise und aus den Folgen, die sie zeitigte, gezogen. Jetzt folgt ein Neubeginn, weil das Volk sich seiner Stärken bewusst wird und erkennt, es kann, wenn es nur will."

„Genau dazu braucht das Volk aber auch die Macht, die erforderlichen Veränderungen durchzusetzen. Das geht nur im Wege der unbedingten Volksherrschaft …"

„Na eben", fiel ihr Bronstein ins Wort, „Demokratie, das heißt doch Volksherrschaft."

„In Form des bürgerlichen Parlamentarismus wird das Wort Demokratie geschändet, denn Parlamentarismus bedeutet im diametralen Gegensatz zum Rätesystem nichts anderes als Klassenherrschaft. Im Übrigen war gerade die athenische Demokratie, auf die sich die Verteidiger dieses Ausbeutungssystems immer so gerne berufen, gleichfalls eine Klassenherrschaft, denn der Demos, der da herrschte, das war nur die Summe der männlichen Stimmbürger. Für Frauen, Taglöhner und Sklaven war da kein Platz, genauso wie in unserer Demokratie."

„Du hast recht, wenn du auf den Reichsrat der Monarchie Bezug nimmst. Da hattet weder ihr Frauen das Stimmrecht noch jene Teile des Volkes, die durch die Fährnisse des Wirtschaftssystems zu einem unsteten Wanderleben gezwungen waren. Doch genau das soll nun ja anders werden. Ihr werdet das aktive und passive Wahlrecht erhalten, und mit den Restriktionen soll es auch vorbei sein. Wer kann da also noch von Klassenherrschaft reden?"

Jelka sah Bronstein mit einer Mischung aus Verwunderung und Mitleid an. „Du siehst anscheinend wirklich die größeren Zusammenhänge nicht. Im Augenblick ist der Kapitalismus auf das Schwerste verwundet. Es bedürfte nicht viel, und der Drache wäre endgültig niedergerungen. Doch anstatt ihm den letzten, entscheidenden Streich zu versetzen, päppelt die Sozialdemokratie ihn wieder hoch. Glaube mir, das wird sich noch bitter rächen."

Bronstein holte Luft, um ihrer Argumentation etwas entgegenzuhalten, als sie auch schon fortfuhr: „Wenn der Kapitalismus sich von diesen Verletzungen erholt hat, wird er schreckliche Rache üben. Er wird von revolutionärem Schutt reden, der weggefegt gehört, und er wird die Reformen der Sozialdemokratie Schritt für Schritt beseitigen. Dann wird es keine Pensionen mehr geben, zumindest keine, die man bei einem normalen Arbeitsleben noch erreichen kann. Dann wird das Gesundheitssystem wieder nur noch für jene da sein, die es sich mit barer Münze leisten können. Dann wird nicht mehr allen Arbeit und Brot gerüstet stehen, sondern es wird ein Kampf um jeden Arbeitsplatz beginnen, und die Arbeiter werden sich vor der Zeit zu Tode schuften müssen. Es wird vorbei sein mit der Solidarität und der Brüderlichkeit, und die Gewerkschaft wird von ihren Gegnern nur noch milde belächelt werden. Die übelsten Ausbeuter werden sich schamlos am Staat bereichern, und jeder Widerstand gegen dieses üble Treiben wird durch den staatlichen Repressionsapparat im Keim erstickt werden."

„Siehst du wirklich so schwarz?" Bronstein versuchte, Jelkas wahre Stimmung zu ergründen. Sie warf den Kopf zurück, atmete kurz durch und setzte dann mit ihrer Philippika in unverminderter Entschlossenheit fort: „Wenn die Bourgeoisie jetzt nicht in die Knie gezwungen wird, wird sie morgen das Volk in die Knie zwingen. Und ihr Triumphgeheul wird uns Ausgebeuteten infernalisch in den Ohren klingen. Ja, wir werden die Hölle auf Erden erleben, und die Erkenntnis, es eigentlich besser gewusst zu haben, wird uns dabei mehr Fluch als Trost sein. Und genau darum dürfen wir jetzt in der Stunde der Entscheidung nicht abseits stehen, denn genau dieser Fehler würde sich im Wortsinne als fatal erweisen."

Bronstein fühlte sich müde. Es war ja gut und nett, was Jelka da zu erzählen wusste, und auf ihre Weise mochte sie vielleicht sogar recht haben. Aber er war nun einmal der Polizeimajor David Bronstein, und die großen Zusammenhänge des Weltenlaufes kümmerten sich nicht um seine Sicht der Dinge. Es mochte egoistisch sein, doch ihm war das eigene Glück im Kleinen letztlich doch näher als jenes einer Klasse, zu der ihm eigentlich jedweder Zugang fehlte. „Jelka", sagte er, „ich will nicht streiten mit dir. Für mich heißt Demokratie, dass jeder seine Meinung haben darf und sagen soll, was er denkt. Ich respektiere deinen Standpunkt, aber ich fürchte, ich werde ihn nie in dem Ausmaß teilen können, wie du es wahrscheinlich für erforderlich erachtest. Seien wir doch froh, dass der heutige Tag nicht so böse endet, wie er hätte enden können. Komm, trinken wir noch etwas und machen wir uns dann einen schönen Abend." Dabei bemühte er sich um einen lockenden Blick.

Jelka, die eben noch mitgerissen von ihrer eigenen Agitation gewesen war, musste gegen ihren Willen schmunzeln. Sie schmiegte sich an Bronstein, und ihre Hände begannen über seine Oberarme zu streicheln. Sie hauchte ihm einen flüchtigen Kuss auf den Hals und fuhr dann leise mit ihrer Rede fort: „Weißt du, Republik, das ist nicht viel. Sozialismus muss unser Ziel sein. Im Gegensatz zu jenen Parteien, die dieses hehre Wort missbrauchen und nur der herrschenden Klasse in die Hände arbeiten, wollen wir für die volle Freiheit des Proletariats kämpfen." Bronstein spürte mehrere Küsse an seiner Wange, seinen Ohren und seiner Stirn. „Wir wollen eine Partei sein, die ein klares Programm hat, die geschlossen und einheitlich zusammengesetzt ist im Geiste und in ihrem Willen." Jelkas Hände wanderten auf Bronsteins Oberkörper. „Eine Partei mit einem klaren Ziel und einem entschlossenen Willen." Schon hatten ihre Hände die unteren Regionen von Bronsteins Leib erreicht. „Die den Würgegriff des Kapitals bricht." Bronstein hielt den Atem an, da Jelkas Finger seine Hoden umschlossen. „Die dafür sorgt, dass die Bourgeoisie dem Proletariat nicht länger die Luft zum Atmen nimmt." Jelkas Lippen umschlossen jene Bronsteins, und ein tiefer und inniger Kuss unterbrach das politische Referat. Nun konnte sich auch der Major nicht länger zurückhalten, und er umklammerte Jelka mit überschäumender Leidenschaft.

Nachdem Bronstein sich gesäubert hatte, zog er seine Kleidung wieder an und legte sich in Unterhemd und Hose neben Jelka ins Bett: „Ich trete eurer Partei dennoch nicht bei", sagte er mit schelmischem Unterton.

„Das ist auch deine einzige Möglichkeit, einem Ausschluss zu entgehen", schmunzelte sie. Eine kleine Weile später blickte Bronstein auf die Uhr. Es war knapp vor neun Uhr abends. „Sag, hast du keinen Hunger?"

„Na ja, wenn du mich so direkt fragst. Aber ich fürchte, ich habe rein gar nichts da." Bronstein überlegte: „Und was, wenn wir in dieses Beisl gegenüber gehen? Vielleicht hat der noch irgendetwas Essbares?"

„Möglich wäre es."

„Na dann. Gemma, oder?"

Jelka streckte sich. „Eigentlich war das ein harter Tag, den ich in seinen Facetten erst einmal verdauen muss. Ich glaube, ich bleibe lieber hier. Wenn mir draußen zufällig einer von den Genossen begegnet, dann hätte ich wohl einigen Erklärungsbedarf. Und danach steht mir im Augenblick nicht wirklich der Sinn. Ich habe seit Sonntagabend durchgearbeitet, und ich fühle, wie müde ich bin."

Bronstein wurde unsicher. „Soll ich lieber gehen?" Jelka sah ihn von der Seite an: „Geh doch in das Beisl und sieh zu, ob du etwas zu essen bekommst. Ich schlafe einstweilen eine Runde. Aber ich würde mich freuen, wenn du später zurückkommst und bei mir schläfst. Nimm doch einfach die Schlüssel mit." Nach einigem Zögern berschloss er, die Wohnung für eine kleine Weile zu verlassen.

Erst als er eine Portion in Speiseöl gekochte Erdäpfel gegessen und sich eine Zigarette angezündet hatte, wurde ihm bewusst, dass er einige Stunden zuvor eigentlich unerlaubt seinen Posten verlassen hatte. Er war einfach mit Jelka aus der Gefahrenzone geeilt, ohne jemandem zu sagen, wohin er sich begab. Bronstein dachte an die vielen Toten, der er beim Parlament gesehen hatte, und kam zu dem Schluss, dass er für die Wiener Polizei als verschollen gelten musste. Wenn ihm bis zum folgenden Tag keine plausible Erklärung einfiel, dann sah er wohl einem Disziplinarverfahren entgegen. Und während er rauchte, ging er seine Alternativen durch.

Er konnte behaupten, jemand habe ihn bewusstlos geschlagen, woraufhin er von irgendwelchen Personen in Sicherheit gebracht worden sei. Diese Version klang aber nur bei oberflächlicher Betrachtung plausibel. Natürlich würde man sich fragen, wo denn die Beule sei, die zum Verlust des Bewusstseins geführt habe. Noch problematischer freilich war seine Lage, falls ihn jemand dabei beobachtet hatte, wie er mit Jelka den Ort des Geschehens verlassen hatte, oder wenn, und das wäre fraglos am fatalsten, wenn die Volkswehrmänner sich seiner erinnerten und von ihrer Begegnung mit Bronstein Meldung machten. Dafür kam ihm ein anderer Gedanke: Er war eben im Begriff gewesen, eine Kommunistin zu arretieren, als er sich plötzlich von weiteren Aufrührern umzingelt sah, die ihn abgedrängt hatten, sodass er sich mangels Unterstützung, der Übermacht Rechnung tragend, diesen habe ergeben müssen. Erst nach Stunden sei ihm die Flucht geglückt.

Diese Version konnte leidlich durchgehen, befand er. Niemand war in der Lage zu behaupten, er wüsste, wohin Bronstein mit Jelka hatte gehen wollen. Dass er sich vom Parlament entfernt hatte, besagte an sich noch gar nichts. Es war schließlich auch möglich, dass er sie aufs Präsidium hatte schleppen wollen. Und es war mehr als unwahrscheinlich, dass ihn irgendwer länger als bis zum Eingang des Volksgartens beobachtet oder gar verfolgt hatte. Solange also niemand den Taxifahrer ausfindig machte, der sie zum Karmeliterplatz geführt hatte, war Bronstein dienstrechtlich ungefährdet.

Ach was, dachte er sich schließlich und bestellte noch einen Slibowitz, im Augenblick war er streng genommen gar kein Polizist, also konnte auch das Dienstrecht nicht für ihn gelten. Er war durch den Gesetzesbeschluss der Nationalversammlung von seinem Eid als kaiserlicher Beamter entbunden worden, und er würde erst am nächsten Morgen als republikanischer Beamter wieder vereidigt werden. Wenn ihm also einer blöd kam, dann konnte er mit einer gewissen Abgeklärtheit erklären, er habe ohnehin weit mehr getan, als von ihm hätte erwartet werden können, denn streng genommen sei er mit Verkündigung des besagten Gesetzes Beamter im Ruhestand gewesen, weshalb er schon zu diesem Zeitpunkt seinen Posten hätte verlassen können. Von einer dienstrechtlichen Verfehlung könne mithin in keiner Weise die Rede sein.

Bronstein war stolz auf sich. Diese Argumentation war fraglos hieb- und stichfest. Niemand konnte ihm daraus einen Strick drehen. Doch wahrscheinlich hatte der Beamtenapparat ohnehin andere Sorgen. Die unzähligen Toten und Verwundeten mussten erst einmal politisch erklärt werden. Außerdem wurden eben die Spitzen der Beamtenschaft ausgetauscht. Die alten Chefs würden sich um solche Details nicht mehr kümmern, und die neuen waren noch gar nicht ernannt. Nicht nur er befand sich im rechtsfreien Raum, sondern auch seine Vorgesetzten. Er würde also einfach am nächsten Morgen zu seiner Angelobung marschieren und so tun, als ob nichts gewesen wäre, und alles Weitere würde sich dann schon finden. Wozu sich also den Kopf darüber zerbrechen.

Der Major trank den Slibowitz aus, zahlte seine Rechnung und verließ das Lokal. Draußen wurde er von körnigem Schneefall empfangen. Wie es wohl dem Vater gehen mochte? Er hatte ihn immer noch nicht besucht, und er ertappte sich dabei, dass er sich darob schämte. Gleich morgen, so sagte er sich, würde er den Weg ins Krankenhaus antreten, und sei es auch nur, um der Mutter in dieser schweren Stunde beizustehen.

Die Kälte war fürchterlich und Bronstein froh, bereits nach wenigen Metern wieder Obdach zu haben. Als er Jelkas Wohnung betrat, war kein Laut zu vernehmen. Er schlich in das Zimmer und stellte fest, dass Jelka tief und fest schlief. Bronstein wusch sich noch oberflächlich, dann legte er sich zu ihr ins Bett. Sie gab einen murmelnden Ton von sich, den er nicht zu deuten wusste, doch sie rückte, immer noch schlafend, zur Seite. Bronstein verschränkte die Hände hinter dem Kopf und starrte in die Dunkelheit. Eine Vielzahl von Gedanken beschäftigte ihn noch eine gute Weile, ehe er endlich eingeschlafen war.

VII.
Mittwoch, 13. November 1918

Draußen sah es mehr als düster aus, als Bronstein erwachte. Er griff nach seiner Uhr und hielt sie im Dämmerlicht gegen das Fenster, um die Zeit ablesen zu können. Zehn Minuten vor sieben. Mühsam kletterte er aus dem Bett und wankte, immer noch schlaftrunken, in die Küche. Dort kramte er nach Zündhölzern, mit denen er zuerst die alte Petroleumlampe, die Jelka wenige Tage zuvor erstanden hatte, und dann den Herd anzündete. Er wartete, bis das Feuer im Ofen konstant brannte, dann stellte er einen Kessel mit Wasser darauf und kramte in den Küchenkästen, ob sich dort Tee- oder Kaffeeersatz finden ließ. Er fand einige vertrocknete Blätter, deren Farbe ihn zu der Vermutung führte, es handle sich um Salbei, und ihr Geruch bestätigte ihn in dieser Annahme. Als das Wasser kochte, warf er sie hinein und wartete, bis es eine kräftige Farbe angenommen hatte. Dann goss er das so gewonnene Getränk in zwei Tassen, von denen er eine auf den Tisch im Zimmer stellte, während er mit der anderen zum Bett ging, um langsam und behutsam Jelka zu wecken.

Der stieg der Duft des Tees in die Nase und sie lächelte Bronstein zufrieden an. „Guten Morgen, du Schöne", flüsterte er, „Zeit, einen neuen Tag zu beginnen."

„Wie spät ist es?", fragte sie und unterdrückte ein Gähnen. Bronstein nannte ihr die Uhrzeit. Sie kroch wieder unter die Decke: „Zeit, noch ein wenig zu schlafen." Bronstein streichelte sanft ihre Schulter und stellte dann die Tasse auf dem Nachtkästchen ab. Er ging zurück zum Tisch, trank einen kräftigen Schluck und suchte dann nach seinen Zigaretten. Eine kleine Weile hing er seinen Gedanken nach, dann bemühte er sich um einen Plan, wie er den neuen Tag gestalten sollte. Zuerst, so wusste er, musste er zu dieser wahnsinnig überflüssigen Angelobung, doch dann würde er sich in den fünften Bezirk verfügen, um noch einmal mit Bergmann zu sprechen. Er war sich nunmehr ziemlich sicher, dass die Lösung des Falles Feigl in dieser Tapeziererei zu finden war. Wer immer der Stutzer war, mit dem sie die letzten Tage ihres Lebens verbracht hatte, er musste es gewesen sein, der sie in dieses Haus geführt hatte, denn es gab keinen ersichtlichen Grund, weshalb sie von sich aus dorthin hätte gehen sollen.

Bronstein überlegte, ob es eine Verbindung zwischen den Beschäftigten des Betriebes und der Feigl geben konnte, doch er verwarf diesen Gedanken alsbald wieder, denn ein kleiner Handwerksgeselle würde kaum so viel Geld aufbringen können, in einem gutbürgerlichen Lokal den Herrn Baron zu markieren. Er erinnerte sich an den Bericht Pichlers, wonach der alte Bergmann zwei Söhne hatte. Doch der eine stand, wie es hieß, noch im Feld, und der andere war in Ungarn gewesen. Die kamen also auch nicht in Frage. Verärgert dämpfte Bronstein die Zigarette aus. Es war wie verhext! So sehr er sein Gehirn auch anstrengte, er vermochte keine Verbindung zwischen der Feigl, ihrem Galan und der Polsterei herzustellen. Was aber trieb eine kleine Modistin des Nachts in solch einem Betrieb?

„Was hat di g'ritten, Madl", murmelte Bronstein halblaut.

„Wobei?"

Erstaunt drehte er sich um und sah, dass Jelka sich im Bett aufgesetzt hatte und ihren Tee in kleinen Schlucken zu sich nahm.

„Ich hab nicht dich gemeint, meine Liebe", erklärte er, „mir geht der Fall nicht aus dem Schädel, den ich zu lösen habe."

„Aha, und was für ein Fall ist das?"

Bronstein holte tief Luft und begann, Jelka die Geschichte zu erzählen. Das Opfer sei erwürgt worden, doch ihr Angetrauter habe ein hieb- und stichfestes Alibi. Der Vater, ihr Brotherr und der Besitzer des Betriebs, in dem ihre Leiche gefunden wurde, kämen gleichfalls für die Tat nicht in Frage. Es gebe einen Zeugen, der sie mit einem jungen Stutzer gesehen habe, doch über den wisse man kaum mehr als ein paar äußerliche Details. Und damit stehe er, Bronstein, in diesem Fall vollkommen vor einem Rätsel und wisse nicht, wo er noch ansetzen könne.

Jelka machte eine nachdenkliche Miene: „Eifersucht?"

„Das wäre durchaus möglich", räumte Bronstein ein, „doch wer sollte hier Grund zur Eifersucht haben? Der Angetraute war zur Tatzeit nachweislich in den Armen einer anderen, und der eitle Kerl hatte wiederum keinen Grund zur Eifersucht, da die Feigl sich ja ihm schon zugewandt hatte."

„Na ja, vielleicht war der junge Herr ja nicht ungebunden", warf Jelka ein. Bronstein blickte auf: „Du meinst, die Feigl wurde von einem verheirateten Mann geangelt, und dessen Frau sann sodann auf Rache?"

„Soll schon vorgekommen sein."

„Du, die Feigl wurde erwürgt. Und sie hat sich anscheinend nicht sonderlich gewehrt. Glaubst du, eine Frau bringt so etwas zuwege? Wenn mir jemand das Leben nehmen will, dann kämpfe ich bis zum letzten Atemzug. Ich kratze, beiße, trete. Es gäbe einen, im wahrsten Sinn des Wortes, mörderischen Kampf. Davon hätten wir Spuren gefunden. Nein, die Person, welche die Feigl auf dem Gewissen hat, muss derartige Bärenkräfte besitzen, dass die arme Frau praktisch sofort wehrlos war und nicht mehr reagieren konnte."

„Vielleicht war der Strizzi ja mit einer Ringerin liiert?"

„Jelka, jetzt wirst unernst."

Sie schürzte die Lippen und sah Bronstein kurz an: „Tja, ich fürchte, ich kann dir auch nicht helfen. Diese grauslichen Begleiterscheinungen des Kapitalismus musst du wohl alleine in den Griff bekommen."

„Apropos in den Griff bekommen. Ich muss jetzt dann bald los. Wir haben um neun Uhr im Präsidium einen offiziellen Termin, bei dem ich nicht fehlen darf. Danach werde ich wohl in der genannten Causa im Trüben fischen. Sehen wir uns trotzdem heute noch einmal?"

Jelka zögerte ein wenig mit ihrer Antwort. Dann beugte sie sich nach vor, öffnete die Lade des Nachtkästchens, kramte darin herum, holte einen Gegenstand hervor und warf ihn mit einem entsprechenden Warnruf Bronstein zu. Der fing ihn auf. Er hielt einen Schlüsselbund in seinen Händen.

„Das ist der Zweitschlüssel zu dieser Wohnung. Der größere sperrt das Haustor, der kleinere die Eingangstür. Ich habe natürlich keine Ahnung, was die Genossen nun vorhaben, und es wäre möglich, dass es spät wird. Aber ich würde mich sehr freuen, wenn du da wärst, wenn ich zurückkomme."

Auf Bronsteins Gesicht zeigte sich ein glückseliges Lächeln. Wenn eine ledige Frau einem den Schlüssel zu ihrer Wohnung gab, dann gab sie einem damit den Schlüssel zu ihrem Herzen. Erstmals seit fünf Jahren befand er sich also wieder in einer Liaison. Er war so glücklich, dass er am liebsten aufgesprungen wäre und wie wild getanzt hätte. „Jelka, das ist ... ich bin ... danke!"

„Wofür denn", sagte sie leichthin, „ist doch viel einfacher so. Da brauchst nicht in dem Beisl gegenüber auf mich zu warten. Stell dir vor, deine Kollegen kassieren mich wegen irgendetwas ein. Da wartest dann ganz umsonst auf mich. So kannst dich wenigstens in mein Bett kuscheln und von mir träumen."

Bronstein stand auf und ging zu Jelka hin. Er beugte sich zu ihr hinunter und drückte ihr einen Kuss auf die Stirn. „Ich bin spätestens um sieben Uhr wieder da und warte auf dich", sagte er. Dann wandte er sich dem Fenster zu, beseitigte die Träne, die sich in seinem rechten Auge eingenistet hatte, und griff nach seinem Jackett. „Bis am Abend dann", krächzte er, „ich liebe dich."

„Vice versa", entgegnete sie mit einem Lächeln.

Bronstein verließ die Wohnung und marschierte auf den Donaukanal zu. Das Wetter war nach wie vor ungemütlich und hielt ihn dazu an, sich so schnell als möglich fortzubewegen. Vor allem auf der Brücke pfiff neuerlich ein eisiger Wind, sodass er tatsächlich zu laufen begann. Keuchend erreichte er die Straßenbahnstation, an der er, während er auf die Tramway wartete, am Stand hüpfte, während er gleichzeitig die Arme in konstanter Bewegung hielt. Endlich kam die Garnitur herangekrochen, und er stieg eilig zu, froh darüber, ins Warme zu kommen. Vier Stationen später stieg er wieder aus und legte die letzten Meter zum Präsidium zu Fuß zurück.

Auf seinem Schreibtisch fand er die Notiz über die Angelobung, und ohne weitere Verzögerung ging er in den entsprechenden Saal, wo schon zahlreiche Kollegen versammelt waren.

Natürlich musste bei einer solchen Gelegenheit wieder eine ganze Heerschar an Oberen eine Rede halten. Es begann der Minister persönlich, der mit schier unerträglichem Pathos die Werte der Republik pries und von einer nicht zu hoch einzuschätzenden Ehre sprach, ihr dienen zu dürfen. Die Beamtenschaft müsse sich des Privilegs bewusst sein, so meinte er, dem Staat und damit dem Volk dienen zu dürfen.

Bronstein blickte an die Decke und fühlte sich schon nach wenigen Sätzen genervt. Eine Wortwiederholung gleich im dritten Satz! Eine rhetorische Leuchte war der Minister jedenfalls nicht. Dienen! Dienen! Hatte er denn nicht schon genug gedient? Was war das überhaupt für eine Umwälzung, wenn ohnehin alles beim Alten blieb? Auch die Monarchie war voll von diesen Floskeln gewesen, hatte beständig über Ehre, Dienst und Vaterland schwadroniert. Offensichtlich hatte man an die Stelle des Begriffs Kaiser den Begriff Volk gesetzt und zudem ein paar Köpfe ausgetauscht. Apropos Köpfe! Bronstein sah sich im Saal um. Weder der Polizeipräsident noch sein Stellvertreter hatten sich zu dieser Zeremonie eingefunden. Sie wurden vom Minister auch mit keinem Wort erwähnt, was Bronstein als reichlich kleinlich empfand. Wenn die beiden auch entschieden nicht in die angeblich so neue Zeit gepasst hätten, so wäre dem Minister kein Zacken aus seiner republikanischen Krone gefallen, wenn er deren langjährige Verdienste wenigstens mit einem Wort gewürdigt hätte. Aber anscheinend hatte der neue Staat keine Zeit für Sentimentalitäten. Er war voll und ganz damit beschäftigt, sich selbst zu loben. Und so endete das Regierungsmitglied denn auch mit einigen Heil-Rufen auf Deutschösterreich.

Bronstein war gespannt, wer nun das Wort ergreifen würde, denn üblicherweise war nun der Polizeipräsident am Wort. Zu des Majors großer Überraschung trat Ministerialrat Seydel nach vorne. Mein Gott, dachte Bronstein, der Seydel. Der hat doch noch nie einen ganzen Satz herausgebracht. Der war wahrscheinlich nur deshalb auserwählt worden, um das Gestammel des Ministers in einem besseren Licht erscheinen zu lassen. Tatsächlich verheddertesich Seydel rasch in einigen Schachtelsätzen, um abrupt in Schweigen zu verfallen. Er schickte ein unsicheres „Ned?" nach, was allgemeine Betretenheit auslöste. Hilfe suchend sah sich der hohe Beamte um, doch niemand sprang ihm in diesem Moment bei. So hob er zögerlich die rechte Hand und meinte: „Die neue Republik, Deutschösterreich, sie lebe ... hoch, ned wahr! Vivat ..., meine Herren."

Der Minister erlöste den überforderten Redner, indem er ihm die Hand schüttelte und für seine Worte dankte. Nunmehr ergriff ein Oberst aus der Abteilung „Leib und Leben" das Wort, den Bronstein zwar flüchtig kannte, dessen Name ihm im Augenblick allerdings nicht einfiel. Er dankte den Vorrednern namens der versammelten Beamtenschaft für das ihr entgegengebrachte Vertrauen und erklärte, man würde sich auch dem neuen Staat mit aller Kraft zur Verfügung stellen. Nun trat endlich ein Kanzlist vor und verlas die Gelöbnisformel, die alle diensteifrig nachsprachen. Sie erhoben die rechte Hand und streckten die Schwurfinger ab, und Bronstein musste sich mühen, nicht automatisch jene der linken Hand zu kreuzen. Eine Minute später war er praktisch wieder in Amt und Würden, mit allen Pflichten, die dieser Umstand mit sich brachte. „Und nun, meine Herren", hörte er den Minister sagen, „zur Feier des Tages, ein Glaserl Wein." Tatsächlich brachten mehrere Amtsdiener Tabletts mit Gläsern in den Raum, und auch Bronstein ergatterte eines davon. Alibihalber hielt er es in die Höhe, damit praktisch allen und niemandem zuprostend, und trank dann einen Schluck. Sofort verzog er den Mund. „Der Sauerampfer is ja absolut ned trinkbar", entfuhr es ihm, „da is ja a Brünnerstraßler a Weltwein dagegen!"

Pokorny, der unauffällig an ihn herangetreten war, pflichtete ihm bei: „Die wollen, dass wir gleich am ersten Tag desertieren!"

„Apropos desertieren. Komm, Pokorny, schleich ma uns. Wir haben Wichtigeres zu tun. Der Fall Feigl löst sich nicht von allein."

Pokorny folgte seinem Vorgesetzten auf dem Fuß, und wenig später saßen die beiden in ihrem Büro. Bronstein skizzierte die Lage und setzte Pokorny davon in Kenntnis, dass er sich noch einmal nach Margareten begeben würde, da er dort, und nur dort, die Lösung zu diesem verworrenen Rätsel zu finden vermeine. Pokorny fragte, was er dann tun solle, und Bronstein meinte, das bleibe ihm überlassen. Er schickte dem Kollegen noch ein zweideutiges Grinsen, dann wandte er sich zum Gehen.

Wenige Minuten nach elf Uhr stieg er in der Station Pilgramgasse aus der Stadtbahn aus und ging sodann die wenigen Meter, die diese von der Tapeziererei trennten. Er stellte erleichtert fest, dass die Werkstatt geöffnet war.

„Was woin nachher Sie?", tönte es ihm entgegen.

„Zuerst einmal wissen, wer Sie sind", antwortete Bronstein und hielt seine Kokarde in die Höhe.

„Oha, a Kieberer. Tschuldigung, schon, ein Herr Inspektor", verbesserte sich der Arbeiter. „Manfred Sokop. I bin Polsterer da."

„Und seit wann?"

„Seit 18 Jahr. Früher hab i in der Schlossgassen drüben gearbeitet. Aa zehn Jahr. Drum war i a zu alt für'n Krieg."

„Na", meinte Bronstein, „dann kennen Sie sich da sicher gut aus. Ich tät sagen, wir gehen jetzt gemütlich eine rauchen, und Sie erzählen mir a bissl was."

„I waaß ned …"

„Aber i! Entweder so, oder am Präsidium. Wie's beliebt."

„Gemma!"

„Eben."

Die beiden standen an der Brüstung der Stadtbahnüberbauung und blickten ziellos auf die linke Wienzeile. „Sieben Leut arbeiten da, hab ich g'hört", sagte Bronstein.

„Ja, des stimmt. Fünf Arbeiter und zwei Näherinnen."

„Die Kollegen sind in etwa in Ihrem Alter?"

„Ja. Wir sind alle zwischen 45 und 50, und wir haben alle mehr oder weniger gleichzeitig ang'fangen mit dem Handwerk. Wir kennen uns schon ewig."

„Und die beiden Näherinnen?"

„Die eine können S' vergessen, und die andere, die is a bissl a hantige!"

„Was heißt jetzt nachher des?"

„Na ja", antworte Sokop vorsichtig, „die is mittlerweile ned unwichtig da beim Bergmann. Ned, dass sie offiziell was zum Sagen hätt, aber, na ja, irgendwie doch."

„Aha, und geht das a bissl genauer?"

Sokop blickte sich um und erkundete, ob sich irgendjemand in Hörweite befand, dann kam er mit seinem Gesicht ganz nahe an Bronstein heran: „A Panscherl hat s' mit dem Junior-chef. Deswegen führt sie sich auf, als wär's die Grande Dame persönlich. Aber natürlich nur, wenn der Alte ned da ist."

„Mit dem Juniorchef meinen S' jetzt den, der in Ungarn is?"

„War. Ja, genau den. Gestern is er z'ruckkummen. ... Oder war's schon am Montag? Da bin i ma ned sicher, aber des is ja auch egal. Jedenfalls hat der a Gspusi mit der Edith, und des-wegen sieht die sich schon als die neue Chefin."

In Bronstein löste der Vorname sofort einen Denkprozess aus. „Edith? Das ist diese Čudnow, oder?"

„Genau. Drum hat die auch als Einzige von uns einen Gene-ralschlüssel vom Betrieb. Den hat ihr der junge Herr Bergmann persönlich gegeben."

Bronstein dachte nach. Nun, mit der würde er sich auch noch einmal unterhalten müssen. Und natürlich mit dem Juniorchef. Und mit dem Alten sowieso. Es wartete also viel Arbeit auf ihn, befand er, und so beschränkte er sich darauf, dem Sokop für seine Ausführungen zu danken. Er schenkte dem Arbeiter noch eine Zigarette und entließ ihn. Dann wartete er noch einen kleinen Moment, ehe er gleichfalls zu der Werkstatt zurück-kehrte, um diesmal dem Chef persönlich seine Aufwartung zu machen. Der alte Bergmann ließ ihn ohne Umschweife in sein Büro und bot ihm Platz an. Der Betriebsbesitzer verschränkte seine Hände und sah den Polizisten erwartungsvoll an.

„Wie Sie sich denken können, geht es immer noch um den Mordfall in der Vorwoche. Wir haben die Ermittlungen im Umfeld des Opfers abgeschlossen und gehen nun weiteren Spuren nach. Das ist die bei uns übliche Routine, die an sich nichts zu bedeuten hat. Wenn ich Ihnen jetzt also einige Fra-gen stelle, dann bedeutet das nicht, dass wir irgendjemanden in Ihrem Betrieb verdächtigen, diese Fragen dienen vielmehr der Abrundung eines Bildes, welches wir benötigen, um den Täterkreis herausschälen zu können."

„Das haben Sie jetzt so schön g'sagt, Herr Kommissar, dass ich Ihnen fast glaube", meinte Bergmann und deutete dabei kurz ein Lächeln an.

Bronstein ging nicht auf die derart vorgebrachte Spitze ein und fuhr unbeirrt fort: „Die Frage, die uns natürlich beschäftigt, ist folgende: Wie kam die Frau Feigl ausgerechnet hierher? Es muss eine Verbindung geben, von der wir bislang noch nichts wissen. Und da die Frau Feigl ja recht jung an Jahren war, vermuten wir, dass sie vielleicht mit einem Ihrer Söhne bekannt war, wenn Sie mir diese Formulierung gestatten. Nun wissen wir, dass einer Ihrer Söhne im Feld steht und der andere zur Tatzeit in Ungarn war. Das heißt aber nicht, dass die Frau Feigl, dies vielleicht nicht wissend, nicht versucht haben könnte, einen der beiden aufzusuchen. Wir ..."

„Schauen Sie, Herr Kommissar, das ist jetzt ned sehr logisch, ned wahr. Der Wilhelm ist seit 1916 beim Barras, und des wird sich ja wohl weitschweifig herumgesprochen haben. Wenn S' also glauben, dass diese ... diese ... Person einen meiner Söhne gesucht hat, dann kann es sich nur um den Fritz handeln, und der war, wie Sie ja selbst schon festgestellt haben, in Ungarn."

„Das ist mir bewusst. Aber es könnte durchaus sein, dass die Frau Feigl den Herrn Fritz aufsuchen wollte und stattdessen in die Arme ihres Mörders gelaufen ist."

Bergmann deutete durch das Hochziehen seiner Augenbrauen ein „Aha" an und gab damit zu verstehen, er habe verstanden, worauf Bronstein hinauswollte. „Bitte schön, das wäre immerhin möglich", konzedierte er, „aber wer sollte das Mädl überhaupt hereingelassen haben, und vor allem, wer sollte ein Motiv haben, es umzubringen? Noch dazu auf so grausliche Weise?"

Bronstein fixierte Bergmann kurz und beschloss, einmal auf den Busch zu klopfen: „Stimmt es eigentlich, dass der Herr Fritz mit der Frau Čudnow näher bekannt ist?"

Bergmann tat erstaunt: „Sie meinen jetzt aber nicht ernsthaft, dass die Edith …? Ich bitt Sie, das ist absurd. Die kann nicht einmal einer Fliege was zuleide tun, geschweige denn einem Menschen!"

„Da haben Sie vielleicht recht. Aber sind die beiden nun ein Paar oder nicht?"

„Na ja, so mehr oder weniger. Der Fritz hat einen ziemlichen Narren an ihr gefressen, aber ich sehe das, ehrlich gesagt, nicht so gerne, weil, seien wir ehrlich, die Čudnow ist doch keine Partie für einen zukünftigen Firmenchef. So nett sie auch ist, die Edith, verstehen Sie mich nicht falsch, aber als Schwiegertochter sehe ich sie nicht gerade."

Bronstein kam zu dem Schluss, dass er hier kaum etwas Relevantes erfahren würde. Er musste sich direkt an die jungen Leute wenden. „Ist Ihr Sohn im Augenblick eigentlich zugegen?"

Bergmann nickte: „Sein Büro ist am Ende des Ganges. Nicht zu verfehlen. Gehen S' nur hin."

Bronstein nickte kurz, erhob sich und ging in die gewiesene Richtung. Er klopfte an die genannte Tür und hörte ein schneidiges „Herein!". Als Bronstein die Tür öffnete, prallte er zurück. Vor ihm saß ein junger Mann, auf den die Beschreibung des Kellners vom Silberwirt exakt zutraf. Der Bart, der teure Anzug, das stutzerhafte Wesen, es konnte kein Zweifel bestehen. Hinter diesem Schreibtisch saß jene Person, die mit der Feigl mehrmals ausgegangen war.

„Sie ahnen, warum ich Sie sprechen will?", begann Bronstein.

„Ich ahne nicht einmal, wer Sie sind", replizierte Fritz Bergmann lakonisch.

Bronstein ärgerte sich über seinen Anfängerfehler. „Verzeihen Sie, dass ich mich vorzustellen vergaß. Major Bronstein von der Mordkommission. Ich untersuche den Mord an Frau Hannah Feigl."

„Aha! Und was wollen Sie da von mir?" Auf den Lippen des jungen Mannes zeigte sich ein arrogantes Lächeln.

„Sie kannten die Dame. Und wahrscheinlich ziemlich gut! Und Sie waren letzte Woche nicht in Ungarn."

Die Züge des jungen Bergmann verdüsterten sich: „Wie kommen S' auf so einen Schmarrn? Natürlich war ich in Ungarn, ich ..."

„Aber nicht zwischen dem 4. und dem 6. dieses Monats. Da waren Sie in Wien, und da haben Sie sich mit der Feigl getroffen. Jeden Abend, und zwar im Silberwirt. Sie wurden gesehen und wiedererkannt."

Bergmann, der eben noch aufbrausen wollte, fühlte sich sichtlich ertappt und sackte förmlich hinter seinem Schreibtisch zusammen. „Schließen Sie um Himmels Willen die Tür", zischte er.

Fritz Bergmann war nun gar nicht mehr der überhebliche Beau, als der er sich eben noch gegeben hatte. Er erhob sich katzengleich aus seinem Sessel, eilte um den Schreibtisch herum, richtete einen Besucherstuhl auf Bronstein aus und bat diesen, Platz zu nehmen. Dann setzte er sich selbst wieder und kam mit seinem Gesicht ganz nahe an jenes von Bronstein heran: „Das muss aber unter uns bleiben, Herr Major. Ich hab so schon genug Schwierigkeiten am Hals. Ich sag Ihnen alles, was Sie wissen müssen, nur versprechen S' mir, dass Sie's weder dem Herrn Papa noch der Edith erzählen. Einverstanden?"

Bronstein signalisierte Zustimmung. Es konnte nichts schaden, erst einmal dieses Zugeständnis zu machen, denn es konnte jederzeit widerrufen werden.

„Alsdern, die G'schicht' is a so: Die Edith ist ein ungemein liebes Mädel. Aber gleichzeitig hat sie so was Ehrgeiziges an sich. Das is ja ned schlecht für normal, aber leider treibt sie mich damit zizerlweis in den Wahnsinn. Andauernd will s' was. Z'erst will s' einmal heiraten, dann soll ich schau'n, dass ich den Alten loswerd. Ich soll sie da im Betrieb stärker in die Leitung einbauen, ich soll den Betrieb ausweiten, soll neue Erwerbszweige erschließen, und und und. Dauernd fallt ihr was Neues ein. Willst ewig so unwichtig bleiben, sagt sie dann immer, und nörgeln tut's in einer Tour, dass es manchmal nicht mehr zum Aushalten ist. Ja, bei all ihrer Schönheit, sie kann einem manchmal ziemlich auf den Geist gehen."

„Aha, und was hat das mit der Feigl zu tun?"

„Sehen S', das ist genau der Punkt. Die Hannah hab ich zufällig bei einem befreundeten Schneider kennengelernt, und die war so ganz anders als die Edith. Die hat mich vorbehaltlos bewundert und in mir ein halbes Genie gesehen. Die Edith ist manchmal a richtige Xanthippe. Die keift und lasst dabei kein gutes Haar an mir. Und die Hannah, die ist an meinen Lippen gehangen und war von jedem Satz, den ich g'sagt hab, begeistert. Das schmeichelt einem natürlich, und so hab ich mich ein paar Mal mit ihr getroffen."

„Auch zur fraglichen Zeit?"

Bergmann druckste ein wenig herum. „Ja", sagte er schließlich, „ich bin wirklich am 1. nach Ungarn g'fahren. Ich hab dort wie vereinbart die Bestellungen aufgegeben, und dann bin ich am 4. heimlich wieder nach Wien g'fahren. Ich hab mich weder bei meinem Vater noch bei der Edith g'meldet, sondern ich bin im Hotel Fuchs auf der Mariahilfer Straße abg'stiegen. Und dann hab ich mich mit der Hannah getroffen. Am 6. bin ich dann mit dem Nachtzug zurück nach Ungarn, von wo ich dann wie ursprünglich geplant wieder heimg'fahren bin."

„Und dafür, dass Sie am 6. nach Ungarn g'fahren sind, haben Sie Zeugen?", fragte Bronstein lauernd.

„Ob's Zeugen gibt, kann ich natürlich nicht sagen, aber ich hab die g'stempelte Fahrkarte noch." Bergmann kramte in seinen Unterlagen und fingerte das Ticket hervor. Tatsächlich konnte man darauf erkennen, dass sie am 6. entwertet worden war. Wenn Bergmann also abends tatsächlich im Silberwirt gewesen war, und das bestritt er ja nicht, dann musste er den Zug um elf Uhr abends genommen haben, der um fünf Uhr morgens in Budapest eintraf. Bronstein kannte diese Verbindung, weil sie die bequemste war, um in die ungarische Hauptstadt zu gelangen. Man nahm sich einfach ein Schlafwagenabteil, legte sich hin und erwachte am nächsten Morgen frisch und erholt an seinem Reiseziel.

„An der Stampiglie müssten S' erkennen, dass des der Nachtzug g'wesen ist. Und wer weiß, vielleicht erinnert sich ja der Schaffner an mich", fügte Bergmann hinzu.

„Gut. Das überprüf ich. Sie überlassen mir dieses Bewei... dieses Dokument?" Bergmann nickte. „Na gut", fuhr Bronstein fort, „das wäre vorläufig wohl alles. Ich muss Sie aber bitten, sich zu meiner Verfügung zu halten. Es wär besser, Sie täten in nächster Zeit nicht verreisen." Abermals nickte Bergmann.

Bronstein war schon aufgestanden, als ihm doch noch eine Frage einfiel: „Sagen Sie, Ihr Bruder, wieso ist der noch nicht aus dem Feld zurück?"

Bergmann sah überrascht auf. „Das ist eine gute Frage, die wir uns hier auch stellen. Er hat an der Ostfront gekämpft, und wir haben seit einiger Zeit nichts mehr von ihm gehört. Wir fürchten, dass ihm irgendetwas passiert ist. Verwundung oder Gefangenschaft oder so etwas. Aber der Willi war immer schon a bisserl komisch."

„So?" Bronstein setzte sich wieder hin. „Inwiefern?"

„Der Willi ist ganze neun Jahre jünger als ich. Er ist 1898 geboren. Und das hat ihn irgendwie geprägt, fürchte ich. Zuerst wollt er immer beweisen, dass er alles besser kann als ich, und wie ihm das nicht gelungen ist, hat er sich immer mehr abgekapselt. Zuletzt hat er weder mit meinem Vater noch mit mir noch ein Wort gewechselt. Dann hat er auch noch die Schule geschmissen und sich freiwillig an die Front gemeldet. Im Mai

'16 war das. Wir haben dann ewig lang nichts von ihm gehört, erst im Februar '17 ist eine Weihnachtskarte von ihm gekommen. Aus der Ukraine war die. Dann herrschte wieder ein ganzes Jahr lang Schweigen, ehe wir heuer im Jänner eine weitere Karte aus Kiew gekriegt haben. Da sind aber wieder nur Neujahrswünsche draufgestanden. So eine Korrespondenzkarte, wissen S' eh, wo man nur fünf Worte draufschreiben darf. Frohes Neujahr wünscht euch Willi, hat er g'schrieben. Und kein Wort mehr. Datiert war's, daran kann ich mich noch erinnern, mit 1.1.'18. Und das war's. Seitdem haben wir nichts mehr gehört und gesehen von ihm. Na ja, ich hab mich nie so gut mit ihm verstanden. Er war halt doch viel zu jung für mich. Mir geht er nicht ab, wenn S' verstehen, was ich mein'."

„Können Sie sich vorstellen, warum Ihr Bruder so wortkarg wurde?"

Bergmann wiegte zweifelnd den Kopf auf und ab. „Wissen S', das is jetzt nur so a Theorie von mir, aber ich hab vor drei Jahr das Gefühl g'habt, er hat sich auch in die Edith verschaut. Das wär ja gar nicht unlogisch, gell, weil die Edith ist ja selber erst 22. Aber trotzdem war das natürlich absurd, denn für die Edith war der Willi halt immer nur der kleine Bruder von mir, den hat sie weiter nicht beachtet. Na ja, und just zu der Zeit, so Ende '15, Anfang '16, hat das dann mit mir und der Edith ang'fangen. Da hat er dann eines Tages beim Mittagessen einen mordstrum Aufstand g'macht. Der Juniorchef und so eine, hat er gebrüllt, aber der Papa ist ihm gleich in die Parade g'fahren und hat g'sagt, des geht ihn nix an. Na, und seitdem war zwischen dem Willi und uns Kriegszustand. Und ein paar Wochen später war er schon beim Heer."

„Und aus diesem Ausbruch schließen Sie, er war selbst in die Edith verliebt?"

„Na, das nicht. Aber die Edith hat mir erzählt, wie er sie immer angestarrt hat. Wie er ihr nachgegangen ist, wenn sie bei uns gearbeitet hat. Sie hat g'meint, der Kleine verschlingt sie mit seinen Blicken. So was gibt einem dann schon zu denken, meinen S' nicht auch, Herr Kommissar?"

Bronstein gab zu, dass diese Sicht der Dinge etwas für sich hatte. Aber für den Fall war es letztlich irrelevant, denn ein Mann, der sich irgendwo hinter den Karpaten befand, kam für den Mord an der Feigl definitiv nicht in Frage. Und doch schien es angezeigt, an geeigneter Stelle zu erfragen, ob man den Aufenthalt des Wilhelm Bergmann eruieren könne. „Wissen Sie zufällig, in welcher Einheit Ihr Bruder dient?"

„Zweite Landjäger. Die sind bei der Erzherzog Rainer. Tarnopol oder so", mutmaßte Bergmann.

„Gut. Das wär's jetzt wirklich. Ich werde schau'n, ob ich etwas über den Verbleib Ihres Bruders in Erfahrung bringen kann." Abermals stand Bronstein auf. Er hatte jedoch noch keinen Schritt getan, als er den Kopf drehte und auf Bergmann hinabsah: „Was sagt eigentlich Ihre Frau zu alldem?"

Bergmann stöhnte auf. „Erinnern S' mich nicht daran. Des is erst recht a Tortur. Wissen S', I hab jung g'heiratet, weil was Kleines unterwegs war. A Notheirat sozusagen. Und im Jahr drauf ist schon das nächste Bauxerl kommen. A Tragödie, weil meine Frau und ich, wir haben uns eigentlich nie was zum Sagen g'wusst. Seit drei Jahren leben wir de facto getrennt von Tisch und Bett, wenn Sie so wollen. Die Ehe besteht nur mehr auf dem Papier. Deswegen war ja die Edith so rapplert, deswegen wollt sie ja, dass ich endlich sie heirat'."

Nun, das konnte etwas für sich haben, dachte Bronstein. Er gab sich mit der Antwort zufrieden, deutete einen Gruß an und setzte sich in Bewegung. Er war schon an der Tür, als er sich noch einmal umwandte: „Das Fräulein Edith ist nicht zufällig da?"

„Doch, ich glaub schon. Schau'n S' einmal in der Halle nach."

Bronstein verabschiedete sich und ging ins Erdgeschoß hinunter. Tatsächlich sah er die Čudnow an einem Tisch sitzen und verschiedene Stoffmuster prüfen. „Fräulein Čudnow", begann er, als er sie erreicht hatte, „ob S' vielleicht ein wengerl Zeit für mich hätten?"

„Um was geht's denn?", wollte sie wissen.

„Das können Sie sich wahrscheinlich denken. Der Mord letzte Woche."

„Ah ja, der. Gut. Wollen S' da – oder soll ma woanders hin?"

Bronstein zuckte mit den Schultern: „Mir is des wurscht."

„Na, dann bleiben wir gleich da. Was wollen S' wissen?"

„Fangen wir ganz einfach an. Wie war das, als die Leiche gefunden wurde? Wo waren Sie da?"

„Daheim?" Die Čudnow legte den Kopf schief und sah Bronstein fragend an.

„Sie waren also nicht noch spätabends hier im Büro?"

„Wozu hätte das gut sein sollen? Der Herr Bergmann hat uns frei gegeben, weil es ja weder Aufträge noch Material gegeben hat. Der Fritzl ist ins Ungarische g'fahren, um Nachschub zu holen, und ich hab wie alle anderen auch darauf gewartet, dass es wieder weitergeht."

Bronstein nickte zum Zeichen, dass er die Antwort zur Kenntnis genommen hatte. „Und wann haben Sie dann von der Tat erfahren?"

„Am nächsten Morgen. Wie alle anderen auch!"

„Das heißt am Donnerstag?"

„Genau."

„Und wo wohnen Sie?"

„Im sechsten Bezirk. In der Luftbadgass'n."

„Das ist nicht weit von hier, oder?"

„Na ja, auf der anderen Seite vom Wienfluss."

„Dort waren Sie allein?"

Die Čudnow begann unwillig zu werden. „Verdächtigen Sie
mich, Herr Inspektor? Dann sagen S' es gleich. Ich mag das
nicht, wenn man wie die Katze um den heißen Brei herum-
schleicht! Sicher war ich allein! Wenn ich g'wusst hätt, dass ich
ein Alibi brauch, hätt ich mich rechtzeitig drum gekümmert."

„Na ja, auch wieder wahr", gab sich Bronstein kulant. „Wie
war Ihr Verhältnis zu Herrn Willi Bergmann?"

„Warum wollen S' jetzt das wissen?"

„Sie müssen schon entschuldigen, gnädiges Fräulein, aber
die Fragen stell ich hier. Also, wie war das Verhältnis?"

Die Čudnow lächelte milde: „Da war kein Verhältnis. Ver-
schossen war er in mich, der arme Bua. Aber da ist natürlich
nix gegangen. Ich bin ja keine Kinderverzahrerin."

„Und wann haben Sie zuletzt von ihm gehört?"

„Ja mei, im Jänner, glaub ich, ist eine Karte von ihm gekommen. Von irgendwo in der Ukraine, wenn ich mich recht
erinnere."

„Sehen S', Fräulein Čudnow, das war's schon. Vielen Dank
und auf Wiederschau'n."

Bronstein ignorierte den giftigen Blick der jungen Frau und
trat aus der Werkstatt hinaus ins Freie.

Wirklich verdächtig gemacht hat sie sich nicht, dachte er,
während er auf die Stadtbahnstation zuhielt. Doch irgendetwas
störte ihn am Zeitablauf. Wenn sich der junge Bergmann und
die Feigl gegen 10 Uhr getrennt hatten, wie es sowohl der Bergmann als auch der Kellner ausgesagt hatten, dann blieben zwischen der Trennung der beiden und dem Auffinden der Leiche
der jungen Feigl kaum mehr als 60 Minuten. Das war eine erstaunlich kurze Spanne. Der alte Bergmann hätte gleichsam den
Täter – oder eben die Täterin – buchstäblich nur ums Haar ver-
passt. Und was, so schoss es Bronstein plötzlich ein, wenn der
alte Bergmann selbst der Täter war? Er musste sich eingestehen,
an diese Möglichkeit bislang nicht gedacht zu haben. Vielleicht

war nicht nur der junge Knabe eifersüchtig auf den Juniorchef gewesen, sondern auch der Seniorchef? Was wusste er, Bronstein, bislang eigentlich über den alten Herrn? Eine Ehefrau war nicht erwähnt worden, soweit er sich erinnerte. Vielleicht war er verwitwet, und es verbitterte ihn, dass sein Sohn nicht nur eine Ehefrau und eine Geliebte besaß, sondern sich am Ende sogar noch eine zweite Geliebte zulegte. Konnte es sein, dass auch der alte Bergmann mit besagtem Schneider bekannt war und daher auch er um die Existenz der Feigl gewusst hatte? Vielleicht hatte ihn auf seine alten Tage der Hafer gestochen und er wollte, was sein Sohn dann offensichtlich bekommen hatte. Bronstein überlegte, ob er noch einmal umkehren und den alten Bergmann nochmals befragen sollte. Aber schließlich erschien ihm diese Vermutung doch zu weit hergeholt, um sie ernsthaft in Betracht zu ziehen. Der Alte war kaum viel größer, als es die Feigl gewesen war, und er wirkte alles andere als kräftig. Wäre er auf die Feigl losgegangen, sie hätte sich fraglos gewehrt und dabei wohl auch eine reelle Chance gehabt, ihrem Schicksal zu entgehen. Genau dieser Umstand sprach auch gegen die Čudnow, auch die war nicht gerade ein Athlet. Und wenn es doch der Fritz gewesen war?

Während Bronstein auf die Stadtbahn wartete, entwarf er für sich ein neues Szenario. Fritz Bergmann lernt die Feigl kennen. Er ist davon angetan, dass sie ihn anhimmelt und vergöttert. Das macht ihn schwach. Die Feigl ist genau die Art Frau, die Bergmann mag. Doch die Feigl hat einen Nachteil: Sie ist prüde. Wie schon bei ihrem Favoritner Galan will sie auch beim Bergmann nichts von körperlicher Liebe wissen. Das bringt Bergmann noch nicht aus der Fassung. Er denkt sich, solche wie die Feigl gibt es an jeder Ecke, und er trifft sich noch einmal mit ihr, um ihr den Laufpass zu geben. Aber der Feigl schmeckt das nicht, und sie droht Bergmann damit, in der Firma über seine Eskapaden wortreich Klage zu führen. Nun bekommt Bergmann Angst. Er verspricht ihr, sein Privatleben für sie in Ordnung zu bringen und danach nur noch für sie da zu sein, womit sie sich vorerst zufriedengibt. In Wirklichkeit aber schleicht er ihr nach, erwürgt sie und fährt dann alibihalber zurück nach Ungarn.

Endlich fuhr der Zug ein, und Bronstein enterte einen Waggon. Er ließ sich auf einer Holzbank nieder und ging, während er sich eine Zigarette anzündete, sein Gedankengebäude noch einmal durch.

Blödsinn! Diese Theorie war einfach schwachsinnig. Die beiden kannten sich bestenfalls eine Woche, da wird man weder einer Person überdrüssig, noch beginnt man gar, Mordpläne zu schmieden und umzusetzen. Außerdem hatte der Kellner vom Silberwirt mit keinem Wort einen Streit zwischen den beiden erwähnt. Vielmehr schienen sie in bestem Einvernehmen zu sein. Außerdem hatten sie an jenem Mittwoch das Lokal gegen 22 Uhr verlassen. Bis zum Betrieb brauchte man etwa fünf bis zehn Minuten. Selbst wenn er sie sofort erwürgt hätte, war es schon viertel elf gewesen, bis er die Redergasse wieder hätte verlassen können. Und auch wenn er dann gelaufen wäre, hätte er frühestens wieder um zwanzig nach zehn am Margaretenplatz sein können. Und es war mehr als fraglich, dass dort um diese Zeit eine Mietdroschke parat stand. Anders aber wäre es dem Bergmann nie gelungen, rechtzeitig am Bahnhof zu sein, um den Zug nach Ungarn zu erreichen. Außerdem wäre es schon selten dämlich, die eigene Geliebte im eigenen Betrieb zu meucheln. Es wäre sinnvoller gewesen, mit ihr in ihre Wohnung zu gehen und sie dort zu ermorden. Nein, dachte Bronstein, auch der Fritz Bergmann kam für die Tat eigentlich nicht in Frage.

Es sei denn, die beiden hatten sich zwischenzeitlich doch besser kennengelernt. Vielleicht war er zwar am 1. nach Ungarn gefahren, aber noch am selben Tag wieder nach Wien zurückgekommen. Dann hätten die beiden das ganze Wochenende bei ihr verbringen können, und möglicherweise auch die beiden Tage danach. So gesehen erschien es nicht unvernünftig, Bergmanns Alibi zu überprüfen. Hatte er wirklich am 4. im „Hotel Fuchs" ein Zimmer bezogen? Und wenn ja, hatte er es auch bewohnt? Dieser Frage galt es nachzugehen, beschloss er.

In Bronstein meldete sich hartnäckiges Hungergefühl. Kein Wunder, attestierte er sich, es war 14 Uhr, und er hatte seit dem frühen Morgen nichts mehr zu sich genommen. Er kam zu dem Schluss, auf dem Weg ins Amt noch nach einem Lokal Ausschau zu halten, wo er sich stärken konnte, ehe er sich wieder dem Papierkram widmete. Er stieg am Schottenring aus und kehrte an die Oberfläche zurück. Nur ein wenig von der Station entfernt, am Rudolfsplatz, gab es ein gutbürgerliches Lokal, wo sich auch in finstersten Zeiten etwas fand, womit man sich den Magen stopfen konnte. Bronstein bewilligte sich eine verspätete Mittagspause und kehrte in dem Wirtshaus ein.

Um diese Tageszeit war die Wirtschaft kaum noch besucht. An einem der vorderen Tische saßen noch zwei alte Zecher bei einem Gläschen Wein, hinter ihnen wienerte der Wirt gelangweilt an einigen Gabeln herum. Als Bronstein in die Stube trat, schenkte ihm niemand Beachtung. „Mahlzeit", sagte er laut und vernehmlich.

Jetzt erst reagierte der Wirt. „Was darf's sein?", fragte er in Bronsteins Richtung. Dieser setzte sich und antwortete: „Gibt's noch was zu essen?"

„Viel nimmer. Aber irgendwas findet sich immer."

„Was denn zum Beispiel?"

„Ob Sie's glauben oder nicht, gnädiger Herr, a Krenfleisch hätt ma da. Feinster Import aus dem Mostviertel."

Bronstein wollte sich nicht vorstellen, wie der Wirt an dieses Fleisch gekommen war. In Zeiten wie diesen durfte man nicht allzu wählerisch sein. Vor allem empfahl es sich nicht, Fragen zu stellen.

„Krenfleisch klingt gut", meinte Bronstein nur, „und bringen S' mir an Staubigen dazu. A Vierterl."

„Kommt sofort", prophezeite der Wirt und machte einen Abgang. Bronstein zündete sich eine Zigarette an und sah sich um. Eine Zeitung, so dachte er, wäre jetzt kein Nachteil, um die Wartezeit bis zum Mittagessen zu überbrücken. Zwar sträubte sich einiges in ihm, den Vorderteil eines Presseerzeugnisses zu konsumieren, denn angesichts der Ereignisse vom Vortag konnte einem dieser nur den Appetit verderben, aber neugierig war er schließlich trotzdem: Wie würde die Presse die Begebenheiten rund um die Ausrufung der Republik kommentieren? Und was war in der Zwischenzeit in der Welt vor sich gegangen? Hatten in Berlin die Kommunisten obsiegt, so wie es Jelka prognostiziert hatte? War in der Zwischenzeit endlich dieser unsägliche Krieg zu Ende? Wer kapitulierte nun eigentlich vor den Alliierten, da es die Monarchie nicht mehr gab? Musste diese Aufgabe nun das neue Österreich übernehmen? Eine Menge Fragen für eine kurze Mittagspause. „Sie haben nicht zufällig die Wiener Zeitung vom Tage?", fragte Bronstein, als der Wirt wieder aus der Küche zurückkehrte.

„Da muss i schau'n", entgegnete dieser und begann in einem Papierstoß zu wühlen. Schließlich zeigte sich ein Lächeln auf seinem Gesicht: „Da hamma s' ja." Bronstein stand erfreut auf und nahm sie dem Mann ab, um sich sodann wieder an seinen Tisch zu setzen. Auch wenn er es nicht begründen konnte, aber das Lesen von Zeitungen beruhigte ihn. Es lenkte wenigstens kurzzeitig von der andauernden Gedankenschwere ab, die üblicherweise an seinen Kräften zehrte. Mit nachgerade kindlicher Neugier machte er sich an die erste Seite. Dort freilich war nur über die Sitzung der Nationalversammlung geschrieben, was ihn sofort nachhaltig langweilte. In diesem Falle meinte Bronstein, er hatte ohnehin schon genug gelitten, da er dieses hohle Gewäsch am Vortag sogar hatte mitanhören müssen.

Angewidert blätterte er um. Endlich stieß er auf Passagen, die sein Interesse erweckten. Ausführlich wurde über die Unruhen berichtet, welche die Ausrufung der Republik begleitet hatten. Vor allem bei der Bellaria sei es zu gröberen Zusammenstößen gekommen, stand da zu lesen. Mit nicht geringer Überraschung nahm er zur Kenntnis, dass entgegen seiner Wahrnehmung offiziell niemand gestorben war. Die Behörde gab an, dass insgesamt 31 Personen verletzt worden seien, einige davon schwer. Unwillkürlich fiel Bronstein der Mensch wieder ein, der am Vortag direkt vor seinen Füßen zusammengesunken war. Erstaunlich, dass der überlebt haben sollte, meinte Bronstein, doch war es dennoch erfreulich, sich in einem solchen Falle getäuscht zu haben. Andererseits beschlich ihn der leise Verdacht, diese Meldung könnte getürkt sein, denn die Republik hatte sicher kein Interesse daran, ihre Existenz gleich mit mehreren Toten zu beginnen. Da mochte es also opportun sein, die eine oder andere Leiche im Interesse der Staatsraison zu verschweigen. Aber Bronstein fand, es hatte etwas Tröstliches, sich vorzustellen, alles sei noch einmal gutgegangen, und so beließ er es auch für sich bei dieser Fassung der Wahrheit und freute sich, dass niemand ernstlich zu Schaden gekommen war.

Mittlerweile war der Wirt neuerlich aus der Küche gekommen und stellte einen Teller vor ihm auf den Tisch. Bronstein machte noch einen kräftigen Schluck aus seinem Weinglas und sich dann über das Essen her. Da der Wein ihm mundete, bestellte er ein weiteres Viertel, während er gleichzeitig mit seiner Lektüre fortfuhr. Er las, dass Prag mobilmachte und Aushebungen wegen neuerlicher Kriegsgefahr in Schlesien vornahm. Die Regierung Kramář sorgte sich, dass Polen seinen Anspruch auf Těšín mit Gewalt unterstreichen wollen würde, und trachtete daher danach, für den Ernstfall gewappnet zu sein. Gleichzeitig wurde der neue Staat auch im Süden bedroht, da Ungarn auf einem Teil der Slowakei bestand. Und die Ungarn wiederum meinten sich gegen die Rumänen wehren zu müssen, die Siebenbürgen für sich reklamierten.

Das war ja klar gewesen, dachte Bronstein. Österreich war ein riesiges Reich mit vielen Völkern gewesen. Die einigende Klammer hatte dafür gesorgt, dass alle Nationen mehr oder weniger friedlich zusammengelebt hatten. Nun aber, da dieses einigende Staatsband zerschnitten war, gingen alle Nachfolgekonstrukte einander gegenseitig an die Gurgel, weil sie einen möglichst großen Teil dieses Erbes in ihren Besitz bringen wollten. So war es noch jedes Mal in der Geschichte gewesen, wenn etwas Großes zerfiel. Bronstein trank noch etwas Wein und blätterte um. Der deutsche Heereschef Mackensen war mit den Resten seiner Armee auf dem Rückweg in die Heimat. Er führte 2.000 Mann in 300 Autos von Arad nach Oradea, las Bronstein. Das musste in dieser Gegend eine merkwürdige Karawane abgeben, überlegte er. Dort, in diesen hinteren Winkeln der Monarchie, hatte man wahrscheinlich überhaupt noch nie ein Automobil gesehen, und jetzt rollten gleich 300 davon durch diese archaische Landschaft. Bronstein konnte sich gut vorstellen, wie die Menschen sich dort angstvoll bekreuzigten.

Mit gewisser Wehmut nahm er weiters zur Kenntnis, dass Olmütz nun vom tschechischen Staat in Verwaltung genommen worden war. Österreich hatte eigentlich diese Stadt für sich beansprucht, weil sie zu zwei Dritteln von Deutschsprachigen bewohnt war, doch lag sie wie eine Insel in rein tschechischem Gebiet, und so war eigentlich absehbar gewesen, dass Österreich diese traditionsreiche Metropole, in der einst Franz Joseph zum Kaiser gekürt worden war, nicht würde halten können.

Deutschböhmen rang derweilen noch um seine Zukunft, und die Landesregierung dieser Provinz hatte einen Brief an US-Präsident Wilson abgeschickt, in dem sie auf dem Selbstbestimmungsrecht der Völker bestand und nochmals nachdrücklich für einen Verbleib bei Österreich eintrat. Für Österreich wäre dies, so wusste auch Bronstein, von nicht geringer Wichtigkeit, denn das in Rede stehende Gebiet wies wichtige Industrieanlagen und bedeutende Bodenschätze auf. Und genau deshalb würden die Tschechen es nicht so mir nichts dir nichts hergeben. Ein weiterer Konflikt, der nur deshalb entstand, weil die größere Heimat zerstört worden war.

Apropos Konflikt, überlegte Bronstein weiter. Wer kämpfte da überhaupt noch? Die Kaiserreiche gab es nicht mehr, also musste doch wenigstens an dieser Front endlich Ruhe eingekehrt sein. In der Tat, da stand es schwarz auf weiß. Ganz klein in der Mitte der Zeitung versteckt, ein lumpiger Dreizeiler: „Infolge der Unterzeichnung des Waffenstillstandes mit Deutschland wurden die kriegerischen Operationen heute um 11 Uhr an der ganzen Front eingestellt." Eine Nachricht, die den 11. November betraf.

Das war es also! Millionen Menschen hatten ihr Leben verloren, waren in der Blüte ihrer Jahre dahingerafft worden, um am Ende dieses völlig sinnlosen Mordens einen Dreizeiler zu bekommen! Und die Oberkommandierenden dieses einzigartigen Massakers hatten noch in der letzten Stunde des Krieges ihren grenzenlos zynischen Humor unter Beweis gestellt. Ein Friedensschluss am 11. 11. um 11 Uhr. Nur 11 Minuten fehlten zum Faschingsbeginn. Jetzt, so befand Bronstein, brauchte er einen Schnaps!

Er orderte Slibowitz und spülte damit die Reste des Krenfleischs hinunter. Er blätterte den Rest der Zeitung im Eiltempo durch, was ihm umso leichter fiel, als nun die Wirtschaftsnachrichten begannen. Die waren objektiv noch deprimierender als der Politikteil. Ganze zweieinhalb Seiten des Blattes bestanden nur aus Mitteilungen über diverse Seuchen, die sich mittlerweile im Land breitgemacht hatten. Rotlauf, Räude, Schweinepest, Maul- und Klauenseuche, Geflügelcholera, Schafpocken, Milzbrand. Es schien, als hätte keine einzige Epidemie Österreich verschont. Das wenige Vieh, das noch vorhanden war, ging buchstäblich vor die Hunde. Ein Spiegelbild der politischen Entwicklung. Bronstein schloss die Augen und träumte für einen Augenblick von einer wunderschönen Südseeinsel mit Kokospalmen, blauem Himmel und goldenem Sonnenschein. Das wäre ein Leben, dachte er, so ganz anders als das trostlose hier.

Und doch musste getan werden, was nun einmal zu tun war. Bronstein dämpfte die Zigarette aus und hob die rechte Hand. „Zahlen!", rief er nach hinten. Der Wirt trat ein weiteres Mal an seinen Tisch heran und nannte den erforderlichen Betrag, den Bronstein mit einem kleinen Trinkgeld erlegte. Er griff nach seinem Mantel und erhob sich. Nach einem kurzen Gruß verließ er das Lokal und hielt nun endlich auf das Präsidium zu.

Als er dort sein Büro betrat, war Pokorny gerade dabei, seinen Schreibtisch aufzuräumen. „Du kommst doch noch?"

„Wie du siehst! Sag bloß, du wolltest schon gehen?"

Pokorny druckste verlegen herum: „Eigentlich schon."

Wenn er es recht bedachte, so sagte sich der Major, war ihm Pokorny bei dem, was vor ihm lag, ohnehin keine Hilfe. Er musste die ganze Sache noch einmal für sich begrübeln, ehe er jemand anderen mit seinen Schlussfolgerungen konfrontieren konnte. Bronstein machte daher eine wegwerfende Handbewegung. „Is scho' recht", meinte er nur, „mach dir einen schönen Abend. Wir sehen uns morgen in alter Frische." Pokorny war sichtlich dankbar und sah zu, dass er aus dem Büro kam.

Bronstein aber kehrte zu seinen ursprünglichen Überlegungen zurück. Wie er es auch drehte und wendete, Fritz Bergmann war der Dreh- und Angelpunkt der ganzen Geschichte. Der Mann war objektiv derart hochgradig verdächtig, dass ihn allein sein Bahnticket davor bewahrte, sofort festgenommen zu werden.

Was aber, wenn er gar nicht mit jenem Zug nach Ungarn gefahren war? Konnte es nicht möglich sein, dass er in Wirklichkeit erst am nächsten Morgen Wien verlassen hatte? Es konnte keine große Schwierigkeit sein, an eine entwertete Fahrkarte zu kommen. Vielleicht hatte sie jemand achtlos liegen gelassen, da er sie, an seinem Fahrziel angekommen, nicht mehr benötigte. Oder der junge Bergmann hatte sich einfach für beide Züge ein Ticket gelöst und dem Schaffner einfach beide zum Entwerten hingehalten. Unter Umständen besaß Fritz Bergmann einen Freund, der so zum unfreiwilligen Komplizen geworden war, indem er am Vorabend nach Ungarn gefahren war, zum Zwecke von irgendwelchen Vorarbeiten zum Beispiel, und dem hatte der junge Herr Fritz dann die Fahrkarte abgeluchst. Ja, schloss Bronstein, das Alibi des Fritz Bergmann stand und fiel mit diesem einen Ticket, und das konnte sich Bergmann eben auch auf anderem Wege besorgt haben. Und damit hätte er dann auch genügend Zeit gehabt, die Feigl zu ermorden. Immerhin hatte der Kellner vom Silberwirt ausgesagt, die beiden hätten das Lokal gemeinsam verlassen. Vielleicht hatte der Bergmann die Feigl unter dem Vorwand in den Betrieb gelockt, ihr dort etwas Wichtiges zeigen zu müssen, und sie war ihm arglos gefolgt. Unter Umständen hatte er ihr eine neue Arbeitsstelle versprochen, bei der sie gut verdienen und ihr Talent entfalten können würde. Es war aber auch denkbar, dass Bergmann der armen Feigl so den Kopf verdreht hatte, dass sie am Ende bereit gewesen war, ihre keusche Haltung möglicherweise zu revidieren. Sie ging also mit ihm in die Polsterei, und er, aus Gründen, die noch zu eruieren waren, legte dort im wahrsten Sinne des Wortes Hand an sie.

Dann blieb allerdings die Frage, wo sich Bergmann bis zum nächsten Tag versteckt gehalten hatte. Im Betrieb konnte er keinesfalls bleiben, denn offiziell war er ja in Ungarn. Jeder, der ihn dort entdeckt hätte, vor allem aber sein Vater und die

Čudnow, hätten angesichts der Leiche augenblicklich eins und eins zusammenzählen können. Der junge Bergmann brauchte also einen Aufenthaltsort. Wenn die Tat nun kein spontaner Akt, sondern von ihm von langer Hand geplant gewesen war, dann hatte er sicherlich auch diese Frage zuvor bedacht.

Bronstein wollte eben darangehen, sich zu überlegen, wo Bergmann die Nacht verbracht haben könnte, als ihn die Frage nach dem Motiv nochmals beschäftigte. Das Warum war ganz entschieden der Schwachpunkt seiner Theorie. Ganz objektiv besaß Bergmann keinerlei Grund, sich der Feigl gewaltsam zu entledigen. Selbst wenn sie ihn unter Druck gesetzt hätte, was das beginnende Verhältnis anbelangte, so wäre das noch lange kein Grund für Bergmann gewesen, zu solch drastischen Mitteln zu greifen. Die beiden hatten sich erst kurze Zeit gekannt, und Bergmann hätte sich jederzeit aus der ganzen Sache herausreden können. So wäre es für ihn ein Leichtes gewesen, zu behaupten, die Feigl sei ihn angegangen, ob er nicht eine Stelle für sie habe, und er, guter Mensch, der er sei, habe ihr zu helfen versucht. Und da es sich als nicht möglich erwiesen habe, ihr Problem zu lösen, sei es ihm ein Anliegen gewesen, ihr wenigstens ein gutes Essen in einem angesehenen Lokal zu spendieren. Dass sie diese Geste möglicherweise falsch gedeutet habe, dafür könne er schließlich nichts. Diese Erklärung klang, so fand Bronstein, absolut überzeugend, sodass kein Grund gegeben war, sich ob allfälliger Erpressungsversuche der Feigl Sorgen zu machen.

Doch welches Motiv kam sonst in Frage? Wenn der Bergmann kein perverser Triebtäter war, der die Feigl nur zum eigenen Lustgewinn erwürgt hatte, dann näherte sich die Zahl der Möglichkeiten, weshalb er sie nun ermordet haben sollte, schon mehr dem Bereich der Ziffer an.

Wenn man also nun annahm, dass Fritz Bergmann der Täter war, dann hatte man zwei Aspekte des Mordes geklärt: das Wo und das Wie. Blieb das Warum und das Wie weiter. Wenn sich

Bergmann mit der Feigl schon in der Absicht getroffen hatte, sie anschließend zu töten, und daher auch schon wusste, dass er den Zug nach Ungarn nicht nehmen würde, dann hatte er vielleicht noch eine Nacht im Hotel „Fuchs" zugebracht, überlegte Bronstein. Es war in jedem Fall kein Fehler, dort einmal nachzufragen, wie lange Bergmann dort insgesamt logiert hatte. Dann wäre möglicherweise auch das „Wie weiter" geklärt und es bliebe allein die Frage nach dem „Warum".

Bronstein ließ sich also mit dem besagten Hotel verbinden. Es läutete, und jemand hob ab. „Hotel Fuchs, Grüß Gott", hörte er.

„Ja, begrüße Sie. Major Bronstein, Polizeidirektion Wien am Apparat. Ich hätte eine Frage an Sie: Können Sie mir sagen, von wann bis wann in der Vorwoche ein Herr Bergmann Ihr Gast war?"

Der Portier sagte etwas von einem Moment, da er erst nachsehen müsse, dann hörte Bronstein, wie geräuschvoll in einem Buch geblättert wurde. Schließlich nahm der Mann am anderen Ende der Leitung den Hörer wieder in die Hand. „Welcher?"

„Was heißt welcher?", fragte Bronstein verwirrt.

„Na welcher Herr Bergmann. Wir hatten in der Vorwoche zwei Herren dieses Namens bei uns zu Gast."

„Ach so", gab Bronstein zurück, „Fritz. Friedrich Bergmann aus Wien."

„Ja, der war da. Vom 4. bis zum 6.! Er hat sich am Mittwoch nach dem Frühstück die Rechnung machen lassen und hat unser Haus sodann verlassen."

Bronstein war enttäuscht. Diese Variante schied also aus. Es wäre auch zu schön gewesen, sagte er sich, dass jemand den Herrn Fritz Bergmann am Morgen nach der Tat noch in Wien gesehen hätte. Aber völlig blöde war der junge Bergmann ja schließlich auch nicht. Wenn er die Tat geplant hatte, dann hatte er wohl auch dafür Sorge getragen, dass ihn niemand in

der Stadt zu Gesicht bekam, weil sonst sein Alibi in sich zu-
sammengefallen wäre. Und wer immer ein Verbrechen begehen
wollte, der achtete darauf, dass sein Alibi hieb- und stichfest
war. So hatte es wohl auch Fritz Bergmann gehalten.

„War's das?"

Die nasale Stimme des Portiers rief Bronstein in Erinnerung,
dass er immer noch am Telefon war. Er wollte schon eine Entschuldigung murmeln, um anschließend zu danken und aufzu-
legen, als ihm noch eine Idee kam. Ohne dass er sagen konnte,
warum er diese Frage stellte, erkundigte er sich nach dem Vornamen des anderen Herrn Bergmann.

„Wilhelm", kam es zurück.

„Wilhelm?" Bronstein fühlte sich sofort wie unter Strom ste-
hend. „Wilhelm aus Wien? Jahrgang 1898?"

„Das Geburtsdatum hat der Herr nicht ausgefüllt. Aber die
Heimatadresse ist tatsächlich Wien. … Ich kann diese Schrift
so schwer lesen, aber irgendetwas mit R am Anfang. In Margareten jedenfalls."

Bronstein hielt die Luft an. Das konnte ja wohl gar nicht wahr
sein. War der jüngere Bruder zurück von der Front? „Wann war
der Ihr Gast?", platzte es aus Bronstein heraus.

„Seit 6.! Er kam mittags an, das weiß ich, weil ich da Dienst
hatte."

„Und wann hat er das Hotel wieder verlassen?"

„Nun, gar nicht."

„Was heißt gar nicht?"

„Er ist immer noch unser Gast. Seit nunmehr einer Woche."

Bronstein stand vor einem Rätsel. Wenn jemand jahrelang im
Krieg gewesen war und endlich wieder in die Heimat zurück-
kehrte, dann stieg er ja wohl kaum in einem Hotel ab, wenn er
Familie besaß, die auf ihn wartete. Welches Geheimnis rankte
sich um den jungen Herrn, fragte sich Bronstein. Gab es mit
einem Mal zwei Verdächtige?

„Hallo?"

Ach ja, der Portier. Der war immer noch in der Leitung.
„Entschuldigung, was haben Sie gesagt?"

„Ob ich ihm was ausrichten soll, dem Herrn Bergmann."

„Nein. Keinesfalls. Aber seien S' bitte so gut und haben S'
ein Auge auf ihn. Ich gebe Ihnen meine Nummer hier im Präsidium. Rufen S' bittschön an, wenn der Herr Bergmann die
Rechnung verlangen sollte, und halten S' ihn dann hin, bis ich
bei Ihnen bin."

„Na gut, wenn Sie das sagen. Mir soll's recht sein."

Bronstein bedankte sich und hängte den Hörer wieder in
seine Halterung. Ab sofort musste er sich also über beide Berg-
mannbuben Gedanken machen. Wenn er das zuvor entworfene
Szenario einmal außer Acht ließ, welche Möglichkeiten taten
sich nun im Leuchte der neuesten Informationen sonst auf,
fragte er sich.

Der Willi! Kam der überhaupt für die Tat in Frage? Welches
Motiv sollte er haben, vor allem, wenn er wirklich erst am
Mittwoch in Wien eingetroffen war? Es war unwahrscheinlich,
dass er dann noch die Zeit gehabt hätte, die Feigl kennenzulernen. Gar nicht zu reden davon, weshalb er solchen Groll gehegt haben sollte, um sie zu ermorden. Doch immerhin, führte
Bronstein seinen Gedanken weiter, gab es zwei andere Vari-
anten, in denen eine Beziehung zwischen Willi und der Feigl
sehr wohl möglich war. Zum einen war es denkbar, dass Willi
schon länger in Wien war. Er war, wie es hieß, in der Ukraine
stationiert gewesen. Unter Umständen hatte man ihm Urlaub
bewilligt oder ihn überhaupt aus der Armee entlassen, als sich
der Untergang der Monarchie abzuzeichnen begonnen hatte.
Wäre derlei der Fall gewesen, dann könnte er bereits seit zwei
oder gar drei Wochen in Wien weilen. Und wenn es stimmte,
was seine Angehörigen ausgesagt hatten, dann war er ja zuletzt
nicht sonderlich gesprächig gewesen. Möglicherweise hatte

ihn der Krieg derart verändert, dass er von seinem vergangenen Leben nichts mehr wissen wollte. Er kam also zurück nach Wien, lernte da zufällig die Feigl kennen, verliebte sich in sie und musste dann feststellen, dass sie nicht in ihn verliebt war. Und als er dann auch noch bemerkte, dass sie vielmehr mit dem älteren Bruder, diesem Schatten einer ungeliebten Vergangenheit, ausging, da konnte der junge Herr nicht mehr an sich halten.

Nun, fand Bronstein, das klang plausibel. Mehr sogar als das Szenario, das er rund um Fritz Bergmann entworfen hatte. Eine Art Eifersuchtsmord, begangen aus enttäuschter Liebe. Vor seinem geistigen Auge sah Bronstein einen bühnenreifen Auftritt à la Othello, wo Willi Bergmann seine Hände um den Hals der Feigl legte und mit blecherner Stimme fragte: „Hast du zur Nacht gebetet, Hannah?"

Die zweite Variante war etwas weniger glamourös, deshalb aber nicht viel unwahrscheinlicher. Willi Bergmann versteckte sich vor seiner Familie, weil er irgendetwas auf dem Kerbholz hatte. Es konnte sein, dass er Geld unterschlagen hatte, mit der Regimentskasse durchgebrannt war, sich unerlaubt von der Truppe entfernt hatte, kurz, dass er etwas getan hatte, dessentwegen er Verfolgung fürchtete. Und durch irgendeinen Zufall hatte die Feigl Kenntnis davon erlangt. Für den jungen Bergmann war dies so lange kein Problem gewesen, als er davon ausgehen konnte, dass es niemanden gab, dem sie darüber berichten konnte. Als er aber erfuhr, dass die Feigl mit seinem Bruder tändelte, geriet er in Panik und meinte, schnell handeln zu müssen. Mit bekanntem Ergebnis.

Der Major dämpfte eine weitere Zigarette in dem bereits restlos überquellenden Aschenbecher aus. Er kam zu dem Schluss, dass eigentlich viel mehr für Willi als Täter sprach. Nach wie vor gab es keinerlei Motiv für Fritz, aber schon zwei mögliche Motive für Willi. Also hielt man sich auch besser an ihn, zumal er sich im Gegensatz zu seinem Bruder als überaus lichtscheu erwiesen hatte.

Bronstein sah auf die Uhr. Es war halb sechs. Kurzentschlossen griff er noch einmal nach dem Telefon und ließ sich ein weiteres Mal mit dem Hotel „Fuchs" verbinden. Derselbe Portier meldete sich erneut.

„Ist der Herr Bergmann im Augenblick zugegen?"

„Ja, ist er."

„Gut, ich bin in einer Viertelstunde bei Ihnen. Sollte der Herr Bergmann in der Zwischenzeit versuchen, das Hotel zu verlassen, so halten Sie ihn bitte unter irgendeinem Vorwand auf, bis ich komme. Es ist von großer Wichtigkeit, verstehen S'?"

„Ja, ja. Mach ich. Aber wie ich den kenne, kommt der eh nicht aus seinem Zimmer heraus. Ich glaub, der hat es seit einer Woche nicht mehr verlassen. Der war nur am ersten Abend auswärts, und seitdem haust der da bei uns wie ein Eremit."

Na bitte, dachte Bronstein, das passte perfekt zu seinen zuvor entwickelten Thesen. Er murmelte wiederum Dankesworte und beendete das Gespräch. Dann orderte er einen Einsatzwagen und verließ 20 Minuten vor 18 Uhr das Büro.

Als er vor den Eingang des Präsidiums trat, wartete das Automobil bereits auf ihn. Er stieg ein und steckte sich eine Zigarette an. Der Fahrer bog nach wenigen Metern rechts ein und hielt auf die Votivkirche zu, ehe er den Wagen nach links lenkte, um ihn wenig später erneut nach rechts fahren zu lassen. Eine weitere Linkskurve später befanden sie sich auf der Zweierlinie und erreichten so nach kurzer Zeit die Mariahilfer Straße, die sie sodann stadtauswärts befuhren. Just als sie den Westbahnhof passierten, drang das Glockenspiel der Kirche „Maria vom Siege" an ihr Ohr, das ihnen die 6. Stunde schlug. Einige Minuten später hielt der Fahrer vor dem Hotel, und Bronstein kletterte aus dem Wagen.

Er hielt dem Portier seine Kokarde unter die Nase: „Grüße Sie, Major Bronstein. Wir haben telefoniert, nehme ich an." Der Mann nickte. „Und? Ist er noch am Zimmer?"

„Er ist."

„Sehr gut. Welche Nummer?"

„13."

Wie passend. Bronstein warf dem Portier noch einen vielsagenden Blick zu, dann nahm er die Treppe in Angriff, um in den ersten Stock zu gelangen. Dort angekommen, ging er die einzelnen Türen ab, bis er die richtige gefunden hatte. Ohne weiter zu zögern, klopfte er an.

„Wer is'?", wollte eine Stimme von drinnen wissen.

„I hätt ein paar Fragen an Sie, Herr Bergmann", entgegnete Bronstein.

Von der anderen Seite der Tür kam ein knarzendes Geräusch, dann vernahm Bronstein ein trockenes Husten und das Heraufziehen von Schleim aus dem Hals. Unwillkürlich ekelte es ihn.

„Wer san S' und wos woin S'?"

Der Major schickte sich an, seine Kokarde hervorzuholen und Bergmann sein Begehr mitzuteilen, als dieser zu ahnen begann, wer da vor ihm stand. Irgendwie hatte sich sein Abzeichen im Hosensack verfangen, und Bronstein sah automatisch nach unten. Diesen Moment nutzte Bergmann aus. Er gab dem Major einen kräftigen Stoß gegen die Schultern, sodass dieser zu taumeln begann. Er verlor das Gleichgewicht und fiel der Länge nach hin. Bergmann schlug einen schnellen Haken und lief die Treppe hinunter. Er war bereits am Absatz angekommen, als Bronstein endlich wieder auf den Beinen war. „Aufhalten, den Falotten!", schrie er, „Aufhalten um Himmels Willen!"

Doch er hatte wenig Zuversicht, dass sich der Hotelangestellte wirklich dem Willi Bergmann in den Weg stellen würde, und so nahm er all seine Kraft zusammen und machte sich an die Verfolgung.

„Auße is er", gab ihm der Portier mit auf den Weg. Bronstein hastete zum Eingang des Hotels und blickte nach links und nach rechts, freilich ohne Bergmann irgendwo ausmachen zu können. Er sah den Fahrer des Einsatzwagens an: „Wo ist er hin?", brüllte er. Der Fahrer deutete nach rechts. Bergmann flüchtete also Richtung Innenstadt. „Wenden S'!", rief er und kletterte gleichzeitig in den Verschlag des Automobils. Der Chauffeur tat, wie ihm geheißen, und einen Augenblick später rollte das Vehikel zurück zum Westbahnhof. Angestrengt linste Bronstein durch die Scheiben und fahndete intensiv nach seinem Verdächtigen. Etwa fünfzig Meter weiter vorn begab sich plötzlich jemand aus seiner Deckung und sprintete zur nächsten Seitengasse.

„Dort is er! Schnell! Gas, Gas!" Das Auto beschleunigte, und der Abstand verringerte sich schnell. Der Mann lief nun tatsächlich in eine Seitengasse, doch Bronstein und sein Mitarbeiter waren mittlerweile mit ihm auf Tuchfühlung. Einige Augenblicke später verriss der Fahrer den Wagen und schnitt Bergmann den Weg ab. Dieser konnte nicht mehr rechtzeitig abbremsen und prallte voll gegen die Karosserie. Er taumelte kurz zurück, dann war auch schon Bronstein bei ihm. Dieser nutzte die Verwirrung Bergmanns und bog dessen Arme nach hinten. Und schon schnappten die Handschellen ein. „Herr Bergmann", keuchte Bronstein, „Sie sind verhaftet."

Der Mann erkannte die Aussichtslosigkeit seiner Lage und ließ sich willenlos in das Einsatzfahrzeug verfrachten. Zwanzig Minuten später landete er hart auf dem Sessel in einem Vernehmungszimmer des Präsidiums. Bronstein zündete sich eine Zigarette an und ließ erst einmal eine ganze Weile seinen Blick auf Bergmann ruhen.

„Wissen S' eh", begann er dann, „Ihre Flucht war natürlich ein Schuldeingeständnis. Wir wissen also, dass Sie's waren. Wenn S' also jetzt niederlegen, dann kann das für Sie nur von Vorteil sein."

Wilhelm Bergmann schickte Bronstein einen hasserfüllten Blick. „Dass i was war? So a Blödsinn! I bin vollkommen unbescholten. Und i hab keine Ahnung, was ihr mir da anhängen wollts!"

Bronstein legte die Zigarette und den Aschenbecher und beugte sich nach vor, sich dabei mit beiden Armen auf der Tischplatte abstützend. „Ka Ahnung, was?! Und warum sind S' dann abpascht?"

„Weil i mi von Ihnen bedroht gefühlt hab."

„Eh klar! Das klingt total logisch. Da klopf ich bei Ihnen an die Tür und stell mich vor, und Sie fühlen sich bedroht! Für wie deppert halten Sie mich, ha?"

Bergmann schwieg. Doch die Art, wie er es tat, signalisierte Bronstein, dass Bergmann ihn offensichtlich für ziemlich „deppert" hielt, und diese Erkenntnis stimmte ihn nicht gerade milder. „I sag dir was, du Oasch", knurrte er, „du hast die Hannah Feigl um'bracht, und dafür werden s' dir im Anserlandl den Hois langzieh'n, hast mi? Wennst also den nächsten Frühling no erleben willst, dann legst jetzt besser nieder, und zwar umfassend, sonst siech i an Kadaver, der langsam im Hof hin- und herschaukelt."

Bronsteins blumige Schilderung verfehlte nicht ihren Eindruck auf Bergmann, und er begann nervös auf seinem Sessel auf- und abzurutschen. Für Bronstein das Signal, den nächsten Schritt zu setzen. Er klopfte kurz an die Wand hinter ihm, und gleich darauf ging die Tür auf. Pokorny und zwei weitere Beamte traten ein und bauten sich in einem Halbkreis vor Bergmann auf.

„Was wird das jetzt?", fragte der verunsichert.

„Ach, wir sind nur da, um dir deine Entscheidung zu erleichtern", sagte der Polizist zur Rechten Pokornys grinsend.

„Genau", ergänzte der zur Linken, „damit du dir leichter tust."

„I waaß ned, was ihr von mir wollts! I kenn ka Feigl! Wer soll des überhaupt sein?"

Bronstein ließ sich gelangweilt auf den Sessel an der anderen Seite des Tisches fallen: „Die G'schicht' is so gelaufen", begann er, „du hast die Panik gekriegt, weil du mitbekommen hast, dass die Feigl Kontakt zu deinem Bruder hat. Und darum wolltest du sie zum Schweigen bringen. Tja, blöd gelaufen, Willi. Wir haben dich gekriegt. Und jetzt kriegst es du, und zwar knüppeldick."

„So war das ned", quengelte Bergmann, „das ist alles Blödsinn. Nix als Blödsinn!"

„So? Dann erzähl uns deine Version. Wer weiß, vielleicht rettest du dir dein Hinterteil damit."

„Genau", echote einer der Polizisten, „sonst …!" Der Beamte ließ den Satz unvollendet, doch er vollführte mit seiner rechten Hand eine Geste, die unmissverständlich war – ein Seil, das sich um Bergmanns Hals spannte und nach oben ging.

„Schau! Wir wissen, dass du die Feigl gekannt hast", bluffte Bronstein, „das können wir dir ganz genau nachweisen." Die drei anderen unterstrichen diese Behauptung mit nachhaltigem Nicken.

„Also gut, es stimmt", erklärte Bergmann plötzlich. Bronstein unterdrückte seine Überraschung. Er hatte einen Schuss ins Blaue abgegeben und anscheinend getroffen. „Aber wir kennen uns schon ewig", fuhr Bergmann fort, „wir sind mitsammen in d' Schul gangen, die Hanni und ich. Zuerst in die Volksschul, und dann in die Bürgerschul. Jeden Tag sind wir gemeinsam zur Schule und danach wieder heim. Und irgendwann hamma uns das erste Bussl geben."

Bergmann versank in Schweigen und hing seinen Grübeleien nach. Bronstein wurde langsam ungeduldig. „Und weiter?", drängte er.

„Nix weiter", proklamierte Bergmann trotzig. „Ich hab glaubt, die Hanni und i, wir sind füreinander bestimmt. Aber wie i dann mehr wollen hab von ihr, da hat s' nur g'lacht und hat g'meint, i soll ned kindisch sein. Ich hab natürlich ned nachlassen und hab's immer wieder g'fragt. Und da ist sie eines Tages patzig worden und hat g'sagt, i soll des alles vergessen, mit uns wird des nie was, und so weiter. Und dann hab i s' g'sehen, wie's mit irgendwem anderen rumg'hängt is. I wollt ihr Vorhaltungen machen, aber sie hat nur g'sagt, i soll mi schleichen. Und dann hat s' den Kerl zu sich hinzogen und hat eam abknutscht als wie. Da hab i die Nerven verloren. I bin rearat wegg'laufen und hab mi am nächsten Tag zur Armee g'meld't."

Wie schwieg der Mann.

„Und?"

„Nix und. Ende der Geschichte."

„Du willst mir also echt weismachen, dass du die Feigl seit 1916 nicht mehr gesehen hast? Du weißt selber, dass das a Schwachsinn is." Bronstein lächelte siegesgewiss. Bergmann aber, offensichtlich aufgewühlt durch die Erinnerung, entwickelte neue Kraft. „Beweist mir das Gegenteil", sagte er und lehnte sich zurück, dabei die Hände hinter dem Kopf verschränkend.

„Na gut. Wenn du unbedingt willst. Der Portier des Hotels hat ausgesagt, dass du seit Donnerstag nicht mehr aus deinem Zimmer gegangen bist. Er hat aber auch ausgesagt, dass du das Hotel am Mittwochabend verlassen hast und erst nach Mitternacht wieder zurückgekommen bist. Wo also warst du zwischen 22 Uhr und Mitternacht?"

„Na, was essen war ich."

„Wo? Und was?" Blitzschnell hatte Bronsteins dem Bergmann seine Frage an den Kopf geschleudert. Dieser wurde wieder unsicher. „Was weiß denn ich! Irgendwo im 15. halt. In irgendeinem Beisl."

„Ach so", ironisierte Bronstein, „wir erinnern uns nicht mehr. So ein Zufall! Aber was du gegessen hast, wirst wenigstens wissen!"

„Ja mei, a Schnitzel war des, glaub i."

„So a Schmarrn. Schnitzel gibt's schon seit dem Sommer keine mehr. Und schon gar nicht in einer so heruntergekommenen Gegend, also erzähl keine Märchen!"

„I hab ja g'sagt, i glaub", verteidigte sich Bergmann halbherzig.

„Und i glaub, du wirst baumeln. Und des bald", entgegnete der Major. Er machte eine wegwerfende Geste und sah seine Mitarbeiter an: „Bringt mir diesen Widerling weg. Das hat ja doch keinen Sinn mit dem. Sperrt ihn weg und aus. I schreib morgen den Bericht für die Staatsanwaltschaft, und der Rest ist dann nur noch a Formsache. Spätestens im Jänner können s' ihn eingraben, den Lump, den. Gemma."

Bronstein erhob sich und schickte sich an, den Raum zu verlassen. Er war schon beinahe an der Tür, als Bergmann doch wieder ein Mitteilungsbedürfnis verspürte. „So war des ned", kam es weinerlich aus seinem Mund, „des war alles a Unfall, des müssen S' ma glauben."

Bronstein wirbelte herum und fuhr mit seinem Kopf ganz nah an Bergmann heran: „Was war ein Unfall?"

Bergmann kämpfte mit aufsteigenden Tränen und mit sich.

„Red! So red endlich!", herrschte ihn Bronstein an. Bergmann fuhr sich mit fahrigen Bewegungen seiner Hände übers Gesicht und stand kurz davor loszuheulen. Bronstein setzte nach: „Dein Spiel ist aus, dir kann keiner mehr helfen! Wennst jetzt ned redest, dann schwör ich dir, du siehst nie wieder das Tageslicht, außer natürlich dann, wenn s' dich auf den Hof führen. Aber da wird's noch ziemlich dunkel sein. Und ganz furchtbar kalt. Und du wirst dich anscheißen vor Angst, aber das wird dir nix mehr nutzen. Gar nichts mehr wird dir was nutzen, wennst jetzt ned endlich die Wahrheit sagst, das versprech ich dir. Also red, oder du bist übers Jahr nix mehr außer a g'fundenes Fressen für die Würm'!"

Bronsteins Tirade verfehlte ihre Wirkung nicht. Bergmann brach nun endgültig zusammen. Tränenreich wimmerte er, er habe die Feigl doch geliebt, und niemals hätte er ihr ein Leid zufügen können. An all dem sei doch nur sein Bruder schuld, und er wolle jetzt endlich nach Hause.

Bronstein warf Pokorny einen kurzen Blick zu. Der trat wie aufs Stichwort auf Bergmann zu und legte sanft seine rechte Hand auf dessen Schulter. „Schau, Bub", sagte er mit begütigender Stimme, „nix is von vornherein so aussichtslos, wie's manchmal ausschaut. I bin ma sicher, wir können da noch was machen. Aber helfen musst uns halt, verstehst! Wenn du uns ned sagst, wie das genau g'wesen ist, dann sind uns die Hände gebunden, gelt. Dann verurteilt dich der Richter, und dein Bruder ..., na ja, das weißt ja selber am besten. Also hilf uns, dir zu helfen."

Bergmann sah Pokorny mit merkwürdig verzweifeltem Blick an. Er wirkte wie ein kleiner Junge, der zu seinem Vater aufsah und ihn verzweifelt darum bat, sein Lieblingsspielzeug zu reparieren. Pokorny strahlte die Milde eines treusorgenden Großvaters aus und klopfte Bergmann mehrmals auf die Schulter: „Na komm schon, Bub, sag, was dich bedrückt. Ich versprech dir, danach wird's dir besser gehen!" Bergmann zog Rotz auf und mühte sich verzweifelt um Haltung.

„Der Oasch", begann er endlich, „immer hat er mir alles wegg'nommen. Des war schon so, da war i no ganz klein. Wenn mein Vater mir zufällig auch einmal was g'schenkt hat, dann hat man sicher sein können, er reißt es mir einfach aus der Hand. Und wenn ich versucht hab, mich zu wehren, dann hat er mich verdroschen. So lang, bis i mi nimmer rühren hab können. So is des mei ganze Kindheit gangen. Grün und blau hat er mich g'haut, und der Vater ist dabeig'standen und hat g'lacht. Es war die Hölle, die reine Hölle. Der Krieg war nix dagegen, und i waas, wovon i red."

Wieder zog Bergmann umständlich Nasenschleim auf und wischte sich mit dem Hemdsärmel über sein Riechorgan.

„Nur bei der Hanni, da hab i mi wohlg'fühlt. Da is's ma gut gangen. I hab ma denkt, irgendwann hat das alles ein End, und dann heirat' i die Hanni, und alles wird gut. Ja, schmeck's!"

„Der andere war der Fritz", erkannte Bronstein plötzlich. Bergmann sah ihn lange an, dann nickte er, und in seinem Gesicht stand nichts anderes als unendliche Traurigkeit geschrieben. „Deswegen bist also zum Heer. Weil dir dein Bruder das Einzige weggenommen hat, was dir damals noch was bedeutet hat." Abermaliges Nicken Bergmanns.

„Du hast glaubt, durch den Krieg wird alles anders. Du hast g'hofft, du vergisst die Hanni. Aber du hast sie ned vergessen!" Drittes Nicken.

„Und dann bist heimgekommen aus dem Krieg. Und du bist zur Hanni, wolltest sie wiedersehen …"

„Ja", griff Bergmann die Erzählung auf, „am 1. November war's. I hab ja g'wusst, wo s' wohnt, und so bin i einfach hin und hab anklopft bei ihr. Sie hat sich so g'freut, dass i wieder da war!" Die letzten Worte Bergmanns gingen in einem neuerlichen Weinkrampf unter. Bronstein beschloss, dem Mann Zeit zu geben. Die Sache war ohnehin schon entschieden, weiteren Widerstand würde es nicht mehr geben. Er schickte die beiden Polizisten mit einer leichten Kopfbewegung aus dem Raum und beschied Pokorny mit einer kleinen Geste seiner rechten Hand, Notizen zu machen.

„Richtig schön hamma's g'habt." Bergmanns Stimme wirkte, als käme sie von weit weg und dringe nur ganz leise an Bronsteins Ohr. „Am Samstag sind wir in den Prater gegangen, und dann hat sie mich mit nach Haus g'nommen. Den ganzen Sonntag war ich bei ihr. Ich hab bei ihr schlafen dürfen. In ihrem Bett. Und sie hat g'sagt, ich bin so viel besser wie der Trottel. Ich hab g'laubt, sie redet von meinem Bruder, dabei is' da um irgendeinen Eisenbahner gangen. Und ich Depp hab g'meint, der ganze Dreck mit dem Krieg und so, der war am End doch für was gut. Am Montag in der Früh hat s' mich noch abbusselt als wie und hat g'sagt, ich soll sie am Abend vom G'schäft abholen. Und wie ich dann ... und wie ich dann ..."

Bergmann schlug die Hände vors Gesicht und brach abermals in Tränen aus. Bronstein spielte mit einer ungerauchten Zigarette und wartete, bis Bergmann sich wieder halbwegs unter Kontrolle hatte. „Und wie du ...", ermunterte er diesen endlich, mit seiner Erzählung fortzufahren.

„Und wie i dann dort war, da war s' auf einmal ganz anders. So bös, so schneidend, so verletzend. Schleichen soll i mi, hat's 'zischt, weil der Fritz gleich kommt. Und der darf uns ned sehen. ... Der Fritz! Weiß der Himmel, woher der erfahren hat, dass i wieder in Wien war. I hab mi extra ned g'meldet bei denen, damit keiner auf die Idee kommt, mich wieder so zu behandeln wie damals. Aber irgendwie hat die Sau Wind kriegt von der G'schicht, na und da hat er si sofort wieder zuweg'schmissen an die Hanni. Und die is ihm glatt wieder auf den Leim gangen. G'warnt hab i sie vor ihm! Der spielt sich doch nur mit dir. Für den bist nur a Zeitvertreib, hab i ihr g'sagt, aber sie hat ned hören wollen. Und ang'fleht hab i sie, dass mi ned so fallenlassen soll. Aber des war ihr alles wurscht. Kaum ist der Halawachl wieder auftaucht, war i Luft. Und das ordentlich!"

Bronstein rechnete mit einem weiteren Weinkrampf, doch diesmal starrte Bergmann einfach nur ins Leere. Den ganzen Dienstag bin i herumtigert wie a Bär im Käfig. I hab ned g'wusst, was i tun soll. Am Abend hab i mi dann besoffen. Am Mittwoch hab i mi vor ihrem G'schäft postiert und hab g'wartet, was passiert. Kurz vor G'schäftsschluss is er dann kommen, der Hundling, der dreckige! Und wie s' ihm ang'schmachtet hat! Wie wann er der Kaiser persönlich wär. Widerlich. I bin ihnen nach. Ins Wirtshaus sind's gangen. Eing'laden hat er s', so auf ganz groß und so! Und wie i da so draußen g'standen bin in der Kälte und drauf g'wartet hab, dass s' wieder rauskommen, da is ma eing'fallen, wie i meine Sachen damals doch immer wieder einmal vor ihm g'rettet hab. Ich hab's ruiniert. Dann haben s' ihn nimmer interessiert. Und da hab i ma denkt, wenn i die Hanni a bissl ramponier, ganz a bissl nur, dann will er nix mehr von ihr wissen, und sie g'hört endlich wieder mir. Na, und so bin i ihr nach."

Bronstein warf einen flüchtigen Blick auf Pokorny. Der hatte alles Wesentliche aufgeschrieben, es würde nicht schwer sein, einen ansprechenden Bericht zu verfassen. Dann sah er wieder Bergmann an, und er wusste, sie standen ganz kurz vor dem Finale. Gleich würde er den Schluss dieser Tragödie erfahren. Der letzte Schwanengesang des Bösewichts, bevor der Vorhang fiel und das Drama zu Ende war.

„Du bist ihr also nach. Und wie hast du sie in die Polsterei gebracht?"

„Ich hab so tan, als hätt ich mich mit allem abgefunden. Ich hab ihr g'sagt, der Fritz schickert mich. Als Überraschung sozusagen. Er hätt noch was für sie im Betrieb, das sollt sie sich abholen. Was Wertvolles. Da is s' natürlich hellhörig worden, und sie ist anstandslos mitgangen. Weit war's ja ned, grad hundert Meter. Und dort hab i dann mein Taschenfeitl zogen und wollt ihr das G'sicht aufschlitz'n. Natürlich hab i des ned z'sammbracht. I hab sie ja liebg'habt. So furchtbar liebg'habt. I hätt ihr nie wehtun können. Aber sie is gleich hysterisch worden. Ob i jetzt vollkommen den Verstand verloren hätt, hat's g'schrien. Und dann hat's g'lacht. Hat g'meint, ich tramhapertes

Würschtl könnt ned amal des. Ja, i wär eben kein Mann. Der Fritz hingegen, der sei das Muster von einem Mannsbild. Verhöhnt hat s' mich. In einer Tour. I hab noch g'sagt, sie soll aufhören. Aber sie is immer lauter worden. Sie hat ma a Watschen geben. Und dann no ane. Dann hat s' ma des Messer aus der Hand g'schlagen und hat g'meint, i kriegert s' erst, wenn s' tot is. Und g'lacht hat s'. G'lacht. In einer Tour g'lacht."

Bergmann war immer leiser geworden und schwieg nun endgültig.

„Und weil sie nicht aufgehört hat, hast du deine Hände um ihren Hals gelegt, richtig?" Bergmann nickte.

„Ich wollt wirklich nur, dass s' ruhig ist", murmelte er. „Sie hat ma nix zutraut. Sie hat si, obwohl s' scho ka Luft mehr kriegt hat, ned g'wehrt. Verstehen S'? Sie wollt ma zu verstehen geben, dass i's eh ned z'sammbring', sie zu erwürgen. Und auf einmal hat s' g'hustet und g'röchelt. Die Augen sind ihr rauskommen, und sie hat die Händ g'hoben, wollt noch meine Arme wegdrücken. Aber dann is, ganz plötzlich, ihr Blick nach oben ausbrochen, und sie is zwischen meine Händ z'sammeng'sackt wie a Mehlsack. Na bitte, hab i ma denkt, jetzt is s' ohnmächtig. I hab a Riechflascherl oder a Wasser oder so was g'sucht, aber nix G'scheit's g'funden. Und dann hab i g'merkt, die rührt si überhaupt ned. Ich hab versucht, ihren Puls zu fühlen. Das hamma ja g'lernt bei der Armee, und auf einmal hab i g'wusst, die is ned ohnmächtig, die is hin!"

Jetzt nickte Bronstein. So war das also gewesen.

„I war völlig außer mir! Mein Gott, hab i ma denkt, was hast da ang'stellt! Und wie i ma das noch denk, hör ich auf einmal jemanden an der Tür herumfuchteln. I hab's grad noch g'schafft, mi zu verstecken. Es war mein Vater. Der hat an mordstrum Schreck kriegt und is glei außeg'rennt. Na, und das hab i g'nutzt, um zu palessieren. I bin z'ruck ins Hotel, na, und den Rest von der G'schicht kennen S' ja. So war des. Sie seh'n also, i bin ka Mörder. Des war alles nur a blöde Verkettung von Umständen."

Bronstein war sich nicht sicher, ob das der Richter auch so sehen würde. Aber er glaubte Bergmann. Er hatte die Frau wahrscheinlich wirklich nicht umbringen wollen. Doch selbst wenn man auf Totschlag erkennen würde, war Bergmanns Leben ruiniert. Zehn Jahre würde er auf jeden Fall sitzen. Wenn er Pech hatte, sogar noch länger.

Aber das war nicht Bronsteins Problem. Er blickte schlaftrunken auf die Uhr. Es war elf. Merkwürdig, wie schnell die Zeit vergangen war. Stunden hatte es gedauert, bis der Bergmann weichgekocht gewesen war. Bronstein fuhr sich mit der flachen Hand über das Genick und erhob sich. „Schätze, das war's dann. Gehen wir heim! Pokorny, hol die Kollegen, die sollen ihn in die Zelle bringen. Den Bericht schreiben wir dann morgen. Er wird's nicht eilig haben."

Wenige Minuten später war Bergmann abgeführt. Bronstein nahm Pokornys Gratulation beiläufig entgegen und wünschte ihm noch eine gute Nacht. Er schlich die Haupttreppe abwärts und trat in die kalte Nacht. Er brauchte mehrere Versuche, um die Zigarette zum Brennen zu bringen. Die Stadt lag vollkommen still zu seinen Füßen. Bronstein sah automatisch nach links und dann nach rechts.

Er verspürte einen bitteren Geschmack im Mund, der nicht vom Tabak stammte. Er war eine Folge der Geschichte, die er eben gehört hatte. An Tagen wie diesen hasste er seinen Beruf. Man musste in Abgründe blicken, die man sich liebend gern ersparen würde. Auch als Polizist konnte man immer nur eine gewisse Menge Trostlosigkeit vertragen, und die war in den letzten Wochen und Monaten um ein Vielfaches überschritten worden. Auch wenn es keinen logischen Grund dafür gab, aber der Bergmann tat ihm leid. Noch mehr dauerte ihn allerdings das Schicksal der Feigl, die in ihrem Leben wohl kaum jemals glücklich gewesen war. Alle ihre Hoffnungen waren jäh zerstört worden und sanken mit ihr ins Grab. Und das galt auch für all die Kameraden an der Front, die ihr Leben hatten lassen müssen für einen vollkommen sinnlosen Krieg, der nichts gebracht hatte als Zerstörung, Not und Elend. In Paris hatten sie die Straßen beflaggt, um den Sieg zu feiern. Welchen Sieg denn? Waren nicht auch Millionen Franzosen gefallen oder zu Krüppeln geworden? Irgendwo in Margareten beweinte ein trauriger alter Mann den Tod seines einzigen Kindes, eine Szene, die sich genau so millionenfach in ganz Europa zutrug. Generalleutnant Spitzer von Grabensprung hatte von einer Chuzpe gesprochen, ihn für einen Befehl im Krieg zur Verantwortung ziehen zu wollen. Die wahre Chuzpe war es gewesen, diesen Krieg überhaupt erst beginnen zu lassen.

Und nun war nichts mehr, wie es zuvor gewesen. Die Monarchie gab es nicht mehr, und was irgendwelche Republikaner als Neubeginn bejubelten, das sah verdächtig nach neuerlicher Gewalt aus. Die Nachfolgestaaten stritten schon jetzt um den Nachlass, und die Verlierer schworen bereits Rache. Das konnte keine neue Zeit werden. Nein, für Jubel gab es keinerlei Anlass. Selbst die Ausrufung der Republik hatte Opfer gekostet. Und jene, die dafür die Verantwortung trugen, die Politiker, die Industriekapitäne und die Militärs, sie waren ohne Frage weit größere Verbrecher als dieser unglückselige Bergmann, den der Krieg so verroht hatte, dass er Recht nicht mehr von Unrecht hatte unterscheiden können.

Ohne es zu merken, war Bronstein den Ring hinunterspaziert und sah sich plötzlich am Ufer des Donaukanals. Jelkas Wohnung war nur noch einen guten Kilometer entfernt. Er tastete nach dem Wohnungsschlüssel, spürte ihn, und setzte seinen Weg fort. Es mochte sein, dass die alte Wienerstadt schon größere Katastrophen als diesen Krieg gesehen hatte, doch mit Vergleichen war niemandem gedient. Jeder erlebte seine eigene Tragödie als das größte anzunehmende Unglück, und die Erkenntnis, dass es anderen ähnlich erging, war keineswegs tröstlich.

Der körnige Schnee, der vom Himmel fiel, ging allmählich in Regen über. Bronstein hoffte, es würde nicht kälter werden, denn dann bestand die Chance, dass der Regen all den Schmutz von den Straßen wusch. Seine Seele jedoch, das wusste er, würde kein Regen dieser Welt je reinigen können.

Bronstein hatte endlich den Karmeliterplatz erreicht und betrat Jelkas Wohnhaus. Er stieg das Treppenhaus empor und öffnete die Wohnungstür. Zu seiner freudigen Überraschung lag Jelka in ihrem Bett und schlief. So leise, wie es ihm möglich war, entledigte er sich seiner Kleidung und legte sich zu ihr. Er sehnte sich nach Schlaf, um nicht mehr nachdenken zu müssen.

GLOSSAR

a	ein, eine
a	Sprossvokal ohne Bedeutung (des war a so = das war so)
a, aa	auch (je nach Betonung)
abmarkieren	abtreten
abpaschen	davonlaufen
annoch	veraltet für „noch"
Anserlandl	Landesgericht 1, heute Justizanstalt Josefstadt
as	es
auße	hinaus, heraus
Barras	Militär
B-Beamter	Beamter mit Matura
bes	böse
Beuschel	Lunge
Combineige	Unterkleid
Couloir	Wandelgang im Parlamentsgebäude
da	dir (unbetont)
dazöhn, derzöhn	erzählen
dersteßen (sich)	hinfallen; durch einen Unfall ums Leben kommen
Diurnist	Tagelöhner; Amtsschreiber
draußd	draußen
gach	schnell, jäh, plötzlich
gemma	gehen wir
geschwurbelt	hochgestochen, gekünstelt
g'macht	ermordet
g'mahte Wiesn	im Vorhinein feststehender Erfolg
Grabennymphen	Der Straßenstrich umfasste den Graben und seine Nebengassen

G'schamsterer	Verehrer
G'schrazn	kleine Kinder
G'spasettln	Schabernack, Allotria, Unfug
G'spaßlaberln	Brüste
Gspusi	Liebschaft
Guglhupf	Napfkuchen; Klapsmühle
Güti...	Gütinand der Fertige, scherzhaft für Ferdinand den Gütigen (österr. Kaiser von 1835 bis 1848)
Hack'n	Arbeit
Häf'n	Gefängnis
Halawachl	Schlingel, Tunichtgut
hamma	haben wir
Herodot und Thukydides	Statuen an der linken Seite der Parlamentsrampe
hinich	kaputt, minderwertig, verdorben
Holler	Unsinn
Honved	Mitglied der königlich ungarischen Landwehr
Hutschenschleiderer	Betreiber von Ringelspielen u. a. in Vergnügungsparks
i	ich
in	den (unbetont)
Itzig	Jude (abwertend)
Kanonenofen	kleiner, gusseiserner, zylinderförmiger Ofen für die Zimmerbeheizung
Kasematten von Spielberg	Brünner Gefängnis, das meistgefürchtete Österreich-Ungarns
Kieberer, Kiwara	Polizist
Klebeln	Finger (abwertend)
Korrespondenzkarte	Postkarte mit aufgedruckter Briefmarke

Kropferter	Schimpfwort (Kropf: Folge einer Schilddrüsenerkrankung)
kujonieren	schikanieren, behelligen
Lavoir	Waschschüssel
ma	mir, wir; man
Marmeladinger	(despektierlich für) Deutscher
Meisendoktor vom Alsergrund	Sigmund Freud
mordstrum	riesig
nachher, nacher	denn (in einer Frage)
ned, net	nicht
neger	ohne Geld
obposchn (s. abpaschen)	davonlaufen
okragln	umbringen
owehaun	betrügen
palessieren	abhauen
Papp'n	Mund, Maul
Parler	Verhandlung
Pennäler	Schüler
Pfrnak	(große) Nase
Quetsch'n	kleiner Betrieb
rapplert	übellaunig, ungehalten
rearat	weinend, heulend
rearat werden	zu weinen beginnen
Rechaud	einfacher Kochherd
Ringwagen	Straßenbahnlinie, die auf der Ringstraße verkehrt
s'	sie
Saubartel	unanständiger Mensch
Schaffel	flacher Wasserbehälter (eine Art großes Lavoir)
Schleich	Schleichhandel
Schmarr(e)n	einfache Speise; Unsinn

Schmock	(jidd.) unangenehmer Mensch
siech	sehe
simma	sind wir
Sirk-Ecke	Ecke an der Ringstraße, heute Hotel Bristol, Platz, an dem man sich in Karl Kraus' „Die letzten Tage der Menschheit" dem Hurra-Patriotismus hingab
stangert	stünde
Staubiger	letzte, noch ungefilterte Stufe vor dem Jungwein
Topfen	Quark; hier: Unsinn
tramhapert	verträumt
trickern	schlagen (eigentlich: trocknen)
Tröpferlbad	öffentliches Brausebad
Untergatte	Unterhose
vakiefeln	
(jem. nicht v. können)	jem. nicht ertragen
verlustieren (sich v. an)	sich gütlich tun, vergnügen (an)
virerichten (die Wadeln v.)	jemandem Disziplin beibringen
wäu	weil
Weisel	Laufpass, Abfuhr
wü	will
Zieg(e)lbehm	abwertend für um die Wende vom 19. zum 20. Jahrhundert nach Wien zugezogene Tschechen, die zu schlechten Bedingungen in den Ziegelbrennereien im 10. Bezirk beschäftigt waren
Ziguri	Zichorien, Kaffeeersatz
zizerlweis	kleinweise
zoin	zahlen
Zugehfrau	Hausmädchen

Andreas Pittler rollt die Geschichte der Ersten Republik ebenso spannend wie lebendig auf.

© DEST

Andreas Pittler studierte Geschichte und Politikwissenschaften in Wien. Seit 1985 erschienen 23 Sachbücher zumeist historischen Inhalts (u. a. Biografien über Bruno Kreisky und Samuel Beckett), 10 Romane und 3 Bände mit Kurzgeschichten.

Die komplette Krimi-Saga um David Bronstein und außergewöhnliche Mordfälle im Wien zwischen dem Vorabend des Ersten Weltkriegs und dem Ende der Ersten Republik:

Wien, Sommer 1934. In Deutschland herrschen die Nazis. Österreich steuert auf einen Naziputsch zu.

Andreas Pittler
Tacheles
ISBN 978-3-902672-87-4
304 Seiten, € 9,90

Am Judenplatz wird ein Fabrikant jüdischer Abkunft ermordet. Die Ermittlungen führen Polizeioberst Bronstein zu den Nazis. Doch plötzlich wird er selbst zum Gejagten …

Mehr Informationen unter www.echomedia-buch.at

Wien, Juli 1927. Nach dem Freispruch im Prozess um die Mörder von Schattendorf eskaliert die Lage.

Andreas Pittler
Ezzes
ISBN 978-3-902672-08-7
288 Seiten, € 9,90

Oberstleutnant Bronstein ermittelt im Mord an einem als geizig und menschenverachtend verrufenen Greißler und überlegt schon bald, ob er nicht Schicksal spielen soll ...

Wien, November 1918. Der Erste Weltkrieg neigt sich dem Ende zu, die Monarchie zerfällt.

Andreas Pittler
Chuzpe
ISBN 978-3-902672-22-3
320 Seiten, € 9,90

Zwischen Monarchie und Erster Republik untersucht Major Bronstein den Mord an einer Modistin, was ihm umso schwerer fällt, als er sich Hals über Kopf verliebt.

Wien 1913. Der junge David Bronstein kommt zur Mordkommission und findet die Liebe.

Andreas Pittler
Tinnef
ISBN 978-3-902672-35-3
272 Seiten, € 9,90

Polizist David Bronstein ermittelt in seinem ersten Fall bei der Mordkommission in Militärkreisen. Frisch verliebt, muss er schon bald zwischen Pflicht und Liebe wählen.

Wien im März 1938. Die Nazis greifen nach Österreich und Bronstein kämpft gegen die Zeit.

Andreas Pittler
Zores
ISBN 978-3-902672-82-7
248 Seiten, € 9,90

Bronstein ermittelt im Mordfall an einer Nazigröße, während sich die Zeichen für einen „Anschluss" Österreichs an das Dritte Reich mehren. Das Finale der Krimi-Saga!

Mehr Informationen unter www.echomedia-buch.at